葛亮

Scarlet Finch

朱雀

2014年1月4日起读.

作家出版社

序言：

归去未见朱雀航

——葛亮的《朱雀》

王德威*

朱雀是南京的地标之一。在上古中国神话里，朱雀被视为凤凰的化身，身覆火焰，终日不熄。根据五行学说，朱雀色红，属火，尚夏，在四大神兽中代表南方。

早在东晋时期，朱雀已经浮出南京（建康）地表。当时秦淮河上建有二十四航（浮桥），其中规模最大、装饰最为华丽的就是朱雀航。朱雀航位居交通枢纽，正对都城朱雀门，往东有乌衣巷，东晋最大的士族王、谢的府邸皆坐落在此。多少年后，王、谢家族没落，朱雀航繁华不再，唐代诗人刘禹锡因而写下：

朱雀桥边野草花，乌衣巷口夕阳斜。
旧时王谢堂前燕，飞入寻常百姓家。

葛亮选择《朱雀》作为他叙述南京的书名，显然着眼这座城市神秘的渊源和历史沧桑。南京又称建业、建康、秦淮、金陵，曾经

*文学评论家，现任美国哈佛大学东亚语言及文明系Edward C. Henderson讲座教授。

是十朝故都；“金陵自古帝王州”，从三国时期以来已经见证过太多的朝代盛衰。而南京的近现代史尤其充满扰攘忧伤，南京条约、太平天国、国共斗争、以及南京大屠杀，无不是中国人难以磨灭的记忆。

然而《朱雀》又是一本年轻的书。葛亮生于南京，刚刚跨过三十岁的门坎。他写《朱雀》不仅摩挲千百年来的南京记忆，更有意还原记忆之下的青春底色。小说横跨二十世纪三个世代，但葛亮要凸显的是每个时代里的南京儿女如何凭着他们的热情浪漫，直面历史横逆，甚至死而后已。神鸟朱雀是他们的本命，身覆火焰，终生不熄。

在古老的南京和青春的南京之间，在历史忧伤和传奇想象之间，葛亮寻寻觅觅，写下属于他这一世代的南京叙事。而连锁今昔的正是那神秘的朱雀。仿佛遥拟六朝那跨越秦淮河的朱雀航，葛亮以小说打造了他的“梦浮桥”——跨过去就进入了那凌驾南方的朱雀之城，进入了南京。

1.

葛亮是当代华语文学最被看好的作家之一。他出身南京，目前定居香港，却首先在台湾崭露头角，二零零五年以《谜鸦》赢得台湾文学界的大奖。这样的创作背景很可以说明新世代文学生态的改变。《谜鸦》写一对新世代的男女因为饲养一只乌鸦而陷入一连串的离奇遭遇，葛亮以流利世故的语气描绘都会生活，对一切见怪不怪，却终究不能参透命运的神秘操作。这是一则都市怪谈，有谜样的宿命作祟，也有来自都会精神症候群的虚耗，颇能让我们想起三十年代上海新感觉派作家如施蛰存的《梅雨之夕》、《魔道》一类作品。诚如葛亮所说，他想写一则

> 关于宿命的故事……这样的故事，剔除了传奇的色彩，其实经常在你我的周围上演。它的表皮，是司空见惯的元素与景致，温暖人心，然而，却有个隐忍的内核，这是谜底的所在。[1]

同《谜鸦》收入同一小说集（《谜鸦》）的作品，如《37楼的爱情遗事》、《私人岛屿》、《无岸之河》等或写露水因缘、或写浮生琐事，就算是光天化日，总是隐约有些不祥的骚动。而那"隐忍的内核"成为叙事的黑洞，不断诱惑作者与读者追踪其中的秘密而不可得。

葛亮的下一本小说集《七声》以白描手法写出七则南京和香港的人物故事，包括了外祖父母毕生不渝的深情（《琴瑟》），一个木工师傅的悲欢人生（《于叔叔传》），一个叛逆的女大学生素描（《安的故事》），一个弱智餐馆女工的卑微遭遇（《阿霞》）等。葛亮不再诉诸《谜鸦》的神秘奇情，转而规规矩矩地勾勒人生即景；故乡南京的人事尤其让他写来得心应手。他的叙事温润清澈，对生命的种种不堪充满包容同情，但也同时维持了一种作为旁观者的矜持距离。

《谜鸦》和《七声》代表葛亮现阶段两种写作风貌，一方面

---

1. 葛亮，《谜鸦》（台北：联合文学出版，2006），页253。

对都会和人性的幽微曲折充满好奇，一方面对现实人生作出有情观察，而他的姿态始终练达又不失诚恳。有了这样的准备，葛亮于是放大野心，要为南京城的过去与现在造像。

《朱雀》故事发生在千禧年之交，苏格兰华裔青年许廷迈回到父亲的家乡南京留学，在秦淮河畔邂逅了神秘女子程囡，由此引生了三个世代的传奇。故事回到一九二三年，女孩叶毓芝随着父亲来到南京继承祖业。一九三六年，亭亭玉立的毓芝与日本人芥川热恋，在战争前夕生下一个女婴。毓芝在南京大屠杀中惨死，她的女儿辗转由妓女程云和收养，取名程忆楚。时间到了二十世纪五十年代，忆楚已经是大学生，爱上马来西亚侨生陆一纬。然而好事多磨，一纬被划为右派，发送北大荒。“文化大革命”爆发，程家无从幸免，云和自杀，忆楚下嫁给强暴她的一个工人。“文革”结束，忆楚守了寡，旧情人陆一纬却又不期然的出现……

如果以上的介绍已经让读者觉得头绪繁密，这还只是冰山的一角。葛亮也告诉我们程云和原先和国民党军官生有一子，暗恋异父异母的妹妹忆楚；忆楚有个儿子却非亲生，女儿程囡的生父也另有其人。程囡和母亲和外祖母一样不简单，十八岁爱上了美国人泰勒，后者竟是个特务；和许廷迈谈恋爱的同时又和颓废的艺术家雅可难分难舍。小说最后，程囡发觉怀了情人的孩子。

葛亮的文字工整典丽，叙述各条线索人物头头是道。饶是如此，他的故事缠绵曲折，让读者兴味盎然之余，也许会陷入叙事的迷阵里。但有没有另一种方式来看待《朱雀》里众多的巧合和繁复的结构？

《朱雀》以时势动荡为经，家族三代的历练为纬，其实是现代中国历史小说常见的公式。但仔细读来，葛亮又似乎架空了这样的公式。南京大屠杀、国共内战、反右、“文革”、唐山大地震、毛泽东逝世充塞在小说之中，然而历史事件毕竟只是《朱雀》里人物——尤其是女性人物——的背景。她们以个人的爱恨痴嗔将大历史性别化、民间化。这一部分葛亮显然呼应了张爱玲（《倾城之恋》）到王安忆（《长恨歌》）的传统。但我更要说在此之外，葛亮还在思索一种另类的历史，而他的女性角色也只是这“另类”历史的载体而已。

我们不禁想起葛亮写作《谜鸦》的动机是要诉说一个“关于宿命的故事。……这样的故事，剔除了传奇的色彩，其实经常在你我的周围上演。”在《朱雀》里，葛亮为他“宿命的故事”找到了一个坐标——南京。南京“作为”一种历史，意味着千百年来一再重复的兴衰故事：六朝的帝都，太平天国的天京，南唐在这里风流过，南明在这里腐朽过……比起来，国共政权所铸造的南京只能说是瞠乎其后。正因为曾经过太多沧海桑田，在南京，野心与怅惘、巧合与错失层层积淀，早已经化为寻常百姓家的集体经验了。

是在这一意义上，《朱雀》里的种种因缘奇遇纷纷归位，成为南京历史轮回的有机部分。葛亮对故事情节刻意求工，加倍坐实了在神秘的历史律动前，个人意志的微不足道。故事里的女性角色都有敢爱敢恨的特性，生死在所不惜。但与其说她们凸现了什么样的主体意识，不如说她们的“身不由己”才是关键所在。她们是朱雀之城的女子，注定惹火上身，而我们记得神话里的朱雀是火鸟，身覆火焰，终生不熄。

同样值得注意的是葛亮对青年雅可的塑造。雅可耽美敏锐，染有毒瘾。葛亮有意将这个角色和苏格兰回来的许廷迈做对比，后者的纯洁正照映了前者的颓废。雅可我行我素，出没有如游魂，和程囡正是一对当代南京的惨绿男女。雅可的欲力虽然摧枯拉朽，终究气体虚浮，他最后的死亡几乎是顺理成章。但对葛亮而言，惟其如此，雅可体现了这座城市一种虚无失落的悲剧性底蕴。

但宿命传奇只是《朱雀》的一部分。葛亮同时反其道而行，深入南京日常生活的肌理。他明白南京在外人眼中所呈现的反差，《七声》里就写道，南京虽号称古都，但却“好像是个大县城”。“南京人过日子……大多时候，是很真实的……因为日子过得很砥实，对未来没有野心，所以生活就像被砖块一层一层地叠起来。”（《洪才》）借着许廷迈局外人的观点，葛亮写南京人“大萝卜”般的质朴，足球的狂热，熙攘的喧哗。回看历史，他强调笔下那些女性人物哪怕命运多舛，毕竟都是过日子的能手。妓女程云和解放后洗尽铅华，成为称职的主妇和母亲，程忆楚和老情人幽会的同时不忘生火造饭，甚至程囡经营她的古玩铺和地下赌场也似乎就当作是家常营生。

葛亮细写这些情节，很有些动人片段。而他又提醒我们逆来顺受的生活毕竟不能掩盖蛰伏其下的情绪。“它的表皮，是司空见惯的元素与景致，温暖人心，然而，却有个隐忍的内核，这是谜底的所在。”这不仅显现在主要人物的遭遇上，甚至小说里的配角也莫不如此。语言老师李博士风姿绰约，却不知怎的爱上了个非洲来的学生，

1. 葛亮，《七声》（台北：联合文学出版，2007），页32。

因此红杏出墙，酿成大祸。从故事结构来说这不是必要的插曲，但葛亮必定以此暗示在南京普普通通的日子下，永远暗潮汹涌。

就着雅可和他周围的人物放浪形骸的生活，葛亮写出南京的颓废面。但所谓的放浪形骸也有它不得不然的历史因由。南京“这城市的盛大气象里，存有一种没落而绵延的东西。”这东西兀自在城市的边缘或底层生长繁衍，

或许，是见不到光的，并非因为惧怕。而是，为了保持安稳的局面。因为，一旦与光狭路相逢，这触须便会热烈地生长，变得峥嵘与凶猛。[1]

南京仿佛将养着一道心照不宣的伤口，岁岁年年， 把日子过下去。但隐忍甚或颓废的另一端是暴烈，而且每每一触即发。这是南京历史的吊诡，也是《朱雀》希望传达的魅力。

2.

作为一本关于南京的小说，《朱雀》不能自外一个巨大的书写传统。早在中世纪左思《三都赋》中的《吴都赋》就描写了三国时代南京（建业）的风貌；庾信有名的《哀江南赋》则写于“大盗移国，金陵瓦解”的侯景之乱后。明清以来孔尚任的《桃花扇》、吴敬梓的《儒林外史》都是以南京作背景。而又有什么作品能够超越《红楼梦》对南京——金陵——的追怀？

一九二三年朱自清、俞平伯夜游秦淮河，各写下一篇《桨声灯

影里的秦淮河》，开启现代文学的南京想象。一九三二年鲁迅回到曾经求学的旧地南京，有了“六代绮罗成归梦，石头城上月如钩”之叹；到了一九四九年，人民解放军占领南京，毛泽东一句“天若有情天亦老，人间正道是沧桑”，顾盼之际，道尽历史天翻地覆的感怀。

当代的南京作家书写南京最富盛名的首推叶兆言。他的《夜泊秦淮》遥想民国风月，戏拟鸳蝴说部，很能托出南京那股新旧时间错置的暧昧感触。但《夜泊秦淮》只是短篇合集，未能成其大。其他如稍早的朱文（《我爱美元》）和当红的毕飞宇（《推拿》）则写下当代南京的平民风情。至于苏童，虽然不以南京为小说题材，作家本人却在南京定居多年，耳濡目染，已经成为南京书写的另一种代言人了。

葛亮其生也晚，连“文革”都没碰上，何况更早发生在南京的风风雨雨。然而在世纪之交成长，葛亮毕竟有他独特的经验，如何将其融入古老的记忆，是《朱雀》最大的挑战。葛亮更有兴趣的应该是召唤一种叫做“南京”的状态或心态；南京于他与其说是怀旧，不如说是近于耽美的向往。当小说写着叶毓芝的父亲在船头吹着箫来到南京、当许廷迈和程囡在明代陵寝废弃的石碑顶上做爱，我们不禁要会心微笑：青春的想象如醉如痴，可以让任何沉重的历史也多情起来。就此《朱雀》延续了当年钟晓阳《停车暂借问》的特色。

更进一步，葛亮要说南京是一种“瘾”，而且这瘾可能是有毒的。作为南京的魂魄，雅可在喷云吐雾中方生方死。许廷迈初尝南京有名的咸水鸭头，一上口就欲罢不能——我们后来才知道炮制鸭头的秘方不是别的，是罂粟。

在这一方面《朱雀》的两个男性角色——许廷迈和雅可——值得我们再思。许廷迈是有着南京血统的异乡人，雅可则是古城最新一代的“遗少”或“废人”。一个站在南京的外围雾里看花，一个是陷在南京的内核里难以自拔。葛亮对这两个角色都有偏爱——他们都是作家的分身。有意无意间他们尴尬的处境也投射了葛亮本人的两难。我们的作家其实错过了南京的辉煌与堕落，是个实实在在的后之来者，但生于斯长于斯，南京又是他与生俱来的存在经验。借箸代筹，我以为葛亮可以由这两个角色经营更有张力——或更有反讽意味——的南京叙事，《朱雀》的面貌或许又有不同。

《朱雀》里的南京虽然未必令人发思古之幽情，却突出另一种空间的辐辏力量。南京特殊的吸引力让一批又一批的外来者到此一游，以致流连忘返。苏格兰的华裔青年、日本的艺术家、美国的间谍、俄国的妓女、南洋的归国华侨、非洲的、新西兰的留学生轮番出现在葛亮的小说中。而南京经验流散出去，可以在加拿大、在苏联、在北欧激起波澜。南京的“瘾”是会蔓延的。

葛亮以空间辐辏的概念写南京，看得出香港和台湾经验给予他的启发。南京无论如何保守，毕竟进入了新的世纪，所谓历史长河到此漫漶出去，成为一种穿梭空间、湮没边界的体会。如此，葛亮将六朝风月与后现代、后社会主义的浮华躁动并列一处，或糅合、擦撞种种人事巧合就显得事出有因。叶毓芝和日本情人芥川在抗战前夕恋爱不奇怪；芥川的子女在南京大屠杀七十年之后，成为救赎原罪的奔走者，同时叶的外孙女程囡又和芥川的儿子相互有了性的吸引——这几乎已经到了隔代乱伦的边缘。相似的例子是程忆楚异母异父的哥哥暗恋妹妹，甚至向她求婚。历史在南京的离散与聚合如此盘根错节，以致失去了原有一以贯之的正义诉求或伦理线索。

南京的“谜底”深邃不可测，这是葛亮的用心所在了。

葛亮似乎与鸟有缘，从《谜鸦》到《朱雀》，短短几年的成绩令人惊艳。徘徊在南京的史话和南京的神话之间，《朱雀》展现的气派为葛亮同辈作家所少见。在长篇叙事的经营和历史视野的构筑上，葛亮不妨与当代书写城市的小说名家继续对话。

比如王安忆的《长恨歌》写上海六十年的沧桑变幻，古典诗歌里感天动地的情史化作十里洋场的欲望传奇，海上风华的诱惑与怅惘也以此展开。又如贾平凹的《废都》写当代西安的声色犬马，极颓废也极感伤。长安的气象在盛唐过后就每下愈况，废都之“废”因此不是一时一地的感慨，而是积压千年的块垒。台湾的朱天心在上个世纪末以台北为背景写下《古都》。对朱而言，台北毫无历史或历史感可言，但借着召唤一个海市蜃楼般的古都台北，作家写出了她无处感怀的怀旧，难以发泄的忧伤。香港的董启章在九七回归前夕创作了《地图集》和《V城繁胜录》；前者有卡尔维诺式“看不见的城市”的政治隐喻，后者则谐拟宋代孟元老《东京梦华录》笔意，预先怀念香港将要消失的繁盛。旅美的施叔青曾有《香港三部曲》以女性眼光看香港百年起伏，但张北海的《侠隐》则更出奇制胜，沿用会党侠情小说的形式，为七七事变前的故都北平写下回光返照的一页。

这些作家各自为心仪的城市述说故事，也因此延续了每个城市的“神话”氛围。葛亮写《朱雀》想来也抱有同样的野心。就此我们回到小说最重要的意象——朱雀——以及一只朱雀形状的金饰。这只金饰朱雀曾被叶毓芝、程忆楚、程囡三代母女彼此流传，而朱雀又随着女人们的情爱对象不断转手流浪。朱雀的“旅行”，从家人到情人，从南京到北大荒，甚至到了加拿大，一方面诉说世事无常，一方面暗示因缘巧合，南京和南京人谜样的命运也随着朱雀的线索迤逦展开。小说最后高潮，朱雀的来源真相大白，我们这才理解所谓偶然和必然，冥冥的宿命和人世的机巧其实此消彼长，一件民间工艺品竟是见证——甚至救赎——历史混沌的最后关键。

在写作的层次上，葛亮可以更为自觉地作为说故事人，他何尝不就像是个打造朱雀的手艺人，他的小说就是那神鸟又一次的神奇幻化。如此，他的叙事更有可能将上古的神话嫁接到后现代的“神话”上。这让我们想起小说最后，许廷迈遇到朱雀最原始的主人的一段描写。后者端详多年以前的对象，不胜唏嘘，他于是

> 在小雀的头部缓缓地锉。动作轻柔，仿佛对一个婴孩。
> 铜屑剥落，一对血红色的眼睛见了天日，放射着璀灿的光。

朱雀开了眼，南京的“谜底”灵光一现，这是小说最动人的时刻。而如何持续打磨自己的记忆和技艺，让作品放出“璀璨的光”，也应该是葛亮最深的自我期许吧。

《朱雀》结尾相当耐人寻味。程囡知道自己怀孕，决定生下无父的孩子。她与远在太平洋彼岸的许廷迈联络，廷迈兼程赶回南京。当他到了“西市门口，他默然站定，觉出脚底有凉意袭上来。”他为什么回来？果然会和程囡重逢么？回到了南京他会就此待下来么？

这最后一章的章名是“归去未见朱雀航”。游子归来，一切恍如隔世，但一切似乎又都已注定。那曾经绚丽的神秘的朱雀何在？早已消失的朱雀航可还有迹可寻？命运之轮缓缓转动，南京的故事未完，也因此，《朱雀》不代表葛亮南京书写的结束，而是开始。

目录
CONTENTS

谨以此书

献给 我的祖父

葛康俞 教授

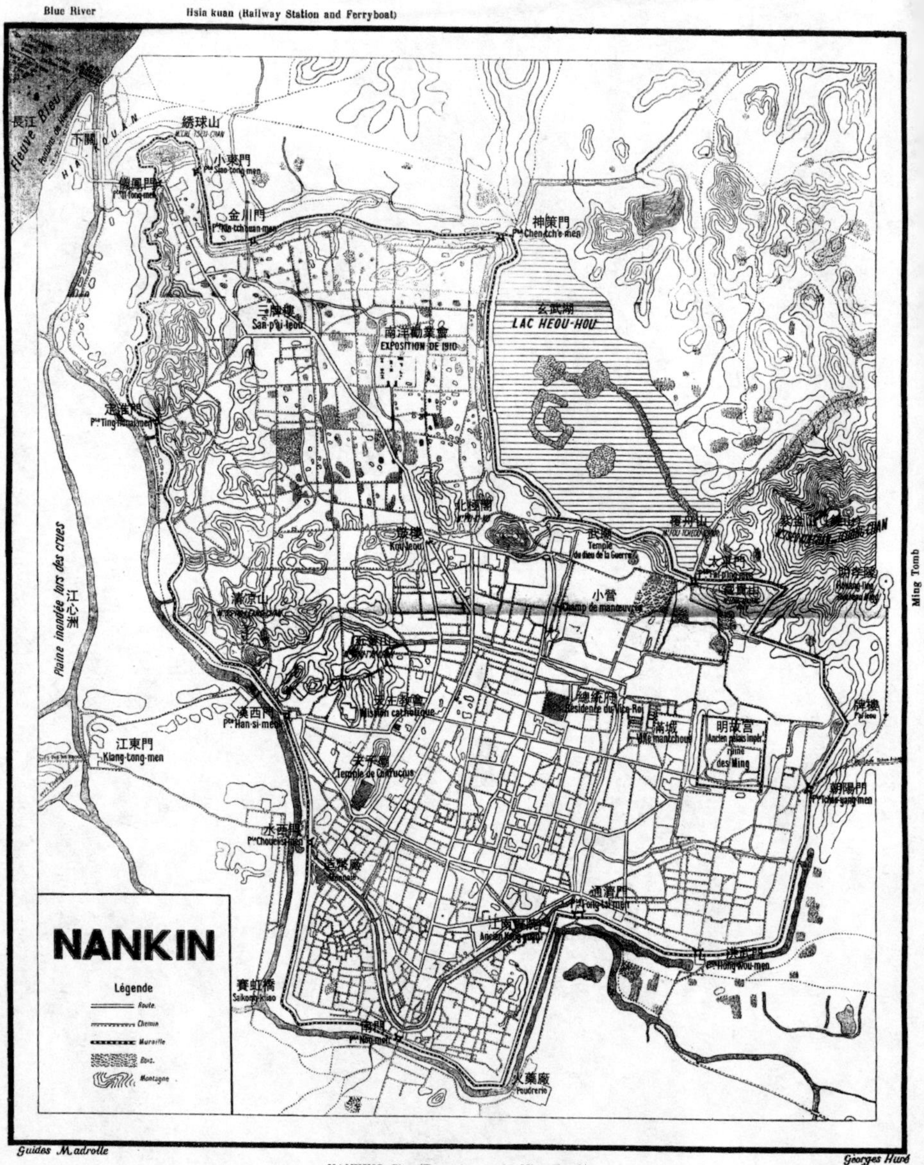

NANKING City (Excursion to the Ming Tomb)

[Map] Nanking City (Nankin) 1912

From Madrolle's Guide Books: Northern China, The Valley of the Blue River, Korea.

Hachette & Company,1912.

第一章　格拉斯哥V.西市

他本无意于这一切了。

说到底，他不过是个局外人。只因为有了她，这无穷尽的陌生才对他打开了一个缺口，施舍似的。

他是个有尊严的人，可站在这堂堂皇皇的孔庙跟前，还是有了受宠若惊的表情。那匾上写着“天下文枢”。牌坊是新立的，洒金的字。字体虽然是庄重的，但还是轻和薄，像是那庙门前新生的胡须。但就是这样，他还是被镇住了。

他茫茫然地听说了夫子庙这个地方，当时他在英伦北部那个叫格拉斯哥的城市。是个地形散漫的城，却养就了他中规中矩的性格。那里的民风淳厚，举世闻名的大方格裙子是个佐证。厚得发硬的呢子，穿在身上其实是有些累赘的，似乎并没有人想起去改良过。穿时要打上至少二十五道褶子，必须是单数的，这也是约定俗成，无人非议。然而外地的人们关心的却是这裙子附丽的讯息，他不止一次被人问起他们苏格兰的男人穿这裙子时，里面到底有没有底裤。他就会脸红，仿佛这习气的形成都是他的罪过。在这城里，他听着风笛长大，这乐器的声音尖利而粗糙，总让人和思乡病联系在一起。而他长着黑头发，眼睛也是黑的，他对这城市的感情就若隐若现。这里面有些自知之明的成分，他明白，他并不真正属于这里。和那些金发碧眼的孩子不同，他和这城市有着血脉的隔阂，他对它的亲近过了，就有了矫揉造作的嫌疑。

有一天，父亲对他展开了一张地图，指着一块红色的疆土，说是他祖父的出生地。这国家让他陌生，因为它的疆界蜿蜿蜒蜒，无规则而漫长的海岸线让年幼的他有些不知所措。他相信复杂的东西总是更文明，就像是大脑沟回多些的人总是更聪明。他父亲指着海岸线边上的一个小点，说，这是他们的家乡，南京。

后来到他大学读了一半，学校里实行了与国外高校的学生交换计划。他就填了地处南京的著名大学。倒不见得完全是寻根的需要，这大学的物理专业在国际上是有声望的，和他的所学也相关。不过这也无法为他看似寻根的举动找一个充分的借口，或许和寻根互为借口。在出发之前，他用功地做了准备的工作，学了一个学期的汉语，又翻看一些有关南京的资料。后来发现了一张英国人绘成的明朝皇城地图。那时的南京，是世界上的第一大城，并不似中国以往的旧都，有体面庄严的方形外城，而是轮廓不规矩得很，却又奇异地闳阔。这局面其实是一个皇帝迷信的结果。然而到了下一个朝代，外城被打破了，这界线有些地方残了，有些更是不受拘束地溢了出来。后来他很得意自己的直觉，这城市号称龙蟠虎踞，其实骨子里有些信马由缰，是六朝以降的名士气一脉相传下来的。

他也预习了有关这个城市的文学，听说了文言文的深奥可畏，他就找了白话文来读，印象深刻的是一个姓朱的作家写的一篇《桨声灯影里的秦淮河》，后来又读到了姓俞的作家写的一篇，同题异笔，说的都是这条河流的好处。

到了南京的第一天，他就要去看这条河。然而竟一时忘记了河的名字，就对接待他的中国大学生说，他要去看这个城市最著名的River。叫小韩的大学生是个很热心的人，带着他就上了一辆巴士。下了车，他们站在了很大而陈旧的铁架桥上。桥头是一座汉白玉的雕像，好像是三个身份不同的人，摆出很革命的姿态。他往桥下张望，底下是有些泛黄的滔滔的水。他顿悟了，说NO，这是扬子江，我要去的是另一个河。小韩想了一下说，你是说秦淮河吧，那我们去夫子庙。

他这就听说了夫子庙这个地方。

小韩路上对他说，这夫子庙是南京很著名的去处，为了纪念中国古代的圣人孔夫子。他就兴奋起来，说他知道孔子，他知道的还有一个孟子，是孔夫子的儿子。小韩就对他好脾气地一笑，说，这倒不是，我以后慢慢讲给你听。

他没料到夫子庙是个极热闹的所在。他总以为纪念圣人的地方应该是肃穆的，就像莎士比亚的墓地和司各特的故居。而这里却满是香火气。待站到秦淮河边，扑面而来的是一股不新鲜的味道，把他吓了一跳。这河以这种突如其来的方式让他失望了，水不仅是浑，而且黑得发亮。他于是很坦白地说，这河是他有生以来看到的污染最严重的河流。小韩脸红了，现出很惭愧的样子，说政府在治理，会好的。他总觉得自己是个乐观的人，他就很诗意地将这气味理解为六朝脂粉腐朽和黏腻的余韵。然而终究不是。这时候有船过来，载着图新鲜的游客。小韩问他想不想坐上在河里走一遭。他探了一下头，看那油漆得花团锦簇的船上，站着个敦实粗短的中年船工，那船工直起嗓子拉了一下生意，然后清了清喉咙，“扑”地向河里吐了一口。也并没有看到意想中的歌娘，他就摇了摇头。

小韩又带他往前走了，他看到前面有了红墙金瓦的建筑，虽然颜色是旧了，但是在这嘈杂中却有股肃然之气。门楼上是一块匾，上面书写着很遒劲的汉字。这四个字倒认识三个，“天下文”，然而最后一个却没见过，他想这是很关键的一个字。他在心里一笔一划描摩着这个架构巍峨的生字，心里有了被征服的感觉。

小韩说进去看看，就去买门票。他很奇怪这样的地方竟要门票，觉得自己朝圣的心情被辜负了。

小韩兜了一圈又回来，很失落地说，售票处的人说里面在修缮，竟不放游客进去。他倒不以为意，反而心里有些理解了：这庙虽然不是像迪斯尼那样是用钱堆起来的地方，却总要经费来维护。这门票就算是变了相的香火，孔老夫子总该能受用的。

两个人沿着河畔走着，说些闲话，说着说着也就沉默了。走到了一座石拱桥跟前，远远的一队人，红帽皂靴，穿着长袍一路吹吹打打地走过来，还有一顶轿子，在四个男人肩上颤悠悠地一上一下。这是极有中国特色的男女嫁娶的一幕，他看得愣了神，并不知道这队人只是当地一个酒厂的活广告。

待这队人锣鼓喧天地走远了，他也看够了。他看够了，回过头来，小韩却不见了。他四周张望了一下还是看不见，就跑到了刚才那座桥上，引了颈子望。他身形高大，动作又很夸张，这样望来望去，就好像一只神态焦灼的鹅了。

小韩是个没什么特色的人，穿了一件灰扑扑的夹克衫。他这么东张西望，一时觉得这密麻麻的人群里，到处都是小韩，然而又都不是。

他失望得很，心里又自嘲，想不到才刚刚第一天，自己就演了出迷失南京的活剧。这时，突然他想起小韩其实给过他一张名片，上面有个手机号码。他心里得了救星似的，急急地下了桥来。

可是他并不知道哪里能找到可打的电话。路上散落着电话亭，然而他身上却并没有一张电话卡。他就循着沿街的商铺一路走过去，看见铺头里的小老板就比划着，用小指和大拇指作个打电话的姿势，然后冲着人家扬扬手里的十块钱。然而对方似乎不很明白他的意思，总是迅速地摇摇头。他就这样走到了一堵墙跟前。这墙上覆着青瓦，原本是古意十足的，却似乎刚刚修整过，刷得雪白粉嫩。墙上有一道拱门，门上写着两个字——西市，这两个字他都认识，他想“市”大约就是城的意思，这门里面，该就是一座城了。

他不自主似的走进去，跟着有些惊异了。外面是熙熙攘攘的，这里面却是十分的空和冷，似乎起了清寒之气。地上的路是大而厚的石板铺成，他踩上去，觉得脚底有凉意袭上来。两边的房都是黛瓦粉墙，黑漆的门。门上浅浅地镌着浮雕，他看不清那图案，就觉得深奥。窗子也是镂空的。很阔大的檐从房梁上延展出来，一星半点的阳光要钻进门窗里去也变得艰难。往前走了几步，他看到一个中年女人站在门口，又弯下腰去，拿着个扫帚疙瘩洗刷自家的门坎。这动作在他眼里也是施施然的。他独自矗立在大片的阴影中，看着眼前的风光，以为自己误打误撞走进了守旧人家的大宅门。总觉得这里，该有个光艳的戏子唱起了幽怨的戏。然后年华也在这咿咿呀呀的腔调里，身不由己地老过去。这就是他想象的古老文明了，并不是因为无知，更多是因为天真。其实这古老里，是处处透着假，他却是看不出来。

他正冥想着，却听见似乎有人唤他。回过头去，看到刚才那个中年女人在和他说话。她说得很快，语调铿锵，和这氛围并不谐和。他并不知道她在说什么，她就指着她身侧的门。他走进去，才恍然。原来里面的陈设也是商铺，但是卖的东西却不同，有些字画和瓷器，还有形状怪异的古玩。他左看右看，只觉得这些东西珍奇，和自己却无太大干系。那女人就把手伸进玻璃橱，拿出一根透绿的链子在他眼前晃。他并不感兴趣，转身走出门去。

他又转进了另一个铺子。这铺子里坐着个神态阴郁的男人，看到他进来，脸上倒堆了笑。铺子里的多都是金属的物件。他看到门口的架上有只生了铜锈的器皿，模样十分庄重，他觉得眼熟，想了一会儿，想起这东西叫“鼎”，是古中国的饭锅。他敲了一下，“当当”作响，那男人就走出来，说了句什么，脸上的神情不甚好看。他赶紧停了手。这铺子里也有个玻璃橱，他在里面浏览，突然眼前亮了。这橱里有一只通体金黄的小鸟，张着翅膀，却长了一颗兽的头。小是真小，可以放在巴掌里，然而形态是气势汹汹，分明是头具体而微的大型动物。细节也很精致，身上有些均匀柔美的纹路，纹路间却有些发黑，他想这应该就是文物的标志。他指了指，柜台上的男人就拿出来。他捧到手里，竟就放不下了。他终于鼓了勇气问那男人，多少钱？他相信自己这句中文说得十分地道，因为他听说在中国这是句最实用的话，所以早就私下里操练了无数遍。那男人对他伸了五根手指头，说，五百。他是听懂了。很认真地摇着头对男人说，太贵了。其实对贵不贵他心里并没有底。这只是另一句他反复操练的话，因为他知道中国有着讨价还价的伟大传统，这传统里蕴含着历史悠久的斗智斗勇。男人说，那三百。他愣了一下，说，行。这样速战速决出乎男人的意料，立刻换了很温存的神态，看着他摩挲了一下那只小鸟，然后把手伸进皮夹子里去。这时候他听见一个干脆的女声。他抬起头来，看到一个年轻的女孩子从柜台后面的小凳子上站起来。他很惊奇地，听她对他讲起了英文。

她的英文很流利，虽然发音不甚标准，但是他却十分清楚她是在阻止他买这只小鸟，告诉他这只不过是个不值钱的赝品。那男人看看他，又看看女孩子，茫然无措，没有了之前运筹帷幄的精明表情。当看他终于把已经拿出的钱又塞回了皮夹子，男人才明白过来女孩子搅黄了自己到手的生意，于是很恼怒地和女孩争执起来。那女孩倒是很镇定的样子，并不怎么还口，嘴角歪了一下，表示对男人的不屑。看他还愣在那里，那女孩就用英文对他说，还不快走，我哥他是想钱想疯了。他于是恹恹地出了门去，觉得所谓中国之行到现在为止总算不得很顺利。这时他突然想起自己还是个迷失的人。又想起了小韩，他慌了神，意识到自己似乎又在方才的闲适心情里浪费了大把的时间。他有些恼自己，现在到了走投无路的境地了。他站在原地，终于回转过身，又走进了刚才的铺头。他进了来，听到先前的男人用中文很凶蛮地对他说了句什么，他并不懂。倒是那个女孩子，问他又来做什么。他只好说了，想借他们的电话用一下。电话其实就在玻璃橱旁边的桌子上，他是看见了。那女孩侧过头去看了眼铁青了脸的哥哥，从口袋里掏出一只形状小巧的手机，对他说，打吧。他拨通了电话，很快就有小韩很激动的声音飞出来。他听到小韩问他在哪里，他茫然地向外面看了一眼，然后问那女孩，这里是哪里。女孩笑了一下，从他手里拿过电话，利利索索地用中文说了两句话，又把电话给了他。小韩说，你就在那呆着，可别再动了。这话说得很婆妈，好像出自一个饶舌又关切的母亲。他笑了笑，心里有些暖意。

等小韩的时候，他偷眼看了那女孩，才发现她其实是长得很好看的。只是打扮得很朴素，昏暗的光线似乎又吞噬了她另一半的美。女孩掏出了一个指甲钳子，剪起了指甲。他对那女孩说，他从苏格兰来，是留学生。那女孩却并不关心似的，也不搭话，仍旧剪她的指甲，剪好了就用小锉子一下下的磨。磨好了就将手抬起来迎着光看看，看了看又接着磨。

这时候，小韩两脚生风地走进来，嘴里大声地嚷嚷，说我都快急死了，你倒好，自己可着心乱逛。他还没有反应，女孩听到却无声地笑了。因为小韩并没有意识到这些话是用中文说出来的。他虽然听不懂，却也明白小韩语气激烈在责备他，他心里倒舒泰了。这说明这个中国青年不当他是国际友人了，只有对同胞和哥们儿，才会这样不加掩饰地气急败坏。他朗声大笑起来，小韩也笑了，一边笑一边嘴里还是嘟嘟囔囔的，仍然是中文。

N大学将他的住处安排在学校西侧的留学生公寓，后来当他知道同级的中国学生要八个人住上一间宿舍，才明白校方对他是何其的优待。

他登记的时候，看到他姓名旁边写着一个名字——马汀。这是他的同房。

马汀是个壮硕的新西兰人，长着一张通红的大脸，脸上密密地生着酒刺。每颗酒刺都危险地肿胀着，仿佛蓄势待发的小火山。然而马汀的为人，却似乎不及脸上的酒刺热情。他走进房间，马汀正坐在床上，抱着自己的一只脚浑然忘我地端详。他打了个招呼，对方只是冷漠地看了一眼新来的同房，就继续低下头去研究脚趾头。

他去淋浴间洗了个澡，裹了浴巾出来，打开箱子找衣服。穿好了一身短打终于往床上沉重地一躺，却发现马汀定定地看着他。马汀把头低下去，嘴里很小声地说，刚刚把你的球鞋放到门口去了，我对异味很敏感，我有洁癖。他嘴里连忙说着Sorry，然而心里却有些不适，觉得这话被马汀说出来似乎不怎么协调，好像头几百磅的大熊非要踮起脚来走路一样。

他崭新的学习生活开始了。由于原来的大学不能完全认可他在中国所修的学分，所以他听专业课，倒有一半是旁听的身份。这样未免少了拘束，然而因为他是个性刻板的苏格兰人，有着闻钟起舞的良好习惯，所以并没有迟到早退过。他因此却要经常吵醒睡到日上三竿的马汀，心里多少有些不过意。后者倒没有表现出什么抗议的情绪，只是有天睡觉前，他看到马汀耳朵上多了一对模样精致的耳塞。

这所大学表现出和国际接轨的雄心，所以很多主要的专业课是用英文授课的。上半导体应用课的老先生早年留学欧洲，英语地道，却有着很夸张的慵懒的喉音，呼哧作响。这声音有着很强的催眠功效，班上倒有一半同学昏昏欲睡。他强打起精神，把自己挺得笔直。

他每个星期照例要上三天的中文强化课。他们的语言老师是个声音响脆的女博士，语速很快，每个音都在唇齿间咬得粉碎，和在格拉斯哥教他中文的台湾人有着天壤之别。所以他时时泄露出的绵软的国语腔就经常遭到老师的批评。他偶然在课堂上碰到了小韩，小韩这时候的身份是他们的汉语辅导员。这是一份挣钱的差事，辅导一个钟头有八十块钱的酬劳。小韩经济状况不太好，似乎打了很多份工，很忙，所以他们就很少见到了。

有一次的中文实践课，老师给他们设置的是个购物的对话情境。他扮演一个买东西的顾客。一忽悠间，他想起了来到中国的第一天，在夫子庙度过的那个下午。想到这里他未免有些分神，他指着面前虚无的对象问和他配合的法国女孩多少钱，没待对方回答，他就心猿意马地接上去，太贵了。台下就是一片哄笑。女博士也笑得花枝颤抖，说，许廷迈，你这会儿倒是像个地道的中国人。

他自然是想起了她，那个黄昏，站在浓稠暗影里的女孩子。他忽然发觉自己很想念她，然而仔细想想，却发现其实她并没有给他什么可资回忆的东西。

他能记得的，只是她脸上一种宠辱不惊的神色。这很有别于西方的年轻女人，她们太放任自己，像是随时敞开了的大衣橱，各色鲜艳的杂碎在里面一览无余。然而一旦敞开了，往往又忘记了关上，情绪不加控制地倾倒出来，你多看一眼就觉出了乏味。而这个女孩子，是江南老院儿里西厢房的竹帘子，轻轻掀开一角，没待你向里头看个仔细，她倒先静悄悄地合上了。

她对他构成了一种吸引，这吸引和他的生活若即若离。他也许是暂时遗忘了，而这时想起她来，思念却变得很强烈。

这个周末，他又来到了夫子庙。然而他再一次迷了路，转了许多圈，也没找到那个叫做“西市”的地方。不得已，他买了一份夫子庙的游览图，这地图是中英文注释的。西市，在上面是极狭窄的一个街，和这条街平行相对的，还有一条叫做“东市”的街道，两条街的尽头其实相连着。他发现夫子庙的布局其实极为规整，街巷脉络间呈现出的，是复杂的秩序。是一具肌体的血管，看似枝蔓无章，却是时时处处都畅通的。

他又发现，“西市”的旁边，用英文标了译名，Western

Market，西边的市场。

他走进西市的时候，是正午。有些三三两两的游客模样的人。石板路上见了光的地方，也被晒得发了白。他找到了那个铺头，走了进去。这里面还是阴暗的。有零零碎碎的阳光拼了命要进来，又被窗棂格子筛了一回，投影到了放着博古架的那面墙上，微弱得只剩下星星点点，好像残了局的一盘棋。

那个男老板不在，他看到她趴在柜台上，支着下巴，在翻看一本书。她并没有意识到他进来。他咳嗽了一下，她这才警醒地抬起头。

她认出他来，并没有些意外的神色，只是很温和地对他笑笑。她问他，想要些什么。这一问之下，他有些失望，事先想好的话也忘了。他终于对她说，那天，谢谢你。她愣了愣，说，不用谢，我们宰老外都惯了的，我也是偶尔良心发现一回。

他说，我，很像老外么？又指了指自己的头发，说，我和你是一样的。

她开始是笑而不答，过了一会儿终于说，你们在国外长大的，眉眼里有种呆气，我们做生意的人，可是世故惯了的。

看他还是不解，就用中文说，中国话里，这叫一方水土养一方人。他轻轻重复着，觉得这是在韵律上很美的一句话。

她看他仍旧呆呆地站着，终于问，你，还有事么？他听了点点头，又摇摇头。她倒有些无措了，说，你还真是个实心肠，就为了来道声谢么？不过，我可是要打烊了。

他看她把面前的书合了起来，原来是一本英文书。他看见了书名，是麦克尤恩的《时间中的孩子》。这是本内容惨淡的书，关于一个平凡男人的失与得。她又在面前的抽屉里悉悉索索地翻了一会儿，翻出一串钥匙来。她把钥匙对他晃了晃，说，你要是下午想来买东西，我哥在这儿。

他终于鼓起勇气问了她，可不可以给他留一个电话号码。她踌躇了一下，打开抽屉，拿出一本发票簿子。翻开一页，写下了一个名字和电话。他说他也想给她留一个，如果她有什么事情，可以来找他。他想要掀开另一页来写，她说，不用，就写在这一页上吧。他愣一下，想她可能出于节省的考虑，要将这纸撕成两半，就在她写下的字的另一边遥遥地写下，许廷迈……然而他写好了，她刷的一下将先前那页撕下给他，下一页仍然是两排清清楚楚的字。发票是双联的，前一页的背面其实是张复写纸。

他很欣赏她的聪明。做这些时，她并没有什么表情，撕发票的手势也是娴熟之极，好像他不过是个买东西的人。

他和她走出铺子，她轻轻掩上了古色古香的店门，拿一把大铜锁松松地扣住门环。扣好了，又用手努力地向门上够着什么。他伸长了手臂，轻轻地一勾，勾下了一道沉重的铁制的卷帘门。这是沾染了现代文明的东西，他觉得在这里煞了风景。她又将卷帘门结实地锁在了地上，把凝滞的时间一同锁在屋里了。

这时候他看清楚了她。她是个眉目疏淡的女孩，因此轮廓不是很明晰。在阳光底下倒没有了暗沉沉的风韵，脸上有些浅浅的斑。他还是觉得她很美，他是个先入为主的人。

她对他说了再见，急急地走了。他望着她窈窕的背影，在人群中穿梭，一忽儿不见了踪影。

回到公寓，他小心地从口袋里掏出那张发票，看了又看。她写下了一个英文的名字，Juliet，在他的印象里，这名字因为直白的浪漫，总有些俗艳。然而这时，他却觉得美得不可方物。漂亮的花体，在英语国家倒是很少人用了。J字被她签得繁复优柔，带着没落的美感。他再看自己签下的歪歪斜斜的“许廷迈”，心里不禁有些羞愧。

他出着神，并没注意到马汀走进来。马汀在楼下健身房做了运动，这会儿正咕咚咕咚地往嘴里倒矿泉水。看了他半天，他仍然没什么反应。

马汀终于开了口：你是恋爱了吧。这些中国女孩子，是会叫人上了瘾。他惊醒般抬起头。他虽然对这个同屋不存太多好感，然而直觉与洞见这类东西，总是叫人迅速地产生钦佩的情绪。

他没有想着去辩白，反而很虚心地问马汀：你和中国女孩子谈过恋爱么，那是什么样的?

这时候，马汀正对着镜子专心致志地挤着脸上一颗酒刺。听他这样问，手停了下来，有些不屑地笑了：恋爱倒是谈不上，我轻易不会恋爱。不过我可以和你说说她们的好处，这些女人，穿着衣服一个样，脱了衣服和你上了床又是另外一个样。所以她们总让人捉摸不透，这就很过瘾了。

他很厌恶地低下头去，觉得自己美好的心情突然间凋萎了。

马汀倒是不以为意，只管自己说下去，宝贝儿，别太天真了，谈情说爱虽说靠不住，也要选个合适的地方。

有些事情，是无法因地制宜的，譬如爱情。这是他的想法。

当这个电话号码烂熟于心了，他终于决定打出去。他又在心里操练了很多遍开场白，要把这句中文说得地地道道。然而，因为句子中间镶嵌了她的英文名字，他时时培养好的语感，屡屡会力不从心地脱了轨。他拨通了号码，问，请问是Juliet吗？末了是个滑稽的尾音，唐突地让他张大了嘴。那边愣了一下，然后一个男人的声音，很冷淡地说：你打错了。

他找出那张发票来，确信自己并没有打错。于是又打过去，这回那个男人粗暴地说，告诉你打错了，毛病啊。

他不太懂什么叫做“毛病”。然而他觉得这个男人的声音有些耳熟。

他再打过去，没有人接他的电话了。

他无端地有了很多的猜测，猜到最后，竟有些焦急了。他决定还是要去看个究竟。

她看到他，有了惊异的神色。这一惊，她的脸上就有了不同往日的生动。她回头看了看在暗影子里打瞌睡的哥哥，低低地问他：你又来做什么？

他竟不知道说什么。

看来，我哥的手机号码并没有拦着你。

他听她这样说，心里倒是恍然和释然了。他嗫嚅了一下，终于说，我只是想知道你还好。

她冷笑了：我好不好，和你有什么相干，我们并不认识。

他缓缓地抬起了头。她躲过了他的眼光去，口气却比刚才自制了很多：我很好，现在你知道了，可以走了。

他深深地看了她一眼，像是要把她吸进心里去。他转过身去，走了。他走得似乎很果断，心里却发着空，并没有注意到阴暗里悬挂着一架藏羚头骨。他实实地撞了上去，是沉闷的一声钝响。他觉得眼前有些黑，站定了。他揉了揉自己的额头，没回过头去，嘴里轻轻地说，我还会来看你的。

她并不知道，自己把手边翻开的书页子已经揉皱了。他并不知道，这时候，她倚着镂花的店门，远远地看他，看他摇摇晃晃地走出了西市。

他决定了的事，往往就有了恒心，这恒心其实是英国人所固有的。没有课的时候，他就会瞅着空儿到夫子庙去。久而久之，就成为了他生活的轨迹。然而，他又非一成不变的。他不会再迷路了。因为他有着年轻人的冒险与探索精神，他总是会在夫子庙一带任意寻找一个起点，往往是他自以为陌生的，然后七拐八绕地转悠，最后总能看到一处似曾相识的地方，凭着依稀的记忆摸到西市的门口。他对这件事有些乐此不疲的兴味，在中国实践着“条条大路通罗马”的真理。

开始去夫子庙，他总是坐出租车去。后来，他学会了省钱，坐7路巴士，站在飘荡着汗味的人群里。那时候这座城里的巴士还没有空调，车厢里的空气总是很热，他的情绪也被蒸发着，升腾起来了。

他走进清冷的西市，多少有些黯然下去。他的行为对于他自己，也是不可解的。他说去看她，竟是真正意义上的“看”。有时是走进店门去，晃荡一下，眼光在货物上扫视，很认真地。然后目光最终的归属，总在她身上，只是一瞬，就收回去。转身就离开了，样子全然是个冷漠而矜持的顾客。有时候，他并不进去，只是隔着窗棂子看她，看阳光在她身上停停走走，一看就是很久。每次他来，她都是知道的，她并不恼他，因为没什么可恼的。由于这店铺门可罗雀，她哥哥也意识到了他在铺子里周而复始地存在，记得了这个消瘦的年轻人。然而也只是记得，仅此而已，因为他没有做什么越轨的事情。

他每次摇摇晃晃地走了，她并不知道他内心的波澜。他有着中世纪古老骑士的作派，西市是他眼里的一座城堡。他对于她，有一种浪漫的倔强。他总觉得他对于她，有着某种莫名的责任。这种责任根植于堂吉诃德式的悲壮传统，然而他的感情却是隐忍下去的，没有任何死缠滥打的嫌疑。这样久了，她心里虽不理解，终于有些欣慰。因为她知道，他做这些，到底是为了她。

这一日，店里只她一个人。他走进来，看她翘着手指头，在计算器上点点戳戳。看了一会儿，他看出这只是她百无聊赖的游戏罢了。这时候是南京的“秋老虎”，天闷热得莫名，是夏季气势汹汹的回光返照。虽然这店里说是阴凉的，却带了自欺欺人的成分。因为密不透风，偶然有些流动的空气，也席卷着焦躁的热度。柜台上倒是有台电风扇，卡叭卡叭地运转着。那风吹动了她额前的刘海，像一排齐匝匝摆动的流苏。有些风钻进了她的领口里去，粗暴地掀起了她衬衫领子的一角，她颈窝里就有大块的白皙的肌肤暴露出来。他把眼光收回去。这时候，她扳动了一个钮，原本定了向的电风扇就摆动起来，扇叶子将簌簌的风也朝着他吹了过来，虽然不凉快，却是很温暖的。他听见她说，天太热了，你不要老是来了。他听得出，这和先前的拒绝是不同的。

又过了一会儿，她说要打烊了。他其实总是奇怪着，觉得她打烊的时间比其他的铺头早了很多。本来是没什么生意可做，可是这样早，总好像有些自暴自弃。他帮她锁上了铁闸门，转了身要走。

这时候她低低唤住他，问道：你胆子够不够大?

他茫茫然地点了头，她说，那好，跟我走。他就跟着她走。她走得疾，步态十分优雅，像是在闷热的气流中游动的一尾鱼。他因为个子高，步幅很大，却渐渐跟得有些吃力，觉得脊梁上有滚热的汗水流淌下来。然而，她却并没有回过头去关照过他。他们经过了很多地方，有些他觉得眼熟，有些就是很生的。他们走进了很长很窄的一条街道，道路两旁摆着大大小小的鱼缸和鸟笼，偶尔也有长相怪异的禽类嘎地对着他惊叫一声，就有各种各样的鸡鸣狗吠跟着呼应。他想这里应该是当地的一个宠物市场了。

终于走到了街道的尽头，她的步子也慢了。他看到有些高高低低的民房在他眼前错落地现出来。一色是灰蒙蒙的，混凝土的外墙往外渗着湿气。他抬头看了看，并不见一些阳光。四周林立的大厦，严严实实地造了一口深深的井。而这些民房的位置，好像就是在井底了。他跟着她在民房间穿梭，且左且右，渐渐他又迷失了。他似乎闻到了一些污秽的气息，胃里有些翻腾。他们穿过了一条很深的小巷，眼前倏然开阔起来。

他们跟前，是一个巨大的垃圾场。

第二章　大兴的拉斯维加

他从没见过这般山一样的垃圾，很雄壮地，绵绵延延地阻塞了他的视线。它散发的气味，自然也是排山倒海的。旁边散落着一些起重机和推土机，都变得很渺小了。

他愣了神，她轻轻地催促了他。他继续跟上她的步子。跟着她绕过磅礴的垃圾山，他看到了一座灰色的房子。这房子和先前的民房有些不同，高大了不少，好像是厂房，顶上覆着厚厚的石棉瓦。她走到房子门口，敲了三下门，又敲了三下。门打开了，开门的是个男人。男人留着很长的头发，遮住了眼睛，嘴上斜斜地叼了一支烟。看到她，很热情地招呼着，声音是含含糊糊的，因为烟还在嘴里。眼光落在他身上，却很敌意了。她小声地对男人解释了一句，男人的眼光就软和下来，然而他还是能看得出，有些戒备在里面。

这房子里面，比他想象得还要空旷，然而却被鼎沸的人声充盈了。他很惊奇地，看着面前七八张半新的台球桌，四周挤挤挨挨地围了很多的男人。斯诺克在西方是很高雅的运动，玩的人举手投足，总带着中产阶级的矜持和自傲。而这里的游戏者，却是没有一丝庄重的意味的。他们穿的，都是很随便的家常衣服，现在已经被汗透了。有些人敞开怀来，有的人干脆脱了，赤着膊，浑身就只有一条松松垮垮的西裤吊在胯上。这男人浑然忘我地弯下身去，趴在桌面上击球。因为没有腰带，西裤就失控似地继续滑落下去，暴露出他发福的腰和背后一小段的臀沟。他们大声地为某个精彩的击打叫好，虽然在他看来，这一球的水平并没有可圈点的地方。他们似乎又会对一两个人群起而攻之，嘴里骂骂咧咧的。他看她暗地里皱了眉，那应该是一些不太干净的话。

然而，她在这群半裸的男人中间并没有太多的不适。很多人兴高采烈地同她打招呼，在他看来，她的响应也是很积极的。有个男人嘻皮笑脸地对她说了句什么，她佯怒着在这人肩头上拍打了一下。这个举动在他眼里是很轻佻了，他多少有些瞠目。而她转过身来的时候，又是一脸的肃然之气。

她走到房间尽头。那里有一张写字台。她拿钥匙打开抽屉，将自己随身的坤包搁进去，又取出鼓鼓囊囊的一个塑料袋。她对他招招手，示意他过去。写字台旁边还有一扇门，她站起身来拧开门把手。然而，先前那个开门的男人却在她身后拦住了他。这时候，他看到她转了头，很冷淡地看着那个男人，说了一句话。他并没有听懂她说的是什么，好像里面有个“哥”字。男人嘴里还用方言争辩了一下，他也看得出是这争辩是苍白的了。她使劲地打开了男人的手，把他拉进门去。这一瞬，他看到她向着男人的眼睛里，有些让他陌生的凶邪的光。他打了个寒战。

他打了个寒战。他只觉得有一浪凉气猛然向他袭过来，他定定神，看出这是被人为隔出来的一间房。凉气，是因为墙角里座落着巨大的柜式空调。这房间里三三两两也有几桌人，与外面的喧嚣很不同，他们是默然的。他心想，这些人受到的待遇和外面的人也必然是不同的。他们在做的事他也懂，他们在打麻将。这是中国人发明的牌戏，也叫做麻雀牌。有人看见她进来了，扬起脸来和她打了招呼，也是静默的，只是点了下头。间或有了人叫牌，也是细声低语。有一桌好像是刚刚和了牌，就有悉悉苏苏的洗牌的声音。他觉得那桌布是特制的，听起来好像蚕食桑了。这房间里有个年纪很轻的男孩子，他看出来男孩警醒的眼神，似乎起着监督的作用。她走到男孩跟前，将那塑料袋解开，从里面拿出的，竟是一叠叠红红绿绿的筹码。她交代了那男孩几句。这时候有人叫她过去，那一桌只有三个人。其中一个男人，对她指了指身旁的空位子，又指着自己的手机，对她说什么，眼睛里是有些恼怒了。她笑着安抚他，打开自己的手机，和不知什么人讲电话，挂了电话也是无可奈何的样子。他渐渐有些看明白了，那一桌少了一个人，是缺了一只脚，这是很让牌客们心焦的一件事。这时候她远远地看见他，走过去，把他拉到牌桌前来，让他坐在那空位上。嘴里和那三个牌客说了什么，其中一个人撇撇嘴，是很不以为然的样子。然而另一个却大声地笑了，只是做了个大笑的动作，并没有发出声音来。她回头用英文跟他解释，说，他们在玩一种中国的牌，缺了一个人玩不起来，我是不能上桌的，你来和他们玩。这牌的规则很简单，我来教你。那大笑的人看着他，又说了一句话，全桌的人都笑起来。她也笑了，对他说，他们知道你是外国人，说今天是不要赚钱了，打打国际友谊赛。另一个牌客又说了一句，几个人嘀嘀咕咕一番，对她说了，她听了似乎很兴奋，说，他们说钱还是要赚，不过你输了不要你给钱，赢了算你的，你要好好地为我争口气。她说得很郑重，但他还是听出她玩笑的口气。

她很仔细地用英文跟他解释了牌的规则，有些地方觉得自己辞不达意了，就拿出几张牌在他面前比比划划。旁边终于有人催促起来。她对他说，你先打起来，我在旁边看着，中国有句老话，实践出真知。她说完这些，他看到他们一气地对他宽容地笑了。

他开始打，其实是她在打，她叫他出什么牌他就出什么。她觉得出错了，竟然就从桌上拈起来收回去。他们任由她收回去，脸上的表情还是宽容得很。这样打了一圈，他看自己面前的筹码被呼拉拉地扫过去，知道自己是大输特输了。她倒是轻松得很，说现在你大概也会了，自己打吧。他就自己打，牌出得是小心翼翼的，其他的人就耐着性子等他。这一局，是别人点的炮，他第一次没有输。有个牌客就冲他伸了大拇指，对他说了句话，他听出那话说得有些居高临下。她在旁边给他翻译，是夸你呢。说你一个老外比中国人学得还快。他张开嘴想对她说什么，然而别人面前已经麻麻利利地砌成一道墙了，就赶紧跟上去。这一局他又输了，输得还算小。她倒是有些为他紧张了，因为他面前的筹码已经所剩无几。新的一局开始了，她就又在旁边指指点点。然而，这回他却不听她的了，思考了一下只是打出了另一张牌去。她心里就小不痛快，觉得这个外国人的性格执拗得有些可厌。她就走开去，照看一下其他的桌子，心想让他自己折腾个鱼死网破好了。然而她回来的时候，恰恰看到他推倒了面前的牌，他赢了。

她看到他面前整整齐齐地做成了一道“清一色”。这是她没有教过他的。她自然大惊失色。旁边一个人对她说，自摸的。她在这人眼里看到了警惕和不解。他这回是赢得不轻。她知道，一定是有人怀疑自己参与了一个骗局，就将他从座上拉起来，对他说，不打了。然而一个牌客止住了她。她有些无奈地对他说，他们说没有赶庄家下台的道理。

他继续打，这回他摸的牌是乱七八糟。她竟有些欣慰。她想，这样差的牌，总可以为他打打圆场。然而，当她看他不紧不慢地把牌做成了一道中规中矩的十三么，眼里也有了恐惧。

这局他又是自摸的。

连着三局，他没有下庄。三个牌客和她一样不知所措，但是眼睛里比她多了浓重的敌意。她突然大笑起来，对那些人说了一番话，那些人表情平和了些，然而还是一张张灰头土脸。

接下来，这麻将牌筑成的一座城，第一个推倒了城墙突围的，倒十有八九是他了。

这样不知又过了多少时候，他听到“叮”的一声脆响，牌客们都放下了手中的牌。她走过来对他说，你到门口等我，我要和他们结账。他看见牌客们拿着一堆堆的筹码，和她换了或多或少的一叠现金。这也是很平静地完成的，在十分井然的秩序里，她严肃地做着她会计的工作。

到这时候，他已经很明白了，这是一个地下赌场。

他们出来的时候，外面已经是沉沉的夜。垃圾场的气味似乎有些收敛了。空气中飘散着若有若无的腥甜气息，是行将腐败还没有败尽的味道。

他们在夜色里走着，谁也没有说话。仍然是他跟着她。路过宠物市场，已经是寂然的一片。突然传来很锐利的一声鸟叫，在这夜里是不合时宜的，很快也被淹没在黑暗里了。他记起父亲曾经教给他的一句诗，“鸟鸣山更幽”，大概说的就是这个状况。他正想着，却听见她的一声惊叫。一只猫从临街铺子的顶棚上跳下来，很轻盈地落到了她的面前。它也许自以为这动作完成得十分优雅，然而听到她的叫声，却仓皇地逃去了。她余悸未消似的，只是站住不动。他走到她身旁，突然间，感到自己的手被握住了。他十分惊喜地在夜色里寻找她的眼睛，然而，那手只是握了一下，就松开了。

这时候，他听见她低低地说：今天的事情，你不想解释一下么？他有些局促了，好像在内心里作着挣扎，然后他终于告诉她，他是很小的时候就上了牌桌的。他的祖母，是个很顽固的中国老太太。祖父去世后，这老太太就不肯出门了，让父亲专为她布置了一间房，里面装满了从唐人街淘来的旧家具和摆设，还有一张巨大的花梨木牌桌。她就伙着一班和她一样顽固的老太太成日在她的世外桃源里打麻将。这老祖母是很爱他的。祖母是他有关中国文化最早的启蒙老师。她并没有教他麻将，实实在在是他自己看会的。他最先认识的五个汉字，东西南北中，也是在牌桌上认得的。他其实很缺少实践的机会，因为母亲禁止。一同被禁止的还有学他祖母的宁波腔，英语是他们家庭唯一的官方语言。除了特立独行的老祖母，没有谁拥有说汉语的特权。关于麻将也是，今天是他为数不多的几次实战演习，他是凭着记忆来的，也没想到会如此得心应手。

你倒是好，连我都骗了过去。他紧张了一下，却听出她的声音是快活的。他脸红了，说不想骗人，可是他一个外国人，如果说精于此道，倒真的像句骗人的话。所以，就不说了。

她听了，想了想说，是，有时候骗人也是不得已。

说完这些，他们又沉默了下去。

这时候的夫子庙，也静寂下去了。路上偶然亮起的灯，也仿佛闪闪烁烁的惺忪的眼。她在一处灯光前停下来，这该是一间临街的铺头，已经关起了半扇门，是打烊的征兆。然而，她昂然走了进去。他在门口却没有动，她回转身来，将他拉了进去。

他看清楚，这里面是一间食肆。整齐地排放着半人高的桌子，都很旧了。桌面上的红漆斑斑驳驳，透着不很干净的颜色。他们坐下来，她遥遥地对一个伙计模样的人招了招手。嘴里却轻声对他说：赌徒也总要吃饭的。她这句话说得语法俏皮，像一句精巧的西方谚语。

他这才觉出自己很饿了。在他格拉斯哥的家，按时吃饭是雷打不动的规矩。他好像一只摆钟，被严谨的家教上满了发条，按部就班地嘀嘀答答。不出意外的话，每天做的每样事情都在时间的轮盘上各就各位。吃饭也是，是习惯与秩序，而非生理上的需要。他很久没有在这样饿的时候吃过饭了。

伙计走过来，和她是很熟稔的样子。他看她有些歉意似的和伙计说了几句，应该是些客气话。然后又接过伙计手里的单，很干脆地报了几样。

伙计走远了，她拿起茶壶，将自己面前的杯子倒了半满。晃悠了几下，又从筷笼里抽出一双筷子，就着面前的水盅，将杯子里的茶水顺着筷子倒下去。他知道，这是中国式的饭前清洁工作。他本来想如法炮制，她却把他面前的杯子拿过来，将刚才的动作又做了一遍。这一遍似乎做得慢了些，她的腕是很灵活的，水倒下来的时候，筷子在她手指的捻动间均匀地旋转。他在叮叮咚咚的水声里出着神，这时候却听见她说：

你对我，倒像是好奇得不够。

他并不知道怎么回答，她就接着说，我带你去那里，原本不算个正经的地方。你倒是没有被这些不文明的东西吓住。

说到这儿，他却笑了，说，信不信由你，我是对那里有些喜欢。她也笑了，他这回才发现，她笑起来，就露出了两颗虎牙来。

他看得出，她这回的笑，是真正很松弛的。他们两个之间原本有层紧张的膜，在这笑容里融化了。

她说，这间赌场，原本是她哥哥从一个温州人那里接手过来的。他哥还有别的事要忙，她就负责帮他看看场子。其实也没什么可看的，客都是老客，主要还是要防条子。

她拿过他的一只手来，用筷子在他手心里写下两个汉字，条子，告诉他就是“警察”的意思。

她又说，今天那个男人是拦着你不想让你进去。我就跟他说，这人连中国话都讲不利索，只怕见了条子也不知说什么。

她又笑了。这时候，伙计端了一个托盘过来，两只上了黑釉的大碗，还有一盘排得整整齐齐的饼。她说，你来了夫子庙许多趟，恐怕还没吃过地地道道的南京小吃吧。南京小吃里有“秦淮八绝”，这桌上的，倒是其中的两绝了。他听得有些瞠目，因为她把这个“绝”字，翻译成了miracle，在英文里是“奇迹” 的意思。他想自己是有眼不识泰山了，接着却很犹豫怎样将这“奇迹” 吃下肚去。

她指着面前的大碗告诉他，这是“鸭血粉丝汤”，这里面漂着的白色的东西是鸭肠。他一听顿时下不去筷子，胃里有些翻腾。他长了这么大，还没有吃过什么动物的内脏。这一碗热气腾腾的汤，在他眼里竟变得很血腥。她却有滋有味地喝了一口，看他不动，很奇怪了。他跟她解释，她有些为难地说，你们外国人就是穷讲究，不管你了，不喝你会后悔的。她大口地喝下去，脸上是很享受的表情，看得出也很饿了。他终于被她所感染，尝了一小口，竟是出奇的鲜美。他就大着胆子喝下去。她看着他笑了，笑得虎牙又露了出来。另一道“鸭油酥烧”，咬起来是爽脆的，很香甜，他接受起来似乎并没有什么困难。

他的胃里终于装满了“奇迹”，身上也是大汗淋漓了。她把伙计叫过来要结账，他嘴里还鼓鼓囊囊地咀嚼着，手却赶紧拦住了她。她有些莫名其妙，等他终于把嘴腾空了，对她说，这是他们头一次在一起吃饭，理应由男士来请。她听了，很理解地点点头，说，你也够形式主义，不过对女人倒是不错。好，那就用你的钱。

她打开皮包，拿出一只信封，利索地抽出一张一百的，递给了伙计。然后把信封放在他手里，这是你的，你赢的。你今天战果辉煌，一共赢了5K，五千块。

他有些吃惊，捏了捏信封，里面是有份量的一沓。他把信封推到她面前，说他不要。

她倒吃惊了，说，正正经经赢来的，劳动所得，为什么不要。他们并没有让你，后来我和他们说了，都是按老规矩来的，扣了本金，是硬碰硬的赢。

他摇了摇头。她很为难了，说你这个人，怎么这么不爽气，不是嫌这钱不干净吧。

他还是摇头。

她想了想，终于说，好，这钱，还是算你的。搁我这儿，咱们想法子把它给洗干净。

他一听洗钱，很紧张了，说，犯法的事可不能干。

她大笑了，那倒不会。你一个老外，看不出倒是正儿八经的良民。不过，你怕犯法，今天就不该跟我去赌场。

他们走出来，到底是秋天了，晚上就有些寒意。他和她并排走，彼此之间的距离近了些。这时候，有辆出租车过来了，她招招手，上了车。他也要上，说要把她送回家。她却犹豫了，说，你还是另外搭一辆吧。

他退出来，很绅士地给她关上了车门。

他从来没有这样晚回过宿舍。进了大门，守夜的老头儿正低着头打瞌睡，看他进来了，抬起眼睛，目光从眼镜片子上方冷漠地射出来。因为认出了他，没有多说什么。

电梯已经停了，他从楼梯爬到他那一层，已经觉得有些气喘。然而他在房门前掏出钥匙的时候，似乎听到房间里有人和他一样气喘吁吁。他并没有多想，打开了门。

房间里的灯大亮着。一个巨大的肉色的人形跳入他的眼睛。他愣住了，他终于看清楚那是个女人的裸体。女人有着白得耀眼的臀，那臀在马汀身体的中段一上一下地耸动着。女人的一只乳房也跟着在跳动，另一只正抓在马汀的手里。马汀喘息着，双眼紧闭，脸上的酒刺更红了，那是因为受到了兴奋的刺激。两个人都在忘我的境界，竟没有发现他进来。他把钥匙从锁孔里抽出了，那女人才惊觉。看见他，似乎并不怎么羞惭，倒是迅速地打了马汀一个耳光，说，你没告诉我他会回来。女人从马汀身上吃力地爬起来，他看到马汀的私处，那东西僵直着，和主人的脸一样丑陋地发着红。他低下头去，觉得自己进退两难。倒是女人开口说话了，你总该给我点时间把衣服穿好。

他于是退了出去，给他们关上了门。

他站在走廊的一隅默默地等，看女人出来了，在门口穿上高跟鞋。似乎踌躇了一下，又脱下来拎在手里，迅速地走远了。走得太急了，一只鞋“啪”地一声掉落到地板上。女人弯下腰去捡。在幽暗的灯底下，他又看到一个丰腴的臀部的轮廓，毛茸茸地带着光晕。

他望着女人的背影消失在楼道里，并没有立即走进房间。刚才的一幕，总有些尴尬。他不想这么快面对马汀。

他拧开门，屋里已经黑了。马汀轻声地打着鼾，沉沉地睡过去了。他想，这或许是个不太有心事的人。他没有开灯，坐在床上，走廊灯的光线射进来，把他的影子沉重地投到了墙上。他向那影子挥了挥手，影子也对他挥了挥手。

他摸着黑脱了衣服，裹着浴巾去盥洗间。很热的水从淋浴器里喷射出来，浇在他的头上、肩上和胸腹之间。他的心里也倏然有些发热，这热度在夜里形成了浓重的雾气，让他有些恍惚。恍惚间出现了刚才那个面目模糊的女人，好像是住在三楼的爱尔兰的苏珊或者十七楼的加拿大的斯蒂芬妮。然而这些都不重要了，他的脑里，只有充满了那女人沉甸甸的乳和肥白的臀。白的，散发着毛茸茸的光晕的轮廓。一瞬间，他眼前又出现了她。她的白色的腕，灵巧地转动着，她衬衫里忽明忽暗的白色的颈窝。他感觉到自己的下体无端地膨胀和坚硬了，刚才体内的热力，这时候冲突着他，搅扰着他。欲望升腾着，他无知觉间做了处在青春期的精力旺盛的男孩子会做的事情。那快感也是在一瞬间喷薄而出的。他微微地喘息，猛醒了。他带着深重的罪恶感，将还在缓缓流动着的浓浊的液体冲洗干净。眼前的雾，渐渐地散了。

他躺在床上，心里突然感觉到一种满足。他深深地叹了口气，闭上了眼睛。

第二天中午，他下了课回来，马汀坐在床上发着怔。他知道这是马汀刚刚睡醒，处于痴呆十分钟的状态。看到他来了，马汀惊醒一般，手忙脚乱地收拾开了。突然马汀嘴里很脏地骂了一句“bitch”，说这个狗娘养的，在我床上折腾了半个多小时，丢下我一个，收拾她的狗毛。马汀眼睛猎犬一样在床铺上逡巡，时不时停下来，拈起一根很长的头发，就着阳光看一看，然后转头看看他，分享似地笑一下。

突然，他看到马汀的脸上现出极其暧昧促狭的表情。马汀把一根毛发举到他跟前。他看到这根是弯弯曲曲，闪着金黄的光泽。他并不知道马汀的用意。马汀却得胜一样哈哈地大笑了，说，你看，她那里的毛和她的头发是一个颜色，哈哈，这条母狗，种还挺纯。

他有些吃惊，很失态地眼神躲闪起来。马汀欣赏着他的无措，恶作剧似的一路笑下去。

马汀笑够了，突然正色道，杰罗米，你应该向我道歉。

他以为自己听错了。这时候，马汀的眼睛，无比真诚，是个准备向别人道歉的神情。然而，马汀眉清目楚地对他说，你应该感到抱歉。

他不知道自己有什么需要道歉的。马汀看他沉默着，终于恨铁不成钢地长叹一声，说，你知不知道中国有句老话叫做“棒打鸳鸯”，这是极其残忍的事情。你还年轻，你并不明白性的折磨多么痛苦。那是个魔鬼，会要了你的命。

他立即明白是指昨晚的事情。他有些惊异地听着马汀理直气壮地混淆了是非。他几乎真的预备道歉了。

然而马汀宽宏地挥了一下手，说，算了，你是不会明白的。你很幸运，还在谈情说爱的年纪。顺便说一句，你的小情人来电话了。

他当然很意外。马汀看他眼里闪出了焦灼的光，卖关子似的停住了，顿了一下说，她留了电话号码给你。英文说得不错。不过声音不够性感，太一本正经，不适合调情。

电话拨通了，是她冰冷的声音。听到是他，她沉默了几秒钟。他心里希望她是无声地笑了。她的声音果然有些柔和下来，然而还是公事公办的口气。她说，明天下午你有空就来吧，四点钟，我在店里。

他希望听到更多的，她却没有再说下去。他只好说，哦。

四点钟的西市已经很慵懒了。因为没有人打扰，每天像马汀一样睡到自然醒，在游人寥落的东游西逛中打发时间。游人稀了，它也百无聊赖地打着呵欠，又睡过去了。

他走进店里，看到她正在扫地，动作利利落落的。她表现出的勤快和周遭的静与懒有些不称。看到他进来，她停下手，说刚刚做成了一笔生意。她指指墙角，那个花瓶给一个台湾人买走了，腾出好大一块地方，都是灰。他想了想，那里的确有一只硕大的景泰蓝花瓶，长期蒙着尘土，里面插着些卷轴字画。这会儿终于给人发现了，买走了。

他问她，说这么久才能做上一笔生意。这么难，为什么还要做下去。

她正洗着手，听他这样问，手就停在空中了。水“滴滴答答”地滴在水盆里。她低沉沉地说，这里闲归闲，做的倒是正经生意。

他知道她是有所指，就不说下去了。

收拾停当，他和她出了门来。依然是他跟着她走，沿着秦淮河畔一路走过去。走了几步停住了，是临河的一座宝塔似的高阁，上下三层。其实他对这建筑并不陌生，每次来西市，这都是必经的地方。然而，却并没有玩味的兴致。一方面，他是个一根筋的人，来了就是来看她，心无旁骛。再者这建筑雕梁画栋，却是处处簇新的，好像翻修过不久，或者原本就是个新起的建筑，新得过分了。又没有西市安静的氛围，临着街口，透着股子对游客的媚劲儿，有点急功近利。

她看出他的踌躇，说，这里叫“魁光阁”，是个“老字号”。眼下刚刚装修过。我知道你的心思，你们外国人，巴不得中国的老房子都露出破落相来，才算是地道。她看出了他的窘，终于笑了。她竟大方地拉了他的手，走了进去。

他进去了也知道了另有洞天。里面有一道曲折的回廊，新也是新，结构却是透着古意的。回廊又连着一座石舫，却一眼看得出是旧物，很见沧桑。她一路给他指点着，告诉他，连她这个土生土长的南京人也没看过这魁光阁的旧样子，似乎一见到就是新的。这阁是清朝建的，咸丰时候战乱毁过一次，同治时候重建了。抗日战争时候，又被日本人毁过一次。毁得元气都没了。翻修了几回，请专家克隆成了这个样子，好在劫难的痕迹到底是抹掉了。

他听她讲得头头是道，心里佩服得很，说，你一个女孩子，懂得倒这样多。她听了嘻嘻一笑，又是两颗虎牙露出来，说，我是正经做过拿牌的兼职导游的。这些都是背顺了口的导游词，专门说给你们老外听的。你算是赚了。

他们沿着扶手木梯上了楼。他原指望这里是个观光的地方，没想到上面是个厅堂，摆了古色古香的桌椅，一色是沉甸甸的红。她拣了个临窗的位置坐下来，说，看不出吧，这里是南京最有名的一间茶馆。

他四处打量着，的确是看不出。这茶馆似乎太安静了，陈设也厚重，并不是与民同乐的类型。他想起在格拉斯哥，被老祖母牵着手去过唐人街上的中国茶馆。那些茶馆大都是潮州人开的，是很热闹的所在。铿铿锵锵的广东话，不绝于耳。也有半老的女人在上面唱些戏文，是广东土产的粤剧，唱得多半是很凄凉的，和茶馆里的热闹气氛却有种奇妙的和谐。唱到很伤心的地方，一些老头子也会叫好，或者跟着唱。有次一个老先生跟着台上的和着调子，和着和着哭起来。祖母告诉他，那老头子无儿无女，是想家了。祖母是个宁波人，却也会唱一出粤剧，有时候只冲着他一个人咿呀地唱。他并不懂戏文的意思，然而听得多了，记住了那出戏的名字，叫《客途秋恨》。他能记住的，还有那些小盅的茶点心，叉烧包、蛋挞，牛百叶、紫菜卷……

她看出他走神了，用手在他眼前挥一挥。他醒过来，看到她脸上有些严肃的神情，他想，她或许是看出他的忧伤了。他从小会为一些极小的事情忧伤，有时也只是一瞬间的事情。

她说，你这样子是很多老外的通病，叫做“发思古之幽情”。他恰恰是懂这句话的，忘记了谁也曾经对他说过。然而，他知道，她这时候并没有懂他。

她似乎想找个热闹些的话题，说，你记得么，上次我跟你提过“秦淮八绝”，只有这里能吃到又全又正宗的。

他凑趣地笑了，看她叫过服务小姐点了单。一会儿，小姐拿来一套紫砂茶具，给他们倒茶，手高高地扬起来，茶水飞流直下，到了杯子里却是滴水不漏。他于是又想起了那个晚上，她为他涮洗杯子的一幕。

他终于说，这里太冷清了。

她似乎有些失望，说，这里本也不是俗人来的地方。是有名堂的，我们刚才经过的红墙里头，是江南贡院，中国古代的大考场。各地应试的秀才中了榜，就到魁光阁里来庆祝，原先还有在墙上题诗作对的，风雅得很。这些年，才是越来越俗了。这也没办法，眼下南京的“老字号”，都很不景气了。百年老店剩不下几家，你看对面的“奇芳阁”，已经把一楼的店面租给了“麦当劳”。“六凤居”这样的，更加办不下去，干脆歇业了。

他很少看过她这样健谈的，他于是想，她是不是又在背导游词。然而又不像，因为，他听出她的语气里有很诚恳的东西。

这时候，小姐陆续将茶点端了上来。上了一道，就在旁边喋喋地说着什么。小姐说得很快，他全然听不懂，求助似的望着她。她听了听，给他翻译了一两句，他知道说的是茶点的历史缘故和相关的风物逸事。这是饶有兴趣的工作，本可以声情并茂，然而小姐却好像是在背诵令自己不愉快的文字，口到心不到的。她也觉得折磨，终于请小姐走了，对他说，我来给你介绍好了。

他就听她讲，她讲起来，是娓娓道来的意思。说这里的茶点，因为要讨吉祥，多半是和科考有关，这个五香豆称为状元豆；糖藕粥则因莲藕多孔，寓意“路路通”……

他听下去，觉得这多少有些故弄玄虚，就说，原来都是很家常的东西，如果吃了他们的豆，连试不第；吃了他们的藕，又处处碰壁，这笔账又如何算，有虚假广告的嫌疑了。

她于是笑了，说，你这个人，这么较真，要是生在中国古代真是没活路。原本就是些生意经嘛，你好我也好的。中国人做生意，讲的是和气生财，有个大概就好了，哪能这么精确。

他想了想说，还有一件事，那个西市。中国话里“市”不是城的意思么。南京城就叫南京市。为什么那个西市翻译成Market，我原以为是座城中城，兴头头地进去看，谁知道还真是做生意的地方，把人都给骗进去。

她沉默了一下，说，中国古代的城市，原本就是做买卖的大集市。你们西方的城，是城邦制的结果。起源不同，我们的城市，说到底就是交易的地方。

这个时候，他突然觉得她离他又很远了。她说的“我们”和“你们”是条随开随合的鸿沟，他把握不到。他想，他无法了解她，每次和她在一起，仿佛也是因为机遇。然而，机遇，其实也是很难把握的。

他们一并地沉默下去。他有些无趣，向窗外望出去，才发现已经淅淅沥沥地落了小雨。秦淮河上起了蒙蒙的烟雾，天有些暗下去，烟雾和暮色就浑然一片。景物都似是而非了，原本的花红柳绿也不再触眼，露出了清新的颜色。河上的行人和行船也都入了画。

这一瞬间的秦淮河是他所陌生的，有些陌生的诗意。他有些陶醉了。他这才意识到她选了这个位置的用心，很感激地向她看了一眼。

她却埋着头，脸上是个茫然的神情。他有些歉意。她的手在机械地动作着，把三根筷子在桌面上摆出了一个三角形。摆好了，手里又将另一根筷子在三角形里比划。然而比划了半天，却又换了个角度重新摆。他看出她正沉浸在里头。

他转过头去继续望着窗外，突然听见她说，你知道么，怎么可以用六根筷子摆出四个三角形?

他回过头来，想了一会儿，对她说，把你手里那根筷子在三角形的一角上竖起来。她眼睛亮了一下，然而很快地黯然下去。

她抬起头，看着他说，有个人给我出了这道题目，没有给答案，我想了两年。看来我真够笨的。

他拿不准应该怎么安慰她。

她问他，我今天是不是说了很多话?

他不置可否。

她说，我知道我今天说了很多话。我今天应该高兴一些，今天是我的大日子，我今天二十岁了。

他当然有些吃惊。他张了张嘴，没有出声。如果他在这种气氛里对她说“生日快乐”，有点近乎于傻。

她突然低头一看表，露出了紧张的神情，说，我要走了。

他终于说，我，不知道，应该送你一份礼物的。

她迅速地接过他的话，可是你请我喝了茶。

她掏出个信封，叫了小姐来付账。他认识那个信封，里面是他赢的钱。

这一刻，他觉出了她的神情里，有些他不了解的东西。她的眼睛里，有些泪光在动。

一切她做得干净利落。他们出了门来，她没有与他道别，自己一个径向左转过去，急步走了。他跟了几步，看出了她分道扬镳的意思，就停了步子。她这时候却转过身，一把牵了他的手，昂然地往前走过去。

天已经半黑了，夫子庙多的还是人，多的还是观光客。夫子庙林立的食肆，这时候仿佛也才睡醒，精神抖擞地吸纳吞吐着人群。人太多，他们在熙熙攘攘的人群中有些受阻，如果只她一个，她应该是游刃有余的。可是多了他，她并没有松开手的意思，或者是他这会儿拉紧了她的手。人们就看到一个纤细的的女孩子拉着一个高大的青年，在人群中且停且进。在他们眼里，这是大街上平常不过的风景，一对恋爱期的小儿女，平常不过的拉拉扯扯。

他跟着她，穿过生熟交错的街巷，上了一架巴士，坐到了一站，下来，接着又走，走进了一个小区。这小区排着整整齐齐的灰蒙蒙的楼房，每个楼房上面有一个编号，他们走到19号的底下，她停住了。

他们始终是沉默着，她始终拉着他的手。

天还下着小雨，他们全被打湿了。细密的雨珠子沾在他们的衣服上，像是裹了一身白色的绒毛。她牵着他，走到一棵茂盛的夹竹桃后面。他看到她直勾勾地盯着一处望，眼睛都没有眨，怕是错过了什么。

她望着的地方是个小花园，花没有了，密集地生着由绿转黄的杂草。还有些石凳石桌，寥落地摆在角落里。

这时候雨大起来，细碎地打在夹竹桃上，“噼里啪拉”地乱响。他看到不远处有个单元楼的门洞，要拉着她过去避雨。她却拗着劲，一动不动。眼睛也没有动，她的睫毛上聚成了很大的一颗晶莹的水珠，将落未落，千钧一发。他抬起手，想帮她拭掉，却终于也没有动。

他们站在雨里面，沉默不语。雨水从他的鼻尖上滴下来，落在他的嘴里，有些凛冽的腥甜。她的手，开始在他的手里瑟瑟地发抖了。他知道她很冷，他放开了她，把身上的T恤脱下来，披在她身上。这T恤也是湿透了的，他也拿不准这样会不会让她暖一些。这是他身上唯一的衣服，他光着脊梁，任雨水从背上簌簌地流淌下来。他又拉住她的手，和她一道注视着那个地方。

突然，她的手在他手心里猛然一紧。远处走过来一个人，是个男人，看不清眉眼，步态却有些老。他穿着一件黑色的短袖衫，打着一顶黑色的雨伞，腋下夹着一个公文包。他走得有些急，是个赶着回家的男人吧，也许有妻儿在等着。他想，这样的男人在这城市应该有千千万万的，普通，平实，放在哪里也是波澜不兴。

那男人穿过花园，停在19号楼的入口，合上了伞，使劲地抖了抖，进去了。

她的手在他手中虚弱地松开了，她平静地说，那是我爸爸。

她的声音很小，有些像自语，她说，每年生日，我会过来看他。

他想问她什么，却看到她的眼睛里，闪的全是泪光。

雨停了。

他问她，那是你的家么？她说，不是。

他说，那，我送你回家好么。

她说，好。

出租车开的并不太远，在附近的一条大街停了。她没有再拉他的手，他跟着她走进一条极狭窄的巷子，走到了尽头。借着路灯昏黄的光线，他看见一幢红色的楼房。她对他说，他们家在上面。

楼房只有两层，很残旧的阴暗的红。裸露在外面的红色的砖，经了年月了，现出不干净的颜色。这房子是很久了，整整一面墙，上面密密地覆盖着爬山虎。有一些枯颓的藤挂了下来，在风中摇曳，是去年的了。长了又枯，枯了又长，许多年了。他看到楼房的侧面刷了一些很大的字，其实只是些斑驳的笔划。她说，那是文革时候的标语。她问他，你知道“文革”么？他点点头。她笑了，说，你倒是知道，我都不敢说我知道。她走到墙跟前，念，誓死捍卫毛主席的革命路线。

他说，我知道毛，毛我也知道。

他向四周望，这房子虽然很旧，在这一带却是鹤立鸡群的。周边的房子形状都很不堪了，许多都在墙壁上画了个很大的白圈，里面是个笔墨浓重的很大的字。他问她，这也是标语么？她说，这是个“拆”字。这里，她将胳臂一抡，过了年，统统都要拆掉了。

她说，你回去吧。

他说，好。脚却没有动。

她走了，她走进门洞里，却又回转过身。他看她对他招手，就走过去。她拉着他的手，倒退着上了两级楼梯。这下她比他还要高了，她定定地看着他，他也看着她。楼梯灯微弱地闪，他似乎能听见钨丝燃烧的滋滋声。映在她的眼睛里，也有些小小的火苗在抖动。她低下头，在他的额上轻轻地吻了一下。

他这一夜，没有睡着。第二天，在课堂上打起了瞌睡。

这在他，是第一次。他是个凭了惯性做事的人，生活原本是平铺直叙的。一旦脱了轨，会稍稍混乱一下，很快就在另一条新的轨迹上循规蹈矩。这是他自己也没有想到的，他频繁地在课堂上睡觉，开始逃课。同学们惊奇地看他堕入了松散的生活习惯中，他们并不知道他已经进入了另一条稳定的生活轨迹中，三点一线，学校，她的古玩店，她的赌场。

他在店里陪她照顾生意，跟着她去赌场看场子。开始赌客们对这个年轻人的出现很不适应，他们甚至抗议过。他的模样太过英挺，而且他脸上有一种与生俱来的正气，这些都是和赌场格格不入的东西。有些事情就是这样，你在做一件事，或者坦白些说，是一桩勾当。本来你习以为常，并不觉得不妥。然而，如果有了一个因素提醒着你，提醒你所做的是一桩勾当，提醒着你的鄙俗，你会不自在起来，甚而畏惧。

然而，他本质上又是个很亲和的人。他其实缺少英国人一贯的骄傲，他模仿着她的作风、举止为赌客服务，甚至，周旋。这其实是有些低声下气的，但是他并不恼。赌客们渐渐对他产生好感了，因为他们看出他的本分，这是时下的很多中国青年都缺少的品格。他们开始亲近他，叫他小许。他们喜欢他了。这些人是世俗的，但是对人的喜欢，也纯粹。他们并不问他的来历，他们开始给他递烟，他学会说“不抽不抽”，但是他们仍然坚持要递。

他也和外面的客人打桌球，热了，他也赤了膊，趴在球台上。她说，他这是肉搏，他就对着她笑。他和她的笑，有了些淡淡的甜蜜意味。

他的中文在这周旋里突飞猛进起来。这于他是个意外的收获。他受到了老师的表扬，当然是因为流利。然而老师又很疑惑，他的中文里开始有了浓重的南京口音，俗语里头叫“萝卜腔”。比如，他说到“没有”，会说“没的”。

他有时候会见到她的哥哥，这个长相略略猥琐的男子，似乎已经忘记了他们不愉快的相识。这是个寡言的人，来了就在场子里象征性地兜一圈，和妹妹说上几句话。其实他们也并不太像兄妹两个，因为缺乏同胞间的亲近，言谈间有着很大的距离。这男人有时在场子里抽烟，他看见她走过去，“啪”地一下就将烟打到地上了。抽烟的人愣一愣，就埋下头用脚将烟在地上碾灭。这是个窝囊的哥哥。这个哥哥开初对他有些狐疑，后来也看得惯了。有次和她起了争执，被抢白了一番，也默不作声了。她走过来，对他冷笑了一声，说，真是掉到钱眼里去了，我哥打你的主意。说有你在这做义工蛮好，让我索性把里面那个男孩子辞掉，可以省掉一笔工钱。我说好，把里面那个辞了，付给他外籍劳工的薪水好了。

她这时候说话有些汹汹的气势。他知道在这场子里，她是个权威，大家对他的接纳和她的地位也有着很大的关系。

唯有一个人，保持着对他一贯的敌意。他叫阿彪。就是他第一次来时，为他开门的男人。这个男人永远留着很长的头发，遮住了眼睛。他只有四分之一的眼神与你交流，所以你永远也无法估计他心里的想法。而这四分之一的眼神也是极阴郁的。这其实是个得力的人，活儿不轻松，要协调桌球场子一众老少爷们儿的玩乐，还要帮里面的赌场把风。她告诉他，阿彪是那个温州佬留下的。温州佬说，阿彪以前就帮他看过赌场。那个场子后来被条子发现了，连锅端了。阿彪为了帮赌客从后门逃出去，自己一个人堵着门口，后来给拘了，给打得剩了半条命。出来的时候，温州佬派人去接他，说手下人就信得过阿彪。阿彪是个义气的人。

他问她，为什么阿彪没跟温州佬走。她说，那个温州佬现在做白粉买卖，风险太大，阿彪不想跟了。

这个阿彪没有和他说过话，但是他感觉得到，阿彪注意着他的一举一动。他经常能够感觉到阿彪的视线，在他和她在一起时，这视线往往也变得炽烈了。

阿彪对他存着很大戒心，而这戒心似乎并非来自于不信任。

他也觉得他和她在一起，似乎不应该这样顺理成章，应该会遇到一些阻挠。他便隐忍。

阿彪在一个下午，不辞而别。

众人惊诧间，总觉得隐隐的不对。终于发现，不见了一本账薄。

她好像没有太多的意外，咬一咬嘴唇，说，铁打营盘流水的兵，该知会一声，是做人的本分。

第三章　古典主义大萝卜

阿彪消失了。他在赌场里顶替了阿彪的位置。

她与他，并没有因此亲密起来。每次她从空调房的隔间出来，都带着寒意。她看他，似乎是欲言又止的神情。

他和这里的老少爷们儿却越发亲近。他们说阿彪人不错，但是夹生，没有他随和。他们取笑他的洋腔洋调，教他南京话，说南京话要不动粗可不行。他说他知道，要学好语言，就要先领略这语言中的dirty words。

难得南京话里的骂人话，句句都是掷地有声。含义里是透彻骨髓的怨与怒。说多了，融到了说话人的字里行间去，也融到了这个城市的血脉里去。这城市的方言本无甚特色，这些肮脏的字眼，就好像这种方言里的“之乎者也”，镶嵌进去，倒是成就了一番韵味。没了它们的南京话，是不地道的南京话。

在南京话里，好得一逼屌操，就是pretty good。你习惯了它，也明白了它的用途，并没有这么刻薄与怨毒。也就晓得，有时候，它不过是作为句逗或者语助词。它像是情绪的催化剂。有了它，表达的快乐是加倍的快乐，表达的亲热也是加倍的。比如，你说一个“好”字，远没有说“好得一逼屌操”这样淋漓而由衷。

这都是他逐渐体会到的，每到一处他不明白的，他便虚心地请教。对方愣一愣神，很为难地和他对望一眼，翻译成英文的意思给他听。他便觉得不甚满意，觉得不着痛痒，感到这字眼里真正的好处已经被对方贪污了。然而，他却依然热烈地学习，他对她说，他爱上了这城市的语言了。

但是，其实也有个场合的问题，他无法分辨这其中细微的差异。终于在一次中文会话中，有个和他关系极好的同学支支吾吾，不知所云。他不免有些焦躁，终于恨铁不成钢，咬着牙骂出来：呆逼！

那同学并不懂，然而知道他在这一群里是一个中文的权威，刚刚的这一句必定是他新鲜的所学，也就很自信地骂回去，呆逼！

女博士惊讶地看着，看这两个外国学生将这城市最刻毒的骂人话在严肃的课堂上如此畅快地交流，而且态度从容，举重若轻，像两个快乐的二百五。

女博士终于问起，他在哪里学了这些，知道是什么意思么。他只是说：I just meant he was a fool.

他又反问：那你说这是什么意思？它，它的意思是……女博士无法表达出确切的含义。他不免有些看轻她，同时也更加对这语言的丰富内涵深信不疑。

他终于对这语言产生了热爱，又是因为他伙着年轻的同伴，在五台山体育场看了一场足球。之前他听信过一个谣言，若南京本地的一支甲B球队是主场，那么，必然战无不胜。这一回他身临其境，球场上，为一个球起了争执，要么就是扼腕，观众万众一心地骂，左一个“呆逼”右一个“呆逼”，气势排山倒海，几乎让人感动。像是一支兴奋剂，主场的队伍在父老乡亲粗砺的呐喊中雄姿英发，势如破竹。呆逼，呆逼，庞大的声浪响彻上空。客场却一面脸红，一面就将这声音听成了楚歌，落荒而去。

而日常所见，又是一景。大巴上的售票员，哪怕很年轻的小姑娘，遇到不规矩的乘客，红唇贝齿翻转一下，就是一句揭露对方祖先的私生活、让人蒙羞的话。南京话是有些横的，给小姑娘讲出来，声音是叮咚有致，歌声一般，却也是战歌。要是乘客间发生了争执，先有滋有味地看一回。到了白热化的时候，就加入进去。不是调和，而是各打五十大板，轰炸一样，话里也没什么是非的，主要将事件平息下去。道理是没有，但谁都不及她厉害。这城市的女孩子，就是如此，有一种坚执与强梁，藏在平和的外表底下。然而并不是因为有城府，而是懒得喷发出来。你不要招惹她们，惹了她们，给你的好看，也是加倍的。

在他熟悉了这些的时候，也有一种疑惑。觉得这些与南京的古典气韵其实格格不入。然而，这些又的确是吸引他的所在。因为蓬勃的生命力，没规没矩的，逐渐将他前二十年生活中的条条框框一笔勾销。后来，他听说了“大萝卜”这个词。这本是外地人用来贬损南京人的，用来形容南京人的呆和不世故。然而，南京人就有自己乐观的理解。他逐渐有些了解了。“大萝卜”，也就是荤素咸宜的意思。这个城市的俗与雅是和谐的共生体。因为毫无造作，水乳交融。

南京人对萝卜本就有感情。小韩跟他说这城市的民谚，叫做“吃辣萝卜喝热茶，气得大夫满街爬”。可见这是关乎民生的一种果蔬，是这城市强健的根基。他想要体验，小韩就带他去了鼓楼附近的“白下池”。解放前就已经开张的澡堂子，现在居然还有很好的生意。他进去，看到四处白花花的人体，有些尴尬。然而，人脸上都是怡然从容的表情。他在雾气缭绕的大池中匆匆洗了一回，裹了毛巾，将自己安置在竹制的躺椅上，就有一个须发皆白的老先生过来，要给他敲脚。他一惊，想这老人老得可以做自己祖父，捧起年轻人的脚，好像成心要自己大不敬。情急中他有些生硬地拒绝了。小韩就在旁边笑。远远却走来一个年轻人，肘上搭着毛巾。小韩招呼了一下，年轻人再过来，挎着篮子，里面是一只白瓷茶壶，先给他们斟上。然后从篮里掂出两只“心里美”萝卜，用个刮刀嘶嘶地去了皮，麻利利地在中间开了几刀。好像在掌心开出了一朵花，碧绿的瓣，通红的蕊子。他咬上一口，沁甜沁甜，再学小韩呷上一口热茶。觉得有薄薄的汗透出来，喉头酥酥地痒，仿佛有一股浊气温暖地升腾上来。突然，他畅然打了一个悠长的嗝。小韩也呼应了一个。好像如释重负似的，整个人都松快了。

他跟她说这些。她定定地看他，轻轻说，你像个南京人了。他并不很懂她的话，只是觉得心里快意，觉得自己离她又近了些。

她说南京的好东西，不是照本宣科的。写成字的，未必是好东西。就给他讲故事，有一本关于南京的小说，叫做《儒林外史》，里头讲的是知识分子的腌臜事。可有一节写到两个挑粪的平民，卖完了粪，收拾了活计，就到永宁泉茶社吃一壶水，然后回到雨花台来看落日。里头的主人公就发感叹：“真乃菜佣酒保，都有六朝烟水气。”

他就问她，你看我有没有“烟水气”。她左看一下，右看一下，说，烟水气就没有，未到火候，好在还没有香烟和酒水气。

她着魔似的，与他说这些。到周末的时候，她带他上了长途汽车，带他去游历。在车上，她往往一言不发，表现出坚执的冷漠。偶尔和他对视一下，也是内容简洁的，没什么含义。

这一天，他们旅途劳顿，终点是一个峡谷，中间生长着阔大的的树林。这是完全没有城市的形状的。松柏蔽日，他们走过一条狭长的径。他想，他们会到哪里去呢。

她带他来这荒野。这是与这城市绝缘的一隅，有着史前的繁茂与苍凉。他也是爱的。他告诉她，在他生长的地方，有些山地与丘陵，但更多是平原，铺盖着细密的草。人时常觉得自己是至高的，伸出胳臂便与天相接。而在这里，他自己就是草芥。而草芥里，却是看得到无穷的大，这是天道的循环。他口中念："To see a world in a grain of sand, And a heaven in a wild flower, Hold infinite in the palm of your hand and eternity in an hour." 她对他笑，说，这么说来，威廉·布莱克也是懂禅的。一花一世界，一树一菩提。他说，不是禅，是人。你我之间并不隔得太远。她想一想，做人不能太过诗意。是，他说，我是个诗意的人。但你却是晦涩的诗。她停一停，说，其实是我明白清楚，而你不通晓作中国的诗而已。

他说，有什么不通晓，就像你要告诉我这自然的大和我们的小，就是我们都知道的。

她摇摇头，牵他继续前行。

突然，他们眼前开阔起来。这开阔太突然，几乎是突兀。无缘故地出现一大块空地。空地的中央，是几块耸然而立的巨石。

他的惊呼，露出了二十岁青年该有的稚拙样子。这石上面坑坑洼洼，粗糙如从地底生出，是很见沧桑的。然而十几米高，几十米长，峭拔而立，却有着垂直的立面，几乎是纯然的矩形，边缘有着锐利整齐的角。而前面一块稍小的，竟还凿着几米见方阴飒飒的孔穴。他站过去，抚摸这石壁，兴奋地击打。这石的岿然令他无法想象这是人力所为，却又因是唯物论者，自然不会相信鬼斧神工的鬼话，只好寄托天外来客了。

他脱口而出，这是中国的巨石阵。

她问他，什么是巨石阵？

他想一想，问她，你读过《苔丝》吧。他说这些，自己倏然觉得不祥。哈代挑选了索尔兹伯里平原上的这处古代遗址。那些分布于英伦的神秘的大石，如谶语，预言了宿命与结束。

她低一下头，不以为意似地，说，只怕你们的巨石阵，不及这块石的小指头。说着她张开双臂，如同丈量的尺：我犯下导游的职业病，给你说个数据。埃及金字塔的石块够大，最大不过五十多吨。你面前这块就最小的，已经有六千多吨。这后面大的一块，有一万六千吨开外了。

可是，这石头这样大，有什么用呢。

他想，大多半与宏伟相关，是人拔起自身的小。法老陵墓是这样，万里长城也是这样。

她说，这其实是一座碑。没完成的碑。

他们站在这仰躺的碑身上，望着四周一界茫茫的绿，头顶一片无垠的蓝，不作声了。

旷古罕见的大材终于不能物尽其用，埋没荒废，却有一种怡然。

南京的大，是忍受得住寂寞的。

在这阔大里，他们感受到了一种逼压，禁不住互执了双手，觉得自己站在了宇宙苍穹的核心。林寒涧肃，岚气袭衣。他们渺小如一粒尘，几乎感觉不到自己。他说，我明白了，这就是南京的大。

她指指他的胸膛，说，南京的“大”字，是装在心里的。

这时候，他突然有了挫败的感觉。他说，对这城市，我仍然是一个外人。她将他的手，握得紧了些。

突然，她勾下他的头，捉住了他的唇。他几乎没有准备，就吻了她。他还没有来得及体味，她已经离开他，含笑地看着他。

他心里却有些汹涌，他揽过她，暴力一样，在她脸上的最柔韧处打开一个缺口。

她闭上眼睛。

终于，他轻轻地剥除她的衣服。他和她都打了一个寒战。她那样小，在他怀里犹如婴儿。如同一只卵，在离开母体后一个圆润的，完美的展开，却对他有致命的吸引。他将自己的外衣垫在石上，将她放上去。他曲着膝，犹如膜拜。良久，他抚摸她，终于慢慢地进入她。她皱一皱眉。有飒飒的山风吹过来，他感觉着她内里的热和周身的冷。他们抱得又紧了一些。他们融为一体，成为一只火热的核。

在这明朝的皇帝的碑上，他们抑制着快乐，颤栗着举行着幸福的仪式。他觉得她像神一样，神一样地，神一样地缄默。他突然哭了，不知为什么。她用舌拭去他的泪。那舌上的味蕾，轻柔地犁过他的脸，让他感到难言的兴奋。在他感到难以自控的一瞬，他抽身而出。他的男性痕迹凶狠地击打、交缠在墨绿的苔上，氤氲起薄薄的雾气。

他们平息下来。他们互视，笑了，为这近乎邪恶的愉悦与满足而会心。

她突然说，我不是处女。看情形，你好像也不是童男。

他忧愁地笑一笑，我们不是到这里来献祭的。

她依然躺在他怀里，他看到她颈窝里细软毛发的一漩。夕阳由东向西，慢慢地走，光线一格格地在这大石上步进。大石犹如日晷。而他们是这日晷上不变的刻度。他们是这天地间的一个寂寞的静止。

他们回到城里来的时候，已经是薄暮时分。在鼓楼下了车，她并未与他分手。她说，我要去见一个人。你跟我来。

他已经有些习惯她信马由缰的神秘举动，就只管跟上。

他们穿过繁华的街市，进入巷陌。还有这样清静的所在。远远地，有些小朋友嘻笑打闹着过来。这是放学的时候。那些孩子，嘴里也说着南京话，有一些鲁莽。一个孩子只管向前跑，没留神脚下，突然间绊倒了。他快步过去，扶起那孩子。孩子却不领情，打开他的手，瞪他一眼，跑开去，融入他快乐的伙伴中去了。

她大声地笑了。

她牵了他的手，进了那小学校去。这学校，看得出有些旧，也有些老。法国梧桐繁盛烂漫地生长着，泛着浓绿的光，多少遮蔽了它的破败。内中却有一幢轩昂的楼，高得不成比例了。他抬起头，楼顶上竖着旗杆，上面有红色的旗帜在飘扬。

他们走过这楼，看到后面是整洁而老旧的操场，跑道是细密的煤灰铺成。年轻的体育老师吹着哨子，带着一队小学生在跑步。小学生挤挤挨挨的。一个男孩百无聊赖，揪了前面小姑娘的辫子。小姑娘回过头，惊天动地地哭。

拐过操场，她停住。他说，这是一个教堂啊。

直觉告诉他，眼前的建筑物，似乎是一间教堂。那屋顶与窗的样式还在，白石灰的墙，已经斑驳，渗着水迹。巍峨的尖顶上竖着十字架。并不是，那是个烟囱。他甚至看到一个排风扇在轰隆隆地运转。风胁裹了油腻的气味传出来，让他有些反胃。

她说，原本是座教堂，现在是个食堂。

进到里面去，真的有个小小的穹顶。里面整齐地放着一些塑料的桌椅。他想如果没错，那应该是耶稣像的位置，但是如今，挂了一张巨大的油画仿制品。上面是一个亲切的女老师，胸前戴着大红花，被一群小学生簇拥着。可是，女老师美丽的脸上，却被不知道谁在唇边画了浓密的胡子。

她走到卖饭的窗口，拍打玻璃。

小窗被打开，传来柔和的男人的声音。她脸上是喜悦的神情，嘴里喊着，忠叔。

叫忠叔的人给他们开了门，一边将腰间白色的厨师围裙、胳膊上的白套袖取下来，一边招呼他们，进来进来。这是个眉清目爽的中年男人，穿着旧而干净的衣服。中山装的领子磨得有些毛。他很白，白得过分，因此看不出老态。他只是对他们温和地笑。笑的时候，眼角的鱼尾纹积聚起来，才显出了年纪。

这是厨房的后厨。这天是星期五，大多老师们都回家吃晚饭，所以清锅冷灶。墙上挂着多年的油烟痕迹。陈设其实很洁净，归置得整整齐齐，擦得发亮。甚至墙上的厨具，由小到大地挂着，有种让人悦目的郑重其事。看得出，忠叔是个细心的男人。

忠叔并未在这里停留，将他们让进厨房左侧的一间耳房。这房太小，天花很矮，他几乎仰不起头来。布局简单，未免有些清寒，但是却不勉强，处处是自律的作派。迎窗架着钢丝床，上面铺着白底蓝格的床单和同色的被褥。被子叠得整齐到好像行军。挨墙放了玄色的五斗橱，也是看得出年月。橱上方挂着一面镜子，用红漆写了大得有些夸张的“喜”字，角上描着鸳鸯戏水。一对鸟一只齐整，一只只剩下了半个身子，成了个无头鸳鸯。

忠叔给他们搬来两把椅子，从橱里拿出两只玻璃杯，抓上茶叶，去厨房冲了水。

她遥遥地喊，忠叔，别忙了。

忠叔应说，不忙。

进来时候，忠叔拿着个未开封的纸袋子，打开给她，说，囡囡，云片糕，你最爱吃的。前阵回了趟家，小康结婚了。

她说，忠叔，你也快退休了吧。回去跟小康过么？

忠叔说，还差两年，回去也是单过。搅他们小两口作什么。老了，我也好个清静。

她停停，仔细地看着忠叔，终于又问：忠叔，你还好么？

忠叔哈哈一笑，好，怎个不好？

那，小康妈妈待你还好吗？

忠叔叔踌躇一下，说，好，一个月一条“雨花”。对，你朋友抽烟吗？说完又打开抽斗翻找。

她说，叔你别忙了，他不抽。现在谁还抽“雨花”，下次我从场子里给你拿条“三个五”来。

忠叔说，丫头，我抽不惯洋烟。那什么，你那场子，还行吧。

她说，不经历风雨，怎能见彩虹。

忠叔笑了，丫头嘴学滑了，最近严打，能小心还是小心点。

他听得有些糊涂，看看她，又看看忠叔，正好两下目光对上。忠叔转过头，轻声说，囡囡，小伙儿挺精神，谈朋友了？

她笑笑不答。

忠叔说，可不是，囡囡也是大姑娘了。

她说，二十了，刚过生日。

忠叔听了兴奋起来，说，啊，二十了，囡囡的大生日，我真是老糊涂了。你等着，叔给你打梅花糕吃。先去热个锅。

说完就起身穿戴围裙。她没推辞，只是跟在后面说，忠叔，我那天看到爸爸了。

忠叔手停住了，半晌才说，孩子，你要长记性，你爸死了。

她咬了咬唇，没有说话。可是突然又问，忠叔，他有个儿子，跟小康同学过的。

忠叔说，小孩子，别老问大人的事。

她有些激动，我不小了，我二十了。

忠叔叹口气，说，那什么，他是对不住你们，可都过去了。他也算遭报应了。就这一个儿，听说那孩子中学毕业去天津上技校。“八九”的时候跟同学在天安门过了一夜，就没回来过。

她问，是不是叫秦川？

别问了。洗个手过来帮我和面。叔给你补过个生日。

忠叔说完，就走出去了。她从口袋里掏出一张照片，自己端详一下，又拿给他看。照片泛着黄，挺老了。上面是个穿着白衬衫的年轻人，眉宇清俊，却不见什么朝气，目光有些懒。

他问，这是谁？

她说，他，那天下雨，你见过的。你看像谁？

他看看，觉得有些熟，可是想不起是谁。只好摇摇头。

她用手指斜斜遮住照片上的人，仅露出左半个脸。那剩下的一角眼睛，目光突然锋利起来。他惊奇地应道：阿彪。

忠叔在厨房里大声地唤她：囡囡，过来帮忙。把我床底下的模具拿出来。她深深地看他一眼，将照片揣进口袋里。

他没曾想过，在忠叔这里会吃到这样的美味。这口福，有些出其不意。

忠叔端了一只铜盒。盒里是喇叭形的凹槽，还冉冉地冒了热气。忠叔戴了线手套，将模具在凉水里浸一浸。然后打开盖子，用一根铁签一挑，一只色泽焦黄的梅花糕就出炉了。从上面看过去，五瓣的形状，真的像极了一朵梅花，青红丝便是点缀的花蕊。他咬了一口，一阵糯香，随着热气漾进嘴里。这香气黏在牙齿缝里，兜了一圈到了喉咙口。再咬一口，有滑腻的馅儿流出来。这就是融化的红豆沙了，甜得沁到心里去。

他们两个，吃一口，就对视一下。脸上是掩藏不住的欢喜，孩子似的。

忠叔没有吃，看着他们吃，目光慈爱。

忠叔在一只酒杯里浇了高粱酒，点燃。蓝色的火苗，像极了大号的生日蜡烛。

忠叔说，我们囡囡又大一岁了。叔可不就老了。

接到小韩电话的时候，他们已经站在大钟亭的门口。她在和他说忠叔的事。忠叔一人在南京独居，家小在六合乡下。这中国的

“户口”，是个大问题。二十年了，也团聚不了。他问她，“户口”是个什么东西。她说，一时半会儿说不清。是个有中国特色的玩意儿，用来限制人口流动的。

她见他与小韩两个在电话里客气。学期中，他为小韩介绍了一份给留学生辅导汉语的工作。小韩领了薪水，要请他喝酒。他让小韩不要形式主义。但小韩说，形式主义也是中国特色，你要深入中国文化，就得入乡随俗。

临了小韩加了句，别忘了带你女朋友来。都知道你交了个中国的女朋友。

他对她说，去吧，上课老师教了我们一句新的，叫“恭敬不如从命”。

建安居。堂皇的名字，其实门面不大，是个学生家长开的。学生家长是个江浦人，菜做得一色的咸，味又厚，价钱也公道。中国学生外国学生都喜欢，都去那里打牙祭。渐渐就做出了名堂。

这菜馆临着留学生公寓，地方好找。他推开门，看见小韩已经在里面等着，是容光焕发的样子。

他们坐下来。小韩说，你们来得太迟，肚子却等不得。我自作主张点了几个招牌菜。

说着菜陆续上来了，都是家常却开胃的。水煮肉片，菠菜金银蛋，红烧栗子鸡，再有一道古噜肉。小韩又要了一瓶“蓝洋河”。因为肚子都有些饿，三个人简短地打了招呼，就默默地吃起来。

突然间，她笑起来。因为笑得有些突兀，另两个人就有些茫然地看她。

她夹起一块鸡，说，还是这么咸。

小韩也笑，说，原来是有经验的吃家。你也在这读书的吧，哪个系？

她放下了手里的筷子，读过，英文系。

小韩说，毕业了？

她停一停，抬起眼睛， 我退学了。

小韩也停住了，犹豫了一下，终于问，你是程囡？

她浅浅地点一点头。

这回轮到他迷惑了，他看着他们。问，你们认识？

小韩笑了，说不认识。

他用迷惑的眼睛看过去。小韩就吆喝开了，吃菜吃菜。

第四章　她及她的罗曼司

在他的印象里，李博士是个对爱很有见地的人。

李博士说，中国人对爱这个词，远比西方人来得郑重。所以，将汉语里的“爱”字和“LOVE”这个词等同起来是翻译界最大的失败。相对铭心刻骨一字一血的“我爱你”，“I love you”简直轻描淡写得不值一提。

所以，听到李博士搞婚外恋的消息，他对“婚外恋”这种现象的质地立刻有了新的认识。

在他看来，李博士是个长得不错的女人。三十大几，是很多女人行将凋萎的年龄。李博士的面相却在含蓄中有了怒放的意思。对于东方女人的美，他也受着西方媒体刻板印象的荼毒，认为Lucy Liu就是美，那种五官线条疏淡，凤目樱唇的就是美。所以他起初那样执意地认为她美，也并非是一个巧合。而李博士却不是如此，脸上有种坚硬的轮廓，只这一点，就将他的东方审美观颠覆了。这又不同于西方女人，因为这种坚硬，以象牙色的皮肤作底，不期然地温润了，透着玉器的光泽。

李在这群黑白学生中间，致力作中国文化的代言人。作派却又不是中国的，是一种六十年代的雅皮。保守但对激进宽容，是对上一代人生观的折衷与调和。这让学生感到亲近，有他乡遇故知的感觉。

李的丈夫，是个严肃的男人。听说是水利局的一个副局长。他们与这位局长照过面。感恩节的时候，李博士在家里开派对，邀请了同学参加。然而，开门时，这位局长却是戴着围裙的。局长从他们手中接过红酒，说着感谢的话，对着房间里遥遥地喊。李博士并没有出来，他们看到这个女人，穿了丝质的睡衣，蜷在沙发里。手里拿着遥控器，并没有看他们，眼睛只是盯着电视画面，轻轻地说，坐。同时将腰柔软地扭动了一下，为了让自己坐得更舒适。一个动作，突如其来地，令身体泛起了波澜。这幕，无知觉地性感，那些男孩子看在眼里。后来，来自哥伦比亚的瑞德回忆起这件事，告诉他，那一瞬，感觉到自己勃起了。

局长则是忙进忙出，为他们斟茶倒水。他们都有些感动，看得出些微的女权，是支撑这家庭稳固的基础。在他们高谈阔论的时候，李博士起身，走到钢琴跟前，坐定。猝然几个音符，紧接着，汹涌的《土尔其进行曲》将低频的人声切断。待房里的人都噤住了声。李博士站起身，点起一支绿“摩尔”，吸上一口，然后有些不耐地在钢琴盖子上敲一敲。

他和同学们都相信，李博士对爱的体验，是建立在家庭生活的实质内容之上，经过岁月磨砺的。后来才知道李博士对爱的所指，潜移默化于他们之中。

老实说，他并未看出那个高大的黑色背影就是巴里安。他不是个多事的人。如果不是后者迅速地出了事，也许这一瞬就在他的记忆里蒸发了。他更不会看出当时拥着巴里安的李博士，其实正在啜泣。

巴里安在同学中，谈不上好人缘。有些倨傲。他的皮肤发亮地黑，有一个宽阔的鼻。长着这样鼻子的人，多少会给人温厚的印象。但是巴里安却是个例外。当激动或者不安的时候，鼻翼会剧烈地翕合。仿佛大型的哺乳动物，如狮子。是一触即发的野性的征兆。说实话，他因为这些，有些惧怕这个来自非洲的同学。

巴里安的故乡尼日利亚，是个军管国家。巴里安的父亲是外交部的高官。这做儿子的，也有一种封建领主的眼神。即使没有在头上插满斑斓的羽毛，同学们还是顺理成章地给了巴里安一个外号，“酋长”。

“酋长”对人的冷漠是一贯的。上课时，大块头勾勒出一个驽钝的形象。巴里安回答不出问题的时候，会长期地，表情肃穆地缄默。按照通常的经验，李博士一开始也自然将这缄默视为害羞，试图因势利导地鼓励。但是，当师生二人的目光在空气中相撞的时候，李博士退缩了过去，明白了这沉默的内质不是害羞，而是不屑。

李博士爱上了尼日利亚的黑人学生，是一起令人扼腕的事件。扼腕之处在于飞蛾扑火的姿态。没有人看见他们的蜜月期。人们看到的是，当巴里安成为舆论的落水狗时，李博士不明所以地以殉难的姿态，向巴里安挣扎的方向纵身一跳。

李博士实在是个耀眼的女人。在普罗的中国人的成见中，女人的性魅力和学历，是难堪的此消彼长。可说是“女子无才便是德”的理论在当代的举一反三。高校里也流传着刻薄的笑话，说大学里有三种人，男人，女人，女博士。李博士是一个例外，她的美丽毋庸置疑。一个美丽的女人，如果安于学问，会让人觉得更为可怜可敬。即使这学问经不起推敲。她是这所大学留学生部的宠儿，也是这所大学曝光率最高的女人。因为大学的外事活动，需要一个智慧与美貌并重的角色。甚至这座城市的外交事宜亦有赖于此。李的东方女人的风度恰是国际化的。在男人中周旋，并非是这女博士的强项，但是，反造就了一种宠辱不惊的风度。所以，这样的女人，渐渐被这座城市的文化界甚至社交界发现，也就不奇怪了。李博士的先生，那位局长，也因此而与之相识，成为本市的一段佳话。

巴里安即将被遣送回原籍的时候，李博士在同丈夫轰轰烈烈地闹离婚。一个标准女性，倏然堕落成了一个坏女人，甚至民族败类，其间有许多匪夷所思之处。因为中国人的性情，总是细水长流的。激烈与突变，更不在这座城市的血液里头。

再不好事的人也会遐想，男女之间，有什么可以超越伦常与民族大义。那么，只有性。人们在无尽的遐想中扼腕与愤慨，同时晦暗地笑。性，跨国情，婚外恋，外加暴力。一部成功三流小说的所有元素，在一个月里，凝聚于高尚美貌的女博士身上。

他最后一次看见李博士，颜色阴暗地坐在讲台后面。象牙色的皮肤上，如冰裂般地有了皱纹。他想，这个女人，已经被毁坏了。如同完美的艺术品，在朝夕之间被风化，被巴里安毁坏了。

这件事因为涉外，已经上了报纸的头条，引起了激愤与讨论。

他经过公寓大堂，那里已经换了一个笑容可掬的门卫。他记得，那个老头的眼镜片后面，总是射出冷漠的光，仿佛昨天还坐在那里，穿着洗得发白的卡其工人装，戴着一个红袖章。他似乎没喜欢过这个老人，当他是一件冰冷的摆设。但是他想到老人正在医院里垂死，却有些心痛。事故是一个偶然，门卫的尽责却招来杀身之祸。

老人成为了一个标尺，捍卫民族道德的英雄，被人挂在嘴边，称颂与哀惋。她的女友在医院做护士，说老人已经被转到特护房。粉碎性的颅骨破裂，使他躺在医院的无菌室内，插上了各种管子，头上戴了一个玻璃罩，而脑组织则暴露在外面。她说，老人的家里人，也是个校工，原来就是在留学生公寓打扫卫生的阿姨。阿姨被允许隔了无菌室的玻璃，远远地看她男人。不知为什么，做妻子的始终没有哭。他想一想，觉得这是个触目惊心，却又祥和得令人心痛的景象。

那个不愿暴露姓名的女人，在事件发生了一周后，打了电话给电台。说良心过不去，说，我就是那个女人，我恨巴里安，他的手太狠。女人一遍遍地重复，巴里安的手太狠。我看着这个狗娘养的将门卫的血打出来。我看见他，看见他摁着将门卫的头撞在门柱上。我看见门卫在地上抽搐。他不是人，是野兽。我和他睡过，我恨我自己。于是有听众打进来，说这个不要脸的女人，一起该千刀万剐。李说，你们不要欺负一个外国学生。你们欺负他只是因为他是个外国人，长了黑色的皮。你们也不想想，他是黑非洲来的，都是友好的第三世界国家，亚非拉，是一家，相煎何太急。过失伤害，警方也说是过失伤害。你们听见了没有，他只是犯了错，没有犯罪。他没有坏到那个地步，我以我的人格担保，我以我的身体担保。

李博士的声音，有些抖动。大家想，这个女人，是不是有些疯了。

就有人在男厕所的木制隔板看到了用钢笔涂抹出的色情画。画得颇不赖，称得上是技艺精湛。主角一男一女，那男的身体漆黑，看得出费了画家不少的墨水。女的则是雪白的，体态丰腴，纤腰肥臀，乳则是夸张的大。女的嘴里，还看出在高潮时发出“Yeah”的声音。旁边又有一种颜色，在女人身上写下李，这显然是另一人代表群众的意会。

对于爱，巴里安没有感触。在暗淡的拘留所里的第一天，李博士曾经打通关节来看望。李深情地看着这张黑色的没有光泽的脸，说，我会救你出来。巴里安有些感激，也只是瞬间的事情。然而，当又一次提审，李博士请来律师问及巴里安与这个女人的关系。巴里安只是轻描淡写地说，她很棒。心里想的是，是的，她在床上的确很棒。

从拘留所里出来，巴里安并没有感觉到太多的不适，除了过于刺眼的阳光。没有追究刑事责任，因为大使馆的交涉，甚至没有被学校处分。他想，他与巴里安的邂逅，原本无必要。他想，他也阻止不了什么。但是，在离公寓不远的地方，他们相遇。他说，酋长，迟点回去吧。巴里安看着这黄色的瘦长的人，倨傲地说，谢谢，我不知道我需要怕什么。我不知道你们中国人在想什么。然后大步流星地向公寓的方向走去。

他第一次如此纯粹地被称为中国人。

去公寓的途中有一条捷径，是被称作北秀村的居民区。熟悉的人都会穿过那条狭长的巷道。这一天，巴里安看到一些中国青年在巷口，脸上挂着庄严的神情。他们在等待，巴里安知道，他们等的是自己。巴里安心中蓦然涌起神圣的感动，然而稍纵即逝。夕阳西斜，他们的影子被拉长在地上，如同一丛整齐的剑戟。

一个穿了白衬衫的青年，走近来，认真地说，可以和你谈谈么？

巴里安问，你是谁？

青年从口袋里拿出一个红色塑料皮的证件，我是《白下青年报》的记者徐淮信，我身边这位是N大学生会主席邵家一，后面都是学生代表。我们等你很久了。事已至此，对你的所作所为，我们不作评价。现在，我们在发起社会募捐，为医院里被你打伤的刘成仁老人。我们不需要你在物质和精神上的赔偿，只是希望你配合，在报纸上作一个书面的道歉，仅此而已。

巴里安清楚地听到徐记者口气中的克制，搔一搔头，嘟起了厚厚的唇，嘴里发出含混的声音，因为他挡住我，谁也无法挡住我。

因为他挡住你，你就打他，把他往死里打吗？青年的队伍里发出义愤的声音。

徐记者将声音平息下去。学生代表对巴里安说，不仅仅因为被你打伤的人。你也是个青年，你应该体会得到青年人需要保卫的东西。

巴里安舔一舔嘴唇，问，你们要保护什么？代表说，保卫我们的社会安定和民族尊严。巴里安想了想，说，还应当保护你们的女人。

这句话将学生代表激怒了。大家都没有反应过来，就见到徐记者的拳头已经击打在了巴里安的宽阔的鼻子上，没来得及收回来。暗红色的鼻血流淌下来，开始快速地喷涌。人们想，这真是个新陈代谢旺盛的健壮黑人。巴里安眼睛迟钝地眨巴一下，蓦然惊醒，发出凶恶的光。巨大的手掌揪住徐记者的衣领，这个瘦小的年轻男人的身体几乎悬空。

他心里一惊，这其实是在他意料之中的。他觉得这件事在一板一眼地危险地进行着。他一直跟在巴里安身后，他觉得有一种责任，需要去扭转。

他横亘在他们之间，巴里安用英文说，走开，中国人。

他听他这样说，突然心中有了一种气度，用结巴的中国话说，说，对，我是中国人，所以我不走开。

巴里安抹了一把人中上的血，顺手涂在了手边青石墙上。触目惊心的红。巴里安将手插在口袋里。这个黑人突然间表现出和他庞大身躯不相称的迅疾，推开了他，扑向了他身后的徐记者。他们都看见了这黑人手中瑞士军刀的光芒。徐记者躲开了，他踉跄了一下，企图重新将自己插在两者之间。他已不期于作一个调停者的角色，而是，而是出自一种本能。当巴里安惯性地袭来，像一列呼啸而来的火车。他同时感觉到腹部柔软而锐利的疼痛，看见那把军刀正斜插在他肋下。他听到一种蚊嘤一样寂寞而嘈杂的声响，躺下去。

年轻的、罪恶的巴里安，在一个月内，为这座城市造就了两个英雄，终于万劫不复。

刘成仁老人在深夜里猝然故去。哀悼之余，媒体与舆论的焦点发生位移，投注于这个来自苏格兰高地的华裔青年，希望为这座城市树立起一个新的典型。徐记者甚至查访到他祖籍南京的身世，洋洋洒洒地为他撰写了一篇通讯《现代奥德修斯的还乡之旅》。人们为他的无畏与良善唏嘘。在他尚未脱离危险的时候，一些市民自发地守候在病房外面，为他祈祷。而刘成仁的老伴，那个讷于言语的清洁女工蔡阿姨，如同陪同丈夫最后的日子，蔡阿姨静静地将自己隐没在人群中，手里捧着一只红色的保温瓶，里面是滚热的当归乌鸡汤。老妇人在等着青年醒来，希望他可以一醒来就喝上热的汤。

他在清寒的早晨睁开眼睛，看见了白色的墙壁和她的脸。她没有说话，抚弄了一下他的额发，同时将他的手放在自己腮旁。

他想，这是多么奇异的醒来。

这时候，突然他听到“喀嚓”的一闪。她惊惶地转过头，然后是护士粗暴的呵斥声。原来是报社的记者，知道他醒来，偷偷进来拍照。她很快地恢复了镇定。但还是让他捕捉到了慌张的一瞬。这一瞬让他陌生，她年轻且无助，是属于她这年纪的。然而，她以往并没有过。

她很小口地喂他喝鸡汤。蔡阿姨已经走了，甚至没有进来看他一眼，从病房部的偏门走出去。这是这城市里大多数人的性格，安静地对你好，但是不愿打搅人也不愿被打扰。

他看出，她不想说话，然而，又似乎有很多话要说。她将自己摆成了一个肃然而木然的造型。他问她，她亦不答。他有些难过。

她说，这里我来过，两年前，就在隔壁。

她说，什么都没有变，外面的冬青树，还有一个青蛙嘴的垃圾箱。你知道么，夜里的时候，远处可以看到电信大楼上的射灯，光会射到窗户里，然后，都没有变，一模一样。

他说，两年前?

她说，嗯，两年前。

他静静地看她，忽然说道：我爱你。

没头没脑的一句。

她抖动了一下。她给他掖了掖被角，拿起了床头柜上的空水壶。她对他说，别说话了，你身子还虚。

她走出门，有些热的东西在眼底激荡了一下，没有流下来。她终于没有告诉他。两年前，她曾在隔壁的病房里，守着一个男人。那男人在醒来的时候，对她说：我爱你。

那一年，她十八岁，刚刚考上N大的英文系。泰勒四十二岁。

她与泰勒之间，无所谓缘分。

她与这个男人，本都是被动的人。她是天性使然，而泰勒是出于谨慎。这个城市，在九十年代过半的时候，出现了太多的外国人。也许，这城市并不欢迎如此多的异邦面孔，然而，宽厚的天性又使它作出了欢迎的姿态。保守是内里的，踏出了一只脚，另一只也就缩不回去。 这一年的城市里发生了很多事情。本土品牌的第一个连锁超市，通向上海的第一条高速公路。一切的一切，开始有了速度和效率。

如泰勒年纪的外国男人，对效率已有了深刻的见解，对异性与性也是。他们不再流连于涉外酒店的大堂，并不仅仅因为那些端庄优雅的女人，有着令人望而生畏的价格。他们仍想要一些带着恋爱质地的性。于是，他们口耳相传，有一个叫做“英语角”的地方。这是这座古老城市中一道新的风景。每到星期六夜幕降临的时候，在鼓楼的西北角，聚集着一些年轻人，用英文交换着对个人生活与世界的看法。这里是他们集体操练英文的场所，是一个名副其实的公众空间。然而，又是性格磨炼的地方。你要战胜你的怯懦与羞愧。因为在天性中，这城市总有些与陌生人交流的障碍。九十年代初期，中国出现了一个姓李的英语狂人，忠告所有中国人学英语的精髓在于厚脸皮。这其实是与这座城市的性情相悖的，所以，“英语角”能够留存与发展，但是，始终无以壮大。大致的情形，是两个人尴尬地对望一眼，开始断断续续地说话，声音小得像接头一样。如果一方的英文不济，或者双方都是捉襟见肘，那么这场交流则无异于酷刑了。然而，外国人，在这里却是受欢迎的。他们的到来，会在四周围聚拢一圈人，人们的胆子也大了些，争相和他们说话。一来一往，这些外国人，也好像是在舌战群儒了。因南京人骨子里其实是坚忍的，有着不服输和遇强则强的特征。所以，这种情形的热闹，是“英语角”的人都期盼的。然而，这些外国人，特别是外国男人，也并不是无私的埃德加·斯诺，花了自己的时间和精力，为中国的英语革命加上一把薪火。你会发现一个奇特的现象，就是这里的外国人，大多只有两种，英国人和美国人。实情自然不是如此，但是这样的宣称却透露出功利的实质。他们显然是知道英美人的地道英文是受欢迎的。他们也有他们的期盼。你稍稍留心，会看到他们，特别是届乎中年的男人，在应付着问答时，仍有一双逡巡的眼睛。目标所在，是美丽的，但是胆怯的女孩。特别是天真可人的女大学生。她们往往在人群后，因为缺乏自信，欲言又止，终于退缩了。于是心中有数，当打发了众人之后，他们来到她们身边，搭讪。然后如期料的在她们眼中，看到受宠若惊的感动。事情便已成功了一半。因此，“英语角”，在很多人，特别是很多外国男人的印象里，实在是个浪漫的地方。水墨色的古城作为背景，异国的女孩，邂逅与接近。隐隐然间，成就了许多好事。

她则是个例外，其实说起来，她真是“英语角”培养出的一员骁将。她的流利口语，是拜这里所赐。但是，她有异乎寻常的清醒，这是这城市的女孩所少见的。这种清醒注定她无法成为罗曼司的女主角。她在女孩子中并不出众，但也决非无男人对她抱以青眼。然而，她有一种坚硬的气势，不卑不亢，竟令这些男人有些惧怕，不敢造次。却又是一种吸引。也因与众不同，他们仍忍不住接近她，与她说话。但也仅仅是这样，说完就算，无以奢望。后来说起来，泰勒也去过“英语角”几次，自然也是因为寂寞，但是几次都是猝然离去。这男人是敏感的。泰勒在女孩子们的眼中看到了一颗向外的心，发出急切的声音。泰勒不是喜欢急切的人。阅历使然，急切是容易坏事情的根源。

泰勒比别的男人，对爱也许要得更多些。十年前作了鳏夫，这个痴情的男人，一度认为自己失去了爱的能力。虽则性的能力，还保持得很好。但是，也仅此而已。如同手边的床头灯，灯泡再亮，也还是需要一顶灯罩，才成其为灯。爱就是这顶灯罩，性的美感所在，也全倚赖它。起码泰勒是这样想的。

所以，“英语角”是他们毫无交集的插曲。偶尔提及，都有些会心，自觉地避开。忍不住想一下彼此是否其实是见过面的，甚至说上了几句。想不出结果，也就罢了。

他们相识是在这一年的八月。这时候，泰勒已来到中国半年，过着表面闲散内里紧张的生活。这是个没什么计划的人，桩桩件件也是别人筹划，所以这份工作，对泰勒而言，也是情非得已。中年的到来，加速了信马由缰的心情。偶尔捏一下腹部松弛的皮肤，也会怅然。夜色降临的时候，竟至是颓唐。也是因了外力的推动，才会不放弃。所以，来到南京这么久，泰勒除了工作，是在公寓里打发了大半的时光。读读书，涂上两笔字画。这古城的风光，竟是一日未曾去领略，出去走走看看。这实在不像个美国佬的性情。偶尔看到那风风火火的背包客，半趿着双破旧的耐克鞋，在艳阳下将皮肤晒成了火鸡的颜色，这男人也会艳羡。然而自己，仍然是循规蹈矩。

泰勒是在头天看了天气预报，决定报那个一日游的旅行团。早上起来，却是暗沉的阴天。手伸出窗外探一探，并没有落雨。

泰勒上了旅游巴士，看到偌大的空间里，也只是稀稀拉拉的游客。或许是天色不好的缘故，脸色都青绿着。导游是个年轻的女孩，穿着印有公司标志的T恤衫和石磨蓝的牛仔裤。T恤大了，人越发显得瘦小。她的眉目清淡，如同她的表情。但却不是这个年纪的女孩子惯有的因厌倦而致的不动声色，而是冷漠的自持。她微微含着胸。泰勒想，这女孩发育得很晚。突然有了怜惜的心情。女孩拿着名单，一个个点过来。没到的，她就皱皱眉头；到的，她就面色清寒地打量一下。其实她对这个叫泰勒的美国人，一开始，也有了印象。其他旅客都是左一壶右一瓶，而这中年人并无出游的样子，什么也没带，只是在胳膊上搭了件丝绸的玫红色夹克。这种夹克，正在中国的中年男人中流行着。走在大街上，有风的时候，就将自己鼓荡成了一面旗。

他们走的路线，是朝天宫、中山陵、总统府、梅园新村纪念馆、玄武湖公园和秦淮风光带。因为差不多省略了东郊，这一程未免有些避重就轻。天是阴飒飒的，而他们去的地方，前半又多是纪念场馆。每个人都怀着一颗肃穆的心，亦步亦趋。泰勒听到近旁的太太跟丈夫耳语，说，太闷了，这一上午，好像在赶着场子开追悼会。

这话是促狭的，大家都皮笑肉不笑了一下。导游小姐倒是称职的，介绍起风宜掌故。她的英文书面而流利，泰勒想，这个女孩有个好记性。应时地抛出几个笑话，也是书面而得体的。泰勒就想起在西安游历的时候，有个男导游，别的说不出什么，专讲荤段子。小到男女床帏，大到针砭时政，称得上是纵横捭阖。女孩子显见是吃力了。这笑话不知是背了几番的，认认真真讲出来，声音是壮的，心里露着怯。讲完一个，泰勒也为她捏把汗。

这女孩的尽责，还在于吃饭的钟点，将游客们带到与旅行社有裙带关系的餐厅去。然而，她自己是不和他们吃的，远远地站在碑林外的一角，就着矿泉水啃面包。泰勒便也知道了她的朴素与自律。

下午时候，到了夫子庙，天色好起来，出了太阳。团友们在阳光底下逛了一程，心情也好了，多了交流。旅游车司机师傅是个活泛的小伙儿，略略懂些英文，和一个新西兰来的老先生牛头马嘴地聊上两句，竟还有了相见恨晚的意思。老先生就问小伙那导游的女孩是不是女朋友。小伙儿哈哈一乐，女孩却变了脸，转过头去。这一转未免煞风景，彼此都觉得有些僵。

到了叫“西市”的地方，是自由活动时间。大家就喜洋洋地散开去。泰勒自顾自地逛了一会儿，买了一只水色很好的假玉镯，打算拿回去作镇纸。

从“香君故居”转到“乌衣巷”，正是西斜时。一间很小的铺头，门口叮呤当啷地坠着些民俗的挂件，浓红重绿地搅成一片喜庆。泰勒走近去，见那女孩出来。手里正捧着一只虎脸的荷包，眼睛专注地看，脸上也有了些笑意。泰勒不忍扰她，却被她看见。女孩笑得更开了些，分享喜悦似的，露出了两颗小虎牙，嘴里说，还有十分钟，码头见，我们游船去。

看着秦淮河漆亮的水，泰勒有些踌躇。然而那船是花枝招展，船工笑起来也是雪白的牙。上了船，为那河里漾起的味道又是一震，屏住了呼吸。船工导游司机为了证明这“秦淮泛舟”的节目是物超所值，则一律摆出怡然的姿态，或许是久入鲍鱼之肆。这时是夜色初降，霓虹灯将两岸古新建筑的轮廓披金戴银地勾出来，的确也有桨声灯影，算旅行社没有食言。然而良辰美景奈何水。那腐臭的气息，在这盛夏的季节里，迭宕漾起，却真真是让人消受不了。团友们终于怨言四起。新西兰的老先生又开了口，说，要不，导游小姐给我们唱首歌，来个精神转移法。饱了耳福，口鼻之苦我们也就不计了。

这是个自讨没趣的不情之请，大家都有些慌。然而女孩迟钝一下，微微一笑，却张了口。有声音浅浅怯怯地流动出来，开始是含混的。她抱歉地笑，似乎对歌词没有把握。突然声音响亮些了，就辨得出，是那支叫做《昔日重现》的英文歌。她显见不是唱歌的能手，但声线里带着柔软的锐利，因为认真，有些不必要地字正腔圆。这声音在泰勒心头碰撞了一下。其实是俗滥的歌，却是提醒大家缅怀今日的。泰勒不自主地跟着和上去。是极好的男中音，将这锐利中和了，也为她认真的声音铺垫了宽厚的背景，让她在每一个段落从容地落定。女孩自然体会到了，感激地看一眼这中年人。

阳光正低矮地铺进来，船舱里的人周身笼上了浓重的酱色，每个人心里都发着旧。外面只听得见船桨击打水面的声音。这女孩的歌声住了，大家愣一愣神，才鼓起掌来。有人就说，既然到了中国来，其实更想听一支中国风味的歌曲，不知道导游小姐可会成全。这回女孩并没有为难的颜色，想一想，说，好。她清一清嗓子，起了头。这歌的旋律，比刚才的又婉转了些，甚而有些暗淡。却因了她的认真，形成一种静好的面目，恰如其分了。但泰勒在这静好里，听出有些愁。细细地听了歌词，又是一惊。原来是李清照的词。

一种相思，两处闲愁。此情无计可消除，才下眉头，却上心头。作为一个中国通，泰勒对中国的诗词是有见地的。这词里有些伤处。柳永的伤，是唱给天下人的，所谓凡饮水处皆吟柳词。而李清照却是唱给自己，一径伤到心底里去。唱歌的人，站在暗影子里，倚着窗，因为有夫子庙阑珊阔大的背景，越发显出单薄。泰勒阖上眼睛，听她唱着，想这女孩必是有些心事的，便觉得无缘故的痛楚。

一曲又终，船里安静下来，刚才的热闹涤净了。众人各自脸上，也挂着心事。半晌，新西兰的老先生缓缓地拍掌，说这首歌曲，简直是Magic。似乎被催眠，前面的大半生，在眼前过了一遭，不消几分钟的工夫。女孩笑一笑，坐下来。众人望着她，有些刮目相看的意思。她却不自然起来，将身体略侧过去，躲避着视线。终于，拿出刚才买的虎脸荷包，用手细细捋那虎脸上的胡须。不再有言语。泰勒想，爱这样东西的人，总也有颗单纯良善的心。天已黑透了，船里亮起了一盏浅金色的宫灯，里面是个电灯泡，光晕投下来，恰将她包围住。这时候，女孩已恢复了肃然的神情，甚至有些冷漠。看得见素净的脸上，有浅浅的斑。

船靠了文德桥，这里是游船的终点。船夫抛出一条缆绳，就有人接过，利落落地拴在了码头上。因为船舷和河岸有些高差，游客们也自然要费些气力。船夫一个个将他们拉上去。到了泰勒，照例伸出手，却见这中年男人，摇一摇花白的头，一脚蹬在船舷上，猛然一使劲，便跃上了岸。在众人的喝彩中，稳稳地站住。

后来，泰勒讲起这一出，说自己不是爱出风头的人，是老夫聊发少年狂，老天看不过眼，所以给了一个教训。这教训来得迅猛，立竿见影。站住没有几秒钟，他就觉得下腹疼痛难忍，先以为是岔了气，勉强走了几步，豆大的汗流下来。人摇晃了几下，终于矮了下去。

这时，他感到突然有了倚靠，是那个女孩。他的身体不自主地成了她的负荷。她吃力地担住了他，同时大声地向前面的人求救。

一时间，泰勒觉得有些窘。这个年纪的男人，云淡风清之下，是最顾及风度的。对他而言，这风度已成为习惯，突然失去了，所有的仓促也写在了脸上。

惶惶然，他感到自己被七手八脚地搀扶上了一辆“摩的”，半躺下来，看见头上破旧的顶篷。有一星光从顶蓬的破洞落下来，晃了眼睛。车开动了。泰勒感到一只温润的手抓着自己的手，那只手的手心渗出薄薄的汗。偶然间，这男人在疼痛的间歇，睁了一下眼睛，看到飞驰而过的景物里，有那么一点昏黄的暗影。

鼓楼医院。泰勒想自己一把年纪，在这个中国医院里，失去了一段痛苦的阑尾，稍稍有一些滑稽。如同年老的修士陡然间没了童贞，总有些痛定思痛。

醒过来的时候，一个中国女孩带着自持的表情，在对他微笑。这令人有些意外。泰勒想起正是这女孩将自己送进医院。在阳光底下，女孩瓷白的皮肤通透起来。而鼻翼两旁有一些斑，并不明显的，是瓷上经年的沉淀。女孩清寡的韵致，与她昨晚奋勇的行为，有了出入。女孩又对他笑了一下，这回脸上的表情，有了些生气。

泰勒动了动嘴唇，没有任何思想准备地听到自己说了那句话。

他说，我爱你。

这突兀无比的话，被这中年男人就着笑敷衍下去。没想女孩却抬起头，脸上满是认真，问他：真的吗？

泰勒也笑了。

泰勒感到手术刀口疼痛了一下，他知道，有东西打动了自己。或许是爱情。

对于自己的应邀而至，她有过种种猜测。其中包含了对于泰勒魅力的度量。其实这男人面目已有些模糊，然而她至今仍然回忆得起那一刻面对自己的笑容。这笑容，带动了嘴角上方的法令纹。这纹路是极年轻时就有了。这曲折的两笔，使这美国男人的面相有些发苦。这时候，却舒展开来，加深了欢喜。

在柔软的灯光底下，她神情庄严，手指在这纹路上勾勒，如同两道轨，殊途同归于高耸的鼻。这男人重浊的鼻息，携裹了她，带着雄性的、温热的力。她只是觉得有些头晕。手里的威士忌，在她的脑海里画出一道琥珀色的弧。

这男人轻轻地，将她从沙发上抱起，她睁开眼睛，看清晰了。

她突然觉得，这是一张父亲的脸。这一刹，竟有了难言的兴奋。她几乎为这兴奋而羞愧。然而，这羞愧，陡然间，又被更浓郁的兴奋覆盖了。

清晨，温润的阳光，穿透缀着蕾丝的纱幔，铺盖进来。她醒了，看到白床单上的一点红，倏然记起昨夜陌生的锐痛。她有些沮丧，瞬间而已。一丛盎然而天真的百合，隐隐流泻出熨贴的气息。在她身侧，泰勒安静地呼吸。这中年男人身上金色的绒毛，笼罩为了奇异的光晕。

男人的法兰绒睡袍，搭在椅背上。她起身，将自己悄悄地包裹进去，心底有一些暖。拉开窗帘，外头，是绵延漫长的珞珈路，生长着成荫的法国梧桐。她置身的地方，曾经是国民党高官的宅邸，如今成为专家楼。这些她并不知道。只看到眼前的景致，开阔而疏朗，是被整饬后的宁静。她想她的家，阴潮的、可以滤出水的空气。偶尔看见几只鼠，仓皇地从洗手池上跳下来，在排水道的尽头遁去。她想，那是一种多么让人意志消磨的生活。

红木书架里摆着缩略本的二十四史。桌上放着徽墨与镇纸，笔筒里插着几枝毛笔。她取出一枝，是湘妃竹的笔杆，柔韧温存的羊毫。她将笔尖扫过自己的脸颊，她躺回到床上，羞涩地看着这具中年的依然健壮的男体，倏然产生一种依恋。

即使是后来，泰勒对于生活有种种的回避，对她坦然依旧。

举案齐眉，她便也是他的红袖。除了爱之外，也有应景的因素。泰勒自问多次，是爱她的。爱，包含爱里的性。

其实关于中国文学的启蒙，对这男人而言，也正是关于东方的性的启蒙。那时，泰勒还是个二十岁不到的小伙儿。在法国读书的时候，偶然看到木刻本的《金瓶梅》，叹为观止，为着中国人的想象力与创造力。中国人的性，之所以吸引，大概在于含蓄与分寸。宽襟大衫中若隐若现的一抹酥胸，是远比丰乳肥臀要经得起推敲的。在泰勒眼中，将性写得好的，西方只一个劳伦斯。然而因为太想写性，难免其意太显，不留余地，所以失之东隅。在泰勒看来，中国字都是谜，而谜里都是性。他感兴趣的，则是这谜一样的国度中的文学与性。

曾经有一个瑞典的汉学教授，教他一句“玉人何处教吹箫”，说这诗中其实说得是性，里面有一句淫猥的暗示。茫茫然间，他被点破，真有大骇之感。后来阅历增长，对中国文化的兴趣却是与日俱增。他逐渐体悟，中国的美，在于写意。比如中国画里，远山近树，都在方寸之间。西洋画里的散点透视，讲究一个“实”字，是要对着自然的模拟。中国画却要极尽一个“虚”，空对空的，用空填满了。这也竟影响了他对女人的观念。他的亡妻，是个美丽的挪威女人。北欧的气候，养就了这女子的冷漠，却是让他爱的。因为这冷漠造就的距离，符合了对“虚”的审美。尽管这“虚”有些平板直白，却令这男人对冷的东西日益产生热的欲望。眼前的她，瘦弱如一张纸，在泰勒看来，却是上好的熟宣，尽人泼墨挥毫。每次做爱，他都觉得自己是穿透了她，不是游刃有余，而是力透纸背。然而，这纸却又丰厚如海绵，让他在缱绻之间无法水到渠成，总有些曲折。

泰勒想这小女人，简直就是精灵。自己是船，她便是水。自己是火，她仍是水，是以不变应万变。新意却没有枯竭，让他越发地爱。

有一回，他从墙上取下云锦挂毯，让她躺在上面。她裸了身体，只着一件旗袍。任他解开盘扣，解开一个，他的欲望就膨胀一点，像在剥除一只茧。他听得见她的肉体，在绸缎中轻轻滑动。泰勒说，这云锦，号称寸锦寸金，你的身体也是。区区一个她，装下了这男人偌大的欲望。

这个叫泰勒的男人，给了她许多始料未及。她回想起与这男人的第一次，仍有淡淡的罪恶。并非因为泰勒是个外国人，更并非因大她一倍的年纪，而是，而是在缠绵中，泰勒所表现出的风度。其中的体贴、对她身体的无微不至，隐隐然间，令她想起了“父爱”这个词。尽管这个词的内涵，对她而言，是陌生又陌生的。

除开做爱，她觉得这中年男人，举手投足间，对她都是言传身教。这却又让她欣喜和感恩。

有时，她也希望受到鲁莽与即兴的待遇。然而，似乎没有过。他们每次的爱，有着优柔而华美的铺垫。泰勒为她沐浴，焚上一炉梵香，音乐却是一曲《梁祝》。泰勒自己倒上一点伏特加，不是高脚杯，用的是铜制的爵。此举在她看来，有些矫情，自觉自己也成了形式主义的一环，未免心里有些屈。然而她看得出，泰勒对她是真的爱的。

微醺的泰勒，浑身有些红，令她想起初生的婴儿。这身体发着热，连她一并灼烧。突然间，这男人低下头，吻她。沿着她的颈，一路密密地、细细地吻下来。她骤然感到一阵彻心的凉。原来男人将搀了冰的酒滴在她身上，用舌舐她。味蕾感觉得到她最细微的颤栗。舌尖的凉与周身的热。他们在冰与火的交缠间，潮起潮落。

待冷静下来。泰勒燃起烟斗，自己不抽，放在她嘴边。她接过来。这烟的味道清凛，由咽喉流动下去，却骤然粗暴，冲击。她心口发堵，想起刚才种种，终于问，我们这是爱么。

泰勒说，爱，是绝望的爱。她有些恼。泰勒微微地笑，看烟袅袅地从口中游出来。我是说这城市的品性。泰勒说，这城市是叫人亡国的。亡的是男人的国，却成就了许多女人的声名。我碰巧是个男人，或者有一日，亡了我，却成就了你。

这是一句玩笑话，她却陡然觉得有些凄凉。

有这么几回，夜很深的时候。她起了床来，却看见泰勒穿着睡衣，一个人在书房里，神情肃穆，看上去是在工作。这倒是让她放心，觉得这男人除了琴棋书画外，还需有些生计，维持油盐酱醋茶。只是见她进来，泰勒总是将笔记本电脑迅速地合上。然后摘下眼镜，拥着她回了睡房去。她看到电脑荧屏上似乎是些斑驳陆离的曲线图，一晃而过。

其实很长一段时间，对于泰勒的底细，她并不知，却也不想知道。大约是一个官办的科研机构请来的专家。至于是什么研究机构，研究的是什么，她竟然从未问过。后来她受了盘问，照实了回答，没有一个人是信的。旁人看来，也许因为这男人太风雅，在她二十岁的年纪，成就了镜花水月，她自己是不忍心打破的。更不忍心跳进水里捞上一把，捞上了泥沙来，是很煞风景的事。

对她的事情，周围的人隐约知道一些。那时女大学生谈老外男友，也是个风尚，同居的，却还是少数。只是因了她的冷，大家觉得她的事情，都是无可无不可。特别是她同宿舍的室友，偶而见了她，谈起近况，也是打打马虎眼，大家抱着兼爱非攻、相安无事的原则。

然而，校方的态度却有些不自然。八九年以后，中国大学生天之骄子的地位，开始有了管束。于是学校里找了她，跟她谈，但看她淡漠的神情，领导们都觉得自己是小题大作。后来知道泰勒是政府为了建设信息库请来的一个高级工程师，是个颇得罪不起的人物，就放任她自流了。又得知这男人早年加入了“法共”，其实是个又红又专的人，更是含沙射影地恭维了她几句，说得她好像是出塞的王昭君，跟泰勒的交往是为了搞好中美关系，安邦定国的。

因为这个，她觉得和泰勒之间，突然落了俗。

相当长的一段时间里，母亲对她与泰勒的交往，毫无察觉。

依然是因了她寡淡的性情。一个恋爱中的女人，所有关于心理与生理变化的细枝末节，在她身上不着痕迹。

所以，当有一日，两个穿着蓝色便装的男人出现在家里的时候。她母亲望了她一眼，默然转动轮椅将自己退进了里屋。

男人们企图阻拦，说我们是来调查一些情况，您不必回避。

门被重重地关上了。

余下的时间里，男人们看着这个瘦削的女孩，有些不忍。出于职业的本能，他们想到了“人不可貌相”这句老话。男人们都是见过世面的人，但是，这做女儿的过于镇定的神气，还是让他们惊异了。他们想，她和这事件，一定有些什么。

泰勒的间谍身份，在一次意外中水落石出。他自行设计了七个原始密电码，分别对应于中古五音与两个变音，按五度相生率编成密码集，同时也是曲谱。泰勒送出的谍报向来是曲词并茂，平仄之间，尽见机心。一曲被截获的《菩萨蛮》暴露了玄机。嘈嘈切切的古筝曲里，破译软件画出了令人匪夷所思的曲线图。曲线图里，每个音高的曲率，词中每字的笔划，隐藏着一套严谨的公式。一年多的时间里，泰勒送出了五十七首这样的曲词。

破译处主任是个通音律的先生，将这些曲词细细听过，竟支支都是极品。不禁感叹，替泰勒不值。对于一个间谍来说，这样做未免太过繁复，有炫技之嫌。他的风致为自己制造了陷阱。

当告诉她这些时，男人们企图冷漠地看她的反应。看她辩白，看她推脱，看她在沉默中露出马脚。然而，她听完后，站起身来，去厨房倒了一杯水，从窗台的小瓶里倒出几粒药丸，敲了敲里屋的门，说，吃药了。

里面没有动静，突然有瓷器粉碎的声音，沉重地打击在门上。

她退回来，重新坐下，他们有些期待地看她。

她说，我要见他一面。

得到的回答是否定的。

这时候，门被猝然打开。轮椅从满地的玻璃渣上碾过去，一条金鱼青绿色的内脏，在地上划出一道肮脏的弧。

男人们看着这中年妇人触目惊心的表情，脸颊的一边无规律地抖动着。妇人将一个硬壳子的笔记本掷到男人面前，同时用清楚的声音说，她是个卖货，但她是清白的。

这是一本日记，记载了她与这个间谍之间无辜的点点滴滴。她对爱情的未能免俗救了她。

她是无辜的。学校以劝退的方式开除了她，还她一个放弃的姿态。

她终于没有再见到泰勒。

当有天晚上，在泛蓝的日光灯底下，她看到手里的验孕试纸上清晰的一线，忽然有些安慰。她想，这男人用这种方式实现了对她的不离不弃。

第五章 无情最是台城柳

她腹部的弧度，终于无所遁形。作母亲的，冷眼之间，有绝望冉冉而上。母亲不动声色地看一眼大衣橱上的照相，将双手绞缠在一起。

那女童随父亲从镇江驾船而来。天地间有一丝风。一九二三年的南京，被一种虚浮的平和包裹着。船上载着药材。女童踮起脚，吃力地打开红木药柜的抽屉，浓烈而清冽的气息游动出来，慢慢将船舱充盈了。

父亲，有着药铺老板一贯的清隽模样。因为他的俊美，这清隽更为不露声色。他兀自站在船头，吹着一支箫。箫声里总有些怨，在江面上打着旋，向东南的方向漾去。这青年，其实是带着家当奔赴前程去的，但也总是有些离愁。江畔近了，影影绰绰地可以看到一个阔大的码头，这是这座城市浮现给他最初的轮廓。这陌生的城市里，有他舅父苦心经营的事业，等待他去继承。

南京“齐仁堂”药铺重新开张的时候，一个美国记者拍下了一张照片。这照片现在还留存着，曾摆在“丰泰”照相馆的阁楼上。照片上的青年男子，穿着簇新的马褂，浆得挺硬的领子，无端使得他的脖子僵直地引着。这令他的欢喜显得有些不自在。他的右手，牵着个很小的女孩子，打扮是一团锦簇的样子。眼神却冷漠着，不是这年纪的小孩子通常因在生人前的惊惧，表现出的畏缩。而是，生性里的冷。

这女孩，是她的外祖母。

母亲用绒布轻轻地擦拭这张泛黄的照片，扫了她一眼，将恨意在心底沉沉地压制下去，终于一面有些自暴自弃地想，这是血里带来的。

草长莺飞。这词里经年的蓬勃意味，适用于一桩兢兢业业发展中的事业，却也贴切于一个少女的成长。因为中间悄然的、物润无声的节奏，有了飞跃的结果。到了这一年，“齐仁堂”的生意在叶楚生的经营之下，已身居江南四大药局之首。当初的青年已过中年，依然清隽，而气度沉实，少年时的浮华气是一丝不见了。眼神里带了一点狠，这“狠”是没有对象的，作为一个生意人，却是放之四海而皆准。

隔着一道帘幕，在后厢房的暗影子里，作女儿的注视着父亲的一举一动，深深地叹了口气，心里想，这是个没错处的男人。她走回到窗台前面，活动了一下手指，继续绣那幅《韩熙载夜宴图》。在她看来，父亲的固执迂腐与品味相关，认为传世的就是好东西。其实，这是让人想入非非的一幅画，内里是浮猥的气息。袒着胸膛的男子，宽袍大袖，明是个在脂粉堆里摸爬滚打的物件。听见外面的女学生放学的声音，她忽而站起来，又坐下去。在这起落之间，脸上晕起了一些红。这少女的皮肤是透明的白，是许久不见阳光的缘故。一袭旗袍虽是家常的款式，做工却是上乘，低调的精致。头发是不要烫的，她枕头底下也压着一本《良友》画报，明知最时新的款式，是丹阳朝凤。到了自己，却只是齐颈剪得干净，耳际留成简单不过的新月式。对于衣装，她有自己的用心，不想因这些外物湮没了自己。她是不鸣不放，在人眼里，却全是她自己。倒是合了她的名字：毓芝。是钟灵造化的产物。父亲培养她，是淑女名媛的路数。她在镜里端详自己，鼻梁上浅浅的斑，多少令她有些恼，却也由它去了。

这时候，有极近的脚步声，毓芝其实有些慌，她知道是芥川来了。

父亲交游甚广，却知己寥然。因他的友好原则，生硬而单纯，只一个"棋"字。在他看来，棋如人，人如棋。棋风如同性情，棋局便是人生。他的生意过往亦如此，最好的生意伙伴，都是念棋在兹。城南"华裕堂"的杜老板，因为悔了一次棋，二人竟至绝交。在旁人看来未免态度极端，他也并不抱憾。

芥川三十出头，生得高大，面相成熟。举手投足，作为一个商人，这日本人就未免有些孩子气。论其出处，是历代长居本所小泉町的世家。靠近隅田川的本所原是日本江户时代骚客汇集之地，所以，书卷气他是不会缺的。写得一手好俳句，中国的诗词歌赋，不算精深，也都能吟会颂。他在这南京城里，算是个颇风雅的外籍人。因他不似老旧的日本人，拘于礼数。这与这城市的性子是投合的。有渊源，不在意，便是格调。然而在商界，这份散漫却是大忌。古往今来，年轻人在业界初试啼声，颇需要处心积虑，小心翼翼地站稳脚跟。他却由于漫不经心，大喇喇地几笔生意败了北。这份情形，自不见容于人。何况他还是个外国人，就渐被同行看轻，被戏称为"倭商"。

"倭商"芥川的舅父，与华东区的药业总会会长，是大学同学加连襟。所以会长修书一封，要叶楚生扶一扶这个东洋阿斗，是不足为怪的。只是骨格清奇的叶老板，不吃这套，本已却之不敏。这时候，北方传来一些消息。说奉系的张大帅殁了后，大势已去的清廷改头换面，叫了满洲国，正在日本人的手里。出于商人的敏感，对政治一向缺乏洞见的叶楚生，也隐隐感到一些不安。索性将铺面交给伙计打理，抱病在家。

毓芝初见芥川，是因为这日本人登门造访。看这人在和服外面罩着一件双排扣大驳领的西装，施施然地走进来。见了她父亲，倒没忘了除下头上的呢帽行礼，只是一团乱发，竟似顶了一个鸟窝。

芥川半躬着腰，将书信恭恭敬敬地递上去。依他的为人，已属难得。叶楚生盘膝坐在灯底下，打着棋谱，头并没有抬。芥川“晚生”、“前辈”了半天，他也似半句没有听见。芥川倒不气馁，只是原地站着。为了成就事业，这回他是下了尾生抱柱的决心。见这清瘦长者眉头时而舒展，时而紧蹙。便也知这人在心里是同自己较着劲儿。他禁不住抬起头，观了棋局。心说倒真是旁观者清，老先生将自己绕进去了。于是斗了胆，轻声道：送佛归殿。叶楚生自然是听见了这后生的话，心里一醒，眼也亮了，拈起一子，厉声道：黄口小儿，没规矩。芥川却见他执了黑子打了一记软封。芥川便知道自己并没有说错。

叶楚生冲着棋桌对面一指。芥川犹豫了一下。叶楚生不说话，只管收拾了棋局，收拾干净了。在右上的星位开了局，便袖了手，半眯了眼睛。芥川便也明白了。

弈者无声。

毓芝看得入神，没留神后面的丫头掀起了帘子。丫头是个眼醒的人，看出老爷是对这青年人刮目相看了，便也准备以礼相待，急急地泡了茶。看见了毓芝，有些意外。毓芝脸飞红一下。丫头便也笑了，说，小姐，您这是垂帘听政。毓芝有些恼，打她一下，说，仔细你的嘴。越发没大没小。教你识几个字，全用在了歪处。丫头嘻笑着，说，奴才却知道歪打也能正着。奴才嘴贱手低，不配伺奉这上好的龙井。还是小姐来，也好在近处看个究竟。毓芝一路骂她，手却接过了茶。

毓芝就这么走到两人跟前，只道：爹，茶。芥川抬头一望，手却不禁一抖，棋子落到棋盘上。毓芝没多言语，放下茶便走回去。拉开厢房的帘子，回首正瞧见父亲深深地看她一眼。

芥川捡起刚才抖落的棋子。

叶楚生按住他的手，说，落子无悔。

这时候是一九三六年的初秋。叶楚生的生意没有更好，但也没有坏下去。只是他感到有些事情在潜移默化中行进。

一年下来，芥川已是个不错的帮手，不出他意料。这年轻人是聪慧的，先前是太不羁，好像没有舵的船，在水里打着转，徒被人看笑话。如今有叶楚生关照，稍加点拨，便上了航道。再加上为人勤勉肯学，几番过往，在行内渐渐有了名堂。

只是行内似乎情况渐并不如前。先是药业总会在年初散了场。又传闻会长已在政界另谋了高就。原本叶楚生在会里也只是挂了名，故而并没太多牵连。但是其他几个老板却似乎被动了根基，有一两个竟至破了产。据说是北方的药材通路，已经被日本人封锁了。中间商便将一些贵价药囤积居奇。又有一批说是从俄罗斯陆路走私来的假虫草被查获。假作真时真亦假，扰得市面大乱。时间长了，叶楚生有些奇怪，为别人，也为自己。为别人归根结底是为世道，世道乱了。为自己却是奇怪在这乱世里，他还可以这样循规蹈矩。叶楚生的生意，南来北往，在这当口里有条不紊。外面就有些议论。他不理睬，只当自己在业界德高望重，旁人都怵着几分，也让着几分罢了。

直到有一日，底下人来报。说一批东北采买的高丽参和麝香，在沈阳被扣了。采单的人说，不放货的是日本人。说这些是限制药品，没有机密函，不能放行。叶楚生茫茫然，说什么机密函。底下人说，就是药品通行证。叶老板就更加不知所云。做了几十年生意，只叶楚生一个名字，就该通行无阻，哪里要什么通行证。他便有些恼：你们一个两个，怎么做事的，算他们不识我叶楚生，“齐仁堂”的名号，也可以不认吗。底下人说，该想的通融办法都想了，他们不放也无奈何。这条线原本是芥川帮着跑的，他走了大半年没碰到故事。说起来，您老该问的倒是芥川。

这时候，芥川正在广东采货。待回了南京，叶楚生已经有些急火攻心。这批货里，原本有订给战备区陈师长的十六枝高丽天字参，现在就算清出存货，也不过九枝。叶楚生自忖与军界素无瓜葛，抛开陈师长的权势不论，单是无诚信的名声，他是万不要的。以他叶楚生的清高，要他找同业出让，亦是忌讳。倒是老对手，“益和堂”荣老板自己上了门来，说雪中送炭，援手他七枝。参自是上好的，荣老板开出的却也是天价。几次三番，叶楚生正想拍板，却见芥川急急进得门来，口中连连说，师父且慢。荣老板见这青年人阻了自己，自是不悦，说你一个年轻人，口中道师父，却不是徒弟的作派，我和你师父谈生意，由得你插嘴吗？芥川嘿嘿一笑，谈生意没我插嘴的份，趁火打劫却不能不管，你这七枝参的价钱，够我平日里买三十枝有余。荣老板便也冷笑，果然初生牛犊，如此便也罢了，你好生买它三十枝孝敬你师父吧。说完拂袖而去。

芥川道，师父，恕学生来迟。

叶楚生一时六神无主，说，芥川，想师父我平日怎样对你，你要如此给我难堪。

芥川并不解释，只道，师父，请给学生三日。

三日之后，“齐仁堂”的老板叶楚生看见自己的货物如期而至。

叶楚生召来芥川，肃然道：这么说来，你就是那张通行证了。

芥川一躬身：替师傅分忧解难是分内事。

叶楚生却背过身去，语气清冷：那么，有没有替日本人做的分内事？

芥川不语。许久，方轻声道：师父，您不是也曾教训徒儿，在商言商，莫论国事。

叶楚生转身，眼锋犀利：是，我是说过。我一个生意人，只想尽生意人的本分。可是，我的徒弟却是神通广大。瓜田李下，我两耳不闻身外事，却也知道日本人在华夏的作为。若非“九一八”东北三省沦陷，我叶楚生在自己国家的地盘上做生意，何须要看日本人的脸色。如今，要我跟着日本人沾便宜，我是更加不要。

叶楚生仰面长叹：树欲静而风不止。日人欺我华族，风声鹤唳。外侮当前，必是不共戴天之势。你既是日本人，我当没你这个徒弟，好自为之吧。

芥川沉默半晌，终于说，一日为师，终身为父。眼下风云变化，师父日后若遇舛境，定要记得徒儿。

叶楚生扶起他，说，芥川，我们师徒缘起弈术，今日缘尽。来，再下一局。

这盘棋，芥川是下得小心翼翼，叶楚生却是凌厉。心潮暗涌之下，作师父的胡乱推翻了棋盘，对芥川摆了摆手，轻声说，罢了，你去吧。

芥川深深一拜，欲言又止。

叶楚生倚门而望，芥川渐行渐远。一时间，叶老板只觉自己老意丛生。

•

叶毓芝看得清楚，两眼含泪。就在这时候，她下了决心，要和自己的命运赌一把。

这城市女人骨子里的烈，是造成叶楚生对女儿多年教育毁于一旦的根源。这份烈，不见得个个都卯足了劲，要血溅桃花扇。只是平日里宠辱不惊的风流态度，就是极危险的汹涌暗潮。“女学生”这个群体的出现，让叶楚生领略了什么叫做由顶至踵的不安分。毓芝在中学毕业考取得全校榜首之后，被阻止了升读大学，在叶老板看来，是亡羊补牢的明智之举。对这一点，叶毓芝没有抗争过，却也并非哑忍。她是觉得自己读够了。在潜意识里，女大学生或许太多。人多了，便是俗。而流俗恰是毓芝最不耐的事情。此后，叶楚生并没有继续压抑女儿的交游。后来他想起来，觉得那个叫做赵海纳的女孩，就是这个时候趁虚而入的。

赵海纳并不叫赵海纳。她原本有个闺秀气浓重的名字，叫淑娴。赵淑娴是城东琉璃厂赵老板的女儿，也是叶毓芝中学的同班同学。改名叫海纳是进了大学之后的事情。意思自然是世易时移，女人也要有海纳百川的气魄。叶楚生初见这个女孩在家中出现，便深不以为然。无奈这女孩除名字突兀，并无其他错处，也算知书达理。

赵海纳渐渐成为毓芝与外界交流的管道。自然，这管道也因为年轻女孩的喜好有所取舍。正月的时候，海纳给毓芝带来一张报纸，上面有一则话剧的预告，《大雷雨》。赵海纳有些不平地指着上面的照片，说，你看上海那边，现在是什么人都捧。这人称得上是国色天香吗？毓芝接过来看一眼，照片上的女人面目模糊，的确不怎么好看。并且轮廓硬朗，有些男相。预告的内容也是写得肉麻夸张，什么表现性的苦闷，肉的烦恼，心的寂寞，灵的追求。描写少妇思春，如火如荼，刻画专制暴君，可歌可泣。

主演：新星、红星、巨星——蓝苹女士

大概是出于女人的本能，两个人对着这幅剧照极尽揶揄。她们并不知道，这个叫蓝苹的演员，三十年后，会成为中国政治舞台上权倾朝野的女人。

作了许多的铺垫后，叶毓芝影影绰绰地将自己的决定告诉了赵海纳。赵海纳沉吟良久，其实因心里也觉得老同学有些疯了，所以需要些时间让自己先平静下来。平静了一会儿，便又心生敬意。对叶毓芝说，追求幸福，何罪之有。娜拉的故事，你总读过。她这样说，毓芝反而没底气了，没想过要将自己的私人生活上纲上线，便说，那都是外国人的事情。赵海纳便说，你没有读过胡博士的一出新剧，叫做《终身大事》。那说的可是我们自己的事，最可恨的便是这样的父母。毓芝便觉得她说的不靠谱，自己的父亲没什么可恨，也没干涉过什么。前路幸福与否，也是未知。她想做的事，其实是依照本能。赵海纳又沉吟半晌，说，总之一句话，对得起自己。

叶毓芝与芥川的开始，是心照不宣的意外。那天醒过来，毓芝觉得脚下发飘，知道事情不好了。这一日，偏是叶家祭祖的日子。毓芝当然知道父亲的脾气，于是匆匆在药匣子里找出一颗“乌鸡白凤丸”，囫囵吃了下去。

栖霞寺的普宁法师，与父亲算是三界外的朋友。所以将祭拜选在远郊。到了地方，毓芝已有些心虚气短，腰际酸胀。一五一十地行过祭拜大礼，再起身来，身下一晃，竟跌坐下去。丫头紧着过来还是没能扶住。毓芝脸色煞白地摆一摆手，自己站起来。

这些被芥川看在眼里，也有些心痛。却听见叶楚生背过身去，声音清晰地说，成何体统，只怪我叶家没有孝子贤孙。

回到家里，毓芝已是委屈得不行。想说却又说不得，只是一味地哭。她想起自己第一次遇到这女儿的事情，是十四岁那年。早上发现身下一滩血，她清清楚楚地认为自己快要死了。收拾干净了，仍旧去上学。然而到了晚上回来，却没有死，只是麻蓝的学生袍子后头有一片殷红的紫。奶妈看见了是大呼小叫。毓芝心里一面厌恶这个乡下女人，一面在心里觉得耻辱。就在这个时候，她第一次觉得，自己要有个母亲多么好。

母亲是没有的，这一日却月月来袭，且来得苦痛。其实并不是个大毛病，女孩儿家也是常有。药局家的小姐，旁人看来更是近水楼台。偏毓芝是个闷葫芦，自己一年年瞒下来。叶楚生的一双利目，在自家女儿身上障了眼，只觉得身虚体弱是作闺秀的本分。给她吃了些“王不留行”之类调养的补药，其他便算了。毓芝唯一告诉的人，是同学赵淑娴，也便是后来脱胎换骨的赵海纳。淑娴是个经事早的孩子，自然明白底里。她给毓芝配了些“乌鸡白凤丸”，便这么月月吃着。毓芝问过她有没有根治的办法。淑娴开始掩着嘴不肯说，后来给缠得没办法了，说日后行了男女之事，生下孩子，便自然好了。毓芝说不出话了。

而这一日祭祖回来，却是分外的痛。豆大的冷汗流下来，喝上一口水都作呕。毓芝心里怨着，却不知该怨谁。只是躺在床上，心里想着快些捱过去。这时候丫头进来，手里拎着一个纸包。说是有人送来一副药，交代今明两日煎给小姐喝。毓芝问是谁，丫头便说是极熟的人，只是不让说。

丫头去煎药，毓芝把了药方看。方名是“泽兰汤”，配的是泽兰四钱，香附四钱，续断四钱，红花六分，当归三钱，柏子仁三钱，赤芍三钱，牛膝两钱，延胡索两钱半。对症是“疏肝解郁，活血调经”。毓芝看得脸红，心里却是一暖。

一副药下去，一个时辰的工夫，毓芝便觉好了。也就知道了送药人的贴心，一面胡乱猜测着，一面迷迷糊糊睡过去。

早上，听见外面有人说话。后来毓芝见丫头掀了帘子进来，手里捧着一只瓶。问是什么，丫头说，米酒。送药人说这方子最好要甜酒作引，昨晚疏忽了，今日补上。

毓芝站起身就往外走，恰见芥川在门口回转了身。两人一愣，都停住了。芥川终于说，小姐，可好些了？毓芝回了礼，轻声道：好些了，多谢先生有心。

芥川一尴尬，便露出了孩子相。毓芝打量之下，却觉得他已大不同前。头发梳得整整齐齐，一袭藏青长袍，越发衬得体态修长。脸庞清瞿，一见之下，竟颇有叶楚生当年的风度。毓芝想起他初来时头上顶着鸟窝，不着四六的样子，忍不住笑了。芥川搓一搓手，说，小姐这么一笑，更教我不安了，不知有什么错处。毓芝说，先生没有错，是我想得多了。说罢抬了头。四目交投，都觉出眼光里的热。

叶楚生有生意人的精，或是这几年情事鲁钝，事关男女，心却木了。所以，这一对小儿女，在眼皮子底下暗渡了陈仓，却浑然不觉。芥川是好诗的人，与毓芝书信往来，少不得风雅之辞。往往还抄录了日人的徘句。下一回见面，她听芥川将这些精巧的音节读成音乐，心里也爱得很。有一回，叶楚生在她房里看到一本《源氏物语》，打开来，扉页上一行日本字。"春已归去，樱花逡巡而开迟。"是江户俳人与谢芜村的句。叶楚生便问毓芝这是什么。毓芝不假思索，顺口溜出了日语。叶楚生一愣，毓芝赶忙说是赵海纳最近的所学，因好为人师的脾性，所以传授给她。叶楚生竟然也就放过去。

他们是快乐的，无缘由。也不在意终点，只是觉得是顺理成章的快乐。这快乐有些秘密的意思，然而却又坦白。所谓秘密，只不过是想让这快乐更纯粹些。毓芝了解父亲对芥川的好感与日俱增，甚至想过，倘若芥川真的向父亲提出婚约，父亲一样会爽口答应。只是事情就沿着无可无不可的轨迹走到现在，却要戛然而止。

毓芝想，是下决心的时候了。

毓芝抽出一张短笺，想一想，画下一棵树与一株梅。写了"子时风兼雨，五更云渡月”十个字。毓芝将信笺折好，封上交给了丫头。

这时候的毓芝，心里其实有些悲壮。诗画成谜，是她与芥川平日玩笑的游戏，这时候竟似要决定命运了。

一九三七年的春还有些寒意。毓芝一个人坐在“梅木阁”里，手里捻着一枚早熟的银杏。这里是晦暗的库房。空气中流淌着陈旧的中药味，间或可闻见清凛潮湿的霉气。茫茫然间，毓芝抬起手边的药铡，捡了一束半夏切下去，“卡”地发出脆响，先将自己吓了一跳。迎着门有一只挂钟，摆动之间，将这女孩的等待引得左牵右绊。煤气灯“扑”地一声，气泄了，火焰如豆。库房光线暗沉，蒙了一层酱色，墙上挂着“分戥”，搁在桌角的“刨凳”，“拍桶”，依窗摆着一只“焙柜”都被模糊轮廓，成了些奇形怪状。

这时候，灯火的光晕里头，映出一个巨大的人形。毓芝紧张了一下，然后看见芥川走进来。芥川的眼睛亮一亮，收敛了，是个忧心忡忡的模样。

小姐。芥川说。

毓芝没言语，走上前，捉住他的手。这一捉，芥川竟是颤抖了一下，手僵在这女孩的掌中。毓芝说，这里没有小姐，只有我。

芥川更恳切地说，小姐……

这一回，毓芝猛然将他的手拉过来，放在自己胸口。芥川气短了，他的手感到有一股热力在绵软中喷薄而出。这热力吸引着他，让他不管不顾。

纠缠之间，他们碰了桌上的药筛子。筛里铺着川贝，簌簌地响着滚着，淅淅沥沥如珍珠洒落。落到地上，击起极细微的尘，笼了他们一身。

终于，如意料中被刺痛。痛楚之余，她没忘记端详他。他的脸有些扭曲，因为快乐，也因为紧张与罪感。这张脸在微弱的光里变了形，陌生起来。灯火腾地闪动一下，灭了。在黑暗中，她忽然醒觉，女人在这时，多半迷醉。然而，她醒觉，想推开他。但是推不动。他深深地楔入她，在温热中膨大了。她更痛，却无法自拔。她终于抓紧了他的脊背，深深地走下十道血红的轨。

这时候，她的视力已适应了黑暗。药柜上，镌着“辟邪”的头。这神兽魔一样的眼睛，看着她，看着他们。她感到了前所未有的恐惧。那眼睛膨胀鼓突出来。她在男人的撞击中突兀地弹动，而乳房在剧烈地颤抖。这些都让她羞耻，如同一场罪恶的献祭。

她感到自己的内里充盈地被炙热鞭打了一下。他的身体如弓弦绷紧，忽然疲软。一线月光，从头顶的天窗中垂下来，如同他们的手掌一样绵长无力。他们看着对方，初时的幸福感渐渐淡去，彼此觉出尴尬。她看到他胸前，稀疏纠结的毛发，突然有些恶心。在黑暗中，他们难以辨识对方的表情。但是，沉默中，都听到心跳声弛缓下去，沉没下去。

风月千秋树，云雨一剪梅。是短笺的谜底。

毓芝抹了额头薄薄渗出的汗，心里想着，结束了。要开始了。

这个月的痛没有来，甚至什么也没来。“齐仁堂”的小姐叶毓芝，站在窗前，得逞似地微笑。她没再见到芥川，却觉得芥川如影随行。

毓芝看着父亲裹着棉袍，在堂屋里打棋谱。眼神有些浊。

失去了芥川的叶楚生，觉出了难过。这难过是属于一个老人的。不是威风八面后落寞地老去，而是老之将至的前奏。

这一年的四月十八日是国民政府定都南京十周年的好日子，恰逢上叶楚生五十岁寿辰。政府自然知道如何热闹，各种展览会、博览会应运而生，要的是普天同庆的气势。叶楚生的大生日在这热闹里头安安静静地过去了。其实他心里万幸，这份清静拜“新生活运动”所赐。两年前，蒋委员长提出新运“三化”。其中所谓“生活生产化”规定“年未满六十岁者，不得设宴祝寿”。首都公民，自然是当仁不让。叶老板不想人叨扰，心里想着，寿宴越铺张，寿星公越老迈。然而，在建都纪念期间，开始了轰轰烈烈的灭蝇运动。委员长手谕市长，成立了“首都松毛虫防除协会”。全南京的市民如火如荼地和小虫子较起了真。生日当天，叶楚生看着灭蝇队忙到家里来，下人们心情热烈得好像过节。心中觉得滑稽，自己还未及几个小虫受重视，于是生出“人不如蝼蚁”的感喟。

这个时候，这个国家的抗日气氛日益浓重。西安事变的和平解决，抗日民主统一战线初步形成，涣散的中国人似乎突然有了一个盼头。各种各样的演说与会议，为这座城市的上空笼上了热烈的气场。作为当地的知名人士，叶楚生应邀出席过一些场合。然而他的出世态度，在这些场合显得如此不合时宜。他在心里说，归根结底，我只是一个生意人。然而在别人眼中，他是一个冷漠阴鸷的老头儿，如此而已。

“齐仁堂”的生意如其他药局开始遭遇障碍，不言而喻。

叶楚生回想起芥川在时“齐仁堂”在生意场上的虚假繁荣，有些不是滋味。东北的药材通路被日本人垄断。一切努力变得无可无不可。市面上这会儿人人自危，老相识成了冷面孔。底下人在上海谈成了一批牛黄，落了订金。提货的时候，那边却要叶楚生亲自来一趟。说非常时期，恐怕这批货的去向不清楚。对方是个小辈，叶楚生有些窝火。但想起吃了日本人的那一堑，也就忍了。

几年没有来，上海似乎比以往更乱。一眼望过去，西洋人少了，东洋人多了。叶楚生叹了口气。在哈迪逊大楼底下，一张纸飘过来，"啪"地一声贴在他脸上。揭下来，是一张传单，上面写着"抵制日货"。几个学生走过来，突然一转身，远远抛出一个东西，闪着火光。然后就听见有日本女人鬼喊鬼叫，原来是土制的燃烧弹。叶楚生有些慌乱。叫了辆人力车，到了虹口公园附近，车夫却绕过去。叶楚生心里奇怪，一问，原来日本的驻沪陆战队，正在这一带演习巷战。车夫说，简直没完没了。一阵儿在华北，一阵儿在青岛，成日舞刀弄枪，现在要到政府眼皮子底下来了。正说着，远处霹雳啪啦地传来些枪声，车夫仓皇间加快了步子。叶楚生顿时觉得还是南京好，首都，到底是太平些。又想，这些日本人，在人家的地盘上揎拳勒袖，也是欺人太甚。

从上海回来，叶楚生疲累到极。毓芝见了也觉得心疼，见父亲不言不语，就问他有什么心事。叶楚生禁不住长叹，说，我最大的心事，就是你。为人父母，实在脱不了俗。若能为你招到个好人家，万事大吉。这份产业也就随他去了。

毓芝有些辛酸，知道其实父亲是重香火的。之所以这么多年孤家寡人，是怕自己受委屈。

就在这时候，叶楚生说，芥川这孩子，要不是个日本人，就好了。

这话说得突兀，毓芝心里一惊，一股热气攻心，止不住干呕了一下。

父亲看她一眼，仍然自顾自地说，可惜，他是个日本人。

毓芝忍住一波波从胃里泛上来的难受，走到后厨，在坛子里拈出一粒父亲煮酒的青梅，发狠似地嚼，咽下去。

毓芝将手放在肚子上，小心翼翼地。心里响着父亲的话，可惜，他是个日本人。

有滴温暖的水落在手上，又是一滴。她抬起手，揩了揩眼角。水滴顺着手腕流下来，是冰凉的了。

周末的时候，赵海纳来了。多时不见，海纳其实是更飒爽了些。头发剪短了。原来是个圆圆脸，不知道怎么就瘦下来了。这女孩子，不知前阵子在忙些什么，造访老友像发表演说一样。神态亦大不同，较以往振奋了许多。

海纳说：外面震天响了。你还在家里做隐士，当真躲进小楼成一统了么。

毓芝说：不做隐士怎么办，难不成跟你上街游行去。

海纳吐一吐舌头：我不是不想带你去，就你那个阿爹，我却担待不起。

毓芝叹一口气，低下头：我爹是觉得外面太乱了。

海纳在闺房里来回地走，突然放大声音说：乱又未必不好。所谓乱世出英雄。家国存亡之际，一个青年人，总要看看外面的世界。

毓芝越听越沮丧，劝海纳不要再说些纸上谈兵的话了。

海纳想了一会儿，说，这样好了。你跟我去看一出戏，就知道外面的时局了。这部电影现在是街谈巷议，不得不看的。

毓芝还想推脱，海纳已经在她衣橱里翻找，催促她赶紧换了衣服，赶八点那一场。

两个人走到厅堂里。毓芝跟在海纳后面，牵着她的手，有些胆寒。海纳大大方方地跟叶楚生说，伯父。告诉您一件喜事，我就要订婚了。我想约毓芝陪我去绸缎庄挑几副料子做衣服，请您恩准。

叶楚生正倚着八仙桌打盹儿，睁开眼睛，说，好事情。订了婚，将来就要有女孩儿家的样了。去罢去罢。

海纳一蹲身，行了个万福礼，说，伯父，到时请您老喝喜酒。

出了门来，毓芝还在瞠目结舌，问海纳几时订的婚。

海纳推她一把，说，快走快走，兵不厌诈。

从新都大戏院里出来，天已经黑透了。两人走在中山路上，都沉默着，想是还沉浸在刚才的电影里头。

被称作“民国子午线”的大马路上，这会儿走着许多像她们这样的年轻人。这条马路，承载了他们丰盛的回忆，或者说，这路本身就是他们记忆的一部分。一九二九年六月一日的奉安大典，是整个南京不会忘却的大事。为了将国父的棺木从下关火车站，穿过拥挤嘈杂的城区，隆重庄严地运往中山陵墓，市政当局果断地将成片的旧房子拆除了。气势开阔的中山大道，专为迎榇设计。工程之浩大，全然改变了古都的风貌。这条路，至今仍是南京城建史上举足轻重的一笔。

这些年轻人，在这条宽阔漫长的路上，来回地走，走过了不知多少岁月。马路两旁的行道树也在成长。此刻，高大的悬铃木已经用枝叶将街道笼住，路灯光筛过去，细碎地铺到路面上。夜风吹过来，光斑影影绰绰地动，像一些颜色暗沉的蝶。

海纳手里绞着一片梧桐叶子，终于决定和毓芝讨论这部叫做《十字街头》的电影。海纳拢一拢头发，说，如果有个像赵丹这样的年轻人，愿意带我走，不消说去北方抗日，就算是赴汤蹈火，我也愿意。

毓芝抬一抬眼睛，心想这话说在激情之余，未免幼稚。在这电影里，她首先看到的是绝望和痛苦。而这些痛苦是如此地市井与现实。爱情，只是一个壳，内里毫无浪漫可言。她由衷地说：不是想走就可以走得掉的。

海纳狠狠地犹豫了一下，终于说，你和那个人，与其如此，为什么不和他一走了之？

毓芝茫然地看她一眼，摇摇头。

海纳说，那么，你所说的争取，究竟是什么？

毓芝仍然不吭声。

海纳深深叹一口气，说，我就知道，凭你的胆量，也就是说说罢了。叶毓芝，你一个新时代的女性，就要给腐朽的家庭作陪葬了。

这时候，她听到毓芝轻得无法再轻的声音：

日本人，真的这样坏么？

赵海纳睁大了眼睛，激愤地说：若中国人都还像你这么想，离亡国就不远了。

她们沿着中山路，从新街口走到鼓楼，没有再说话。

穿过石婆婆巷，到了中央大学女生宿舍门口。看到紧闭的大门，海纳才顿悟，已过了熄灯时间，进不去了。

海纳一面抱怨着，一面卷起拳头在铁栅栏门上捶了一记。海纳突兀的举止，时常令毓芝想起她家里的暴发户出身，就有些瞧她不起。门房灯突然亮起，两人逃开了几步，返身看了看宿舍大楼，黑黢黢地伫在那里，拱形的门廊好像些巨大的偷窥的眼睛。她们心里都有些怕，只是想逃离。她们并没有料到，几个月后，这幢大楼在日军的一次轰炸中倒塌，永远地消失了。

海纳是自作主张在毓芝家里留宿的，她很清楚这么晚，若回了自己家会是什么后果。她们在老佣人的掩护下，安全地进了后厢房。让丫头随便弄了点东西吃。海纳已是呵欠连天了。

毓芝让底下人去客房整理。海纳却说不用不用，要和她挤一张床。毓芝便说自己不惯和人同睡。海纳死磨烂缠，终于说什么现在不习惯，以后也要习惯，不如先演习一下云云。毓芝见她说得越发不堪，拗她不过，就让丫头再拿一套新的被卧去。

海纳脱剩一件小衣，又除去小衣擦身。毓芝不小心看见了，笑说，赵海纳你真是不知羞，学外国人戴驴蒙眼儿。赵海纳一挺胸，正了正身前浑圆的两捧。说，叶毓芝，瞧你说话的粗劲儿，还有点大家闺秀的矜持吗。告诉你，这是巴黎今年春季的新款，是托同学在上海买的。

叶毓芝禁不住伸出手，在那东西的蕾丝边上摸一下，又赶紧弹开：可是，这东西戴得舒服吗？

海纳大笑：有人动心了。也罢，我说舒服不算数，有人自己戴了才知道。不过我不知道有人要戴多大的，让我来帮她量一量。

说罢，便伸手在毓芝胸前胡乱抓起来。毓芝一路笑着，推让着，打她的手。没留神自己跌坐到床上。赵海纳人来疯，扑将上去，仍在她身上乱抓。然而，这手顺着腰眼儿，渐渐却缓慢了下来。两个人屏住呼吸，却都感受到了某种绵软而炽烈的气息，不由己地游动出来。手仍在动作着，鲁莽中有了怯意。在靠近腹部的地方，突然，停住了。

毓芝身子颤栗了一下，顺手扯过被子，遮住自己。

海纳也愣住了：叶毓芝……

两个人的目光撞在一起，僵在一处，好像在角力。终于，毓芝先软下去，她站起身，将旗袍扣子解开，衬衣解开，露出宝蓝色的肚兜。海纳看见，毓芝将缠在腹部的白绫子一层一层地扯下来。

没了束缚，那轮廓赵海纳看得更为清楚，然而，仍旧愣在那里。

毓芝突然笑了。她拉过海纳僵硬的手，放在自己肚子上，轻轻地说，你总是说我不争取，这就是我的争取。

赵海纳彻夜未眠，当她终于想到问起这胎儿的父亲，已经是第二天的黎明。毓芝在她身边睡得很踏实。她没有叫醒她，而是穿好了衣服，匆匆地离开了叶家。

毓芝向父亲摊牌，恰逢一个不太好的时机。但是她已无可选择。南京这时候早已入夏，七月流火，衣衫渐薄。她无法对自己茁壮的隆起视而不见。

她亦明白，继续绞缠，便等于扼杀。

叶楚生回到书房的时候，见一个着白裙的女人跪着，先是一惊。女人听到声音，回过头来，竟是毓芝。毓芝将头回转去，说，爹。

对于女儿近来的深居简出，叶楚生不是没有感觉。然而因为生意上的烦乱，连父女间的问安亦无规矩。叶楚生只是觉得女儿性格疏冷清寒，在这乱世里却是安全的保证。

这一日，他去见了一个至交。寒暄之后，至交引见了自己的儿子。是个很英武的年轻人，刚刚从黄浦军校毕业，举手投足严整有礼。叶楚生没想到的是，至交会将话题引到自家女儿身上。原来，这年轻人与毓芝中学同校，是长几届的学长。作父亲的，并不知道女儿在三年级的时候，已被一干校众评为校花，为很多男生倾慕。这个学长便是其中之一。这年轻人，也是个有骨气的孩子，虽知两家的过往，但是不愿借助父辈的力量成其好事。毕业后上了军校，如今虽不算衣锦还乡，也是学有所成。听到毓芝尚未出阁，也感天遂人愿，就将意思与家里说了。这位至交只说了一句话，老兄，犬子与令爱，且不论两小无猜，还算得门当户对。

叶楚生心里一动，顿觉自己的心结松快了一些。他看着面前的少年军官，豁然开朗。治世乱世，军人的身份，于家于国，都令人安心。虽自己在政治上无为，但这层道理还是懂的。这样一来，他直有醒悟恨晚之感。

至交见他有欢喜的神色，知道事情成了一半，但还是说：现在的年轻人，提倡自由恋爱，不作兴让我们这些老头子专制。过两天，一起吃顿饭，彼此见见。就约在“绿柳居”吧。

叶楚生点头称是。

叶毓芝缓缓回转身来，已显臃肿的身形乍现，对叶楚生不啻一记猛鞭。历来处变不惊的叶老板，身体晃动了一下，脚底一个踉跄，终于没站稳，跌坐下去。

毓芝赶忙站起，要搀起父亲，叶楚生眼露惊恐，喉头颤抖，却发不出完整的声音。

毓芝说，父亲，你不要说话。等我来说。

孩子是芥川的。我没受逼迫，是我想要这个孩子。我们叶家，要后继有人。

叶楚生愣一愣，一个耳光扇向毓芝，手木在空中，竟至号啕。

毓芝捂住脸，语气平静：父亲，你哭也为你自己哭，不要为我，我是个不肖女，不值一哭。但是，这个孩子，我要生下来。

叶楚生病倒了。在病中，他却平静下来。这就是叶老板，永远有一颗亡羊补牢的心。

无论如何，不应让芥川知道。绝不。

这时候，芥川已经来到了中国东北。京都大学医学院的毕业生，作为随军医生为天皇效力，是他的不二选择。在其舅父的指示下，加入日本军界组织“樱会”。

芥川一身戎装，似乎需要忘却了很多事情。尽管后来，他看到了很多，他甚至用相机将他们拍摄下来。他心里隐隐有些与他效忠的心相左的东西。但是，在当时，他承受的是在思想上背叛的苦痛。为了缓和这种苦痛，他不得不用加倍的效忠来证明自己。唯独不能证明与释然的，便是在南京的那段，虽然他无法知道与他相关的事情的全部。日后他想起，仍然在心里打了一个寒噤。

七月六日当天，芥川所在的军部收到了来自丰台的增援令。第二日，在北平西南芦沟桥，八年中日战争的第一枪打响了。

七月十八日蒋介石在庐山发表四点声明。七月十九日，全国各报头条刊载了蒋介石身着军装在庐山发表谈话的照片，并刊登了庐山谈话的消息。照片上的蒋委员长，情绪激昂，高举拳头。

一份《申报》从叶楚生手上滑落下来，他从未为时局如此不安。

一切只是为了一个胎儿。尚未出世，便有两种血，本应撞击，已然融合。

孽果。

叶楚生终于决心将毓芝送出南京，是半个月之后。

叶老板决定下来，雷厉风行。吩咐去唤沈妈来。

沈妈是毓芝的奶妈，余姚人。余姚是个古镇。在浙东，南枕四明山，西连上虞，北毗慈溪。这沈妈家里在靠慈溪这处叫桥头镇的地方，在当地也是殷实人家，有一爿家业，做的是茶叶的营生。毓芝小时候跟她住过，并不会陌生。余姚小归小，算是人杰地灵，出过王阳明和黄宗羲，不缺诗书气，于毓芝的性情也得宜。况这沈妈在老仆里面，也算可靠，让她带毓芝回家乡，该是放心的。

叶楚生将意思跟毓芝说了，毓芝沉默不语，终于听到父亲说，明天就走。

毓芝抚摸了一下肚子，缓缓应道，这孩子是叶家的子孙，为什么要跑到外面去生。

叶老板终于听不得，拍案而起，你说得好，是叶家子孙，还是日本人的种?

毓芝咬一咬嘴唇，是叶家子孙，也是日本人的种。横竖要生，我就在这里生，难不成要将我赶出去。

作父亲的摆摆手，再也说不出话来。

沈妈正赶到门口，在外面听得周详，没敢进去，一面就在心里念起了阿弥陀佛。

随着芦沟桥事变向纵深发展，天津失陷，北平告急，战争箭在弦上。对于大多数的南京人来说，芦沟桥事变最初不过是一场发生在报纸上的战争。报纸上用许多篇幅报导着发生在北方的战事。而对南京人而言，意识到战局逼近、和平破灭，是直至八月上海对日作战打响后的事。八月九日，因日本海空战陆队军曹大山勇夫而起的“虹桥机场事件”，淞沪警备司令张治中将军作出迅速进入战争状态的准备。 八月十一日晚，南京统帅部电示，将全军进至上海附近。一夜之间，吴淞、江湾、真如、大场、南翔等上海外围重镇以及上海市区，立即布满了军队。淞沪警备司令部也从苏州移到上海南翔。八月十三日下午四时，停泊在吴淞口外的日军军舰突然向闸北一带用重炮猛轰。顷刻间，闸北一带破旧的民房一片片地倒塌，硝烟带来的是一堆堆的瓦砾，“八一三”淞沪战争序幕由此拉开。

是上海周围的河湾港汉，促使蒋委员长下决心选择淞沪为中日军队决战战场。这是天时地利上的考虑。一旦打起来，日军的装备再精良，攻势再凌厉，毕竟是远人弩末。战争一旦打响，中国军队却可能得到最好的后援。况且几里之外，就是中国的空军基地。在上海作战，起码抵挡迢迢而来的日本空军，应不在话下。

最初的战况还算顺利。报纸和号外的最新消息，上海方面是捷报频传，南京城里的气氛由惶然走向高昂。

八月十五日这一天，日本飞机开始了对首都的轰炸。

当空袭警报拉响的时候，叶楚生刚刚过了逸仙桥，在去往中央医院的路上。就在这时，尖利的警报声响起来了。几分钟后，路上行人疏散，在兵士引导下迅速钻进防空洞，机动车辆停在马路两边浓密的树荫下。一切几乎可称得上井然有序。这座城市为日本飞机的光顾作足了准备。一年前，满天飞的防空宣传广告，钢筋水泥的大炸弹模型便已提醒了老百姓们严阵以待。引而不发的炮手、宪兵与急救卫队，在漫长的养兵千日后甚至有些摩拳擦掌。防空洞幽微的灯光里，在周围人嘈嘈切切的议论中，叶楚生闭上了眼睛想，战争开始了，但是一切似乎还不太可怕。

然而，这一切只是一个开始。四十年后，一位叫廷伯利的澳洲学者撰文道：自一九三七年八月十五日日机首次轰炸南京，到同年十月十三日的两个月中，日机对中国六十一座城市实施了轰炸，大部分空袭都以无防备的城市为对象，特别是有意识地以大学等文化教育设施为破坏目标。 其中首都南京罹祸尤巨。日本军方曾公布如下数字，从战争开始到南京沦陷，日本海军飞机袭击南京五十多次，出动飞机超过八百架，投弹一百六十多吨。一九三七年八月十五日至二十六日，中央大学遭日机三次袭击。第一次为八月十五日下午，敌机的机关枪扫射图书馆及实验学校各一次；第二次为十九日下午，在大学本部投二百五十公斤炸弹七枚；第三次为二十六日深夜。

赵海纳就是在八月十九日这天目睹了惊心动魄的一幕。空袭前夕，她还呆在图书馆里。这时候是暑假，学生多半放假回家了。五大名校联考的阅卷工作，此时已近尾声。海纳和其他几个南京的同学，留在学校作清点和书记。一长两短的汽笛声响起，她还有些发懵，这声音是熟悉的。前段时间的演习，已经令耳膜疲惫至麻木。一个校工扯着她的袖子往外跑，她才听见有飞机低沉的吼声。

他们刚刚跑到图书馆门口，看见炸弹接连落下，近在咫尺。校工将海纳扑倒在地。轰地一声，海纳感到身下的混凝土地面颤栗了一下，又一下。高处响起玻璃断裂、破碎的声音，刺刀一样划破巨响，高频而持久。十分钟后，周围回复平静。海纳未及喘息，发觉有些黏滞的液体流到她的手背上。惊恐中她想要动弹。校工的身体从她身上滚落下来，满脸是血。她在仓皇间哭着向前爬了几步，看到更多红白的浆汁正从这男人头颅的裂缝中，汩汩地流出来。

这时候，轰鸣声又响起了。海纳木然地坐在尸体边上，她的耳朵已听不见任何的声音。远处有一颗炸弹落下来。她只是看到自己住过的女生宿舍，在默然地抖动，像个泥沼中失足的人，似乎挣扎了一下，然后慢慢地一点一点地坍塌下去。就在这个时候，她突然想起了那个夜晚，和叶毓芝牵手回望的一霎。

毓芝抬起头，望望黑漆漆的天。看到鼓楼方向，有探照灯高强的光束，将夜幕割裂成了无规则的形状。此时的南京城是安静的，戒严后的灯火管制一视同仁。就连秦淮河畔那些浮猥的光亮，也在无奈何间黯然下去。

毓芝安然地抚摸下腹部的突起。没有了束缚，这突起在圆润而康健地成长，让她欣慰。这小东西动了一下，连同她衣服的褶皱都是一紧。她笑了，作为一个没有经验的母亲，她从心底觉出自己的无能与温存。她能做的，是给这小东西织一件小斗篷，在斗篷上绣上游龙戏凤。她其实有一些预感，这孩子将来的天地，要比她大些，会走得比她远些。只是怎么大，怎么远，是她猜测不到，也不想猜的。

在这个昂扬又紧张的秋天，关于"齐仁堂"私生子的谣言，与叶家小姐的腹部一道膨胀，终于在小范围内爆破，在南京城里流传开来。按理，在跌宕起伏的战事中，风月的话题，无足挂齿。至多是杯水风波，聊作茶余饭后的谈资，隔天便也随着茶饭排泄出去。这许是大世代的好处。人总是小的，轰轰烈烈也罢，营营苟苟也好，一囫囵便也淹没掉了。也有淹不掉的，就是所谓伟人。这些人脚底抛出了一支锚，将自己钉在了人海里，自然也站在了岁月的风口浪尖上，供人评说个够。说好说坏，身前身后，也就由它去了。

叶小姐不是伟人，然而却在一九三七年的秋天，被人们与中日战争这样的大事件相提并论。并没有别的原因，只是因为传说她肚里的孽种，是个日本人撒下的。人们在说这件事的时候，心情很复杂。有些怒其不争，也有些哀其不幸。又因为事关风流，自然口气暧昧 。又有好事的人，打听到叶小姐在金陵的闺秀里，算是一等一的绝色。暧昧中竟至有了激愤。

当城里传得有些规模了，叶老板还蒙在鼓里。他本是个随遇而安的人，这半年多发生的事，竟让他有了得过且过的心了。父女两个，同在屋檐下，现在是见面不相识。他心里痛得紧，有种种后悔，怪过自己往日骄纵，怪过自己引狼入室，甚至怪过自己因噎废食不再娶，让女儿少了一个管教的人。想这些的时候，他便再也不是当年意气风发的叶老板，只是一个年迈的、痛未定而先思痛的老父亲。

这天清晨，叶老板出得门来，看到大门上被人贴了一张小报，上面赫然用毛笔写了“叛国”两个大字。那字底下，印着关于自家女儿的丑事。密密麻麻地如千针万芒，刺到眼睛里来。他手里发着抖，将报纸撕得粉碎。扶住墙，踉踉跄跄往后厢房走去。

走到门口，叶楚生看见女儿正坐在窗前，迎着阳光在看一件小斗篷。看了又看，叹口气，拿起把锥子，将斗篷上一道线一一挑了。又用纱绷绷好，一针一线地缝起来。缝了几下，又将斗篷放在自己的肚子上比划，嘴上也笑了。叶楚生看得出了神，他是好久没见女儿笑过了。

他也叹一口气，苦笑一下，终于没有进去。只是将手里的报纸团成一团，扔了。

叶老板就这么着走出了家门。底下人照常跟他问了好。他们不知道，他们掌柜的，以后不会再回来。

十一月一日，国民政府发表了迁都宣言，迁往重庆。并电告前线将士，以示政府抗战到底的决心。淞沪战场大势已去。面对日军的强大攻势，国军节节后退，已现溃退之状。闸北方面，在一万多人次日军的攻击下，谢晋元团顽强地坚守了四天四夜，终于奉命撤出四行仓库。至此，上海市区实际上已完全落入日人之手。战势失控，对首都打击尤甚，人心惶恐，一片紊乱。空袭频仍，袭击目标由军事设施发展至普通民居，无数平民百姓被炸死，各大医院伤员不绝。南京城市上空笼上了灰色的阴霾，人们在无望中消沉下去。

赵海纳在一个雨夜来向毓芝道别。中央大学西迁入川，将移址重庆。海纳说，我跟你说过，我想走，这回是真的要走了。

毓芝拉过她的手，说，走得好。

海纳盯着毓芝的肚子，终于问，那些，说孩子的爸爸，是真的?

毓芝默然点头。

海纳抽回了手。再看毓芝，仿佛在看一个怪物。表情上的微妙过渡，是恨铁不成钢到厌弃的过程。这厌恶中包括她自己，自己的鼓励，竟然将无知的好友推向了万劫不复。

她最后一句话说的是：叶毓芝，你好自为之。

上海失陷后，战势急转，国军在淞沪战场全线溃退。日军兼向吴福线和乍嘉善线急进，苏州与嘉兴告急。十一月十九日，吴福线既设阵地和乍嘉线先后失守，首都进入临战前危急态势。街巷贴满鼓舞士气的标语，各地军队紧急调往南京周边，安排布防，临时工事占据了道路和要冲。首都南京在匆促间装备而成巨大的军事堡垒。各色番号的部队熙来攘往。满眼的废墟瓦砾提醒着人们这座城市的岌岌可危。十一月二十七日，蒋委员长巡视南京城防工事，叹惜道："南京孤城不能守，然不能不守也。"

守则守矣，形势愈下。连续的轰炸，市内的防空体系已经名存实亡。周边城市和据点相继失防，前途渺渺。

卫戍司令长官唐生智誓要取义成仁，鼓舞士气。然局势变化，军心亦然。守防兵士对即将到来的战斗，渐露疲态。军令牵制之下，频繁地调防，战斗仍然进行得激烈，颓势已现端倪。日本人在抗击中出出进进，不得而入，与国军形成了拉锯的态势。保卫战进入了生死攸关的阶段。

十二月十二日，日军突破南京城池防线，由城南的缺口如潮冲入。刀戈相见的激烈巷战此起彼伏。枪声爆炸声终日不绝。远处钟山上火炮轰鸣，突而火光冲天，南京的民谚说，“紫金焚则金陵灭。”城破如山倒。

傍晚，挹江门城楼上架起机枪，满布铁丝网，这里已成禁区，阻止溃退下来的国军部队靠近江边。所有前线部队，必须依突围计划从正面冲出。江边码头只留供卫戍司令长官部的人员过江。然而，溃退下来的士兵此时已经失控，源源不断地涌向江岸。他们无可选择，江边码头已是唯一退路。

“齐仁堂”的叶老板，就在这个时候出了事。叶楚生亲自坐阵“齐仁堂”，已一月有余。他没有再回家去。生意其实没什么可做的了，到处都在封锁，都在搜查。

黄昏的时候，几个日本兵闯进“齐仁堂”。一个军官说了一番话，口气还算客气。后面的翻译说是收到密令，查出“齐仁堂”曾经卖出一批云南白药给共产党。

对于共产党这个党派，其实叶楚生并无确切的认识。知道的，是蒋委员长曾有“攘外必先安内”的手令，有关于此。又或者，“七七事变”的时候，共产党曾发出“抗日救国”的通告，自然又不可见容于日人。如此可知，这个党派的处境，此时是艰难的了。

至于云南白药，叶楚生回忆，确乎曾经为一个戴礼帽的中年男子订过货。还记得那男子谦和有礼，自言是宁波人，但是说得一口好南京话。

这么说来，他就应该是共产党组织里的人了。

日本人在账簿上翻来覆去，不得要领。终于拿出一张照片，让叶楚生辨认。叶楚生抬起眼睛看一眼，的确是他，只不过表情更严肃些。叶楚生沉默不语。

军官收回照片，说，有人是想保你的，就看你自己有没有保自己的心了。军官说出一个名字，正是前药业总会会长。

叶楚生觉得事情无必要地复杂了。

这时候，一边的翻译自说自话，叶老板，皇军已掌握了证据，你以前和日本人素有来往。皇军相信，你是识时务的人。

叶楚生心里一动。但也只是一动而已。他说：我没什么可说的了。

走出“齐仁堂”的时候，叶楚生看见外面火光闪动，他想，这座城市的劫难来了。

叶楚生被日本人扣留的消息传来，叶府上下，人心涣散。

就在这时候，栖霞寺普宁法师，亲自带了弟子来，接叶府的人去寺里暂避。其实，栖霞寺里又何尝不是栖栖惶惶。庙里共有四个监院，如今只剩下普宁一个当家。其他的都已不知去向。

毓芝最后走出来，普宁见她此时的体态形容，心里也是一沉。但只是双手合十，垂目行礼。叶府一行人驱车来到，见寺院掩映在冬日斜阳里，四周枫红层层，颜色未改，都感到有些安心。只是寺门口新立起一座石碑，上书鲜红的六个大字：栖霞寺安全区。问起，普宁叹一口气，说是无奈之举。近日来避难的人骤然增多，只盼佛门净土，日本人能手下留情。立起这块石碑，也是效仿附近“江南水泥厂”国际安全区的做法，不知管不管用。普宁法师有着出家人的良善和天真。此后，因为不受国际保护，栖霞寺的安全区并未成为南京人在苦海中的诺亚方舟，多次受到过日本人的劫掠。然而，在一九三七至三八年最艰难的那几个月里，这座千年古刹，为南京城保存的性命，仍达至两万。

叶家人走入寺院，昔日清净地此时人头熙攘。空地上不消说坐满了人，连同半坡的千佛岩洞中，也是挤挤挨挨。毓芝看到一方很小的岩洞中蹲着个老人，他的身边趴着他的两头山羊。老人袖着手，抬了一下头，面相麻木，如同身后五官模糊的佛像。毓芝还看到一个男子，在与同伴说话的时候，眼神一凛，令他刹那间的面目，几乎称得上轩昂。这轩昂也很快淹没在灰扑扑的背景里了。发觉毓芝看他，他脸上有一线紧张，一瞬而已。毓芝并不知道，这男人就是当年国民党第二旅中校参谋主任鲁耀湘。这位守城军官，晚年在写自传的时候，突然忆起那个带着身孕的少妇，近乎逼视的目光。毓芝无心的一瞥，在当时几乎令他羞惭难当。南京失守后来不及撤退，他带着三个士兵，从马群中搭一个农夫的马车躲过日军搜索，藏进了栖霞寺。五十年后，栖霞寺整修放生池，从淤泥中挖出了一把长枪、一柄刺刀、三枚手榴弹与数十发子弹。年届耄耋的鲁耀湘获悉赶来，捧着这些布满铁锈的武器失声痛哭。这正是他在那次逃生中，匆忙丢弃的。

叶毓芝在栖霞寺度过了她最后的清静日子。

叶楚生半个月没有消息。毓芝并没有料到，她对自己生死未卜的父亲会这样思念。这思念夹杂着忏悔与自虐，令她近乎失常。在她过去的十八年，她从未意识到过，“相依为命”这个词的重量。

当她捧着腹部，站在窗口，透过窗棂格子，看见一个六七岁的女孩跪在地上，将寺庙里布施的馒头，揪成小块，塞进病中的父亲嘴里。毓芝将自己的唇咬出了血。

她知道，有一个人可以救父亲。

这念头甫一出现，便像火一样将她的身体燎开了，灼得她寝食不安。她想，不能再等了。

几天观察后，她在外面的人群中找到了一个车夫。她找这人的原因，是他的可靠与贪婪。她将自己的积蓄几乎都给了他，请他将自己送到城里去。车夫答应了，在一个凌晨，他们离开了这座地处郊野的寺庙。

然而，快入城的时候，车夫改变了主意。他说，如果就此送了命，给我再多的钱都是狗屁。他说，不远了，你沿着这条路一直走，就快到了。毓芝在无奈与恐慌中下了车。天色还很黑，四周围憧憧的暗影催促着毓芝走得更快，她几乎是跑起来，或者说，一味地想要跑起来。

当她进入城市的时候，天刚刚亮起，有些曙光在她脸颊上抹了温润的红。她眯起眼睛，辨别了一下方向。到处是民房的残垣，在地平线上散发出焦糊的气味。不远的地方，突然传来爆破的声响。一些人在硝烟中奔跑过来了。

这些人脸上是漠然的神色，混着远处尖锐的啸声，成了这城市新的背景，让毓芝感到陌生。这座城市慌慌张张，不再澹定。

毓芝在这陌生里，终于也慌了神。她手里攥着芥川给的地址，束手无策。

此时，腹部坠得她心里发紧。

又有些嘈杂的人声近了。毓芝躲到一堵残墙的角落里，看见几个穿着草黄军装的日本兵，扭着一个年轻的女人。女人挣扎着，一个兵给了她一记耳光。女人挺起胸，似乎向他啐了一口。日本兵扼住她的颈子，刷地将她的上衣撕开了，一个乳房跳了出来。这一跳晃了那些男人的眼睛。女人一挣，竟逃开了，向毓芝的方向跑了过来。

女人在奔跑中，经过了毓芝藏身的地方，慌乱地张望了一下，正撞上毓芝的眼睛。一瞬间仓皇的对视，更快地跑去。

日本人的脚步急急地跟上来，枪声响起，毓芝看见女人身体遥遥地晃动了几下，倒下了。毓芝捂住自己的嘴巴，慢慢地，慢慢地沿着墙根移动，想要退到身旁灶台后面，这时候，她触碰到一个毛茸茸的东西，一顶浅红色的童帽。她轻轻地撩开，是一个小女孩腐烂的脸，上面爬满了蛆。毓芝短暂地干呕一下，终于歇斯底里地尖叫。

士兵们从废墟中拖出这个衣着体面的大肚子女人，有些惊奇，但没有犹豫。毓芝的衣服被飞快地剥光了，她的细皮嫩肉激起了他们的食欲。他们把她放在灶台上，一个高个子趴上了她的身，轻噬她的乳头，毓芝颤抖了一下。其他人对这种游戏不耐烦，发出不满的声音，高个儿便更凶狠地咬下去。毓芝大叫了一声，她叫的是芥川的名字。不经意间，她用日语大声地叫喊着芥川的名字。他们迟疑了一下。听着这个支那女人用日文喊着一个本国男人的名字。高个子对着毓芝说了句什么。毓芝茫然。又说了一句，依旧茫然。于是他们放心了，这个芥川，大概是一个享受过这女人的同胞。

这是一些雄性的兽。渐渐地，毓芝不再叫喊，似乎也不再痛楚。在这些兽的凌掠中，她变成了一张稀薄的纸，被粗暴地揉皱，打开，再揉皱。她知道，她知道的，她就快要被撕毁了。

最后走近她的，是一个很年轻的士兵。这少年长着一双晶亮的眼睛，他在同伴们的鼓励下慢慢褪下裤子。她默默地看着他，看着他胯下羞涩的、蛹一样的东西。心里想，他还是个孩子。一个同伴讥笑着，抬起穿了皮靴的脚，狠踢了一下这孩子光裸的屁股，当作鼓励。孩子突然回过头，对那伙嘶喊了一句什么。他小心翼翼地触碰了一下她的乳，旋即弹开了。她在心里说，快来吧，快结束吧。

然而，他无法做到。

他有些懊恼，在男人们嘲笑中，用力地用手指捅了一下她的下体，有些黏液流淌出来。毓芝木然地眨了一下眼睛，想，快结束吧。

倏地，她感到身体被填充了，出其不意。她昂起头，看见那孩子，表情坚硬，正将一只死老鼠塞进她的私处。她感觉一阵恶心，忽然间令人抽搐的快感，只一瞬就被羞耻淹没了。挤压之下，她绞痛。她昂起头，看着两腿之间，冒出了老鼠尖削僵硬的头，殷红的。她在恐怖之余，清晰地发出了呼喊。

士兵们被这场景刺激得兴奋异常，有些将已系好的裤子重新褪下来。这时候，有尖利的集合哨声响起。士兵们匆促地结束了这场娱乐。他们临走的时候，仪式一样，没忘记在毓芝的肉身上恶狠狠拧上一把或踹上一脚。已经跑出了很远，那个年轻的日本兵，回过头向毓芝望一眼，笑了。笑容纯真无邪。

毓芝在自己逐渐微弱的呼喊里虚脱，感觉腹中气流翻滚。下身猛地一沉，有尿意袭来。在钝痛之后，她已失去知觉的身体突然复苏。有东西缓慢、有力地穿越了她，涌向那个受尽磨难的通道。肮脏的鼠被挤压出来了。那压迫感还在膨胀、膨胀。

毓芝不自觉地使了一下劲儿，周体轻盈。有东西脱身而落。

那出来的东西，是一个婴儿。一个女婴。

毓芝迟钝了一下，明白了。她发疯一样地想：是孩子，我的孩子。

她为这个孩子的到来作足了准备，设想了各种非常的状况。然而，她的降生，还是令她几乎癫狂。她努力让自己冷静下来，回忆着对生育的一知半解。然后摸到身旁一块锐利的瓦片，割断了脐带。

她看见了。这女婴，皱着眉头，一只眼睛已经微微张开。毓芝端详她，用发着抖的手指，梳理她沾着血迹的繁盛胎毛。她想：我的孩子。

然而，这孩子的缄默让她骤然间害怕起来。她颤栗着，拍打下去，婴儿如同一块无知觉的死肉。绝望之下，她在孩子大腿上猛咬下去。小东西咳嗽了一下，“啊”地一声哭了，惊天动地。同时间，她的母亲，满意地流下泪水。

这个叫毓芝的年轻女人，挣扎着将自己撕裂成碎絮的衣服，草草裹成一个卷，将女婴放进去。停一停，拉断了颈上的红丝线，将一枚金色的挂饰放在女婴的胸口。做完这一切，耗尽了她最后一丝求生的气力，终于把这孩子抱紧在自己怀里，闭上了眼睛。她又突然想起什么，倏然张大眼睛，摸索着，找到旗袍的大襟上一块还算干净的地方。手指，蘸了下体已冷却黏滞的血，艰难地写了些字在上面。

这是第一次，她痛恨自己名字笔划的繁复。她无声地叹息，重又将眼睛阖上了。

第六章　基督保佑着城池

这年南京的冬天，冷得很早。城南的老房子顶上，早盖了一层霜。

那个叫做切尔的神父，低着头，缩了颈子，在瑟索的寒风中踯躅而行。也就是这个时候，神父听到婴儿的哭声。隐约的，如同一只初生的猫。他停下来，屏息辨识，然而这声音，又被风吞没了。神父揉了揉太阳穴，想，也许是自己的幻觉。最近这城市有太多不祥的声音了。正想着，远处传来一阵密集的枪响，又将风声割裂开来，呼啸而逝。

神父摇了摇头，继续赶路。

这时候，那哭声又猝然响起来。这一回，是不屈不挠的。神父犹豫了一下，终于折回头去，心里一边说着，不要断掉，不要断。

这声音是善解人意的，没有断，高亢地引领了他。

神父在太平南路一间民房的瓦砾堆上，发现了女婴。民房被炸去了一半，另一半在灰扑扑的背景里，没着没落地立着。频仍的战事锻炼了神父，他从年轻就开始学会处变不惊。但是眼前的一幕，还是让他感到震动。一个很小的婴儿，趴在赤裸的年轻女人怀里，紧紧地含着女人的乳头。这女人应该已经死去多时了，切尔仍然看得出，她生前有多么美丽。女人的眼睛紧紧地闭着，面目平和。肌肤还闪着光泽，并未因生命的殆尽而暗淡下去。乌亮的头发散开，缠绕盘桓在瓦砾堆上。多么美的女人，这完美的身体，激发了神父一些联想，猝不及防。他被自己吓了一跳，喝止了罪恶的念头。女人的两腿间，有暗红的血流动的痕，像一条绵长饱满的水蛭。同样沾满了血的，是一只僵硬的鼠。这些是关于受难的暗示。他想，这女人生前是个高贵的人，死去还保持着养尊处优的仪态。婴儿突然弹动了一下，吐出了乳头。神父愣了愣神，再次听到哭声。这哭声是救命的。这婴儿在徒劳地吮吸母体之余可以这样嘹亮地哭，是个奇迹。切尔由衷地说：感谢主。

路上寥寥的慌乱的行人，看着一个外国神父，抱着初生的婴儿在路上急急地走。神父神情庄重，头发被风吹着，凌乱地垂在额头上，看上去有些滑稽。要知道，神父是个热爱体面的人。他并没有腾出手去梳理，只是将孩子抱得更紧了些。婴儿发出高亢的哭声，神父低下头，贴了贴孩子的脸。这让人心中都涌出些感动。但只也是一瞬，他们为了各自的事情，奔走开了。

这时候的国际安全区，挤满了人。

到处是惊惧和祈望的眼睛。这座城市，几乎在无准备的情况下，跌入了深渊。深渊的底，谁却无法预见。这座城市，如同一个从梦魇中醒来的人，发觉四周仍是黑暗，只有别无选择地再睡过去。

圣约瑟公会教堂，灯是彻夜地亮着。

切尔没有做父亲的经验，但是他看着女婴，仍是觉得爱。优柔的光，打在孩子的脸上。切尔见她无意识地舒展了一下臂膀，打了一个呵欠，又睡过去。眉宇间的娇憨，几乎令这个年轻神父流泪。他想，这女孩长大后会是个美人。这想法鼓舞了他，令他在忘形之间生出使命感。他在心里说，这个民族在经历苦难，但是这样美的孩子，应该在他的保护下有个美好的将来。她应该忘记她不幸的出生，永远忘记。

但是，孩子醒过来了，震天动地地啼哭。切尔从遐想中猛然回过了神，同时开始慌乱了手脚。他将婴儿抱起，试图将自己长大的臂膀圈成一个摇篮。一边摇，一边绞尽脑汁地回忆，唱起年幼时母亲哄他睡觉的歌谣。然而，婴儿在这温存却不知所云的歌声里，哭得更为激烈了。切尔终于对自己失去了信心，他用棉袍裹了孩子，去找这个难民所的负责人，贝理亚神父。年长的贝理亚惊奇地看着切尔怀中的小东西，禁不住好奇地伸出手，摸了摸她的小脸。但是，听完切尔有些絮叨地讲述了事情的缘由，这长者皱一皱眉头，声音低沉地说：我们的职责，是帮助，不是事无巨细。你不见得是个称职的妈妈。

听了这话，切尔一阵脸红。突然间，他受到了启发，兴奋地对贝理亚鞠一躬，说，谢谢，我知道该如何去做了。

贝理亚看着这个青年人迈着活泼的步子走远，又皱了眉头，轻轻地说，她或许是饿了。

程云和看着切尔向自己走来，心里一惊。刹那的慌乱之后，她努力地使自己镇定了。她甚至微笑了一下，得体地问候这年轻神父。然而，切尔倒有些不自在似的。这印证了云和的想法。她在心里鼓励了切尔，说吧，迟早都是要说的。她甚至在心里迅速地盘算若干个下一步，否认、狡辩、甚至耍赖……谁能够拒绝一个可怜女人的耍赖。

然而，切尔用很轻的声音说，我，我想要请求您的帮助。

云和诧异了一下，同时感到心中的勇敢泄了气。她尽量不动声色地问，是，什么事？

切尔将手中的棉袍打开。云和就这样看到小小的婴孩。这显然是个初生的女婴，有些皮肤还赤红地打着褶皱。胎毛茂盛地覆盖在头上，将来会是一头好头发。云和想。凭她作妇人的经验，预见出这孩子日后会是一个美人。在她猜想着孩子的来历的时候，切尔开口了。

切尔低了头，涨红了脸，对她说，我是说，能不能请您给她喂点儿奶。

切尔的头更低了，我的意思是，如果您不乐意的话 ……

瞬间，云和明白了。神父仍然不知道她的身份。他的为难，并不是因为她是个妓女。他只是不知道，该如何向一个年轻的母亲求助。

云和将自己的儿子放在一边，向切尔伸出了手。

在她撩开大襟的一刹，切尔转过头去。

女婴吸得她的乳头几乎有些发疼。这孩子是饿坏了。她又开始端详，甚至有些叵测地希望在这婴儿的脸上发现异国人的痕迹。

神父的背影，只是肃然立着。

在云和的眼睛里，渐渐融进礼拜堂黝黑色的砖墙里去了。

一群鸽子飞起来，在天空中打了一个旋，末了停在五色的玻璃彩窗上，咕咕叽叽地逗着嘴。彩窗上有个模糊的男人的脸。云和知道，那是他们的神。

有时候，因为闲得发慌，云和也会思考一些前所未想的东西。比如，她不明白，这年轻洋人，不远万里地来，为了什么。他是神的使者，要帮他们的神拯救众生。然而，如果中国的众生都要外国的神来打救，那中国的神，颜面又在哪里。

这原本不是云和可以想得通的，她是个一五一十的人，将世俗当逻辑。换句话说，她的哲学本来就是一出戏。讲不圆的东西，她是不爱的。这自然与她风尘的出身相关。十五岁被卖到秦淮河的花船上，云和就立下一个誓，要让自己的人生圆满些、通顺些。她自认为是个有头脑的人，虽然身居下九流，却有力争上游的决心。所以，赢得陈旅长的心，在她看来没有一丝侥幸，是水到渠成。只是因为天杀的日本人，她才被一脚从自己经营的温柔乡里踢了出来。这陈旅长对她发了儿女情长的誓，却又誓了师，说要与党国共存亡。她知道了男人是个什么东西，却也明白爱国没有错。于是，私底下她吃了一个月斋，求了一个月的菩萨，结果十二月十三号这一天，总统府还是给人占了。在隆隆的炮声里头，云和眼见一个薄胎釉花瓶从博古架上震落下来，摔成了粉。她心里一阵疼，她想，这么说来，中国的神还真是不顶用。

终了云和没乱了分寸，要旅长安排了自己的后路，当作“宝眷”送到这个挂美国旗的教堂里来。一同进来的还有她为这老男人生下未满月的小冤孽。云和是有主意的，她看着秦淮河两岸的风月场，成了东洋鬼子的俱乐部，便也预见了国际安全区的不安全。果然，日本人闯进安全区，最感兴趣的两种人，是中国的伤兵和妓女。而恰好这两种人，也是圣约瑟教堂本着中立或神圣的立场，执意拒绝的。所以，这一个多星期，云和是过得束手束尾。作为昔日“香君阁”的红牌，她心里骂着娘，为自己的知名度战战兢兢。生怕被揭了老底，给“交涉”出去。

现在，是一场虚惊。

女婴咳嗽了一下，呛了奶。云和拍了拍孩子的背，揉揉胸脯，将乳头换个舒服的姿势塞进孩子嘴里。不过，这回又被吐了出来。看来，这小东西是吃饱了。

切尔仍背对着她。一瞬间，云和突然有了荒唐的盼望。一个女人在这神圣的地方，哺乳初生的婴儿。这时候，年轻神父突然转过身来，四目交接。

切尔仍背对着她，像块木头。

云和叹一口气，整了衣衫，将孩子用棉袍重新裹上，轻轻唤了切尔，还给他。

切尔转了身，欢喜地搓搓手，接过孩子。眼睛亮一亮，低下头，用鼻尖碰碰有了血色的小脸。婴儿格格地笑起来。

云和见他忘我的样子，也笑了。同时有些可惜。这年轻的洋和尚，皈依了宗教，不然，该是个多么好的男人。

切尔嘴里一迭声地说“谢谢”，并没有多看她一眼。

你以后打算拿她怎么办?

在切尔抱着孩子，转身要离开的时候，云和鼓足勇气，问了这一句。这是极体贴又最让神父为难的一个问题。切尔回首，脸上挂着愁容。

这男人是一厢情愿地善良，办法是没有多少的。云和心里有了底。

你若是不嫌弃，就将孩子暂时交给我照料。

云和说得水静风停，却几乎让切尔感激涕零。他想，感谢主，这女人有一副菩萨心肠。

云和微笑，她有自己的盘算。她看出这孩子对切尔的重要。有了这孩子，她在这里的安全就有了保证。

小屋里热得炙人，但云和还是往炉膛里，又加了一勺炭。她打算给婴儿洗上一个澡。喂奶的时候，孩子身上腥重的胎气，熏得她有些作呕。

云和打开棉袍，拈起小指头，要将包裹婴儿的破烂剥下来。动作着，却突然停住了，她的手指有数，捻出来这碎片是上好的丝绒。碎片拼接起来，她又是一惊，一眼看出这是狮王府“裕福记”老许师父的手笔。老许是南京城里身价最高的裁缝师傅，祖上与江宁织造有些渊源。这些年只有几个固定的女客，都是叫得出名字的。自然也是闺秀贵妇之流。她程云和倒也有过一件，那是陈旅长用枪顶在老许脑袋上给做的。衣服出来是好看，她却穿出了不情不愿，再也没下次了。她拎起衣服抖一抖，抖出一件海宁绸的亵衣。小衣上大块黑红色的血迹，还有些深深浅浅的斑。云和脸一红。她远远地，也闻得见是男人身上流出来的腌臜东西。

云和心里骂着千刀万剐不要脸，想不知又是谁家的好女儿给祸害了。这些畜生身子底下，女人真是没贵贱的。

云和回一回神，将这些一件件捡起来，准备搁在火盆里烧掉。金属的光泽一闪而落，在地上发出微弱的声响。捡起来，是一只小雀，在背脊上穿了孔，连着残断的红绳。也就是在这个时候，她看到了“叶毓芝”这个名字。这一闪念，在云和是风驰电掣。

关于名媛叶毓芝的传闻，在南京城里甚嚣尘上。云和知道她老子就是惹了日本人官非的“齐仁堂”老板叶楚生。她与这叶楚生，不单是认识。这个声名显赫的鳏夫，为人清奇，但也还有七情六欲。一次宴请，醉酒之后，竟然也着了朋友的道，上了“香君阁”。妈妈见是叶老板，自不敢怠慢，点名要云和伺候，奉为上宾。那一晚，叶楚生实在地领略了女人的好处。醒过来却引以为耻，慨然而去。云和在心里冷笑，想这老男人迂腐得令人怜，可下半身不由己，倒真是解风月的。

女婴的到来，叫云和明白了什么叫做狭路相逢。这应该就是叶老板见不得人的外孙女了。

因为叶府下人的一个口风，金枝玉叶的叶小姐，成为全城人的公共痰盂。只听说叶楚生无地自容，将女儿送去国外，图个眼不见为净，息事宁人。如今看来，并不属实。

云和有些怅惋。对于叶小姐的下场——云和想到的就是“下场”这个词——她倒没太多唏嘘之处。这时节城里死了太多人，将人心都磨糙了。再尊贵，也是一人一条命，多不出一分，少不了一厘。她想的是叶小姐和那个东洋人上穷碧落，又想起国恨家难。眼前这个小女婴，比起自己的冤孽儿子，真又是十倍百倍的冤孽了。

小女孩在澡盆里头伸胳臂伸腿儿，没半点不自在。云和撩起一捧水，淋在她身上，就听她欢得咯咯笑。笑得云和心里疼起来。云和拿毛巾给她擦干净，搂在怀里。小东西就往她怀里拱。云和一惊，想这小东西命是硬，不要伺候，知道为自己讨生活。云和敞开大襟，捧出一双好奶，尽着她吃。小东西口劲大，吸得她肉紧，却又是一阵一阵的暖。

见她吃得差不多了。云和也将自己儿子抱过来，左右开弓。想寻常人家要有这么一双儿女，倒也真是造化。这时候，就见小女婴停止了吮吸，摸摸索索，一条腿就朝儿子蹬过去。那边没动静，她便索性横过身子，不依不饶又是几脚。儿子震天响地哭了，却没有还击。云和一边笑儿子窝囊，一面在女婴屁股上拍一巴掌，说你个小货，我是没看走眼，还真是个小姐脾性。

第二天，云和是在一阵枪声中醒来的。虽然在远处，却不是疏疏落落几个鼓点。

当枪声紧成一片，两个孩子一前一后地号啕起来。云和一边哄，一边辨出声音从江东传过来。

一阵紧似一阵。

切尔身边是个灰头土脸的年轻牧师。是迈皋桥国际安全区的副执事迈可。

迈可来找切尔借消毒剂和绷带。迈可样子生得忧愁，这阵子，又多了些老相和苦相。

迈可说，上帝，昨天日本人又从安全区带走了五百多人。安全区连个像样的大门都没有，开着车就冲进来了。

云和远远地看着他们说着自己不懂的话，情绪激动。她知道外面很不太平。自己在这里有一口薄粥稀汤，是大幸了。可是，总觉得有些不妥贴。

这时候她听见贝理亚在身后轻轻地说：他们在江边秘密处决你们的士兵。神父的中文突然间变得生硬：无线电里说，上万人已经死去了。

云和将怀里的孩子抱得更紧了些。

接近中午的时候，枪声渐渐平息下去。

圣约瑟公会教堂响起了清冷的钟声，一波一波地随着风散播开去，将这伤痕累累的城充实、填满。然后微弱下来，寂寥得让人心里发空。

这一日的最后几记冷枪之后，年轻的传教士切尔下了一个决心，要将这一切记录下来。很多年后，当年老的切尔读到美国医生罗伯特·威尔逊的日记，称这苦难中的城市为"当代但丁的炼狱"。他想，炼狱是罪的熔炉，而三七年的南京，罪恶当道，是魔鬼的乐园。

切尔坐在轮椅上，膝头盖着厚厚的羊毛毯子。他的旁边，坐着个棕色头发的年轻姑娘，他兄长的孙女。她是位年轻的纪录片导演，有着很多年轻人的雄心与浮躁。她在收集二战时期有关亚洲两个重要交战国的资料，不得要领。她意识到她的叔祖是一座宝藏，但又为他的老迈与衰退的记忆力担心。切尔的膝盖上，摊着一些照片，看得出年代久远，在午后的阳光底下似乎更为晦暗。

切尔不时将老花眼镜拨起来，将照片凑得很近地辨认，然后喃喃而语。他的声音很小，女孩不得不帮他调整一下夹在领口上的录音笔。然而，当他意识到这一点，似乎出于对耳朵里助听器的不信任，又格外地放大声量，矫枉过正。这时候，女孩听见他声音宏亮地指着眼前的照片告诉她。

这是在山西路一带，那时候在南京的西方人称为"巴伐利亚广场"。切尔在这个广场附近拍了这张照片。浮在水面上的男人，很年轻。这个年轻人，站在齐臀的池塘里。两个日本兵伏在沙袋上，向他开枪。第一枪中在肩上，年轻人抖动一下，没有倒下去。第二枪打在大腿上，当他还未作反应的时候，第三枪打响了。这回打在他的脑壳上，他俯身倒了下去。当切尔走到近前拍摄的时候，两个日本兵冲过来，抢他的相机。在抗拒的时候，他看到另一个士兵扬起手里的刺刀，向着池塘里年轻的尸体扎了一下。刀刃上干结的暗红色被更新鲜的血覆盖了。

这张照片在鼓楼医院的病房里拍摄，躺在床上的老妇已年过六旬。那天清晨，她在三牌楼火车站，被一个排的日本士兵强奸了十多次。人们在一只遗弃的柏油桶里发现了她，将她送到魏特琳女士负责的安全区。她的下身割裂，被塞进了一只玻璃瓶。手术后，她再没发出任何声音，甚至没有哭。三天后，离开了人世。

这一张，这个面目呆滞的男人，是彩霞街“冯记水产店” 的掌柜杨金生。这条街的名字很美，不是么？杨金生听信了有关短暂和平的谣言，带着家里人——他十二岁的女儿和七十岁的母亲——离开安全区，回到了这条街。当天，这个年轻鳏夫的铺头里，闯进了三个日本兵。他们用刺刀顶着他的脖子，当着他的面奸污了他的女儿和母亲。而后，他们将他和他的母亲驱赶到邻居的家里，剥光了他的衣服，强迫他趴在自己母亲身上，学着他们的样，侮辱了这个年老的女人。在拍下这张照片的夜里，杨金生拖着伤腿，爬上医院的楼顶，跳了下去。

姑娘看着切尔，心里有些发紧。这个白透了头发的老人，两个月前中过一次风。但他现在，保持着惊人的记忆。那些细节，好像只是发生在昨天的某个片段。当他看到一张照片，上面有一个抱着婴孩的中国女人，浑浊的眼光闪动了一下，停止了讲述。年轻的姑娘却为这一瞬的停顿而激动。她在心里断定，这女人于叔祖有着不平常的意义。待她鼓起勇气要问时，切尔阖上了眼睛说，我累了。

这女人就是五十多年前的程云和。

切尔为云和拍这张照片的时候，云和正襟危坐，表情严肃。当镁光灯闪起时，她其实有些眼晕。但是她懂得一个见过世面的女人应该如何处变不惊。她只是将怀里的孩子抱得更紧了一些。

切尔其实是想试一下手中的蔡斯相机，他从一个匆匆回国的伦敦商人手里买下了它。那一年的南京，任何东西都便宜得不像话。懂得还价的话，一元二角钱可以买下一台台式电风扇。而切尔不止一次在路上，被人拉住，兜售一些模样稀奇的老玩意儿。这些东西大多来历不明。一个法国人跟他炫耀在朝天宫买到手的明代花瓶，只花了一块钱。唯一的例外，是食品，贵得惊人。一只母鸡要两元钱，也就是说，抵得上两只明代花瓶。

切尔对这台新买的旧相机心存疑惑，邀请云和帮她试一试。但按下快门的一瞬，他觉出了这中国女人的美。也是这一瞬，他觉得嘴里突然有些发干。他在心里说，主，你的仆人是为美丽而感动。

这张照片记录了那个动荡的夜晚。

一九三七年的平安夜，圣约瑟公会教堂，南京。

没有圣诞树，没有烛光，没有火鸡与龙舌兰酒。国际安全委员会送来了一张祝福卡，祝每个人新年快乐。迈可从城北赶过来，给他们送了一只熏鹅。这鹅不怎么新鲜，开了膛，味道已经有些哈了。但是，这天下午奇异的宁静，让每个人心中感恩。

迈可用他浑厚的男中音哼起 *Jesus Saves the World*。曲由心生。

也在这天下午，云和发现了那顶头盔。

头盔落在礼拜堂后面的草地上，镶着青天白日徽。帽带断了，沾了血迹。地上也有。

云和心里哆嗦了一下。

她顺着血迹一路寻到厨房里，看到蜷缩在煤堆上的年轻男子。

男人张了张泛白的嘴唇，终于发出声音：大姐……云和听出了他的江北口音。以往在风月场上，云和最怕人听出她的江北口音，这些年总算磨掉了。现在自己听来，却是揪心。

男人的脸是青灰的，云和看到了他的伤腿，知道他是流了太多的血。

一个念头飞快地在云和心中掠过，要不要告诉神父？这里是士兵的禁区。贝理亚是神父，不是上帝本人。

云和想到自己的处境，犹豫间，那男人的喘息粗重了。

云和心里一横，罢了。

她将男人的胳膊搭在自己肩膀上，使尽力气将他的身体撑起来。男人已虚弱地没了主心骨，实实在在地趴在她肩上，像只面口袋。

她半拖半拽，向自己的房间挪着步子。她就在这时候，听见了迈可的男中音。她知道这些男人在聚会，为他们的神的生日。切尔曾邀请她。她说对这西方的节日不感兴趣，心里想的是，她没法当着一群清心寡欲的男人的面奶孩子。此刻，这歌声安静祥和，让她不觉间松懈了力气。肩头的臂膀滑落，男人受伤的腿磕到了地，忍不住呻吟。这一回，她屈下腰将那身体一耸，几乎是将那男人背在身上。她对他说，忍一下，就到了。

云和到末了都不知道这男人的名字，只记得他的番号，绣在臂章上。蓝色“八十八师”的字样，被血洇成了紫红。他身上不止一处伤口。袖上的血是从左胸流过来的。云和将他的军服解开，五六寸的口子，是刀伤。云和叹了一口气。这男人年轻着呢，胸前刚刚有一些肌肉的轮廓，还是个半大孩子吧。娘老子要看见了，不知该怎么心疼。云和烧了炭火，打了热水给他擦洗，擦到了伤口的边缘，他就抖一下，只是不出声。云和知道他是疼的。心想，年轻归年轻，是条汉子。大腿根上血流了一片，又黏了皮肉。云和不敢给他脱下来，知道生拉硬扯疼得紧。就从针线箩里翻出小剪子，一点一点沿着伤口将裤腿铰下来。里面的军裤衩也给血浸透了。这回，云和将这年轻人的里外裤子沿着裆整个剪开了，终于看见了伤口。是枪伤，幸好没伤到筋骨，擦了皮肉过去。也看见了他男人的东西，不禁想，怕是八成没尝过女人的滋味呢。只为了打东洋鬼子，救不转，白走世上一遭了。云和将血擦干净，拿了云南白药给他敷上。想一想，打开自己的包袱，拿出随身带的一套陈旅长的家常衣服，中衣小裤。她看着叹一声，这衣服就是个念想，这回倒算是物尽其用。年轻人嘴里的呻吟小了，任她摆布似的。成套衣服穿上了，净头净脸，也是个体面的人。

云和见他脸色白得紧，叫了也不应答。就想，怕是几天没吃东西了，虚的。这几日里里外外的不太平，圣约瑟上下也闹饥荒。屋里什么也没有，除了些玉米粥和下午切尔送来的几块熏鹅。

云和热了玉米粥，喂他。粥在舌头上晃荡了一下，沿着嘴角流下来。云和叹息，有些丧气，想，这样的伤，该是十八吊炉火的老母鸡汤才补得回的。这时候，偏偏两个孩子紧跟着哭起来。云和嘴上骂着肚皮通海的小牲畜，撩开大襟给他们喂奶。男孩子吃了几口却不吃了。云和心里有些窝火，揉了揉刚刚被吸得发胀的乳头，忽然有了主意。

云和拿了一只碗，一手奶孩子，一手揉捏另一只乳房，将奶水挤到碗里。就这样居然挤了雪白的大半碗。云和也奇怪着，自己吃都吃不饱，奶却是充盈得很，天生要贴补这两个小冤孽。

云和将这碗奶，偎了炉火烤到温热。想一想，又加了点红糖进去。然后将男人的头搁在自己膝上，拿了勺喂他。看他一口一口将奶水咽下去。云和心里有些疼，想，都说有奶便是娘。他娘老子不知哪去了，我就是她的娘了。这样想着，云和莫名地有些高兴，也不知是为了什么。

大半碗奶喂下去，年轻人的呼吸均匀了。轻轻咳嗽了两声，靠着云和睡着了。见他额上起了薄薄的汗，云和用手给擦掉了。她也摸出额头上还没有长年戴军帽的印子，该是当兵不久的。她听切尔说过，这回守城没守住，跑不掉的中国士兵，换了衣服，混在了安全区的人堆里。日本人抓人去枪毙，见了男人们，第一个动作就是摸额头上的军帽印子。那整日戴礼帽的，戴毡帽的，就都成了替死鬼。

云和愣愣地看着地上沾了血的军服，思忖这是个祸害。便拿了片包袱皮包严实了，搁到暗处去。想一想，却又取下那印了番号的臂章，在灯光底下搓洗。搓好了，便搭在炉火上烤。炉气将这块布掀得抖动起来，像是一面小小的旗帜。

夜色深下去。由不得自己，云和想起了陈旅长，心里空得很。这时候，她听见了迈可唱起另一首歌，遥遥地传过来。她什么都听不懂。听懂的，是这旋律里的低沉哀伤。鬼使神差地，她在行李中找出自己的琵琶，调了弦。过了这些粗日子，早没了指甲，就又翻出一副赛璐璐假指甲戴上，弹起一支《昭君怨》。弹了一段，自己觉得太悲，就又换了一首。她是什么都记得。就这一曲，当年绝倒了秦淮两岸。多少权贵千金一掷，就为了她程云和的一曲《夕阳箫鼓》。这琵琶亦是矜贵，面板是上好的兰考桐木，象牙山口紫檀背，是个年老恩客的赠与。这客风雅，说 “琵琶幽怨语，弦冷暗年华”，这家传的琴，在家里闲着，不如奉送佳人是正相宜。一同赠了一本乐谱，沈肇州编的《瀛洲古调》。

荒了几个月，云和没料到自己依然得心应手，也有些欲罢不能。到了一首《春江花月夜》，已是浑然忘我。

那年轻人，就是在这声音里醒过来的。他已记不清自己是怎么到这里来的。睁开眼，看见一个女人在灯下弹琵琶，女人在光晕里拨弄琴弦，出来的是古声古调，好听得跟梦似的。屏着气息，等她弹完了，他才敢翻一下身。大腿根撕扯似地疼，不禁呻吟了一下。云和这才发现他醒了。他却也发觉自己里里外外都换了一个干净。不禁闹了一个大红脸，结结巴巴地问云和：大姐，你……你给我换的衣服？云和见他醒来，正有些惊喜，这么着，却被他的羞惭弄得不自在，说，你一个大小伙子，倒像个姑娘。我什么没见过，生过孩子的人了。

他们都在这时候，听见了外面惊天动地的打门声。

贝理亚神父和其他人走出去，听见外面有很蛮横的声音，交替地用糟糕的中文与英文叫他们开门。

是日本人。

贝理亚想了一想，吩咐将门打开。

一个军官走进来，后门跟着几个东张西望的士兵。

军官站定，行了一个军礼。靴跟发出一声钝响。贝理亚正待问他。他倒是先开了口，用发音俏皮而蹩脚的英文说，神父，圣诞快乐。

贝理亚冷冷地说，希望我们快乐，就请离开这里。

军官呵呵干笑了一声，说，如果您合作，我们会尽快离开。

神父看着后面荷枪实弹的士兵，已经蠢蠢欲动，眼睛开始在院子里逡巡。厉声道，请问阁下，知道这里受美国政府保护吗？

军官说：尊敬的神父。我当然知道这里受美国政府保护，但不代表这里可以保护大日本帝国的敌人。那好，言归正传，我们接到线报，有一些应受处决的中国战俘，似乎躲到了这个神圣的地方。

贝理亚声音变得很严厉了：荒谬，我不需要重申中立的立场，这里没有任何士兵出现，在你们到来之前。

军官说，那么，如果神父您不介意，可否给我们短时间进行搜查，来证明您的话。

站在一旁的切尔忍无可忍，大声地说，如果我们拒绝你们的提议呢。这里是天主教堂，不是这城市其他任何一个地方，可以叫你们为所欲为。

军官说，我们不是提议，是执行命令前的礼貌通知。我是日本皇军的陆军少佐渡边治，我会为我的言行负责。

神父深陷的眼睛射出的愤怒，与渡边少佐寒冷的目光短兵相接。僵持了几秒钟，神父说，如果你们坚持，那么请便，但是如果情况和你们设想的有出入，请对美国政府和国际安全委员会作出解释和道歉。

少佐绷了一下粗短的罗卜腿，令自己站得更直些，然后用日语说了一个字：搜。

几个士兵无功而返。少佐有些焦躁。

最后两个士兵向后院走去，那里是云和的房间。

切尔拦住了他们：不要进去，那里住着一位尊贵而不幸的中国夫人。我们受他家人的委托提供保护，请不要打搅她。

士兵们没有停下步子。

云和在里面看得清楚。没容自己多想，她理了理头发，抱起了孩子，打开了门。一留神发现是切尔送来的小东西，咬一咬牙，放下，换上了自己的儿子。

云和就这样走了出来，脸上是慵懒不耐又克制得宜的神情，是所有高门大户的女眷遇到紧急情形时的风度。

渡边少佐在云和的眼睛里看到了凛然与不屑，他在猜测着云和的来历的时候，气势先泄去了一半。这美丽的女人让他有些畏惧。尽管在这城市里，他已享用了很多美丽的女人。然而，出身寒微的少佐，有一种来源于阶级成见的谦卑。对于上等的支那人，他不愿轻易招惹。他想整理出一番客气的话说给云和听，然而他的中文此时不灵光了。

所有的人都听见他大声地叫一个人，是他的翻译。

那个担当翻译的高个子男人应声而至。云和远远看到了这男人，眼神慌了一下。男人自然也看到了她。几乎同时间，他想起了和她一起度过的那个夜晚。那时候他刚刚从日本留学回来，正处在人生的低潮，郁郁寡欢。云和也清楚地记得他，因为这男人一晚上，什么都没有做。她甚至记得，他只是趴在她身上哭泣，说自己怀才不遇。他跟她说他破碎的家庭，说他失意的爱情，说他被这个国家弃之若敝履。这个年轻的文绉绉的人，让云和有些困惑与无措。有一瞬，她甚至还可怜过他。到头来，她还是想尽她的本分，她脱光了自己，将他拥在怀里。然而，他却不行。后来，他们就这样拥着，到了天亮。他离开的时候，对云和说，还想和她见面。云和也有些怅然，见不见是由不得她自己的。后来，她听姐妹们说过他被拦在门外的情形。听过也就罢了。

现在，他就在眼前，是日本人的翻译。

翻译一边听着渡边说话，点头应承，一边将眼睛睃向云和，脸上掠过不易察觉的微妙神情。

翻译似乎并不很急于传达渡边的意见。他笑一笑，嘴里说得是：程小姐，好久不见?

云和微微屈膝，道：先生近来可好?

在场的人听不听得懂的，都听出了他们的寒暄。他们是认识的。

瞬间，翻译在云和眼中读到了一丝讨好与哀求，尽管稍纵即逝，还是让他受用。切尔注意到他的称呼是“程小姐”。而渡边眼里闪过警惕的光，他阴飒飒地问，你们认识?

翻译说，何止认识。

云和见翻译与渡边说着什么。两人脸上都泛起了暧昧的笑。再打量自己，渡边用的是饶有兴味的眼神。

云和明白不过，在心里苦笑了一下。

渡边在一刹那恢复了趾高气扬。他操着一口烂英文说出了让贝理亚神父震惊的话：神父，这就是你们保护的高贵的夫人，一个人尽可夫的著名妓女。中国有个词叫做“金屋藏娇”，不知道神父您怎么看？

神父抑制着身体的抖动，说，畜生。

那就问问万能的上帝吧，他也许知道秦淮河边有个叫程云和的风流女人，不过还没来得及告诉您。渡边说得自己兴奋起来，他盯着云和，目光是直统统地。他再看她，带着一种仰慕的心情。这女人不是一个简单的花姑娘，而是一个名妓。她的知名度本身已让这男人馋得下身发硬。而她此刻朴素与高尚的面目，更加激发了他的征服欲。这是出于一个掠夺者奇特的仰慕。就像他仰慕支那人的其他东西，珍玩字画、名胜古迹。对于这些东西，他只赞成两种处理方式，攫取或毁坏。

切尔有些失神，他望着云和，小心翼翼地问：这是真的？

云和目光僵硬，看着翻译，没有说话。

翻译迎着云和的目光，说：渡边少佐久仰程小姐的大名，想请小姐往舍下一叙。

渡边自己用英文表达了同样的意思，措辞更为委婉，他说的是，希望能够邀请云和与他度过一个浪漫的圣诞前夜。

贝理亚神父并没有弄清楚事情的状况，但他本能地说，休想。

渡边说：你们所谓中立的立场，包括保护一个妓女？

贝理亚不动声色：别忘了，喇合也是妓女。在我眼里，现在只有一个初生婴儿的母亲。

渡边不耐烦地皱了眉头：好吧，那我就连这母亲的婴儿一并邀请。他使了一个眼色，一个士兵迅速地走到云和面前，要抢走她怀中的孩子。 推搡间，婴儿震天响地哭起来。

渡边说，程小姐，我给你足够的时间考虑我的邀约。我们可以顺便继续搜查的工作。

云和咬了咬嘴唇，声音干脆：不必了，我跟你走。

渡边有些意外，不自觉地拍了下巴掌：爽快。

云和转身，对切尔说道：神父，可否请您去房间将我的琵琶取来，就搁在了桌上。渡边少佐或许爱听。

切尔有些不解地看她，还是去了。不多时，拿着琵琶回来。为人单纯的切尔，此刻脸上是克制之下极复杂的神情。在暗夜的灯光里头，这神情只为云和领会。云和有些放心。她接过琵琶，紧一紧弦，挑起指头，轻轻触碰了一下。声若金石。她对渡边浅笑，风情万种。

贝理亚终于闭上了眼睛，表情苦痛，倏然，他用发音清晰的中文说：商女不知亡国恨。

这句话，渡边好像听懂了，他哈哈大笑起来，称赞神父的幽默。

云和从士兵手中要过婴孩，走到切尔跟前，微微躬身，说，麻烦您帮忙照料我的孩子。

云和将“孩子”说得很重，眼锋向着房间的方向锐利地一扫。

翻译在她耳边轻轻地说，我保证你可以活着回来，

云和没有看他，兀自向门口的方向走去。

他们离开的时候，不知是谁起的头，士兵们唱起了荒腔走板的

圣诞歌。贝理亚神父额上暴出青筋，暗暗捏紧了拳头。

切尔拉住了他的袖子。

云和走在最前面，走远了。在黑色的钟楼底下，她的身形格外的小。

她并没有回一下头。

房间里的年轻人，什么都听见了，然而他动弹不得。在与走进房间的切尔目光交接的一霎，他心里想的是，我为什么没有死。

云和是在三天之后回来的，在所有人度过了这个灰扑扑的圣诞之后。

这几天里，切尔觉得自己有理由厌恶她，因为她的欺骗。然而，他看见她的时候，眼睛却亮了一下。云和对他疲惫地笑了。

这时候，云和的形象依然齐整。这个清晨，在军用摩托的突突声响过一阵之后，云和搀着一个士兵的手，从车上走下来，有着万方的仪态。切尔心中有不适掠过。他想，她始终保持着逢场作戏的本能。

然而，云和对他疲惫地笑了。

切尔说，那个男人，我是说，那个士兵，我们委托安全委员会的朋友，送去了中央医院。

云和说：我也会走。

切尔说：并没有人让你离开。

云和淡淡地笑了：有些妓女，也是要脸的。

切尔抱着两个孩子，走向云和的房间。他费了很大的劲儿，弄到了一些奶粉，为了度过这艰难的几天。然而，孩子们吃得并不好，他们呕奶，拉出酱状的焦黄的东西，整天价地哭。让切尔时常胆战心惊。

切尔敲了敲门，没有人应。房间黑着，门也是掩着的。切尔犹豫一下，决定进去将奶粉先搁下。这样也好，不知为什么，他觉得自己已难于面对云和。

切尔推开门，看见了云和。一道光柱从天窗上倾泻下来。云和赤裸着，站在光柱里，面前放着一盆水。在切尔发着愣的时候，云和迅速转过身体，扯过一件大襟衫子披上。然而，切尔还是看清楚了她胸乳上青紫色的伤痕。

猝不及防，这些伤痕在切尔的心头凶狠地鞭打了一下。

云和收拾齐整，回转了身，对着他微笑。还是那个水静风停的程云和。

切尔哭了。在一瞬间，他突然失控，泪水流淌下来，不自觉地。

他面对这个女人，实心实意地哭。

云和看见年轻的神父在暗影子里，一动不动。当意识到他在流泪，她身体里漾起一阵疼，几乎让她支撑不住。与这疼相比，这几天所承受的，都不值一提。然而，她对他说：没事了，都过去了。

他没办法想象她的苦难，她的若无其事，让他更痛。切尔心里出现了一些更汹涌的东西。

切尔终于感到了自己的失态，他在眼睛上使劲擦了一下，对她抱歉，他说自己作为一个神职人员，不应该这样不坚强。

切尔说，我能帮助你什么？

云和想一想，说：神父，告诉我，怎样为一个孩子赎罪？

切尔说：为他施洗。

云和抱起床上的小女婴，说，神父，我能看到你为她施洗么，明天？

切尔张了张嘴巴，想说什么。然而，他最后说的是：可以。

洗礼堂。在摇曳的烛光里，每个人都是神情肃穆。切尔手捧玻璃盂，贝理亚垂首，喃喃祈福。

贝理亚伸出大拇指，在盂中点了圣水，在婴孩的额上画十字圣号。

女婴抖动了一下，突然睁开了眼睛。她号啕起来，一脚蹬在切尔的手肘上，玻璃盂打翻在地。

水花四溅。

远远观望的云和，倏地站起，然后，缓缓地坐了下去。

对于云和的离去，没有人感到十分的意外。但是，她带走了那个女婴。

以后在中国的四年里，切尔没有放弃过寻找，最终徒劳。他的锲而不舍，成为惯性，每当看到妇人怀中有模样可人的婴孩，他都会凑过去看个究竟。他的行为突兀，几乎让人觉得不可理喻。直到有一天，有人善意地提醒他，已过去了很多时日，这女婴应该长大了。

第七章　雅可或着裤的云

母亲想象着六十年前的那个夜晚，自己被包在襁褓里，带出了圣约瑟教堂的情形。

一切不幸的根源，都包藏在血管中东奔西突的液体里，衍生，流传。

母亲想，这女婴为什么要活下来。不能够活下来，如果她不活下来，不幸与罪会戛然而止。母亲诅咒着自己，一面在心里默念：要停止。

母亲将轮椅推到了她屋里，无声息地看着床上那个气息匀静的形状。

她在黑暗里安然沉睡，对腹中膨胀的罪恶，毫无知觉。母亲看着她，听着彼此的呼吸交缠在一起。她的泰然，对这个年老的人形成了一种压力。母亲终于不耐了。这时候，摆钟“当”的一声，倏然间地，如痛定思痛的人破釜沉舟的一个决心。母亲想，要停止。

她自然不知道母亲心中绵长阴伏的过程。只是在睡梦中，她感到下腹部迟顿地一痛。她挣扎，睁开眼，以为在梦魇中醒来。她看到母亲的生铁熨斗正沉重地沿着身体鼓胀的轮廓滑落。同时，有些液体在体下汹涌地流动，锐痛也猝不及防地来了。她扭过了头，惊恐地看见母亲。

母亲抽动着左边的脸，在拨打急救电话。

母亲说，忍着，就快好了。

一个早产的女性胎儿，与她脱离。她感觉自己并没有预想中那么绝望。母亲对着苏醒的女儿，说：记住，我救了你。

她虚弱地看了母亲一眼，说，我记住了。

现在，她坐在他床边，跟他说这些，轻声慢语。眼神游离着，内里一种坚执的光，还是对他造成了打击。这些，对她而言，日积月累地缠绕胀大成一个茧，硬化为了一只核。这核带着锐利的角，腐败的味被她诞出来。他说服着自己，说是不怕为她分担。然而，这些事情，如尖利的矛，已然将他单纯稀薄的阅历刺得千疮百孔。他知道自己有些不镇定。

他们在清晨的阳光里，紧紧抓住彼此的手，都觉出了对方的用力。他们无法分辨，他们之间，谁更需要谁。

以后，她再没有对他提起过那个美国男人。

意外的是，他的同房马汀会来医院探望。马汀一如既往地快乐，进来的时候，做一个鬼脸。很用力，挤得脸上酒刺红胀，好似一颗大草莓。马汀摸摸他的头，说，战士，你如今在留学生部红得发紫。女孩子说起你的时候调儿都变了。你听着，杰西卡说，哦，上帝，那个勇敢的人，他还好吗？这胖大的男人，捏起嗓子学起楼下那个害羞的冰岛小姑娘，声音颤抖，活像一只求偶未遂的知更鸟。他禁不住哈哈大笑：别糟践人了，老流氓。

她就是这个时候出去的，提着热水瓶。马汀回转了身，目光笔直地盯着她，说，身材不错。小子，听着，我也喜欢冷若冰霜的妞，因为她们在床上很热。

他其实看出她有些不快。马汀的没心没肺的确惹人恼。

他沉默了一阵儿，不知道说什么。倒是马汀，跟他提起了巴里安。巴里安现在在拘留所里，准备引渡回原籍。马汀似乎有些同情他。马汀有一点好，评价对事不对人，不太在意成见。这时候，你往往会看到这个痞子发言中成熟的一面，立场客观且高屋建瓴。

马汀对这件事又有真知灼见。他说在性的问题上，巴里安的问题在于失去了度。他说，Jeremy，你记着。中国的话里，这叫“过犹不及”，对女人也是如此。我对你说过，中国女人是难缠的。

他想一想，终于向马汀问起难缠的中国女人，李博士。

马汀犹豫了一下，对他说，她自杀了。

他心里一紧。虽然，他觉得自己对此不应该太意外，但是，心里还是紧了一下。

马汀说，她留了一封遗书，从北大楼的天台上跳下来，落到了楼下的紫藤架上。感谢上帝，没有摔死，现在还在抢救。

李博士成为他与马汀这次对话的休止符。马汀起身告辞，说，等你回来，就会知道了。

他回来，被意想不到的东西包裹了。这东西叫做荣誉。校方与学院各自为他开了一次表彰大会。如果不是他的中文还不够灵光，“大学生联会”甚至要为他在各高校安排一次巡回演讲。外面各种采访更是络绎不绝。他虽然是个随和的人，也觉得自己成为了一只提线木偶，要做的事情，只是抖擞精神，在该笑的时候笑一下。或者，将自己的事迹，如果可以称之为“事迹”的话，像背书一样，有口无心地说上几遍。误差率尽量小于百分之一。在这个形式主义昌盛的国家，得到虚荣，不是一件困难的事情。然而，维持这份虚荣，需要毅力和耐心。

在他终于失去耐心的时候，校方放他回去上课了。他满心轻松地回到课堂上，这是出事以来他上的第一堂中文课。当看到一个中年男人拎着讲义夹走进课堂，他才倏然想起，李博士不在了。

平心而论，这男人的课比李博士上得更有趣些。李博士毕竟是一个女人，在见识上有着女人的信马由缰与武断。这男老师则是一种类似于卡片抽屉的类型，知识体系完善而有序。面对好奇的学生，很少会有应答不暇的时候。

他在这天的傍晚，打通了李博士家的电话。是家里的保姆接的，对他说，阿姨在医院里，叔叔也在。他问起医院的地址，保姆犹豫了一下，告诉了他。

他推开病房的时候，看见了李博士的丈夫。男人形容苍老，已无法令他联想起那次聚会里为他们忙前忙后的、严肃却风度亲和的中国官员。这男人抬起头看着他，眼神涣散，手紧紧握着的，是床上那人的手。

床上的人。他走近去，惊奇这闭了双眼的女人，依然美丽。因为面目平和，没有焦虑，皮肤舒展出了细腻的光晕。身体上插满了各种输液管，有液体安静地流动，犹如灌木的根须，滋生蔓延，生机无限。受难，已经在脸上了无痕迹。这女人，此时存活得纯粹而简单，幻为一株雌性的植物。

男人看着他，眼光浑浊，说，她不会再醒过来了。

他不知如何安慰男人。对于这年长的同性，他还是个孩子。他的早熟与男人的脆弱，将他们心理的落差抹平。他在这男人的眼睛里，看到了丰厚的阅历之外，一些血淋淋的东西。这东西在和平的背景之下是美好的，但是此时凶险得惊心动魄。

这东西叫做“爱”。

婊子养的黑鬼，真想宰了他。男人说过这句话，将手里的那只手握得更紧了一些。

他这才注意到，李博士的另一只袖管，是空荡荡的。她在奋身一跃的时候，跌断了胳膊。他走过去，将绺成一团的袖子捋齐、展开，像是抚平一片发皱的叶子。

他回到公寓，看见她在等他。

马汀不在。她倚在床上，在翻看一本红封皮的英文书。他其实很少看见她如此散漫的姿态。有一种风情流溢出来，似乎原本是不属于她的，但此时与她的身体水乳交融，让他动心。

他坐下来，吻她的头发，发丝撩得他痒酥酥的。她忽然坐起，合上手里的书，是 *Rape of Nanjing*，摆在他的书架上，已有半年。这本书，他没仔细看过。开学的时候，学校发给留学生人手一册。其实，他在中学时候，就知道这本书与这个斗士一般的华人女作家。然而，这是本红颜色的书。在内心里，他其实有些惧怕红色的东西。红色，太激烈，不计后果。

他宁愿这本书是黑色的。他愿意相信，其中的文字是对这城市的伤痛，冷静的沉淀。这座城市温润的表皮下，其实积聚着一些恨，积聚的方式叫做反省。对于博大而狂热的东西，他向来心生畏惧。譬如战争，无论成败，过程都让人意志消磨，内里是黯然的恐怖。他想，战争是一种蛊，永远无法真正结束。这本书，与另外一些书一样，在他看来，都是遍体鳞伤的爬行者在与历史的磨砺纠缠中落下的腐肉，残忍得触目。

她并不知道他在想什么，她将这本书塞进包里，说，借给我看。

这天晚上，他见到雅可，在仓库里。

秦淮河畔有个纺织品厂遗弃的仓库，改建成了小剧场，演出着面目全非的奥尼尔剧作。她又一次带他来了陌生的地方。的确，她的信马由缰，时常让他感到困惑。空阔的天花板上垂下的帏幕，盘旋错综的管道，连同锈迹斑斑的消防栓。每一处细节，似乎都在新与旧之间举棋不定。这是他最初接触到中国的小剧场话剧。他坐在观众席上，感受着一种令他困惑的力量。这力量并非来自艺术，而是因为在散漫无序中迸发出的热度。其实是闹剧，后来他回忆起，他又的确是被闹剧式的表演深深感动了。

这更像是一种致敬游戏，五分钟，走马灯一样的。似乎匆匆梳理了奥尼尔的戏剧人生。每部剧作只演五分钟。错乱的情节与对话，也在五分钟后戛然而止。

《大神布朗》。

幕启的时候，他看到台上多了一把椅子。只开了一盏顶灯，昏暗得很。椅子下方一团似是而非的白。白色开始微弱地蠕动，是一个人。那人缓缓地站起，辨不清相貌，因为戴了一只面具。当灯光亮起一些的时候，他看出了那面具的粗陋。演员沉默着，只一瞬，猛然晃动了自己的身体，像是被人剧烈地推搡。陈旧的白袍铺张开来，掀起了小小的气流。身后垂挂着肮脏的酒红色的丝绒，轻微地抖动。

突然，这人迅速地跳到椅子上，摊开手掌，向着刚才站着的地方，发出极其宏亮而清晰的声音：污辱是一种信仰，为了保全自己，魔鬼也得有信仰。可是，布朗先生，伟大的布朗没有信仰。

他几乎被吓了一跳。短暂的停歇后，这嘹亮的声音倏然激动得失去自制：布朗爱的不是她，是我。因为我才能掌握得到爱情的力量。因为我就是爱情。

他终于明白，这台上有一个被省略的缄默角色，和这演员演着对手戏。他当时还未读过奥尼尔，他不知道，这个人就是布朗。

他只是有些感兴趣了。

然而这时候，台上的人却高举了拳头，大声疾呼：什么也没有了，就剩下人的最后这个姿态。凭着这个姿态，他赢了。

在歇斯底里的笑声中，幕落。

他并不知道这出戏表达了什么，因为过于错落与简洁。只是，其中有种滑稽的伤感，让他体会到了一种打击。在接下来的时间里，他一直在想这只面具底下，是怎样的一张脸。

她告诉他演员的名字，冯雅可。

在回来的路上，她说，这个小剧场在城市里有着奇特的声名。它的创办人是“八九”后被革职的一个教授。教授后来下海从商，用捞来的第一桶金买下了这个仓库，演他自己想看的东西。这个剧场有着民间和民主的朴素面目，只有在这座城市里，才可以敛声屏气地生存。教授又被称为“教父”。“教父”用另一些钱养了年轻的无业游民，是剧场的演员。他突然问她，雅可也是吗？她说，雅可不是，雅可只是玩票而已。她看他一眼又说，雅可曾是这些人中间演技最差劲的一个，排梅特林克《群盲》，有一场要亲嘴的戏，雅可没碰着人家自己先发起抖来。她本不是雅可要亲的人。为了克服他的心理障碍，挺身而出，把初吻献出去了。

她说得云淡风清，好像在谈论一只小狗。

这时候，他隐隐已有感觉。在这城市的盛大气象里，存有一种没落而绵延的东西。这东西的灰黯与悠长渐渐伸出了触角，沿着城池的最边缘的角落，静静地生长，繁衍。或许，是见不到光的，并非因为惧怕。而是，为了保持安稳的局面。因为，一旦与光狭路相逢，这触须便会热烈地生长，变得峥嵘与凶猛。

实际上这种退避三舍，恰是对这城市容纳姿态的某种迎合与感恩，是存处之道。这是他无法想象的。他依稀记得，父亲曾拿给他看的一部故事集，题目很宏大，叫做*Tales of the World*，背景其实是千多年前的古中国。这书中强调了一种精神，叫做Cultivated Tolerance。里面有作派奇异的人物，贵族与平民，在这些故事里，他们的怪诞具有了某种表演的性质。他难以理解，为何关乎隐忍。他们被宽容与骄纵，甚至获取了他人的喜爱，被称为贤者与名士。他们的表演是不合时宜的，且不够含蓄，有着等待谢幕的急切与随意。

小剧场让他感到似曾相识，当雅可在舞台上出现，这种感觉渐渐浓烈，接着又有了不安。大约形成了一种威胁。他是太现实的人，而这有些破落的舞台告诉他，现实的意义只在于随时被瓦解。他感到，雅可或许是不同的。多年后，甚至在雅可离开之后，他才明白，这“不同”，是这城市肌肤上烙印一样的东西，平日蜇伏于厚实的表皮之下，只有浅浅的痕。然而，一旦遭遇烈火，便无所遁形。深一些，再深一些，显出了淤血一样的底色。

再看到雅可时，是两个星期之后。

在汉口西路上的“猫空”茶吧。

他和她面对面坐着，他看着她。阳光被玻璃窗滤过，温暖得像些绒毛，拂过他们身上。他觉得心里有些适意的酥痒。

这时候，他看到她的眼睛亮一亮。她说，雅可。

他转过身，看见一个瘦长的青年，远远地走过来。青年留着齐颈的长发，发梢散漫地窝在海蓝色的套头毛衣里。青年的声音浑厚，说：真巧。

然而，他却些微地失望了。没了妆的雅可长着一张平淡的脸。轮廓优柔，五官写意，好像被稀释后的墨水轻描在宣纸上，模糊地洇开来。

她一改平日的矜持，变得有些絮叨，对着雅可嘘寒问暖。

雅可指指手里的提包，说，我来交货。

她默许地点了头，看着青年远远地走开。

雅可再出现的时候，手里是一只托盘。

托盘里是两杯茶。

雅可将茶摆在他们面前，弹了弹杯子，发出悦耳的脆响。雅可对他笑一笑，说，这是我的货。

她捧起那只杯，眼里是别样的惊喜，对他说：这里的杯子都是雅可手工做的。

然而，这杯与他刚才用过的琉璃杯子，有着很大的不同，因为没有了流丽的线条。初看只是烧过一道的陶胚，还有烟火熏烧的痕迹。外面却上了一层釉。杯身就很清雅了，将粗砺囚禁在里面，让你知道这好是怎样脱胎而来。

这杯子的别致，使他联想起很多艺术家的处境。他唐突地问：

靠做这个，能赚到钱么？

雅可宽容地对他笑，他却看出来这宽容是以不屑作底的：要赚钱，何必做这个。

她接过话去，告诉他，X地有座规模很大的影视基地——水浒城。里头的陶俑，十有八九是雅可在陶艺系的一班同学做的。是他们教授接的活儿。那是赚钱的，一只俑，手工费是两万块。

他知道雅可是没有做了，然而又不甘心，说，也算是艺术吧，商业艺术。

雅可笑：泥水匠的活儿罢了。

雅可的话很少。

晚上，她在橱柜里翻找，举着一件裁剪空阔的麻布衣服，迎着光线，看得出是粗针大线。

她说，那一年，在艺术学院的陶艺双年展上，她看到了这件衣服，挂在角落里，如同破败的一面旗。而作为展品的，是衣服上缀饰的硕大钮扣，白陶制成，上面镌着累累的鱼骨。

她驻足很久，为这些不合时宜的扣子。

后面有男声出现：这是卖的。

她没有回头，问价钱。

男人说，一千。

她转过身去，发现声音沉实的男人，其实是个男孩，长相优柔。

男孩用温柔浑厚的声音说，值这个钱。这种扣子，世上只有七粒，限量版。

她要离开。

男孩轻轻拉住了她的袖子：我需要这些钱，我要去买粉。

说得不疾不徐。她惊异地看这张脸，无辜，诚恳。

这件衣服，以五百块成交，他们预支了彼此的友谊。

后来她知道雅可骗了她。雅可一个人去了锡山，挖来大包黏土，烧成不计其数的半陶扣子。自制模具，印上了累累鱼骨。

雅可说，我是假作真时真亦假。

雅可的妈妈是老一辈的文艺青年，因为迷恋一个更老也更文艺的俄国诗人——马雅可夫斯基，于是给儿子取名雅可。

雅可说，我是个单相思加意淫的产物。

然而关于雅可的身世，她深信不疑。并非因为悲情，而是惨淡得荒诞。基本上，这是个关于抛弃的俗套故事，或者，是数个。雅可说，我是个遗腹子。事实上，雅可的父亲在他妈妈怀孕时去了南美，没有再回来。不知所终。雅可说根据民法通则第二十三条：公民下落不明满四年，利害关系人可以向人民法院申请宣告死亡。人间蒸发二十年，死了五次了。

雅可说，所以，我是个遗腹子。

雅可的妈妈在他十八岁的时候，对雅可说，儿子，我要为自己活一回。

理论上，为了追寻马雅可夫斯基，这个浪漫主义者用了最现实主义的手段，与一个在俄罗斯倒卖服装的东北佬结了婚，去了莫斯科，没有再露面。

雅可说，你看，我堕落，社会都原谅。

这么说，有点儿想当然。雅可第一次吸粉被人告发。学院没有原谅，顺理成章地开除了他。

这是半年以后了，发生了一些事情，成为他性质未卜的记忆。这些记忆是个开始，他们与雅可，不知谁更依赖谁。当彼此发现了这种依赖，都暗暗吃惊。事实上，雅可是他接触到的第一个地道的南京男孩。在这个雄性的集合里，雅可的性情却又集大成。这是一种危险。南京的男孩，多少都有些不肯定。这并非指不合世俗或冥顽，仅是眼神，便不如女性来得笃定和确凿。这种状况，会延续到他们成年，无以摆脱。寻觅六朝的烟影，要在南京男人的眼睛里找，不是女人。他记得第一次看到雅可的眼神，似曾相识，后来想起，是李博士无望的先生在病床前向他投着没落的一瞥。

无论如何，他迎来在中国度过的第一个夏季，在南京。

这城市作为长江沿岸著名的三大火炉之一，十分称职。每每到了七月，南京人都对即将到来的酷暑抱有敬畏的心理。所谓吴牛喘月，大概也不及于此。南京的地势奇特，紫金山脉三面环抱，形成了簸箕状的结构。柔和湿润的海洋性气候无可奈何，不得其门而入。这便也罢了，在这样的封闭地形里，长江里的水分不屈不挠地蒸发了，散逸到全城的空气里头，和空气交融成了黏滞的热流。这样，南京城就成了一个大笼屉。人好像笼屉里的包子，热腾腾地被蒸熟。这个比方不雅，却是事实。就是这样炎热的天气，鞭策着人的新陈代谢，催生了一些熟男熟女，也催生了性与欲望。老辈人有一种说法，如果头年夏天是大暑年，第二年的春天南京城的生育率就特别的高。然而，这时节降生的孩子，往往素质并不好，身体孱弱得像秋猫子。他们父母的燕好，是被酷暑天折腾得心神无主，随意为之，多半不是养精蓄锐的果实。

这年南京夏天的炎热，发生在他身上的作用，竟是让他有些思乡。离开格拉斯哥近一年，似乎没怎么想念。甚至圣诞节，他都没有回去，连自己也有些过意不去。但是这个夏天，他脚踩着被阳光融化了的柏油马路，牛津鞋底在黏腻的路面上发出叭答叭答的声响。而眼前氤氲的热汽，将远处的景物击打得沉浮不定。汗也不是淋漓地流下来，而是一点点艰难地向外渗透，无法痛痛快快。他叹了一口气，终于想起苏格兰夏天那些或晴或阴的，气温绝少超过三十摄氏度的日子。如果天气明朗，他父亲带着他去谢丽阿姨农场后面的高尔夫球场去打球。高尔夫高球起源于苏格兰，几乎男女老少都能打上几杆。他不太感兴趣，感兴趣的是一望无际的球场，绿色的草地。他习惯的夏天，该是绿色的。而眼下的颜色，却是水淋淋的灰黄。下了一场雨，将地表的热量升腾起来，其实是抱薪救火。整个南京城里，这时候湿热得莫名。

他因为要完成一个给外籍学生的文化功课，老师布置去当地的博物馆。她有事要忙，动员了雅可陪他。雅可说，好，正好去看望那些个瓶瓶罐罐。

博物馆很偏僻，他们花了不少时间在路上。两个人没什么话，倒是出租车司机啰啰嗦嗦。说这鬼天气，人都窝着不想出来，出车兜了半天，没生意做。没生意做就算了，还在后宰门被个省电视台的记者截下来采访，说是做改革开放二十周年的专题。记者问，觉得生活比二十年前有没什么变化。他就说，有是有的，二十年前的三大件，叫三轮转，是手表、缝纫机、自行车。当年积攒工业券，就为了一块像样的梅花表，到底三样都置办齐了。现在呢，又有了新三大件，叫“三子”，车子房子和票子，自己只占一样，车子，还是公家的，想想都是伤心事。然后一路又分析起中国“菜篮子工程”的利与弊。到末了付车钱，司机攥着一把找零，紧着回头对他说，听说中国要申办奥运，不知道成不成。成了就好了，外国人都来了，就有生意做了。小兄弟，你说是不是？

他点点头，心里有些高兴。这个地道的老南京，看不出自己是个“外国人”了。

博物馆的大门，其实有些败落。用乱得没有规矩的石头堆砌的院墙，像是朝夕间信手搭起来。墙头长着几丛狗尾巴草。败落之余，有些烟火气，和周遭的环境搭了调。墙里面却是宏大的，甚至堂皇，又让人意外。有一个宽阔的广场，竖着两支华表。广场中央是青铜的雕塑，站在高耸的花岗岩底座上，他心里惊了一下，这是一只神化的兽，像是长着翅膀的狮子，却生了一颗龙的头。这兽的表情是大型动物的雍容自持，不怒而威。

雅可也不催他，只管自己望着天。他问这兽的来历，雅可说，这叫“辟邪”，是南京的Logo，城徽上就有。他就问雅可，这兽有什么本事？雅可说，叫辟邪，自然是惩恶扬善。他觉得这个答案很笼统，就问有无其他，雅可就说，还有，它很贪吃，是个大胃王，而且只吃不拉。

他皱一皱眉，觉得雅可的话亵渎。雅可自顾自地走去买门票了。

馆里的冷气开得很足，陈列也颇为亮敞。他依照老师的吩咐找到那几个藏品，作了记录。这里的东西，明清的居多，所以在样式上大半有些争奇斗艳。斗彩的八吉祥纹大盘、绿釉粉彩双凤穿花瓶，更是斑斓得让人眼花缭乱。平心而论，看过大英博物馆的东方馆，再看其他，也都是曾经沧海。何况，他还有许多的中国字不认识，这里的英文说明，又有些似是而非，浏览下来，未免缺乏耐心。在陶器馆里，他看到雅可。雅可屈着膝，眼睛盯着一只陶器，在拍纸簿上涂画。见他过来，雅可抬头看一看，说，这里的瓶瓶罐罐，我闭上眼睛也画得出它们的五脏六腑，可就是仿不好。不是火候，也不是原料的问题。我仿过一只加砂陶，成分用了电子配比，做出来人人都说像，可我就是觉得不像。后来我有点明白了，你看这个红陶的垂弧纹背壶，是大汶口后期的东西，你正面对着它，对，就是这里，看它的曲线，是不是像个女人，可是你站在我这个角度，线条突然就硬了，就变成了男的了。这就是我做不好的原因，这个壶是随意做出来的，仿不好的就是这个“随意”。可随意，才是性感的。

他第一次听到雅可说这样多的话，几乎到了滔滔不绝的地步。他产生了兴味，雅可却戛然而止，将手插在牛仔裤口袋里，晃晃当当地走开了。

从博物院里出来，已经是黄昏。雅可仍然不言语，和他一前一后地走。走到街口的地方，亮起了红灯。雅可没事人似地，昂然地穿了马路过去，他站在斑马线的这一头，越过车水马龙，看见雅可在街对面的小卖部买了一包烟，点着了，斜斜地叼在嘴上，等他。

因为白天渐长，太阳在老城头上欲走还留，光焰不怎么浓烈了。天还是热，却也比正午时候热得爽气些。他却是流了一头一脸的汗，头发打成了绺，贴在额上，有些狼狈相。雅可一径向他们来时相反的方向走，他问去哪里。雅可掸了掸烟灰，回一下头，说，避暑山庄。

这样走了十分钟，他们在一个巨大的城门前停下来。

他犹疑地抬起头，看见青灰的石梁上镌着几个通红的大字："中华门"。

他不知道，这掩在茂密藤萝里的，是中国最大的古城堡，连接太祖朱元璋"高筑墙"的十三城门中至雄至伟的一个，三道瓮城由四道拱门贯通。"瓮城"，听来叵测的名字，是"瓮中捉鳖" 的意思。几道门内原有上下启动的千斤闸和双扇木门，藏兵洞二十七个，可藏三千精兵。两侧各有坡道，供策马登城。若遇强攻，诱敌入城，关起各道城门，便可将敌军截为三段，分而歼之。冷兵器时代的大手笔，三七年却洞开在日本人的炮火里，残了。如今是荒烟漫草，断垣乱石。

这城堡就这么一直荒着，没人理会。雅可倒是轻车熟路，拾阶上下，一路辗转，像是回了家。

他们走进瓮城，走进冰凉的藏兵洞。洞很大，说话，彼此的声音空旷得发悸。头顶的青砖沁着水。一滴落下来，掉进他颈子里，他打了个寒战。早些年南京没有空调，酷暑难当。夜半时分，若走在街巷里，到处看得见迎着穿堂风一路摆开的竹床，床上是半裸的或老或少的肉体。也有爱体面的老南京们，是不惜远的，卷了席子来到藏兵洞里纳凉。这几年人去了，这洞又寂寞下来了。

他的手，在长着青苔的墙上爬行。墙是经年的湿，仍是布满斑驳的风化痕迹。雅可突然开口，问他记不记得在博物馆里，那只汝窑的瓷瓶。雅可说，我就是那只瓶。你注意到那只瓶上的裂痕了么，瓶口开端，浅浅地曲折地一路走下来。可是它还是完整的。我就是那只瓶。

脚下石板的缝隙，有寒意流泻出来。

借着昏暗的光，雅可将一些白色的粉末填在烟卷里。

瞬间，雅可手里燃起幽蓝的火焰。雅可点起一支烟，烟的味道清凛苦涩。他知道，烟里搀了什么。

烟忽然灭了。雅可说，走吧，这里空气太薄了。

走出去的时候，他垂着头，雅可认真地看看他，嘴角翘了一下，说，我知道你的事情，你倒不像个英雄。他抬起脸，等着一个解释。雅可将那包烟塞在他手里。大红的烟壳上，是一头烫金的"辟邪"图案。

阳光终于黯淡，整个城堡笼在昏黄的光里头。他看雅可也是昏黄的。四周的景也是昏黄的。城下，一条昏黄的河流自东向西地流过去。这是他来南京的第一日，特意去看的——秦淮河。只是，此情此境，他已全然认不出了。

他接到她电话的时候，是午夜两点。

她的沉默后面，是极力克制的呼吸声，真正平静下来了，他听到她说，生意完了。

垃圾山庞大的不祥的影子里，是覆着石棉瓦的库房。待他赶到的时候，门已经被卸了下来，斜斜倚在一堆混乱的桌椅上。而窗户上打了封条。库房像是笨重的盲障人，无声无语地矗着。空气中还是淡淡的腐败味道。她一个人站在门口，在冷冷的灯光尽头，影子拖得很长。

看见他，她返身走进去。里面是一片狼藉了，洗劫过似的。台球桌还在，在空阔的房子里头，越发大而无当。她靠过来，拎起一支球杆，抚摸了一下，又一下。突然间发了狠，凶猛地抽打在球台的边缘上。球杆断了，一端飞出去，从墙上弹到地面，击起一阵烟尘，没着没落地蹦了几蹦，滚落在他脚边。

他过去抱住她肩膀。

没有任何征兆地，警方在夜里一点突袭了这个赌博窝点，大获全胜。次日的报纸花了一个版面报导，用夸张的语气称之为“南京的拉斯维加”，涉案者多达两百多人，没收了近三十万的赌资。在九十年代中的那个年头，在这个“黄、赌、毒”如过街老鼠的文明城市，这的确是一桩骇人听闻的事件。

她哥哥作为台球室的法人，进了局子。因为一切发生得突然，于是有了一些传闻。说是业内的火并，又有说是没有打点好秦淮一带的地头蛇所以被暗算。终于又有官方的版本流传出来，说是来自一个好市民的举报。

他看到她又拿出那张照片端详良久。

她发现他在看，非常快地将照片夹回书页里。

然而，他还是看到了藏在一堆头发里的阴晦的眼睛。

他终于问，是他？

她眼睛暗了一下，突然抬起灼灼地看他。许久后，她说，和我出去一趟。

还是那个小学校，她的步伐似乎迟缓下来。教堂改建的食堂，矗在眼前了。

正是午饭的时候，有些老师大概是吃完了，走出来，从他们身边经过。一个脸上带着怨艾的颜色，说，简直是猪食，不是心疼这些饭菜票，宁愿顿顿去吃“麦当劳”。说这话的是个时髦的女老师，和这小学校是格格不入的样子。另一个老师就说，小蔡，你要是看不过，倒不如去和校长说，也算是为民请愿。叫小蔡的就掸一掸靴子，说，我才不冒傻气去做坏人。这新来的师傅，米饭煮得像金刚砂，只怕是校长的亲戚，要不早被炒鱿鱼了。

食堂里其实没什么人了。她依然是走到小窗格，看到一个女师傅在洗锅，动作粗鲁，刮得锅底呼哧呼哧地响。手边散乱地摞着些碗碟。她抬起手，小心地敲一敲玻璃。女师傅斜过眼睛，瞥她一眼，不耐烦地说，都几点了还来。卖光了，想吃自己回家做去。嫌三道四，就给这几个钱，我怕也做不长。

她倒有些怯，说，师傅，我不是来打饭的。我来找个人，陈师傅在吗?

女人手停住了，胖大的身形也横过来。问她，陈师傅，陈国忠师傅?

她点一点头。

女人说：走了，回老家去了。

女人不理会她意外的神色，说，走了，回去享清福，轻省了，留下个烂摊子我接手。

旁边一个做白案的小师傅听不下去，邓姨，做人凭良心，人家陈师傅留下的可不是烂摊子……

女人终于又有些忿忿地，说，就给我这几个钱，也只配招呼这么个烂摊子，只怕我也做不长……

这一老一少斗着嘴，正让他们茫茫然。女人打住，扫她一眼，问，那谁，你是陈师傅什么人？

她回过神说，侄女。

女人口里重复，侄女……突然想起什么，说，你等一下。说完，用围裙狠狠擦一擦手，就往后厨的耳房走过去。出来的时候，师傅手上举着一张纸条，是香烟壳上撕下来的。她接过来，看上面写着六合的一个地址。

女人说，陈师傅临走交代给我，说是他南京家里的人来，就把这个地址给他。你们也是奇怪，他走了竟然不知道。

正说着，女人突然嗅一嗅鼻子，喊起来，糊了糊了，跟你说过多少遍，多放点水，多放水。说完心急火燎地朝灶台走过去，掀开锅盖，“哗啦”就是一大勺。小师傅探一探头，说，你上次说的是发面馒头，这是蒸饺……

女师傅听着就炸了，直起喉咙，开始问候这青年人的祖宗八代。他们愣愣地对看一眼，逃出来了。

第二日，他们在长途汽车上颠颠簸簸。上了长江大桥，他透过车窗，看见桥下泛滥的浑黄的水，有些眼晕，也有些伤感。江上走过几只运货的汽船，卷起了浑浊的浪花。“突突突”地响，是发动机的声音。不是船的，是一辆疾驰的大卡车。车厢里载着一群鹅，几头猪，互相不耐地挤压着，跟着卡车的行进晃晃当当。有的拼命从车斗的网眼中伸出脑袋，眼光瑟缩地向四周看一看，有一瞬间，几乎与他的目光撞上。

车走了一路，她睡了一路，靠在他的肩膀上。她怀里抱着一只纸包，包里装着几条香烟，一条“中华”，一条红“南京”。另一条烟，她带了他穿了很多街巷才买到，是个不时髦但是好听的的牌子，“雨花”。

待他们走进这个叫“程桥”的江北小镇，是下午时分，太阳已偏西。这镇眼见是小而秀的。树木葱茏，四面环着水，在斜阳里头漾起一波波的金色。他们站在水边，虽然有心事，因为眼前的景，却在对方的眉目间看到些欢乐的意思。

一群麻鸭游近了，簇拥着他们。远处有一只渔舟荡过来，靠了岸，他们迎上去，问“郭渡”怎么走。船上的人除了草帽，看上去是个三十来岁的汉子，身形魁梧，脸膛黧黑，眉目倒十分清秀。

这人说了一句，又停住，说我就在“郭渡”住，你们等一等，我带你们过去。

他见她愣住了，盯着汉子，嘴唇动一动，脱口而出：陈少康。

汉子也愣住，细细地辨识这个叫出自己名字的陌生女孩。她撩起头发，指着额头上一道浅浅的疤痕：小康哥，我是囡囡。

只一瞬，汉子的眼里就写满了喜悦：囡囡。

说完也感叹，囡囡长成大姑娘，哥都不认识了。走走，咱们回家去。

这边就过来一辆农用车，汉子招呼他们上车。

这个叫小康的汉子，就是忠叔的儿子。他们坐在农用车的后座上。她小了十岁似的，跟他说她还不懂事的时候，小康跟着忠叔来到南京，她如何欺负这个老实八交的青年人。而她在外面野，又如何不慎跌进工地备用的水泥管道里，磕破了头，小康又如何不畏艰险将她营救出来。

都是些小事，被她说得像丰功伟绩。小康眯了眼睛，摇一摇头，一脸“滴水之恩，何足挂齿”的样子。

她问起忠叔可好。小康轻轻地说，还好。眼光却有些游移，被他看见。她却是一径说，我就说，年纪大了，就不要做了。说着从包里掏出烟，说，往后抽抽烟，喝喝酒，神仙也没的比。

小康将车停了，嘴里轻轻地说，囡囡，这烟，爸抽不得了。

她看着小康严肃起来，一时有些慌。小康说，囡囡，呆会儿见了我爸，该怎么样还怎么的。日子不多了，也还是得过，要过，就给他好好过。

她手里的烟掉到地上。小康的声量低下去，爸得了肺癌，已经是晚期了。

他看到她的脸煞白的，就暗暗握住了她的手。她终于镇定下来，说，还能撑撑多久，能治么。要钱，我们想办法。

小康摇摇头，不是钱的事。我把承包的服装厂盘出去，就是要给爸治病。医生要我们回家，说治起来，恐怕走得更快。我不甘心，签字让他们开了刀。全面扩散了，直接给缝上了。我们只是对爸说，手术成功了，要回家调养。现在每天给他吃中药，好歹能撑到过年吧。

小康哥……

小康用手给她擦了泪，说，囡囡大姑娘了，不作兴这样，得经事了。

他们走进一幢红砖小楼，这是小康结婚时盖的。

房里还贴着大红的喜字，已经有些褪色。陈设都是新的，这时候却因为太新而让这里的空气变得有些冷和硬。进了厢房，远远地，他们都听见剧烈失控的咳嗽声。小康示意他们过去。

在灯底下，忠叔不是年前他们见到的样子了。原来白皙的脸色，现在是黑黄的。人瘦得很，眼睛却很亮。见到他们，从床上坐起来，笑着伸开手臂。她走过去，忠叔用手臂环住她，拥抱了一下。忠叔使了使力气，她却感受到这拥抱其实是虚弱的。忠叔也抱了抱他，跟着却对她眨了眨眼睛，说，没换？

她愣一愣，也跟着笑了。

忠叔就说，我们囡囡是好孩子，不像现在的年轻人。有感情了，哪能说换就换。

她就促狭地看他一眼，说，女子如衣服，他不换我倒是真，有私心的。跟我来和您套近乎。

他就跟着她的话头，嗯，想吃你打的梅花糕。

忠叔哈哈地笑起来。笑着笑着，却又咳上了，人也有些气喘。她赶忙过去拍起忠叔的背，嘴上说，您要赶紧好起来。不然他吃不上梅花糕，就不要我了。

忠叔的咳嗽平息下来，将她拉到床边坐下，细细地看她：谁会不要我们囡囡，这眉眼，和妈妈当年一模一样。

说到这里，两个人都有些沉默。她有些惶然地回头看他一眼。他也看到了忠叔嘴角的鲜红色。

忠叔顿一顿，终于开了口，囡囡，叔都知道，没有几天了。

她和他心里都是一紧。忠叔笑一笑，瘦黑的脸上，一些纹路波动起来，有了一些生气，说，有些话，我走之前，你不问，我还是要对你说。不然我不放心，你也不甘心。

忠叔披上一件衣服，有些吃力地直起腰，在枕头边上翻检，拿出一张报纸给她。她看到，这一版的头条，正是关于赌场的事情。

你是聪明的囡，知道是谁做的。“八九”以后，这孩子回不了家，到过我这里避风头。后来，他瞒着我去了你们那里，是他不地道。可是叔知道了装聋作哑，是我不地道。叔给你赔不是。

忠叔的声音颤抖了：放过他，不是为了他，是为你们身上的血。

人是难得胡涂，我是胡涂了一辈子。有真胡涂，也有装胡涂。你爸爸……

话到这里，这一老一少， 都感到了对方的手颤动了一下。忠叔吸一口气，没再说下去，轻轻放开她的手，这么将头歪向一边去。

这时候，一个上了年纪的女人走进来，手里端了一碗中药。女人是干净爽利的样子，眉宇间却盛着心事。

忠叔喝了药，直勾勾地看着女人的背影，说，我这一病，最苦的就是你婶子。当年带了小康嫁给我，也没过过一天好日子。现在老了，老伴老伴，老来作伴，只可惜是作不长了。

后来，她与忠叔又说了一些话。说的是什么，他并没有听懂，只是看着她的神情越发肃穆。在临走的时候，忠叔捉实了他的手，说，叔看得出，你是个好小伙子，人老实。人要老实，可不能胡涂，才能带着自己的女人过好日子。

路上的时候，她又翻出那张照片，如同他第一次看见这张照片。她依然用手遮住那半边脸。在巴士微弱的灯底下，那剩余的一只眼睛，方才懒懒地散着光，忽而凝聚，逼视着他。如同曾经的那个长发男子，逼视着他。

回来的日子，在焦灼与等待中渡过。她的哥哥，还在拘留所里。人人似乎都是等候发落的心情。

他和她去探过一次拘留所。隔着玻璃窗，看到这个面目孱弱的男人，红肿着眼睛，嘴角有一些新鲜的伤口。这是受到了狱霸的欺侮。她知道这个哥哥，其实是不能够吃苦的人。多少年来，做妹妹的从未得到过一丝保护。然而这时候，哥哥嘴里却还是说了一些安慰的话。这使得她感到有些心痛，觉得这男人还不至于一无是处。于是她说，放心，我会把你弄出来。

这样的安抚，究竟是脆弱的。聚众赌博一旦被追究刑事责任，将处以三年以下的徒刑。她对哥哥说，她已经自作主张，将西市的古董店抵押出去，希望足够缴交罚金。

他们去店里清点货物，点来点去，其实都是些不值钱的东西。多少年来，店里都在做着买空卖空的勾当。这里其实是赌场的烽火台。她拿出一本名册给他看，上面记录着所有的赌客的来往。这个赌场实行的是会员制度，需要严谨的入会手续。每一个新人，亦需要一个资深会员的带入，这与国外的地下俱乐部如出一辙。而一切，都在这个小小的古董店里完成。会费高昂，会员们因为与赌场有深重的利益纠葛，出卖的事情，是不会做的。他又一次惊讶的是，这些都是她的主意，甚至连做哥哥的都不很清楚其中的运作。她说，谁也信不过，我要给将来留一个底。

这个下午，她都在清点账目。他回忆起去年秋天，她坐在同样的位置，翘着手指头，在计算器上点点戳戳。炎热是一样的，那天的阳光澄明，眼下却是焦躁黯淡。他不觉叹一口气。

玻璃柜台上此刻摆了琳琅的小物件，都是方才清理出来。他无聊，捡起一个泛着青的缅玉笔筒，透着光看过去，倒是剔透得很。算好了一回数目，她皱一皱眉头，合上了本子。她看他一眼，告诉他，这玉是假的，古旧的沁色原是做过"炝绿"。见他茫然，她就解释道，就是铬盐水里浸上一两日，然后在表面涂上一层树脂。这一道，又叫"入胶"。他见她内行起来，有些无措。她倒淡淡地笑了：我是没做过伪造的营生，不过没吃过猪肉也见过猪跑，在这街上混了，多少是知道一点的。你看，这上头的细纹，叫做"蝇脚"，只这一条就知是个假。假玉就像有的人一样，永远煨不熟。

她几乎来了兴致。又要跟他说如何给铜器作旧，上包浆，做锈绿。她在东西里翻检，找出一枚金属的挂饰，看一看。他却认出来，这正是他差点贸然买下的那件假古董。

她只是说，这一件，其实并不知道是什么来历。好像是她哥哥从家里搜罗来的。

他又将这鸟身的小兽放在手心里，感受到了它昂扬的气势。莫名其妙的，这小东西对他造成了吸引，与真假无关。

她头脑里也泛起了一些回忆，见他看得入神，就说，你留着吧。

入夜了。她与他牵着手，默不作声地走在太平南路上。她停住步子，将马尾散开，取下缠头发的红丝线，问他要了挂饰，从脊背上的小孔穿过去。细密地绕过一道，又一道。

也是这时候，这座城市宁静的省委大院里。一个很老的老太太腿上盖着毛毯，坐在阳台上打瞌睡。其实并没有睡着，因为有些挂心的东西。终于，一个中年人走近来，耳语，赵老，你交代的事办妥了，他们明天就放人。

老太太森严的面相舒展了一下，看一眼远方，心说，楚楚，我欠你的，又还了一次。

老人在警卫员的搀扶下走回房间去。房内的陈设简单素朴。墙上的草书中堂，倒是有着夺人的气势，上面写着："海纳百川，有容乃大；壁立千仞，无欲则刚"。

第八章 布拉吉与中山装

朱雀，此时安静地挂在他的颈项上。斑斑铜绿，没有蒙蔽了兽的眼睛。时光荏苒。这双眼睛曾和一个小女婴的利目对视，是许多年前了。

女孩把玩着金色的小雀。这是她不离身的东西，从记事开始就跟着，到这上大学的年纪。于她的性情而言，有着安定心神的作用。

她在等人。远处走来男人的身影，她便站起来，遥遥地看。看一看，又坐下去，心里有些抱怨，叹上一口气。这年月，全中国的男子都是一个打扮。子丑寅卯，一件中山装，非蓝即灰地在眼前来来往往。加上这些大学男生的脸色总有些暗沉，简直千人一面了。

等人本是她不耐的事情，偏在她最不耐的时候，身旁“当”地一串响。一个年轻人不住地打着车铃，一面笑盈盈地看她。

看看都几点了？女孩没抬头，将手里的书“啪”地拍到自行车龙头上。

男孩子捡起已经卷了边的书，摇摇头，说，这可扔不得。伟大的精神食粮，我们系里多少师兄弟都张着嘴巴嗷嗷待哺呢。知道吗，上次的读书会，你是很出了一回风头。我当家属的也跟着沾光。

女孩夺过书，嘴上不买账，厚脸皮，谁稀罕你做家属。言而无信，不知其可。

男孩搔一搔头，说，听不懂，这就是做了中文系家属的恶果。兵遇到秀才。好了，别恼了，刚才待在实验室里，结果老出不来。全小组的人都在，我不能临阵脱逃吧。毛主席教导我们：逝者如斯夫，不舍昼夜。

女孩不禁扁扁嘴说，文盲。这是孔子说的。毛主席也是借用。

楚楚……

女孩皱起眉头，跟你说过多少遍，大庭广众的，不要叫我楚楚。

好好，程忆楚同志。小生这厢跟你陪礼了。这男孩抬起腿跨下车来，当真一抱拳，向女孩躬起身。

你就油嘴滑舌吧。女孩扑哧一声笑了，才慢慢地站起身，这是和解的表示。陆一纬，你记着，下不为例。

程忆楚坐在自行车后座上，有些乏。想靠在陆一纬的背上，又在乎路上人的眼睛。一纬跟她说句话，她也心不在焉着。

其实，和其他女孩一样，楚楚心里隐隐也有虚荣。她清楚，在这大街上，她和男友是让人赏心悦目的。一纬高大英挺，是撑得起中山装的身架子。此刻，他以有些高昂的姿态，兴冲冲地蹬着自行车。这兴冲冲或许是因为恋爱，或许是因为青年人原本的蓬勃，越发将他勾勒得飒爽。

他们其实是去赴一场舞会。于他们而言，这场合又有特别的意义，因为他们正是在学校的舞会上相识。这是这座城市的年轻人中刚刚形成的风尚。即使事业与学习是进步的需要，青年人茶余饭后的精力总要有地方消耗。这种娱乐也是应运而生。而所谓舞会，其实又是派对式的，不是此时祖国建设要求的全民皆兵。在大学里头，先是几个上海人和侨生起了头，作了先行者。他们是一个小圈子。一是因为时尚感觉的敏锐，再是因为政治触觉的迟钝，这些人敢于先行且不惮成为先烈。而本地学生，却观望着，跃跃欲试而不越舞池一步。这两种人，在舞会中和平共处。一纬是前一种，而楚楚是后一类。

那天，楚楚站在舞会的暗影子里头，看着别人舞蹈。看了一会儿，心下暗暗地笑。这舞会，艺高的不多，多半是凭着胆大上阵。所以，对作壁上观的人，这舞会的观赏性是喜剧的。大多人拍子不在点儿上。或者是女的踩了男的脚，或者是男的两只手不知往哪里摆，又或者是两对人不期然地撞上。大家动作都是机械的，几个会跳的，也都缩手缩脚起来。

中间休息的时候，一纬其实有些沮丧。因为家庭的缘故，跳舞对他如同本能，原本算不得技能。而这时僵硬造作的气氛，简直让他没了呼吸。音乐再响起，他没有上场，左顾右盼。他就是在这个时候看见楚楚的。

他看见一个陌生的女孩。他不由多看几眼，并非因这女孩特别美，而是感到女孩与这里有些隔。隔在哪里，又说不出。相较一般的南京女孩，她的身量算小，却不是小鸟依人的样子。疏淡的眉目里头，倒有些深沉的东西，甚至可说是冷峻，也是少见的。这些都让他有些探索的兴味。女孩衣着未见特别，浅蓝色的布拉吉，也跟着不同寻常起来。

这时节，满大街都是穿布拉吉的女孩。苏联和中国的友好邦交正似蜜月，口号也是甜蜜的：苏联的今天就是我们的明天。具体到工业器材、抽象到诗歌、电影、建筑，一切关于苏联的舶来品，都带着热望和憧憬，被填充进了建国伊始荒凉稀疏的大背景中去。即使渗透于中国人的日常，也都恰如其分得不可思议。援华的苏联女专家们也未曾料想，自己会成为了中国的时尚风向标。这种圆领短袖，式样宽松的连衫褶皱裙，正在花样的少女少妇中如火如荼地流行着。社会主义的国际阵容，终于有了直观而美的体现。

其实，依楚楚的审美，布拉吉阔大的样式并不符合东方人的体形。她终于未能免俗地穿上，是因为已经母亲的手改造过。只是小的改造，扬长避短而已。

一纬当然不懂这些，他只是觉得这衣服因女孩的气息生动起来了。

楚楚看到这个青年人向自己走过来。她其实早注意到他，不过没有太好的印象。这青年的装束带着某种刻意。头发梳得很亮，微微曲卷。同样是藏青的中山装，他的却是毛料，熨得精确妥贴，无非是家境优越的暗示。在楚楚的成见里，这些是画蛇添足，令人口味黏腻。若不论他讲究的衣着，他倒算得是个好看的男人。

青年就这样对楚楚伸出了手去。楚楚有心毁他的自信，手却背叛，不忍似地接受了邀请。

接下去他们的表现让所有人瞠目。意外的包括他们自己。

一纬迈出几步后觉出了这女孩的不凡。音乐响起来，是《亚历山德拉》。这首歌轻快灵动，美则美妙，无奈变幻多，节奏不好把握。一纬稳妥起见，小心翼翼跳着四步，女孩跟得自如圆润。惊喜之余，他有了花样，加入小幅度的旋转。女孩依然默契得无可挑剔。两人对视微笑了一下，这时候响起了副歌部分分，他感到女孩的手一使力，牵引了他一下。一纬明明白白地看见女孩脚下错综起来，跳起了狐步。一纬暗暗心惊，知是棋逢对手，不甘示弱地，走起流畅的“Feather Step”。这时候他们开始引起瞩目。音乐换作了《灯光》，心领神会，顺理成章地跳起探戈。一回首一顿足，一个回转，他都感受着她的柔韧与敏锐。因为内里有挑战的心，到后来，两个人在场上竟有些比试的意思。他的毛料中山装里微微渗出薄汗，而她蓝色的布拉吉也由律动到翻飞。在“Staccato”的一瞬间静止，隐隐然间，却似乎有种杀气正从她娇小的身体里爆发出来。他未及体味，这时候有掌声响起来了，是喝彩。他们这才发现，场上此时只是他们两个。其他人都自觉作了观众。相视一笑，她又恢复了安静自制的模样。当她流露去意的时候，他却又对她伸出了手。她犹豫了一下，将手放在他肩膀上了。这一曲是舒缓的《在乌克兰辽阔的原野上》，他们跳着慢三，都觉出惺惺相惜之间，气氛有些缠绵了。他笑盈盈地看她。她回他一个笑。

此时，一纬心里有莫名的幸福感，但也觉出这女孩的舞姿里面，有一种媚惑，似乎是不属于她的。他的阅历尚浅，并不知道，这就是所谓的风尘气。

日后，云和是很后悔的。自己一个清晰缜密的人，何以会在不恰当的时候，教了楚楚那几支舞。开始只因母女间的玩笑。广播里整天价地放着各种革命歌曲，早饭放的是《东方红》，午饭前《草原上升起不落的太阳》，晚饭则是《浏阳河》。循环往复，几乎有了报时的功用。一日黄昏，云和从屋外进来，手里抱着一颗冻白菜，音乐忽而响起，不自觉地和了节奏走上几步，偏偏就给楚楚瞧见。那一瞬，做女儿的觉得渐入中年的母亲，出其不意的曼妙。就缠着她再走几步。云和不肯了，声音近乎有些严厉，说这么小的孩子，脑袋里都不知道在想些什么。楚楚就一扁嘴，受了莫大委屈的模样。这正触了云和的软肋，心里不忍，说，好了小祖宗，来一次好了。就又走了一回。年轻孩子的欲望，是打开了闸门的洪水。有了一次，跟着后来就是死磨烂缠，一次又一次。每次音乐响起来，楚楚就牵起母亲的手，翩翩地要跟着走。这样几番下来，云和干脆教起来。三步、四步，然后是复杂的伦巴探戈恰恰恰。知无不教，教无不尽。女孩是聪明的，技艺增长得是突飞猛进。又是教学相长。后来，广播音乐一响，母女俩就搭着伙儿跳，功课一样，彼此都有些忘形。楚楚开始是很崇拜的，但久了也不禁有些诧异。一个毛纺厂的女工人，竟然还有这样的本领，这真是人不可以貌相。

然而这时候，楚楚得意之余，是感谢母亲的，自觉争了一口气。

一曲终了，有人大喊一纬的名字。他应声过去，对方无非是些不见咸淡的恭维话，并暗示他将要抱得美人归，所以应该请客。一纬敷衍了一番，再回头找那女孩，竟遍寻不见。仿佛过了十二点钟的辛德瑞拉，消失得无踪迹。

一纬有着侨生常有的朴素的恋爱观，这一点表现于他对一见钟情的笃信。对祖国如此，对女性亦是。他迅速打听到了这个女孩是本校中文系同级的学生，叫程忆楚。只这个名字已令人牵挂。

以下他便开始研究中国历史上追求才女的桥段，希望派上用场。无非是借书还书，鸿雁传书之类，或者安排巧合与邂逅，实在是慎而又重。没曾想这女孩比他想象得要随和许多，只是一个纸条，便大方地出来见他。爱情问题上，楚楚有些男子气概，没有一般读太多书的女孩经常的瞻前顾后。对于知识，她亦是经世致用的行动派，所谓革命加爱情。男女之间的繁文缛节，既然必然指向成与不成的终点，又何必拖泥带水。何况，这男孩天真的派头，的确令人心动。

他们的交往顺利，第一印象是重要的。建立在舞会上的相互欣赏成为感情发展的基石。尽管后来因为一纬理科的背景，在很多时候体现出了对楚楚所长领域的无知，楚楚也只能原谅。因为恋爱中的一纬并不好胜，他明白作为一个草包的好处。这一种单向崇拜的爱情关系，被一纬总结为女才男貌。

一纬为了证明自己不是空具好皮囊，又为了将这崇拜扩大化，欣然在他们物理系组织了一个定期的读书会。邀请去读书会上作导读的，自然是楚楚。楚楚觉出他的“叵测”居心，很有炫耀的嫌疑，也并不点穿。读书会的氛围热烈，竟至在校内小有名气，有许多外系的同学加入。前阵子，讲的是《牛虻》。一纬的头发是自来卷，眉目有些深，很有些异邦人的样子。就有人叫他“牛虻”，居然就叫得系知校闻了。却没有人趁热打铁给楚楚起个外号叫“琼玛”，尽管她自己是担心了一下。倒不完全因为她是个才女，叫人心生敬畏，而是她有种凛然的神气，令人造次不得。

他们保留下来的另一项娱乐，自然是舞会。

这一天他们要去的是新街口的工人文化宫。这里有一个青年人的联谊舞会，是省团委主办。一纬因为是侨生代表，所以获得两张赠票。换言之，这决定了参加舞会的青年，都非等闲之辈。

还未到文化宫门口，远远就听见里面响着喧天的锣鼓，大概又有喜事要欢庆。这些年，全国人民的情绪都高昂着，到处是招展的红旗，街道挂满了鼓舞人心的标语。两个人就看到一队戴了大红花的解放军战士，正在簇拥下由大门里往外走。人们挥舞着纸旗，展开的横幅上写着，“热烈庆祝南京军区四十八师援朝将士胜利归来”，后面用红油漆刷着喜不自胜的惊叹号。队伍里，一个年轻战士拄着拐，脸色红通通的，抬起胳膊想要振臂一呼，然而剩下的一条腿难以支撑撑平衡。他不愿放弃，一清嗓子，吼出来：解放区的天，是蓝蓝的天……这一句唱得大家都有些发愣。一纬听到这里，自告奋勇，替他起了一个头：雄赳赳、气昂昂，跨过鸭绿江……跟着，十个，五十个，一百个声音呼应上来。整齐、有力、激昂。楚楚的情绪也受到感染，加入进去。两个人的胸腔里，都被一种火热的东西撞击着。他们唱着，心里想着，我们真是赶上了好时候。

他们目送了队伍远去，这才走进文化宫。文化宫建了没几年，是一座样式质朴的苏式建筑，内里宽阔明亮。迎着门的是四个金灿灿的大字，刘伯承市长题写的“工人之家”。 四周围贴着几幅市里劳模的大幅照片。 他们穿过一道走廊，尽头是这里的跳舞厅。远远地看见水利学院的一群学生，遥遥地招呼他们。七嘴八舌地喊着“牛虻”。这是几个本地学生，在南京的方言里，声母n、l是分不清的。这诨号听起来便与“流氓”无异。楚楚隐隐有些不快。一纬却是乐呵呵地应着，为自己的知名度陶陶然。

程忆楚就是在这次舞会上，第一次看到了那个白俄女人。

这次舞会并没有给楚楚留下鲜明的回忆。原本因这舞会的规格，她有思想准备，并不是那种民间的性质，所以其实心里是重视的。但究竟还是意外。这舞厅有着阔大的穹顶，迎面有个圆形的地台，四周垂挂了厚重的紫色的丝绒窗帘。橡木地板新打了蜡，发射着暗陈陈的棕褐的光。这都是新的。依墙散散地摆着的黑色的皮沙发是有年头的，却又覆盖了惨白的麻质沙发巾，上面印着“工人文化宫”的字样。式样简洁的白玉兰吊灯于穹顶开放，在墙壁上打下净冷旖旎的晕。

楚楚站在这光晕里，意会到其中低调的奢华，倏然有一种不自然与不自在。一纬却没知觉，兴高采烈地将她引见给自己的熟人们。一个是侨委会的主任，四十多岁的男人，面相清隽，脸上是那种久经锻炼的中规中矩的笑容。簇拥着他的一些侨生，也都和一纬熟络。楚楚发觉，一纬在这些人中间是融洽的，有种奇异的和谐。男孩子们也与他一样穿着毛料中山装，留着略略黏腻而规整的发型，有的戴着格纹的鸭舌帽。而女孩们虽然和她一样穿着布拉吉，却在样貌上有额外的心思，留着齐眉的卷烫过的刘海，又或者别致的样式稀罕的发卡，低头翘首，都有锋芒闪过。每个人也因此有了个性。他们都是在装束与审美上有主意的孩子，这又让楚楚有了奇特的归属感。他们脸上都挂着浅浅的友爱的笑，也是让楚楚喜欢的。

而楚楚也注意到，舞厅远远的另一边，聚拢着一些年轻人，因为着装自成体系。无论男女，他们都穿着或新或旧宽松的军装。身形魁梧的，自然有一种夺人的气质。军装始终是阳刚的，女孩子穿着便有些勉强，又没有腰身，像从父辈那里借来的衣服。但这些都被神情弥补了，她们脸上的矜持庄严，并不该是这个年纪的。楚楚不知所以，一纬便说，这些人大多来自军区大院，是革干的孩子，有一些是认识的，但并不算是朋友。其中一个看见一纬，点一点头，眼神便游移到同伴中间去。一纬说，都不熟，他们不怎么好玩。

舞会的音乐响起，两拨人便成了开了局的一盘棋，活起来了。楚楚开初是兴奋的，她也看出这棋局令人激赏之处，且进且退间，车马士卒，都是好身手。仿佛冥冥中有只运筹帷幄的手，时出妙着。中山装布拉吉绿军装，相映成趣，全是翩然的。论本领，她与一纬，在其中并无特别的出色，只是不得不失而已。几支音乐过后，她便有些倦，也左顾右盼起来。就是这个时候，和那双眼睛撞上了。

楚楚发现有人在看她，待捉住那双眼睛，便有些心惊。这是双什么样的眼睛啊。她想。这样深陷下去，黑洞一样，以至目光也是瞬息间便熄灭了。但就是这样，楚楚还是感到被这目光锐利地敲打了一记。楚楚抖动一下，将一纬的手握得更实了些。

这是个外国女人。楚楚看过去，她却已经站到舞厅的角落里。这女人穿着半旧的卡其列宁装，这时节普通不过的装束。她偶尔抬起头，楚楚便看清楚她的五官，是上了年纪的一个人。很白皙，但是脸色晦暗。深目高鼻，嘴角却已经有了纹路，这使得她整个的面相有些发苦。她的头发是那种些微发黄的亚麻色，密实地盘到头顶上，露出瓷白的颈。此时，这城市并不缺少白种的女人。这样的形象，令楚楚自然地联想到苏联的女专家，或者活跃在大学理科院系的教授。但是女人在这里的出现，是有些突兀的。她一直垂着脸，手里在忙碌着什么。楚楚分辨出来，她是在擦拭木制的墙裙。擦了一会儿，她便停下来，戴上一副套袖。又远远地看着这些跳舞的年轻人，然后又垂下头去擦，甚至腰也深深弯下去。但有这么一瞬间，楚楚看见她的手指头在膝盖上弹动，仿佛在跟着音乐打拍子。

在这女人拎了水桶出去的时候，门打开了，一缕阳光恰恰照射在她的侧脸上，是一个优美而生动的轮廓。那一刹那，楚楚心里颤动了一下，想这女人年轻的时候，一定是个美人。

楚楚终于抑制不了好奇心，向一纬打听她。一纬也并不知道，问其他人。一个侨生告诉他们，这个白俄女人叫娜塔莎，是文化宫里的清洁工人。再问她的来历，并没有人答腔，脸上都是难以捉摸的笑。

楚楚回到家，看到母亲坐在灯底下，在整理一些票证。母亲戴着老花镜，手中拨拉着算盘，正算计那一毛几分的流水账，时不时在个小簿子上写上几笔。年前国家开始实行粮食定量供应，这些票证就成了比人民币金贵的东西。却也锻炼了程云和作为主妇的新才能。她在钱财不算是精细的人，对局势缺乏预见，无论国计还是民生。当年用大半的积蓄换了一堆擦屁股都嫌硬的金圆券，成为她个人理财史上的最大败笔。

看见楚楚进来，云和站起身，手里忙着将那花花绿绿的粮票布票们一张张沓齐，压平，用个牛皮纸信封装起来，又拿根线绕上几匝，才放进一只铝饭盒里。跟着嘴里念念叨叨，做饭，做饭。就这样一路念叨着往厨房走过去。楚楚感到母亲这两年有些见老了，老在神态上，再就是变啰嗦了。以前母亲实在是个有主意又言简意赅的人。云和在厨房里不知道自顾自说着什么，一忽儿又探出头来，对楚楚说，碗橱里凉着一碗绿豆汤。楚楚将汤盛出来，一面喝汤一面倚着门，笑盈盈地看母亲。云和发现了，有些不耐烦地挥挥手，出去出去，烟熏火燎的，出去看书去。

吃过饭，母亲照例绣着那块颜色明丽的新疆毛毯，这是她从街道领来的活儿，贴补家用。挂钟这时候“当”地响了一声，母亲抬眼看了看，手却没停。楚楚想帮她一起做，云和就变得很焦躁，说一个读书人，做这些针头线脑的算怎么回事。有时候，云和会让楚楚帮她纫一纫针。楚楚很乐意，这让她觉得自己和母亲是真正亲密的。而某些时候，却又觉得并不是这样。因为她们的亲密，似乎并非自然的表达，而是来自于某种奇异的驱动。楚楚甚至记得，在她很小的时候，母亲与她交谈，会突如其来地郑重。这时候的母亲，带着令人迷惑的神情，这神情几乎称得上是谦恭。

想不通的还有名字。楚楚不满自己这样的家庭，本应该十分进步，为什么要取个小资产阶级情调浓重的名字。邻居卫家的孩子，叫卫向红和卫向东。而自己哥哥叫国忠，也算是应时的。问起母亲，只说是六合老家一个私塾先生给起的。后来她念了大学，读到李嘉佑一首《白田西忆楚州使君弟》，有恍然之感。心下怪那私塾先生是个不思进取只知道掉书袋的老儒生，殃及了自己。而自己姓程哥哥姓陈，据说是跟父母的分别。对于这个姓陈的父亲，母亲轻描淡写的很。问起来，说是抗战的时候给日本人打死了。问是什么人，母亲便说，我们是劳动人民家庭，自然是个劳动人民。又问是做什么的劳动人民，母亲就每每敷衍过去。

钟又打了几下，母亲终于有些沉不住气，说，怎么还不回来。这时候门却响了，进来一个清瘦的青年。青年进来后拿了一块毛巾又走出去，就听见他在院子里，在自己的衣服上扑扑打打。正是南京的梧桐树最繁盛的季节，树上的刺毛满街纷飞。飞到人眼睛里，便痒得不行，弄不好会红肿发炎。就算落在衣服上，也是烦心的。

青年又将衣服在院子里使劲抖一抖，这才重又进了门。楚楚走上去接过他的衣服。云和起身去热汤菜，青年拦住她，说，在厂里吃过了。

云和说，不是说下午回来的吗？弄到现在。

青年接过楚楚递过来的热毛巾，擦一擦脸，也不说话，只是笑。

楚楚就说，妈，哥这叫觉悟。社会主义建设，要只争朝夕。

云和也笑，说，咱们家里现在有了个文化人，妈就笨嘴拙舌了。国忠你以后可得向着妈。

青年问楚楚，功课好吗？

楚楚心里笑，都上了大学，哥哥回家来还是这么问，还当自己是小丫头。嘴上却说，好，好得很。哥，这回有什么奖励？

国忠在裤兜里摸摸索索，摸出来个玩意儿。是对黄铜的发卡。国忠说，厂里的人给了几个子弹壳，没事的时候锉了锉。

楚楚捧在手里看，却看出这是慢工夫熬出来的细致活。只那上面镶着小铜牛的花纹，粗眉大眼，憨态可掬。而那牛嘴上又暗藏机关，和那副鼻环联络着。按下去，便是发卡的开口处。哥哥实在是个慧巧的人，只是难为了他的一双大手。

云和也拿过来看，点一点头说，嗯，做得好，正配你妹妹的牛脾气。

楚楚便说，属相的事人人躲不过。我就是个牛脾气，哥哥就是俯首甘为孺子牛。果真是境界不同。

一家三口就都笑起来。哥哥也笑，只是笑得不出声，连那喜色也是安静的。

对这个哥哥，楚楚很敬爱。一面又依赖。母亲说，因为楚楚让这哥哥早从娘胎里出来半个时辰，所以做哥哥的凡事就都要让着她。

说是龙凤胎，两人的长相和脾性的确是大不同的。

有时候，楚楚觉得哥哥比自己更像一个读书人，大概是因为他的寡言与沉静。哥哥的书原本读得就很不错。但是初中毕业的时候，母亲却让他去机械厂做了学徒，一面要楚楚继续读高中。只说依家里的情况，男孩子应该多担待些。就这一点，楚楚是很觉得对不住哥哥。哥哥倒没半句怨言，卷了铺盖就走了。每次回来，照样疼楚楚疼得紧。考大学那阵儿，哥哥倒回来得更少。厂里周末加班的人有加餐，经常见哥哥天擦黑的时候急火火地回家来，捧着一只搪瓷茶缸。打开盖子，还冒着热汽。里面或是红糖芝麻馅的包子，或是食堂师傅手打的梅花糕。楚楚就知道，是哥哥给自己省下来的。哥哥要她趁热吃，她也要哥哥和她一起吃。哥哥拗不过她的犟脾气，就浅浅地咬一口，然后眯起眼睛看着她吃。这些糕饼，在那年月，的确是稀罕的。特别是热腾腾的梅花糕，上面盘绕着青红丝，咬一口下去，江米壳子里头，是烤得流淌的红豆沙，甜掉眉毛。哥哥知道楚楚喜欢吃，甚至还去跟食堂的师傅偷师，又自制了一套模具。

楚楚将那发卡夹在头发上，嘴里一迭声地问，好看吗？国忠认真地看一看，郑重地说，好看。说完又让她取下来，从工人装里找出一把小锉子，将那牛头接口的地方细细地锉。只说边儿还有些毛，容易绞了头发。

云和在旁边看着，突然间也有些辛酸。恍惚间，眼前是二十年前的自己。怀抱了一双小儿女，跌跌撞撞地走在人头涌动的扬子江边上，引着颈子，望江那边开过来的救命的渡船。她擦一擦眼睛，为了让自己看得更清晰些。是的，好在，现在他们都长大了。

周一，楚楚和辅导员谈了话，接受了一个光荣的任务。楚楚是沉得住气的人，但这个任务还是让她心里有些澎湃。军代表要回到母校了。

关于这个军代表，在青年人中间是个很传奇的人物。出身资产阶级，抗战中毅然背弃了家庭，在四川加入了革命队伍。以学生身份从事共产党的地下工作近十年，后来由组织调回延安，见到了多年为她下达任务的杜同志。两个人结成连理，在革命道路上琴瑟龢同，直至杜同志在抗美援朝战场上牺牲。

因为报纸的宣传，赵代表成为一种偶像式的存在，受人仰慕。负责接待工作的学生，自然要求又红又专。对于自己的入选，楚楚并不觉得侥幸，但在自信之余免不了还是有些惶恐。在她短暂的少女的阅历中，这是第一次和所谓的大人物打交道。她竭力使自己成长为一个宠辱不惊的人，然而心中的不踏实，却是真的。

她告诉母亲这些，只是想找个人分担这种不踏实。云和听了，却淡淡地说，我们楚楚有出息了。说完起身找出件月白色的的确良衬衫，拿出烫斗熨起来。又问楚楚这军代表哪一天来。楚楚心里隐隐有些不满足，觉得这么大的事，母亲未免太过心平气和。熨完衣服，云和在装了票证的饭盒里翻找了一会儿，取出一沓布票，出了门去。回来的时候，楚楚见母亲手中拿了一块藏青色的薄呢料。楚楚想，突然舍得买这么好的衣料，不知要派什么用场。云和说，还赶得及给你做条裙子，见这样的人物，我们也要体面些，不能失礼。

远远看见校门口悬挂着“热烈欢迎赵海纳同志重返母校”的横幅。赵代表倏然意识到她离开这里，已经整整二十年。

还好，都还在。两旁的法国梧桐又壮大了些，阳光在葱茏间投下一些影，让她想到白驹过隙这个词。北大楼，大礼堂，也都还在，只是旧了。墙上藤萝铺展，依着砖石蜿蜒而上，穿过这些年坚硬的生活，触动了她心底柔软的一块。

塔楼上红颜色的五角星，闪着熠熠的光，这是新的。

那个惊心动魄的白天，她也记得。以往的女生宿舍楼没有了，毁于多年前的那场轰炸。现在是一片空旷的草地。那也是旧的了，她想。

当她在簇拥间走进礼堂，一些青年人站在两排，鼓掌向她致意。她站在台上，接受着校长的赞誉之辞。又在掌声中，一个女孩走向她，向她献上一束鲜花。这时候，她愣住了。这个短发齐耳，穿着月白衬衫的女孩，让她眼前一阵恍惚。

她镇定了一下，女孩含笑望着她。没有错。二十年前，是二十多年前那个和她穿着浅蓝竹布的学生装，携手走在宁海路上的女孩；总和她别别扭扭却又不离不弃，那个与她性情南辕北辙最后不知所踪的朋友。回来后，她找过她，她听闻了有关她的各种各样的传说，虽然都是同一个黯淡的收场。

她在记忆里搜寻，在这孩子的五官里一一落实。是的，是她。然而二十年过去了。不可能，这并不是她。

她忽而又想起了那些传闻，想起她们分别时的那一幕。她恍然，这一幕在她脑海里形成一种煎熬。她努力克制着，因为接下来，她还需要向青年校友们作一个报告，关乎她光荣的革命生涯。然而，她终于心不在焉了。她下意识地在台下的人群中寻找女孩的身影，眼光游离。所有的人都感觉出这女首长心神的不寻常。他们想，她回来母校，实在是太激动了。

报告结束后，她向校长打听献花的女学生。校长说，她叫程忆楚，是负责接待工作的学生代表。

赵海纳在女孩的引领下参观了建国后重新建设的校园。作为昔日的国立中央大学，排场还在。因为颜色旧，又朴实了许多。这样走了一圈下来，楚楚也感觉到首长似乎在打量自己，有一些不好意思，便更加作出落落大方的样子。这时候，她听到首长问，家里还有些什么人。便说，还有母亲和哥哥，都是工人阶级。赵海纳心里动了动，觉出了一点底，笑了，嘴上说，好，好。楚楚有些高兴，想这个面目严肃的女首长，还是个亲和的人。

灯光底下，赵海纳看着中学时候的毕业合影，心里有些感慨和伤怀。她想象着和失散的好友即将相见的情形。她几乎先被这情形所感动。二十年了。这些年，她并没有一些朋友，承受着一个革命者的寂寞。唯一与自己相知的是丈夫，却也不在了。她是牵挂着这个朋友的。她还记得临行的时候，这朋友挺着大肚子，对她说着勇敢而天真的话。她每每想起这些，都会有些心痛。回来后，她找过她。然而竟连个寻找的起点都找不到，听到的是家破人亡的故事。赫赫的“齐仁堂”没有了许多年了，等不到解放后的公私合营。叶老板楚生无子嗣，出事后小姐也失了踪。账房回来卷了家底跑路。江南最大的药局，抵当出去，消失得干干净净。似乎全是朝夕间的事。

几天后，派下去调查的人回了话。说这个程姓女孩的母亲，并不姓叶，也姓程，叫程云和，是棉纺二厂的纺织女工。这结果令赵海纳失望，然而又觉得程云和这个名字有些熟，却回忆不到什么。她不是轻易放弃的人，终于决定自己去弄个究竟。

程云和打开门，见这陌生女人走进来。女人的装束有些男性化，穿了肩膀宽阔的列宁装，衣服最上面的风纪扣扣得很严实。云和迅速判断出这是一位女干部，是个有身份的同志。对于叫做“同志”的一类人，她有些本能的敬畏。虽则连她自己也并不清楚，这敬畏是来自于什么。

云和看出女人的到来和楚楚有关，在脸上调整出一个冷热得宜的笑容，一边殷勤地让座。

赵海纳望着这中年女人含笑的脸，迟钝了一下，突然暗暗心惊，想这还真是造化弄人。

赵海纳吩咐随从的人在外面等，坐下来。问云和，你是程忆楚的母亲?

云和点点头。

赵海纳说，我姓赵，你可能不知道我，我却认识你，程云和。

云和万没有想到会有这样一个开场。

赵海纳停一停，让自己的声音放得平稳些：我听了她的名字，忆楚，便知道个大概。这取名字的是个有心的人，没想到竟是你。

云和手心里有了汗，却是平心静气地问，你怎么会认识我?

海纳冷笑了一下，我怎么会不认识你，当年你是何等人物。我们也算有些渊源。因为我父亲要收你进我们家，闹得天翻地覆，我母亲险些寻死。你的照片就镶在他老人家的怀表里。我是不想搅进家里那滩子浑水，封建余孽，也是咎由自取。不过我们算是有缘份，所谓狭路相逢，相见恨晚啊。

云和看着面前这位仪态威严的女干部，想她革命多年，并没有摆脱掉一口学生腔调。这让云和心头放松了一下。她也回想起来，所谓渊源，不过是一个赵老板。她当年裙下之臣中无关紧要的一个，竟然还为了她要死要活过，她其实是全然不知的。但她也记起来，这个老迈的客人，曾经和她说过体己话，为自己有一个激进的女儿长吁短叹。

这女儿现时就在眼前了，居高临下地对自己说话。

云和想，这么说，这赵代表不是为家庭恩怨而来，在小事情上服一服软，并不算吃亏。于是说，赵代表，我程云和说话不避忌，往日若有对您不住的地方，给您赔不是了。放在今天，我是政府改造的对象。我觉悟得早，痛改前非，这些年，我一直是自力更生，没做过半点对不起政府和人民的事情。就算是有罪，我也自觉自愿地赎罪。我现在也是工人阶级，咱们是同志。我想赵代表您，是个宽宏的人。大人不记小人过，不会再计算那些旧社会的事。

这话说得不卑不亢，赵海纳心里暗暗叹服，想这个程云和果然不简单，难怪老父亲当年被她迷得五马六道。口气也和缓了些：不瞒你，我这次来，是为了程忆楚。忆楚，她自己怕是还不知道这名字的来历，不知道自己还有这么个外公。我是叶毓芝的好友。我看见这孩子的模样，想她母亲还活着。现在看来，怕也是凶多吉少了。

她抬起头，看着云和的眼睛，想从那里得到印证。

云和心里动了动，起身去了里屋。回来时，手里捧着一块已经发了黑的碎衣料。赵海纳接过来，看这碎片上歪歪斜斜地用血写着“叶毓芝”三个字，经了年月，已变成了肮脏的暗褐色。

赵海纳捧在手里，鼻子一酸，眼泪簌簌地落下来。她干脆将这碎片蒙在脸上，痛哭失声了。

云和在旁边看着，也有些不忍。她绞了一把热毛巾，递给赵海纳，却被推开了。

赵海纳直愣愣地看着她，说，我要带这孩子走。

云和的手在空中停住了。

赵海纳用指头扫了一下眼角的泪水，更加坚定地说，我要带她走。这孩子这些年，一定吃了不少的苦头，我要替她爹娘偿还她。我不知道当年她是怎么跟了你，我只问你一句话，你要什么条件。

云和后退了一下，不确定地问，你说什么，要带她走？

赵海纳点了点头。

一刹那间，云和后悔万分，她知道刚才拿出的衣料证实了这女干部的猜想。她本可以矢口否认的。现在，来不及了。云和尽量让自己镇定下来，很慢地说，你不能带她走。

赵海纳嘴角露出了难以琢磨的笑，问她，为什么？

云和说，因为，她并不认识你。她从来不知道你是谁。

赵海纳口气终于很冷淡了，这不用你来操心。程云和，依你的身份，我是给足你面子了。

云和克制着情绪，将毛巾在脸盆里淘一淘。一边说，赵代表，我想知道，你怎么跟楚楚介绍自己。那应该从头说起，你想让楚楚知道些什么，她是个日本人的孽种吗。还是让她知道她现在的妈妈养她的钱是靠睡男人得来的。

赵海纳愣一愣，程云和，你威胁我。现在是新社会，你还是顽固狡猾得很。

云和说，楚楚不是小孩子了，就算你不说，她难道不会问？

赵海纳说，我是她亲生母亲的朋友，就凭这一点，我就可以带她走。而你，你凭什么？

云和回转身，嘴里轻轻地重复，我凭什么？她手上的毛巾又落进脸盆里，溅起些水花。云和快步走进里屋，拿出一堆捆扎破烂的棉絮，看得出曾是婴儿襁褓的形状，扔在赵海纳面前。我凭什么？凭她生下来吃的第一口是我的奶，凭我抱着她踩着炮灰和死人走了十三里地，凭我为了护她的小命先被日本鬼子糟蹋后被还乡团作践。

你说，我凭什么。云和有些发抖，眼里闪的泪都是颤动的。刹那间，云和的眼睛露出了凶狠的光来，像一头护犊的母狼。赵海纳有些害怕，但是，她仍然说，我知道，你这些年，为她吃了很多苦，你要什么我尽量满足。

谁也不能，谁也不能带走楚楚。云和的目光一路逼视过来。

程，程大姐。我明白，明白你的心情。海纳无措了。我，我们都是女人。我听说，你至少还有个儿子，看我无儿无女的分上。你看我是无儿无女……

云和“扑通”一声跪在了赵海纳跟前，再没言语。

在这时候，国忠闯进了门，恰看到母亲跪在地上。云和虚弱地看他一眼，说，孩子，你出去。

海纳惊惶地看这青年攥紧了拳头，一面要扶起云和。云和不起，在缄默间扬起眼睛看着海纳。这女人泪痕密布的脸鞭一样在海纳心头击打了一下。

海纳终于站起身，感到身体一阵软弱。她让自己站得直一些，尽量克制地说，大姐，那我先走了。这不是一时三刻能决定的事，我给你时间考虑。

第二天黄昏，程云和出现在省委大院门口。她明白夜长梦多的道理。赵海纳远远地看到她，愣了一下，但还是加快了步子走过来。

两个女人对望一眼，彼此觉得尴尬。因为都在对方脸上看出了疲惫。经过了一个晚上的辗转，她们也终于都平静下来。虽然，这平静是在焦灼的折磨过后，但毕竟还是平静了。

在海纳想要打破僵局的时候，云和开了口，赵同志……

然而，她艰难地动了动嘴唇，并没有继续说下去。海纳知道，这个心思缜密的人，在担心她的每一句话可能造成的后果。

大姐。海纳说，还是我先说，你看我说得可好……楚楚，还是跟着你过。你是她的妈妈。我，请你认下我这个姐妹。我们一起照顾她。

云和猛然间抬起了头，不相信似的。

海纳微微颔首，用更清晰的声音说，你，是楚楚家的恩人。这些年，你带着她，吃了不少苦。

云和听了这句话，心里一抖。她竭力让自己继续不动声色下去。

云和木呆呆地看着海纳。突然，有些激动地握住了海纳的手，却又倏然弹开。她将手在衣襟上使劲擦一擦，小心地又伸出去。海纳的手心已满是云和手里的汗了。她握住云和的手，说，其实，就算你不来，我也正打算去找你。有什么困难，要告诉我。

海纳对警卫员使了个眼色。警卫员从包里取出一只信封。海纳接过来，塞到云和手里，说，这些钱，请你收下。

云和的手被火燎了似的缩回去。海纳听到她的声音变得戒备：谢谢你。我们一家人，过得很好。

云和转过身去，匆匆地走了。望着她的背影，海纳有些发怔，但也并没再说什么。

晚上，警卫员见海纳在灯光里散着神，终于鼓足勇气说，首长，怪我多一句嘴。如果您要楚楚的抚养权，就跟徐部长说一声……这个程云和，再怎么样，也只是个小市民。

海纳用眼光阻止他说下去。

海纳叹一口气，说，我的不容易，你们都看得到。她的不容易，或许只有她自己晓得。

楚楚自然不知道母亲与赵代表之间关于自己的协议。

楚楚感觉到的是哥哥对自己的态度近来有了变化，似乎是突然间的。以往哥哥回家来，楚楚就会搂着他的脖子问寒问暖。而现在，国忠脸上温和地笑，却将她的手轻轻拨开了。国忠仍然是迁就她的。而现在的迁就，也与以往不同，似乎内里有某种客气的成分。这让她有些不解，因为她联想到，自她记事开始，母亲对她的种种。

国忠习惯性地伸出手，想摸摸她的头，却究竟没伸出去，他轻轻地说，楚楚大了，哥哥不能再当你是小丫头。

学校里似乎也在起着变化。楚楚并不清楚是什么，但可以感觉到一些在酝酿中的、渐趋热烈的气氛。而这种感觉，多半是来自一纬。

这天，楚楚和同学吃了午饭，从南苑回来。在经过主楼的时候，看见了一纬。一纬站在楼前的平台上，是慷慨激昂的样子。四周围了一圈人。因为站得远，楚楚并没有听见他在说什么。但是他说上几句，便有听众叫好，有的将饭盒敲得很响。旁边的女同学就拉了一下楚楚的衣角，说，看，你家陆一纬最近出尽了风头。

一纬的性情并没有变，变的是他的生活。演讲是内容之一，然后是社交，他现在更多地和他的侨生朋友们在一起。楚楚也知道，他与那个侨办主任走得越发接近，因为他总是将这个人挂在嘴边上。而他现在谈及的话题，也不再是文学和艺术，更不是他的专业，经常说到的字眼，是“鸣放”这个词。

一纬也并不觉得自己冷落了楚楚。因为他的性情仍然是热情的。他以与楚楚更多地分享他从事的工作来表达爱慕。他最近在整理一些资料，关于他与那些侨生的人生过往，关于他们的父辈。他将它们当故事讲给她听。她开始是有些兴趣的，那些带有着异域风情的，励志式的个人奋斗史。但是，这些渐渐让她有些倦怠。并且，她在这些故事里，听到了一种声音，就是对自己的出生国强烈的爱与认同感。

晚上。宿舍里并没有其他人，一纬在灯光底下奋笔疾书。楚楚站在门口，看着一纬，很久没进去。她心中响起一支旋律，那是舞会的旋律。他们很多时没有跳过舞了。那是个天真的，欢快的一纬，与眼前这个投入的激昂的一纬，楚楚并拿不准哪一个更好一些。她闭上眼睛，让那些舞曲的声音，在心里静静地流淌过去，有些过滤和沉淀下来。那是最好的，属于她和一纬的好时候。

楚楚。一纬叫她。她才醒过神来。

妈妈炒了年糕，让我给你送来。楚楚去橱子里取出一只搪瓷碗，将饭盒里的年糕倒出来。又掏出一只小瓶儿，将一些麻油淋在年糕上。香气四溢。一纬嗅了嗅鼻子，说，我真幸福，有老婆疼。楚楚说，我哪有这个手艺，都说是我妈炒的了。一纬说，有丈母娘疼就更好了。楚楚捶了他一记，皮厚，谁是你丈母娘。

一纬就说，怎么不是？祖国我都回归了，大不了当你们家的上门女婿。

云和对一纬的好，楚楚看得到。楚楚知道这疼爱里，有怜惜的成分。一纬只身一个人回了中国，已有三年。

一纬回国，是受到叔父的影响。叔父是马来当地的侨领，五二年加入了回国观光团，参加了国庆观礼。站在天安门观礼台上，老先生是热泪盈眶。陆先生回国第二年就病逝了。他的爱国心却感动了侄子。一纬不顾家里人挽留，一路颠簸，从香港转道踏上祖国的土地。他告诉楚楚，过了海关的时候，远远望见罗湖桥头的五星旗。都说男儿泪不轻弹，也不知道自己怎么了，就是想哭。

楚楚静静坐着，看一纬狼吞虎咽。

慢点儿吃。都是你的。楚楚皱皱眉头。

丈母娘的手艺就是不同凡响。一纬抹抹嘴巴。

楚楚顿一顿，终于说，丈母娘问你最近怎么没去看她。你都在忙些什么？

一纬将桌上一叠纸放在她面前。

楚楚拿过来，扫了一眼，抬头的标题是，“三十二个华侨青年的心里话”。

这是说给谁听的心里话？

还有谁，当然是说给党听。我们是响应党的号召，党给了我们机会说我们的心里话。这就是党的伟大英明。

说到这里，一纬有些兴奋了。

初夏的夜晚，有风缓缓地吹过。一纬放下笔，伸了一个懒腰，闭上眼睛。风在窗口周转了一下，安静地进来。因为黄昏时候下过一场雨，这风里便混合了新鲜的泥土气息；楼下一树开了花的广玉兰，甜丝丝的味道；还有淡淡的花露水味，混着少女的温热与清澈飘过来。一纬睁开眼，见楚楚已经靠在他床头上睡着了。因为沉睡，神情也松弛了，她略显严肃的轮廓变得温润。而昏黄的灯光为她的脸庞笼上一层绒毛，几乎令她的样貌变得圣洁。在一纬眼中，楚楚前所未有地美。他欣赏着，忍不住伸出手抚摸了一下她的脸。轻轻地，从她的嘴角滑过。楚楚并没有醒，只是眉毛耸动了一下，而呼吸却比刚才浓重了些，带动了胸部的起伏。楚楚今天穿了一件府绸的衬衫，因为质地轻薄，将这浑然的起伏更为精致地勾勒出来。那丰软的，少女的起伏，让一纬有些气短。他犹豫了一下，终于吻上去，他捉住楚楚的唇。那唇的柔润，更强烈地刺激了他。他的舌暴力地将这唇打开一个缺口。楚楚张开眼睛，有些惊诧地要叫出来。然而她的嘴与舌都被一纬攻占了。两个人都感到一股热力在他们的摩擦间升腾出来。楚楚也有些迷茫，只觉得这年轻男人的力量将她席卷。她情不自禁地将舌与一纬绞缠在一起，有些苦涩的烟叶的味道。一纬将自己与楚楚贴得更紧了些，他的眉头渗出薄薄的汗，急促地喘息着，手在这柔软的身体上爬行，突然伸进了楚楚的府绸衬衫里去。当楚楚感觉到一只手握住了自己，不禁颤栗了一下。人却也清醒了。

她一把推开他，陆一纬，你在干什么？

一纬涨红着脸，不说话。

楚楚将衬衫扯扯平，理一理头发，一面不放心地上下摸弄。

一纬轻轻地嘟囔，楚楚，我们恋爱都多长时间了？

楚楚正色道，爱人之间也应该相互尊重，我们并没有结婚。陆一纬，你满口党啊党，头脑里还是这些资产阶级的东西，这里可是社会主义中国。

一纬听得有些丧气，却禁不住讪笑，社会主义的中国，就不要做这个事情，就不要生孩子了？

楚楚有些羞愤了：强词夺理！陆一纬，没想到你思想这么肮脏。

一纬也有些变色，程忆楚，你本是一种人，却要扮演另外一种人。

楚楚慌得掩上他的嘴巴，说，一纬，你怎么像小孩一样，说话没轻重呢。

我怕什么，毛主席都说现在是百花齐放。我这个花骨朵，就是正含苞欲放，等着吐露馨香呢。

楚楚看他做个鬼脸，也被逗笑了。两个人都松弛下来，她心里，却隐隐有些不安的东西，不知道是什么。

楚楚站起身来，说，不早了，我回家去了。

早上，楚楚在喧天的锣鼓声里醒过来。她蓬着头发出来，揉揉眼睛，见母亲正朝窗口张望。她看一看，居委会的刘老太太正颠着小脚，拿个破脸盆一路敲打着小跑过去，后面跟着些一路嚣叫的小孩子。楚楚知道，他们又在赶麻雀。

前年开始的“除四害”运动如火如荼，已经搞到了全民皆兵的阶段。麻雀又是首当其冲，在城里，到处是它们惊惶失措的影子。这些鸟据说是吃了太多的谷物，一夜之间成了公敌。为了抓麻雀，学生停课，工人上街，教授上房，农民上山，军队甚至出动了枪炮。而中国人的众志成城，在对付麻雀方面，也得到了体现。每个人手里都拿着武器——弹弓、扫帚和真枪实弹。南京城里，设了七百多个投药点，一百多个射击区埋伏了大批神枪手，还有三十辆摩托车四处巡逻。而民间的智慧更是了得，采用的是心理战术。敲锣打鼓，声东击西。而小孩子们用镜子反射太阳光晃花了麻雀们的眼睛，叫它们杯弓蛇影，疲于奔命，最后累得不行，扑拉拉地从天空上掉下来。尸横遍地，要用卡车来装，再浩浩荡荡地游行到中山路上去。

当当的敲打声渐渐远了。云和叹一口气，回过头看见楚楚，说，昨天怎么这么晚回？一纬也不来了，你们闹别扭了？楚楚并没有回答她，只说，大清早的吵死了，觉都睡不安生。云和便也说，几只鸟，犯得上赶尽杀绝么。楚楚笑一笑，说，妈，这话在家里说罢了。给刘老太太听见，又该说您思想落后了。

刘老太太在除四害运动中，确乎是一个楷模。快七十岁的人了，抓老鼠，挖蝇蛹，样样都走在了前头，也真是令人佩服。去年更是作为市里的爱国卫生模范见了报。照片上的老太太威风凛凛地攥着两大把老鼠尾巴，举得高高的，都是她的战果。

楚楚走到外面刷牙，见邻居卫家的孩子拿着苍蝇拍在院子里拍拍打打，便说：向红，怎么没和他们去赶麻雀。向红停下手，见是楚楚，扁一扁嘴说，他们不要我跟去。楚楚有些纳闷，怎么了，嫌你哭鼻子拖后腿？小姑娘哼了一声，才不是，还不是因为你。

我？这一来楚楚更加诧异了。

向红结结巴巴说了半天，楚楚总算明白了。原来，向红的学校号召小学生除四害，还开了誓师大会。任务有定量，苍蝇蛹要装满两个火柴盒。小区里的同学们相约去挖蝇蛹。苍蝇下籽喜潮暖脏臭，最理想的地方，自然是厕所旁的粪坑。向红是个爱干净的小姑娘，别的同学挖得热火朝天的时候，她却打了退堂鼓。可又要交定额，一个人在院子里愁得抹眼泪。

楚楚心里同情，同她一起犯愁。一低头见地上落满了“毛毛狗”，灵机一动有了主意。“毛毛狗”每年春天杨树发芽前生出来，有个棕褐色的头儿，下面缀着一串毛茸茸的碎絮。把下面的絮子摘了，那头儿活脱脱就是蝇蛹的模样。楚楚和向红就疯捡了一堆，又在上面点缀了几个真的蝇蛹，放在火柴盒里交了差。向红被评为了卫生标兵，有些得意忘形，就将自己的秘诀告诉了几个知己。结果下次就被人揭发出来，丢了大丑，以致于到了众叛亲离的地步。

楚楚见她如今的处境，也不安起来，好像自己成了教唆犯。

小姑娘却大度地一挥手，说，楚楚姐，这事不怪你，你也是为了我。不过，我妈让我不要和你多说话。说你们家都是落后分子，就你哥还像回事。

这一年的夏天，来得似乎比往常更快。

多年后，楚楚回忆起这个夏天里发生的意外，这是一个开首。

楚楚自然不曾料到，会在家里见到赵海纳。

门推开的时候，楚楚看见一身便装的中年女人，从椅子上缓缓站起，向她点头微笑。楚楚的心跳停止了一下。

赵首长。

海纳含笑着走过来，说，是我，不过现在称呼要改了。

云和从厨房里出来，嘴里说，快洗手吃饭。在家里叫什么赵首长，这是你淑娴阿姨。

为了楚楚的回来，她们达成了默契，私下排演了许多次。最初的紧张，也因为重复与疲累而稀释了。

一切，终于有了一个举重若轻的开始。

海纳摸了摸女孩的头，说，楚楚，多亏你，我才找到了我的老姐姐。离开南京的时候，我才十九岁，这么多年过来了，有二十年了。家里人死的死，散的散。活着的，恐怕也不认我了。那天看到你的眉眼，我就在想，这女娃儿，怎么会和我的老姐姐长得这么像。

海纳说到这里，眼睛倏然就红了。云和便知道她是动了真情。

其实，楚楚从未觉得自己和母亲的面貌相像。在她很小的时候，就感觉母亲的眉目间有一种柔媚，是她所没有的，曾经让她深以为憾。见到海纳眼中莹莹的泪光，她犹豫了一下，还是决定问清楚。

可是，赵首……阿姨，你家里不是资本家么？都说你是背叛了家庭投身革命的，怎么会有我妈妈这么个姐姐。

海纳被她问得一愣，云和接上来：怎么就不能有这么个姐姐。你这样说，是要看轻妈妈不是。妈妈打小就在你淑娴姨家帮佣。多好的名字，偏要改，我劝了多少回都不愿听的。

大姐，快别说那个了，那不是为了革命么。海纳应了一句，转过头看着楚楚：你妈妈看着我长大，情同姊妹。在家里，我也就只听她一个人的话。

海纳在心里暗暗佩服云和。

为了这次相见，她们作足了准备。这会儿，她们几乎形成了战友一样的关系，攻守同盟。

好了，当年我是丫头，你是小姐，好得也不爽利。现在好了，都是无产阶级了，真正是亲人了。云和说着，一面深深地看海纳一眼。大家都笑了。

楚楚是真的高兴起来。

她细细地端详海纳，又有些小心翼翼。虽然她还是有些不确信，这样一个偶像式的人物，竟和自己家里有着如此的渊源。想到这里，一时间，她不禁对自己的母亲也有了敬意。

这一顿饭，吃得是愉快的。两个年长的女人，都知道是一场戏，可演到后来，真的连自己都感动起来。海纳真的好久没有过如此温暖又平凡的家庭生活了。在楚楚的要求下，她讲着离开南京后的事情，些许无关革命的，只适合与家人分享的种种。云和静静地听，当楚楚变得有些纠缠的时候，才打断了她们，说，好了，让姨吃饭吧。海纳端起碗，云和夹了一筷子菜给她，说，多吃点，那时候你最喜欢吃的就是松鼠鱼。海纳心里一惊，随即明白，这应该是父亲讲给云和听的。这么多年，这个素未谋面的女人，竟然记得她生活的细节。

一时间，海纳产生了幻觉，以为自己的生活中真的曾经有这样一个老姐姐。

她真是个好女人。看着灯影摇曳中的云和，海纳想。这种想法几乎令她有些自惭。这女人曾有着专属令男人动心的美貌。虽然岁月侵袭，生活粗砺，这美已非关风情，却为她平添了一种家常亲切的风度。而她又是聪慧的，周到与熨贴，分寸拿捏得宜，全都恰到好处。海纳突然明白了当年父亲的钟情。

在海纳快要离开的时候，她几乎已为这种家庭的暖意所包裹了。但是警卫员却提醒她时间不早了。

云和起身送海纳。楚楚也要去。云和说，在家看着门，你哥今天小夜班，要回来拿东西。妈和姨聊几句。

海纳和云和就这么走到路灯底下，一路无语。

海纳终于说，大姐，谢谢你。好久没吃上家里的饭了。

云和说，客气什么，想吃就再来。却又接上一句，首长，我们都是为了楚楚。

这句话让海纳的心头猛然间笼上一种失望。不知为什么。

她说，是，我们都为了楚楚。

云和顿一顿，说，首长，其实你这次来，除了见楚楚，是不是还有别的事。

海纳犹豫了一下，暗暗感叹她的世故，便说，其实，也不是什么了不得的事。大姐，楚楚最近是不是在和一个叫陆一纬的年轻人恋爱。

云和说，是，组织上这个也要关心么？

海纳声音低沉下去，最近，市里的侨委会主任周维明，在我们那里挂了号。这个人，好像对党和国家有些不太好的言论，听说，陆一纬和他走得很近。

楚楚酝酿了很久，还是不知如何向一纬开口。

因为她的性情，她实在不想干涉他些什么。

其实，她与一纬，经过那个春天的夜晚，似乎都有些不自在。他们仍然是亲密的，但是这种亲密，却有了相敬如宾的感觉。

当她终于将这些意思完整地表达出来，如释重负。

一纬倒是不以为然地笑了。

什么是不大好的言论。周主任只不过代我们说出了心里话。党的伟大之处就是不会讳疾忌医。知无不言，言无不尽。

楚楚见他这样说，未免也觉得他刚愎自用，于是问，我倒想知道，你们都说了些什么心里话。

一纬说，我们侨生，怀着一腔热血回国，党却要反复考验我们的忠诚。我总以为，我们应该和你们这些年轻人一样，但其实却不一样。不准参军，不准报考军事院校，不准报考二机部至七机部所属院校，不准报考普通高校的保密系，不准到保密、机要部门工作。我们既然回来了，就不会胳膊肘往外拐。大丈夫以诚信立天下。

楚楚说，新中国刚刚成立，内忧外患。多少反动势力虎视眈眈，防微杜渐也是必须。若没有国家，你在哪里立天下。

一纬侧过脸去：你始终是个女流之辈。

楚楚听他这么说，有些气不过，好，我是个女流之辈，你还是不要同我一般见识了。

一纬的天真，曾经是很吸引楚楚的。而现在，楚楚却因此焦虑。她不是个对形势敏感的人，但是，她明白海纳的出现，是在一种攸关的情形之下。一切，是出于对他的爱。是这爱驱使她去做，尽管做得笨拙。

楚楚没有回家去。从一纬的宿舍出来，她绕着鼓楼走了一圈。红色的鼓楼在灯光里头，红得有些发残。陈旧的红，在这个大时代蓬勃鲜亮的红里，有一种格格不入。但又因为它在市中心的位置，尤为显得突兀。

楚楚在大钟亭的台阶上坐下来，听见身边蚊子嘤嘤的声响。在这静寂的黄昏，这声音是落寞的。为了防蚊虫的滋扰，楚楚将裙子扯下来，裹住了自己。她突然有了奇怪的想法，觉得自己好像被做成了一只茧。唯有头露在外面，这头是清醒的，然而身体却是温热混沌的。这混沌带给她一种安全感。她这样坐着，直到天黑透了。她站起身的时候，有一颗流星"唰"地从东北的方向落下来，猝不及防。

直到"右派"这个词出现，楚楚一家人还是平静的。或者因为他们都是与世无争的性格，这平静里便带有了懵懂的性质。他们心平气和地在家里谈论，如同谈论粮食计划，酱醋油盐。

这一天黄昏的时候，当云和在收音机里听到"周维明"这名字的时候，身体本能地颤抖了一下。

侨委会主任周维明被列为市里几个最大的右派之一。

一个宏亮而轩昂的声音说，周维明为反党反社会主义的资产阶级敌对势力张目。他的狂妄的反党言行是一系列的，涉及到对中共中央的领导、国家制度、社会主义建设、国际问题以及人民新闻事业等各个方面。

云和快速地缠着手中的毛线团。突然间，线"啪"地一声断了。

云和走出去，恰看见隔壁卫家的女人刘玉华下了班回来。两人匆匆打了个招呼。云和突然记起，刘玉华是在水利所的食堂做事的。云和回转了身问道：向红妈，你们机关里也在反右吗？刘玉华愣一下，是因为意外。其实她对这女邻居，不知底里，平日里是有些隔膜的。总感觉她的客气之下，内里有些轻慢。现在她带着求教的口气向自己发问，而且是这样一件“大事”。于是有些自得地说，有！云和虚心地问，那么，这些右派分子，究竟是怎么选出来的？

这其中的学问可大了，主要是看他们的反动言论。刘玉华努力地回忆着今天在食堂里听到的议论，说，我们机关里开了会，选出了几个右派。一个是所里的会计，因为家庭出身是地主，被人写了大字报，说是“地主阶级孝子贤孙”，嘴不老实，经常有攻击社会主义的言论。 另一个是厂里的资方人员，工程师，五十多岁，业务上很好，可就是爱喝酒，喝了酒就找人吟诗作对。有人就说，有次同事恭维他技术高，他就回敬人家一句“夕阳无限好，只是近黄昏。”然后说老了，不行了。大字报就说他哪里是说自己，分明就是含沙射影我们的伟大领袖。再有一个技工是个资本家的儿子，平时作风不好，搞过男女关系，言行也很恶劣……

对于刘玉华的滔滔不绝，云和渐有些听不进去。她的担心，更浓重了。

刘玉华抻了抻身上的衬衫，使劲揪掉了一根线头，同时作了一个总结：我看这右派，是可大可小，人本本分分，少点毛病，总是没错的。那个季工程师，家里其实很困难。这戴上了帽子，一百五十五块的工资就再也没有了，每月只能拿二十八块生活费，可怎么过。

大学里面的大字报，开始是零星的几张，终于排山倒海起来。

整风运动之后，楚楚系里的教授，总支书记，然后是物理系一名化验员，接连戴上了右派帽子。一切无意外地进行着。这个夏天最热的时候，终于到了一纬。

一纬的攻击性反党言论，正是他对楚楚说过的那些话。

楚楚发疯一样地找一纬，没有人说见到他。有些和他要好的人，被问到的时候，都有些躲闪。终于找到的时候，一纬坐在图书馆古迹部后面的小树林里头，正对着“江南师范大学堂”的石碑发着呆。

一纬说，我没有错。

两个人站在夏夜干涩的风中，听到林子里的白杨树，发出呜呜的声响。一只蝉，大概是热得躁了，尖利地叫了一声。然后四周围，复又宁静下去了。

报纸上陆续出现了周维明的名字。用了“清算”、“极狂妄极反动极卑鄙的反党分子”这样色彩浓烈的字眼。

楚楚脑海里出现了那个男人的形象，瘦长的轮廓，脸相清瞿。

揉成了团的稿纸，在一纬的桌子上、地上散乱着。风吹过来，纸团悉悉苏苏地滚动，好像一些痛苦蜷缩着的人，挣扎地走了几步，又停下来。

一纬苦笑了一下：他们要我写检查，我不知道我有什么可检查的，我写了。他们又要我揭发他，揭发他什么，既然大字报上说我和他一个鼻孔出气。我揭发他，不是背信弃义？

一纬将手指深深地插进头发里，深深地犁进去。楚楚将他的头揽过来，抵住自己的下巴。手被一纬的胡碴扎得一抖。她抚摸这男人的脸，感觉着这脸上的粗糙与温暖。一纬的不修边幅，让她有些心疼。她知道的。

秋很深了。外面的法国梧桐，还在往下掉叶子。他们看着一片叶子，悠扬地缓慢地下落。尽管那叶子是焦黄色的，已有些腐败，却是说不出的静美。当这叶子经过他们的窗户，她低下头，吻了一纬。唇却又被那胡碴扎了一下，倏然分开。两个人愣一愣，都笑了。

五八年的春节，好像来得静悄悄的，又似乎被人遗忘了。大概前一年，有热烈得多的东西，击打着人们的心。整风、反右，大跃进口号的提出，哪一样都比这个传统的节日要来得激动人心。

年二十九的时候，云和早早地就出门去了。临走对楚楚说，一纬今天要回来了吧，去学校找他来家吃年夜饭。

楚楚听了，心里一动。一纬去了溧水东屏湖水库工地参加右派义务劳动，差不多有两个月了。

这段时间，她与一纬的联络，几乎是半地下的状态。她偷偷去看了他。一纬说，还是这里好。在学校尝尽过街老鼠的滋味。这里好，有吃有睡，还有湖光山色可以看。楚楚说，唉，嘴还犯贫。团委老师跟我谈了话，叫我跟你保持距离，你好静下心来反省错误。

一纬说，那你又来?

楚楚使劲拍他手心，我不远万里，是来帮助你。

一纬却倒吸一口凉气。楚楚看见，那手上密布着一层水泡，有的已经化了脓。

楚楚眼睛红了。一纬赶忙哄她，还说来帮助我，瞧你自个儿的觉悟。别担心我。说完作出个雄壮的姿势，嘴里说，钢铁就是这样炼成的!

一纬就要回来了。楚楚在心里重复了母亲的话，同时感激地看着她的背影走远了。

云和站在凛冽的风里头，尽管穿得不少，还是有些冷。她朝手心哈了一口气，搓一搓，遥遥地望那前面排队的人。前些天听向红妈说，春节开始要凭票供应副食品了。

年关逼近，大家都想着在这政策实施前抢购些东西。她以为自己起得够早，可其实在哪儿都已经排成了一条长龙。猪肉，蛋，红白糖，糕点，样样都得排。

云和又向前望一望，心里也抱怨这队行进得太缓慢，但又暗下决心，这队，说什么也要排下来。楚楚最喜欢吃的就是油炸带鱼。

突然，前面喧哗起来。云和懒得抬眼睛，看情形，八成是有不守规矩的插了队，有了纠纷。然而，却有人议论纷纷，窃窃地笑。她于是也好奇地看过去，就看见一个女人骂骂咧咧地走过来，是给众人赶出来的。这女人的身形很大，穿着有些肮脏的蓝色卡其装，手里拎着一只篮子。待她再走近了，云和吃一惊，看出她并不是中国人的样子，眼窝深深地陷进去，亚麻色的头发参差着，胡乱地用个卡子别上了。女人眼光散着，经过了云和，突然就与云和的目光对上。这眼睛是很深的灰色，并且，对视之间，云和突然感觉是熟悉的。那女人似乎也愣一愣，但是并没有停下脚步，而是昂然地大步走远了。

大年夜。

一纬安静地坐着。因为过年，楚楚叫他又穿上那件毛料中山装。可现在他似乎对这衣服已有些不自在，不停地整那高耸的领子。回来时候头发寸把长，也剪掉了，依照楚楚的建议，剪了个平头。楚楚说，以前资产阶级的发型应该改一改，趁着过年洗心革面。

云和就觉得他的样子有些生，想，不过两个月，这孩子真是瘦得多了。到底是个读书人，这苦吃的。一纬见云和微笑地打量自己，也有些束手束脚，没了以往意气风发的样子。楚楚坐在他身旁，也被带得拘谨起来。

云和说，咱们先吃咱们的，国忠又要加班。他这个劳模，真不是白当的。

一纬接过云和搛过来的一块红烧肉，先是蜻蜓点水地吃了几口。后来大概觉得好吃，就大口吃起来。

云和见他狼吞虎咽不顾人的样子，心里也笑了。对楚楚说，给一纬拿点酒，过年得喝一点。

一纬推让说，酒不能喝。醉了就不好了。

云和说，这孩子，爷们儿哪能不喝酒。

几杯酒下肚，人暖了，话也多了。一纬就有些恢复了活泛的样子。

说着说着，就说到了在工地上的事。一纬就说，他这次其实是开了眼界，因为遇到了一些奇人。这右派里头，还真是藏龙卧虎的。

云和与楚楚就都有些惊异。

一纬说，上个月，队上要搞个什么文艺演出，大概是要教育关怀，暖暖人心，二来分散大家的注意力，免得不干活坐着乱想。别的演不了，只有唱点儿革命歌曲，到末了大合唱“社会主义好”。快唱到高潮，台下一个高个子突然站了起来大声喊“不对，不对，这里是个切分音，全唱错了！”大家一看，是个叫程实的，来以前是省艺术学院的讲师。他看台上的人愣住了，一不做，二不休，走上台去给人家示范纠正。台下的“右派”们笑成一团，有的小声骂他“吃多了，神经病，自身难保了，还去管那些”。管队的生气了，就凶他：“姓程的，你跟我滚下来，少捣乱！”程实不依不饶，说，“同志，这是艺术，切分音要唱准，不能马虎”。他大概不知这位“同志”连“切分音”那三个字也认不得，更不用说是什么意思了。“同志”立即迎头痛骂：“你这个家伙就是反动成性，社会主义好，就是好，哪个敢拿去切呀，分呀？坚决给予打击！”

云和听完笑得不行，说，这可真是兵遇到秀才啊。

三个人正笑着，门响了，是国忠回来了。

云和站起身，给他盛饭。一面说，又这样晚回来，幸好一纬在这里，要不大过年的，连个当家的男人也没有。

国忠就说，好好，那我就让位给一纬好了。

楚楚将他按在椅子上，说，谁也抢不走我哥的位子，谁抢我跟谁急。

国忠也笑了，说还是我老妹子公道。哥有东西犒劳你。

说完，掏出一个报纸包，打开来。里面用荷叶裹着，香味溢出来，原来是黄酱卤鸭舌。楚楚欢呼一声。国忠说，我师娘都知道我老妹喜欢吃这个，特地给你卤的。楚楚拿盘子将鸭舌盛出来，见这油浸浸的报纸原来是元旦那天的《人民日报》，上面有很大的社论标题，夺目的黑体是 “赶英超美” 四个字。

一纬将国忠的酒满上，两个人就你来我往地喝起来。喝到兴处，一纬就要国忠教他划拳。楚楚和云和就在旁边笑，都看不出，一个书生，一个寡言的人，其实都是好酒量。

喝着喝着，一纬突然扶住国忠的肩膀，大着舌头说，我，我对不起楚楚。

几个人都静下来。

楚楚却觉得有滚热的东西从胸口涌动出来，涌上了眼睛。

云和使了一个眼色，让国忠帮她将酒倒上。云和站起身，对着一纬举起了杯，说，来，一纬，阿姨和你喝一杯。

一纬摇摇晃晃地站起来。

孩子，云和说，做人讲个理。这个理就是良心，该做什么事，都摸摸自己的心。安心就对了，没有什么对不起。

说完，云和一饮而尽。

送一纬回去的时候，门外响起了喧天的炮仗声。火光映红了四个人的脸。在霹霹啪啪的火光里头，每个人似乎都看到了一点希望。到底，是新的一年了。

这一年的三月，二十一岁的一纬，成了“周维明反党右派小集团”最年轻的成员和中坚分子。

下午在“工”字楼二楼会议室开了会，表决宣读了处分决定。最后要求被处分人员签署同意意见。有言在先，如果不服从决定，将被开除公职学籍，自谋生路。面对厚厚一叠《右派分子陆一纬的政治结论》，一纬写下了四个字：何患无辞。

对于云和的到来，海纳是不意外的。

云和有些拘谨地坐在硕大的皮沙发上，接过服务员递过来的一杯龙井。她打量着海纳的办公室的排场，心里有了一些底。

云和用很柔缓的口气说，救救这孩子，他一个人在外面，没有大人管，是不懂事。可是，不能就这么断送了。

海纳望着她，苦笑了，我不是不管，我已经提醒过，是他自己一意孤行。“周维明反党右派小集团” 的批判呼声很大。现在好多外围的人，都被划为“右派” 或“中右”。 何况像他这样的，说过这么多的话，白纸黑字，哪一条都是抹不去的。他不是个小孩子，他是党外“二级处分”的标兵人物。

就没有办法了么？

海纳沉吟了一下，有，让楚楚离开他。

云和抬起手，不小心地碰到了身旁的一丛剑兰，有些痛。她将这痛在心里咽了下去。她说，救救他，为了楚楚。

海纳站起身，踱了几步，轻轻地说，我也是为了楚楚。

楚楚说，我要和一纬结婚。

云和一惊，喃喃地说，结婚？你们开得出介绍信来么？你不要赌气，淑娴姨也是为了你好。

还有两天，一纬就要去北大荒监督劳动了。云和戴着花镜，在灯影子底下，织补一件毛领子的大氅。这是一件老货，是当年陈旅长留下，也是云和手里这男人唯一的东西。多少年了，她都把它缝在被里子里头。如今拆出来，毛色有点暗淡了，但毕竟还是半新的。都说东北冷，这南洋来的孩子，哪里受得住。云和想一想，一阵心疼。看着楚楚木呆呆的样子，又怨恨他。多少年了，自己把楚楚捧在手心里，到头来给她苦吃的，还是个男人。

楚楚坐在窗前的暗影子里，说，我要和一纬结婚，我们自己结。

楚楚抱着云和收拾的包裹，出现在一纬面前。

一纬也在打理行装，其实也没几件东西，只是被褥脸盆之类的。书却是不少。

一纬对她笑一笑，刮一下她的鼻子，说，看你的样子，又不是生离死别。那是个锻炼人的地方，等我回来了，更是一条好汉。

楚楚鼻子一酸，侧过脸去，说，我来帮你收拾吧。

两个人，就这么悄声无语地拾掇。《青年近卫军》、《静静的顿河》都曾经是他们恋爱的话题。楚楚的眼睛停在一本书上头，是那本李俍民译的《牛虻》。书页已经卷得不成样子了，翻过去，纸也有些发脆。一纬见她手停下来，出了神，就将书拿过来，翻到末了的一页，清一清嗓子，激情澎湃地朗诵：不管我活着，还是我死去，我都是一只牛虻，快乐地飞来飞去。

一纬将“快乐”两个字，念得那样重。他伸开双臂，作出一个翱翔的动作，向楚楚飞过来。楚楚笑了，一纬也觉出了这笑容的惨淡。胳膊也耷拉下来。

这么多的书，带得动么？楚楚问。

党委的金书记说，北大荒的冬天冻得很，得有小半年只能呆在屋子和帐篷里头御寒。他叫我不要荒度了时间。说完，一纬将一本《英汉大辞典》也放进去，好好学习，以后还是用得上的。

一纬埋着头，只管一本一本地往箱子里放。

楚楚说，我去给你打点水。

楚楚走出去，任眼泪无节制地流出来。她觉得痛快一些了。

一纬听见门被轻轻关上的声音。他回过头来，人在原地呆住了。

楚楚抱着自己，用一种不容置疑的眼光看着他，然而，身体却在发抖。

楚楚就这样站在他面前，脱去了所有的衣服。

楚楚放下了双臂，走向他。

这具少女的身体，此时如此坦白地向他打开了。每一个细节，一切隐秘与不隐秘的地方，都平等地打开了。她是如此地美，又如此浑然，美掩盖了羞涩，浑然却凸显了勇敢。

这具少女的身体，却让一纬从脚底升起一股寒意。

这是一个陌生的楚楚。

楚楚走向她，将脸放在他胸前，说，一纬，我们结婚吧。

一纬感觉到浓重的哀愁，从这少女的体内流泻出来，慢慢地，慢慢地渗透了他。他仿佛石化一般，他伸开胳臂，想要拥住楚楚。然而，他的手指触到了楚楚的皮肤，却倏然弹开了。

他终于什么也没有做。他只是不停地吻这少女的头发，喃喃地说，楚楚，楚楚……

一纬走的那天，天下起小雨。这小雨在前夜的暴雨之后，如同强弩之末，却有一种临近了结的平静感。

这平静感突然之间被打破，因为一个女人尖利的号啕声。

一纬看过去，是何爱国的姐姐。一纬看见，这姐姐紧紧抱着弟弟，肩膀耸动着。何爱国是金陵师大的学生，今年十八岁，大概是这车上年纪最小的，也送去参加监督劳动了。他也是做姐姐的唯一的亲人。爱国脸上有种漠然坚硬的神气，他轻轻地将姐姐推开，拎着行李，上了车。

站台上有些昏黄的光，有三三两两的人群。有一些悲伤的声音，却也有笑声。一些青年人在灯光底下对着火，抽烟，谈论着似乎是有趣的事情。终于，他们也安静了下去，几个人埋着头，无声息了。其中一个站起来，其他几个人拍了拍他的肩膀，看他向火车的方向走过去了。

一纬已经放弃了翘首期盼。但他还是无目的地盯着检票口的那堵残旧的墙。有浅浅的水迹在墙上渗透下来，滋伸蔓延，如同绿色皮肤上的伤痕，深深地曲折地划下来。

“一纬！”一纬听见有人在叫自己的名字。他看见一个女人快步向他走过来，这是云和，后面跟着楚楚的哥哥国忠。

一纬快步地下了车。同时眼光向后面张望。

云和说，楚楚病了，她不能来了。

在一纬黯然下来之前，云和将手中的旅行袋递给他。说，看，桂花鸭，你最爱吃的。还有香肚，切个三四片，做饭的时候，放在饭上蒸。别省攒着吃，吃完阿姨再给你寄。底下是床毛毯，国忠前天发的劳保。记得有太阳的时候，要拿出来晒一晒。毛毯里有个热水袋，别灌得太满，太满要爆的。

云和一样一样数给她。到末了，将一叠钱和粮票硬是塞到他手里，说，一个人，要会照顾自己。这一去，也不知要多久……

一纬什么都没有听见，然而这最后一句话，让他的心猛然沉了下去。

突然，他跪下来，将头埋在云和的怀里，呜咽起来。这哭声沉闷地撞击着云和的胸口，让她心里一阵堵，憋得有些透不过气。这哭声里有委屈，不解，甚至还有无望。云和抬起手，轻轻地抚摸他的头，一遍又一遍。柔软的胎毛似的的头发，将她的手指绞缠起来。

这时候，火车的汽笛声响了。长啸声震得人耳鼓发麻。云和心里一动，手伸到旅行袋里。但是终于只是将拉链又拉上了，说，好了，都齐全了。

火车开动了，一纬打开车窗，云和与国忠的手，淹没在站台上无数挥别的臂膀中了。

这些臂膀终于远去了。

这时候，有人轻声唱起了一支歌，渐渐的，有越来越多的声音应和上去。是《共青团员之歌》。终于，声音愈加响亮，汇聚成了风一样的旋律，在暗淡的天色中弥散开去：

再见吧，亲爱的故乡！
胜利的星在照耀着我们！
再见吧，妈妈：
别难过，别悲伤，
祝福我们一路平安吧……

一纬望着这只旅行袋，上面写着“爱我南京”的字样。他打开，将桂花鸭拿出来，想和对面的旅伴分食。他的手摸到了一只信封。

这是一只牛皮纸信封，一纬打开，赫然看见那只金朱雀。

第九章　阿尔巴尼亚年代

云和一早起来，在门上插一把艾草。她烧上煤饼炉子，想，今天怎么着得让孩子们吃上顿粽子。

为了这个端午，云和准备了很久。

一只坛子从橱顶上捧下来。放得这么高，防的是老鼠，前两年的紧巴日子过下来，什么都成了金贵东西。看着自己的收藏，云和有些欣慰地叹口气。赤小豆，花生，栗子，火腿丝，甚至还有一小包金丝蜜枣。一人一月三十斤的粮食定量，这年月，想攒下糯米来是不够的。这粒粒珍珠似的粮食，其实是舂去皮的大麦，云和背着家里去自由市场换来的。自由市场的白菜卖到了九块钱一棵。国忠厂里的熟练工，一个月也就三四十块。这么着下来，真是“七级工八级工，不如地里一沟葱”。

锅热了，云和从油瓶子里取出支绑了棉花球的筷子，瓶口码一下，在锅里走上一圈。以往云和家里的油老是不够用，这是向红妈教的一招，点到即止。云和本以为自己是个会持家的人，这两年才发现了不足。不过她贵在好学。如今下来，开春时候，也会跟着人家撸榆钱，搀了苞谷面做蒸菜；入秋也会借了平车拉上一车的红薯，回来煮稀饭。分量上要是不公道，她也会喊一嗓子“欺负我们孤儿寡母”，坐在车把上不走人。而且，她又是后来居上的，这是因为性子里的聪慧。云和发明用炒米、豆腐、胡萝卜做出素板烧，味道好得叫邻里邻居的大姑娘小媳妇佩服得竖起大拇指。

云和心里明白得很，什么味道好，是人的刁胃口给饿胡涂了。国忠楚楚从来没叫过饿，云和心里便越发地疼。怎么能不饿，这年月的人，个个都成了橡皮肚子，是越吃越饿。何况是长身体的姑娘小伙儿。

油滋滋地响，云和就撒下蜜枣去煎。这还是老家的方法，讲究。用油将蜜枣的鲜甜味给吊出来。临了，她却收起了一把枣，放回到纸包里。

那天楚楚回来虚白着脸，拿出这包枣给云和。云和问哪来的也不说。这稀罕物，可是买不到的。晚上国忠回来，说碰到了楚楚的同事。楚楚下午在讲台上晕过去了，是她给送到医院去了。追问起来，原来是饿得贫血，又加上浮肿。枣是医生开出来的，给她补血。楚楚一颗没吃，原封交给了云和。云和坐到床边上，望着楚楚，鼻子一酸，眼泪流下来了。楚楚抬起手，轻轻给母亲拭去泪，微笑一下，也没说话。楚楚的话是越来越少了。

这时候天擦黑了，传达室看门的薛大爷，看着小程老师走远了。这年轻的女老师，是半年前分配到这来的。听说是个顶名牌的大学毕业的，功课又好，本来是要留校的。但是又听说，她跟一个右派好，好得谁劝也分不开。所以，学校留不住，一般的中学又不敢要。后来，就到了机械厂的子弟小学来做老师。大爷每回看见她，都觉得可惜。这老师，看起来本本分分的，不像个和右派有瓜葛的人。人又礼貌得很，进出门都要和他打招呼。

程老师隔三岔五地问有没有她的信。可是，也并没有她一封信。大爷也不知道她在等谁的信。只是看她的气色，实在不怎么好，所以心里也盼着能有人写信给她。

楚楚回到家里，闻到芦叶的清香味道。见母亲喜盈盈地捧了一盆粽子出来，一进门儿，就在楚楚颈子上挂了一串红绿丝线的元宝粽。以往年年都挂，这两年却荒了。云和从盆里拣出几只，叫楚楚送到隔壁去，说老卫家这两年，和咱们算是同舟共济，可不能忘了人家。

楚楚回来，云和正蹲在地上，拿棉油籽洗锅。直起身，却闪了腰。楚楚让云和坐下来，给她捶腰。云和说：这口锅可是功臣，这一家大小熬过来，可不是亏了它。楚楚让她别动，说头上有根白头发。这两年，母亲是又老了一些。云和说，不拔了，年年拔，年年长，人不服老是不行。你们都长大了，妈就老了。

云和指着地上的锅，说，差一点，就进了小高炉了。我看刘老太是存心跟我过不去。该交的都交了，连冬天铲雪的铁锹头都交了，竟然还要我的锅。

楚楚说，妈，说了一千遍了。您说，我向毛主席保证，我们家里的铁，只有这一口锅了。

云和将手里的白头发绕成了环：可不是吗，关键时候，还是得求毛主席。

这时候，无线电“滋滋拉拉”一阵响，一段调门高昂的山东快书传出来：

“当里个啷，当里个啷，一轮红日出东方，这地球是一半热来一半凉，热的是无产阶级的半边天，凉的是资本主义的那一方——

嘿！美帝苏修一个裤裆！一个压，一个卡，一个要债一个嚣张，没有事儿——中国人民铁脊梁！ 没有事——咱有伟大的共产党！”

又是一阵滋滋拉拉，无线电没声儿了。空气里格外地空和静。母女两个都不知该说些什么。

这时候有人敲门。打开门，是向红的爸爸。说，谢谢你，楚楚妈，这粽子真是好。孩子们是穷肚饿嗉，这回可是解馋了。云和说，邻里邻居的，说什么客气话。向红爸就说，国忠今天在厂里加班，不回来了，让我跟你说一声。

云和就有些失望，说，这孩子，这阵子说不回来，就不回来。也不言语一声，我黄酒都温上了。

向红爸笑一笑说，是国忠这孩子来事，领导重用呢。他们车间新成立了攻坚小组。苏修甩给我们的工程，我们争一口气，自己给它搞出来。

云和说，那也得过节啊，前些年“赶英超美”，现在又替苏修老毛子收拾烂摊子，几时是个头。

楚楚听母亲这样说，暗暗拉她衣角。

云和便醒悟，瞧我这话说的，都是妇人之见。

向红爸是个眼醒的人，宽容地笑一笑说，哪里有困难，哪里就有我们工人阶级，都是革命需要。

吃了饭，云和在灯底下打毛线。打一会儿，就用巴掌比一下。这是向红妈拿来的花样子，其实是旧样子，对云和却是新东西。

“阿尔巴尼亚针”，是这个貌似热烈实则落魄的时代里，难得的上进与用心。虽然这份用心是女人的，却更看出了其中的致密与清醒。

听说这弯弯绕绕的针法，也叫“友谊针”。云和知道，这阿尔巴尼亚是新中国的小兄弟，用国忠的话说，那叫情同手足。可云和又想不通，这苏联老大哥也是手足，怎么能说翻脸就翻脸，撕合同，撤专家，停项目，临了又要中国人还债。向红妈说，要我们还什么？鸡蛋。苏修用筛子过鸡蛋，小的不要，剩下的全倒进伏尔加河去了。这不是寒碜人么？所以，这手足算起账来，比外人还要狠。

云和打了几针，琢磨一下，嗤嗤拉拉地又拆掉了。心里想着，真是万事开头难。

这件毛衣是打给楚楚的。云和看一眼楚楚。女儿这两年来是吃了苦楚的，样貌上也让人心疼。楚楚早就将辫子剪了，留了个运动头。这并不适合她，她不是那种飒爽的类型。看上去，更像个虚弱的，忧心忡忡的男孩子。衣服也普通下去，旧得发白的卡其装。云和托人给她买了件海燕领的两用衫，也不穿，说自己要为人师表。唯一的装饰，是头上牛头的发卡。那又是许多年前，国忠给她做的了。

楚楚出着神，突然发现母亲看她。就迎着母亲的眼睛，问：

妈，你说一纬，怎么就不给我回信呢。

云和的手抖了一下，她扶一扶花镜，嘴里说，这花好看是好看，可我这一老，还真学不会了。楚楚，你帮妈看看，这样子对不对。

楚楚咬一下唇，说，妈……

云和想一想，叹口气说，北大荒那个地方，也真是让人没个盼头。

楚楚站起身，走回房间去了。

第二天的清晨，云和赶了个大早到邮局去。她敲一敲柜台的玻璃窗，邮局的小姑娘抬起头，笑了。姑娘认识这阿姨，知道她又来给儿子寄东西。云和揉揉眼睛，一笔一划地在包裹上写地址。这包裹里，有熬了一夜剥出来的花生米，半斤鸡血米，两只香肚。还有昨天包粽子扣下来的金丝蜜枣。

还有一封短信，末尾还是那几个字：

孩子，谢谢你。我们都是为了楚楚好。

姑娘含笑看着她写。

多少次了，云和的手，还是有些发颤，她知道自己亏着心。但是她没办法，她用海纳的话说服自己，也说服了一纬，都是为了楚楚好。

这天中午，楚楚端着个搪瓷茶缸去找国忠。其实，楚楚被分到这个工厂的子弟小学，兄妹两个见面倒比平时多些，不过几步路的工夫。

国忠还在车间忙活。车间里其他人，都跟着师傅看技术比武去了。这算是一年来的盛事，都不想落下。国忠乌青着眼，在调试机器，这机器也是跟苏联人买的。中国人还没学会用，他们不言语一声就跑路了。机器转不动，新项目就没法上马。为这个，国忠他们这个技术小组已经几夜没阖上眼了。

楚楚说，哥，歇歇吧。妈给你包了粽子。

国忠笑一笑，说，等五分钟。

楚楚就到工作间里寻出一只火油炉子，点上，把茶缸蹲在上头热。

国忠做完了，扬着两只大手，去机房后面冲水。拿个毛巾抹一抹，揭开茶缸就要拿粽子。楚楚轻轻打一下他的手，从口袋里掏出一个小瓶子，拈出酒精棉花球，给哥哥擦手心。一边擦一边说，满手上都是机油，吃下去不得病才怪。

国忠还是笑一下，没话。

兄妹两个就围着茶缸，一个吃，一个看，都是安静的。

这时候，一个人嚷嚷着就进来了。说，奶奶个熊，什么名师出高徒，都是狗屁。

楚楚抬起头，恰和这人的目光撞上。这人就搔一搔头，一面说，呀，程老师在这啊。让老师见笑了，俺们都是些粗人。

停一停又说，你哥在咱们这算是最知识的分子啦。

国忠就有些不自在，说，魏大炮，你……扯上我做什么？

这人就装着生气了，说，兄弟，骂人不揭短，当着程老师的面，一点面子都不留啊。

国忠笑了，就说，叫你大炮不屈，嘴上没个把门儿的。

楚楚也笑，打量一眼，也想起和这人是见过的。好像是在厂里的联谊会上，他嘻嘻哈哈的样子，人见过便不会忘。

这魏大炮，大名叫魏胜利。魏师傅不是本地人，老家是山东菏泽。当年顶了父亲的班来到这个厂子。按说成分好，技术不错，算是个大工匠，从学徒工熬到了三十大几，老工人了。性子直，敢说敢做。和国忠处得倒好。国忠的脾性，想处不好都难。

魏师傅嘴里斜叼了根烟，扯过一个小马扎，挨着兄妹俩坐下，瞅一眼说，国忠，说你有家底吧。这年月，还能吃上粽子。

国忠递给他一只，说，尝尝吧。

魏师傅嗅嗅鼻子，就用手推回去，说，不吃不吃，馋虫勾上来，以后可怎么办？俺可不像你，有娘有老妹子疼。

说完就对楚楚挤挤眼睛。国忠看见楚楚皱起了眉头，就岔开话头，问他，谁赢了？

魏大炮的嗓门又大起来，二厂的彭大宇呗。就周师傅那宝贝徒弟孙小四儿，你又不是不知道，光说不练的把式，看得俺那叫一个急。什么名师出高徒。输就输了吧，小白脸还有话说，我是马失前蹄……你奶奶个熊。

这学得，把兄妹俩都逗笑了。

国忠吃完了粽子。楚楚站起身，说，哥，魏师傅，我先走了。

魏大炮也站起来，一鞠躬，很郑重地说，程老师，常来坐。

国忠就打起哈哈，说，二五郎当。

楚楚离开了车间，老魏就凑过来，压低了声音问，你妹子的对象，有信儿了么？

国忠摇摇头。

老魏就忿忿地捏了拳头，说，什么屌人，算个爷们儿吗。你妹子为他这样守，真不值。

国忠看他一眼，说，这是我们的家事，管好自己吧。

一入了夏，南京的天气就闷热起来。又逢上了梅雨天，“雨打黄梅头，四十五天无日头。”阳光都是泛泛的，有也当无。潮气大，随便那么一抓都好像是一把水。这气息将人包笼起来，实在不怎么好过。

楚楚留在办公室里改作业，闻得见周遭的湿霉气。一滴水滴到作业簿子上，她抬起头，看天花板上给隔夜的雨水泡出了曲曲折折的一道。而办公室的那一头，更多的水正沿着墙流下来，水流的形状有些怪异，好像个身形窈窕的女人，曲线毕露。楚楚禁不住低头看一眼自己，脸红一下。出去找了拖把，将地拖干净，又拿了个脸盆，依墙根放着。水从高处落下，“当”地一下敲在盆里，分外地响，她心里也跟着惊一下。

这时候，隔壁杨老师走进来，火急火燎地。说小程老师幸好你在这，我爸的哮喘又犯了。我得请个假，等会儿的音乐课请你代一代。都说你手风琴拉得好。

楚楚来不及推辞，杨老师就跑远了。楚楚呆呆地看着她的背影。问人要了音乐室的钥匙，打开门，看见桌上摆着两架手风琴，一红一黑。她就挑了个黑的。看看商标，天津产的“鹦鹉牌”。她想起来，一纬的手风琴也是这个牌子。是他手把手地教会了她。她试了几个音，风力鼓动沉厚的声音，缓缓地流淌出来。《三套马车》的旋律，在音乐室里回荡了一下，戛然而止。

杨老师的班上是一年级的新生，是极小的孩子，还并没有学会自律。楚楚走进教室的时候，正是欢腾成一片。孩子们看见陌生的老师走进来，有些好奇地看她，纤细的身形和手风琴的体积形成了对比。孩子们静默下来，是因为这年轻老师脸上肃穆的表情。他们的年龄还不足以判断出这肃穆与个性的关联。一个扎了蓝色蝴蝶结的小姑娘迅速地对靠着窗户东张西望的胖男孩吼一声，王学民你快坐好，老师生气了。

小姑娘是班长。她迅速地整顿了班级纪律，然后清清嗓子，请大家起立，齐声说，老师好。

楚楚笑一笑，招呼他们坐下。

打开杨老师留下的课本。楚楚调了键盘，说那我们今天就学这一首，《劳动最光荣》。

弹起前奏，是无比欢快的旋律，让她倏然觉得滑稽。她停顿了一下，拢一拢头发，说，我们学另外一首。

悠悠地起了一个前奏。

正当梨花开遍了天涯，
喀秋莎站在峻峭的岸上，
歌声好像明媚的春光。
她在歌唱草原的雄鹰，
她在歌唱心爱的人儿，
喀秋莎爱情永远属于他。

楚楚的声音，是有些沙哑的女中音。她轻轻吟唱，这歌声与琴声，对她的心事都是遮挡。同时，却又是打击。这声音在教室里弥散开，在空气中凝聚成了人形。人形穿着中山装与布拉吉，缓缓地旋转、起舞。她终于抬起头，看外面竟然出现了微弱的阳光，将景色勾勒得模糊，氤氲成了一片。她的手没有停，她只是拉下去，唱下去。孩子们有些惊异地睁大眼睛。在这个身形单薄的年轻老师的歌声里，他们感受到一种力量，而这力量和他们平时所感受到的时代旋律，是不同的。

孩子们看见，在这张年轻平静的脸上，有些和这个时代的日常隔膜的东西。没有热烈与奋发，他们不懂得，这其间消沉的意味。他们也不明白歌词，但是这歌声，却是好听的。犹如魔力一样，让他们微小的心灵震颤一下，又一下。

终于有同学问起这支歌的名字。

楚楚抬起眼睛，说：《喀秋莎》。

杨老师兴师问罪，是在第二天中午。

说有家长反映，孩子回家唱黄色歌曲。杨老师语带悲愤地说，我这么信任你，你怎么能教孩子唱这样的歌。什么“心上人”，什么“爱情”。

楚楚说，“爱情”怎么就是黄色歌曲？你没有过爱情么。

杨老师一时哑口。说，这歌是谁写的，是“苏修”的。“苏修”的能是好东西么？怨不得你要跟个右派好，你自己就是个“苏修”。

楚楚愣一愣，已经不再听得清这中年女人说些什么。她看着这女人迅速翻动的嘴巴，咬了一下自己的唇。她缓缓举起一个墨水瓶子，手一松，瓶子落在地上，刹那间粉碎。有些墨水落在她的白凉鞋上，血一样。

杨老师“啊”地惊叫一声，跳开了。说神经病啊你，自己思想不健康，还说不得啦。

楚楚走在路上。下午短暂地晴朗，又开始淅淅沥沥地下起了雨。楚楚想起，伞落到办公室里了。她并没有停下步子。这一年，公交开辟了许多新线路。新的车站又是一个没遮挡的地方。头顶是棵树冠硕大的法国梧桐。葱笼的叶子，绿得发暗，湿漉漉地滴着水。楚楚站定，抬头，看树叶的间隙里其实还有些许阳光透射过来，将雨丝照成了毛绒绒的一绺。

这时候，“轰”地天上一个炸雷，雨势猛然大了起来。梧桐叶被打得乱响，人们四散地逃开去。一只麻雀落在地上，仓促地蹦一下，却始终抬不起翅膀，蜷缩在马路石阶旁。在人们惊异的注视中，楚楚抬起胳膊，仰面让雨水打下来。雨水流在脸上，滑落在她的颈子里头。她想，再大些吧。

这时候，雨却突然住了。楚楚睁开眼睛，看见头上是一顶伞。打伞的人手遥遥地举着，身子在雨中淋着。她侧过脸，看见是和哥哥同车间的老魏。她匆忙地将伞推过去。老魏却又将伞推过来，是个很坚决的动作。老魏的面目还是笑的，脸上清晰的纹路，都成了雨水的轨迹。“程老师……”老魏唤她一声。楚楚不再坚持，两个人终于占据了伞的两边，都有些局促。中间是空落落的一块。

车来了，楚楚向老魏道谢，飞快地上了车。车开走的时候，又响过一声雷，雨又大了一点。透过水迹密布的车窗，楚楚看见老魏并没有在车站上逗留。他打着伞，缓缓地走远了。

“这么大的人了，还是不懂顾着自己。”云和用毛巾给她擦着头发上的雨水，忍不住嘴里埋怨。

楚楚笑一笑，说，有妈在呢。

云和叹一口气，妈也不能跟你一辈子。

楚楚肩膀抖了一下，打了个喷嚏。

云和用慢火熬了一碗姜汤，再走进来，见楚楚已经趴在桌上睡着了。云和搁下碗，拿件衣服给她披上。见她手边摊着一张信纸，就拿起来看。信纸上，只写着“一纬”两个字。云和心头一颤，再看就是下面笔划缭乱地画着两个人，看得出是一男一女。因为那女人的裙子，飞扬起来了。

入暑的时候，海纳来向云和道别。说这次刘主席来了南京，点名要她陪同，去天津、济南、合肥、上海、郑州，同当地党政军干部座谈开展“四清”运动。协助地方上建立工作组。这一去大概是要大半年了。

云和说，听说国忠的厂子也在搞“社教”，抽调他去分厂。没什么事吧。

海纳淡淡一笑，是好事。

见云和不语，就说，年轻人，该去锻炼锻炼。国忠就是太老实。阶级斗争，将来的主力，还是他们。

海纳顿一顿，又问，楚楚最近怎么样？

云和说，老样子。有天早上一起来，眼睛直愣愣的，说要去北大荒，把我给吓的。

海纳说，嗯，那事，都还成？

云和愣一下，嘴里也有些含糊：还成。一纬也是个通人性的孩子，可长远下去，也不是个办法。

海纳口气硬了一些，说，不能由着她，到头害了自己。也是大姑娘了，心思还那么倔。陆一纬也走了几年了。就没遇见别的小伙子么。

云和说，想是没有，下了班就回家来。放个假也是闷着，我很怕她憋出病来。

海纳看一眼表，说，我得走了。等我回来，咱姐俩好好商量商量这事。

国忠调去的分厂，新建起来不久，连食堂都没有。楚楚放了暑假，倒得空许多。云和就让她给国忠送饭去。

楚楚找到了，却疑心走错了地方。四周围一片破败，砖瓦墙上挂着油毛毡披挂下来，一只老鼠在脚底下仓皇地沿着地沟逃开了。不远处，却密集地排列了几个青黑色的小高炉，还有烟熏火燎的痕迹。这不像新建起的厂，倒仿佛才倒闭下去的。其实这里，是前几年特批建造的一个炼钢厂。众志成城、大炼钢铁的盛大场面，已经看不到了。去年才又划为机械厂的分厂。

意外的是，老魏也在。原来国忠的车间抽调了他们两个人。

老魏似乎不怎么打得起精神。看见楚楚，却猛然站起来，拍了拍国忠的肩膀。国忠正埋头看一本书。楚楚翻开，一看，是本《毛主席语录》。

这书在后来被称为“红宝书”，在全国红成了一片。在当时还是有些稀罕的，只限在军内传阅。后来提供给厂矿的积极分子学习。

国忠抬起头，说，还真找来了。这儿是远了点儿，到那边儿就是江北了。

楚楚也笑，说，哥，难得看你这样子。风声雨声读书声。

老魏的眼光有点散，说，这阵子，整天讲这些道理，倒不如看着机器，还踏实些。

国忠说，老魏，组织上的安排，是信任咱们。

老魏背过脸说，我没什么理论高度。我倒宁愿看着机器，我们是工人，机器就好比我们的女人。不摸不看，该要生锈了。

楚楚皱一皱眉。三个人都沉默了。老魏也变得有些局促，虽然还是站着，但站得很僵。楚楚便说，吃饭吧。

保温筒里，有一盒米饭，马兰头炒鸡蛋和腌西瓜皮。“马兰头”是云和在后院种的。这原是一种野菜，南京人吃野菜是吃出了名来。“南京人不识宝，一口米饭一口草”。可像云和这样将野菜做出了讲究的，恐怕是不多。国忠也饿了，埋了头扒饭。

老魏就走到一边去，在一个绿军挎里翻了一会儿，掏出了玉米面的窝头。一杆葱，再就是一咸菜瓶子黑乎乎的酱。

老魏捏着葱在酱里蘸一蘸，咬下去，发出“卡吧”一声脆响。楚楚不禁抬起头。老魏顿觉得有些难堪，黧黑的脸上竟泛出些赤红来。

楚楚便说，魏师傅，一起吃吧。

老魏就有些推让。

国忠便说，是我们想尝尝你的大酱，你要是啬皮就算了。

老魏这才坐下来。国忠用筷子头挑了一疙瘩酱，放进嘴里。然后咂一下嘴，说，真是鲜，楚楚，你尝尝，老魏整天藏着宝。

老魏脸上舒展开，笑纹勾勒出欢喜。他说，那是。俺娘下大力气了。多好的大豆，焖上一夜，用手舂出来，一直发到农历四月二十八。俺们山东人，别的不论，一口大葱一口酱，真是缺不得的。可是这南方的葱，赶不上根头发丝。俺们那里的，最细都有小拇指粗了。唉。

国忠就将碗里的菜拨给他，说，试试我们江南的咸菜，各有各的味儿。

老魏这回，就不推辞了。在嘴里一品，是大喜过望的样子，问，这是啥咸菜。真好吃，脆生生的。

国忠就说，是我妈腌的西瓜皮，又去暑气，还消渴。

老魏直点头，说，天下当娘的，都是儿女心。日子再难，都想让咱们可口。

又吃了马兰头炒鸡蛋。老魏问这是什么菜，以前从来没吃过。

国忠告诉他，是野菜，不过是家养的。老魏就说，俺娘以前也在屋后种过一畦野菜。不过前几年，都荒了。俺那兴吃鸭蛋。鸭子喜把蛋下在浅溪里，俺小时候，就脱光了屁股下到水里捞，大人就拿个耙犁，还赶不上俺捞得多。

这时候的老魏，笑得果真有些孩子相。他讲起很多他幼时的旧闻，都生动趣怪得很，听得国忠和楚楚很有兴味。聊起来，其实老魏并不老，也就三十三岁。但面相上很老成，再加上人黑，就显出年纪来了。

吃了饭，国忠送楚楚回去。到了厂门口，国忠说，下次送饭，让妈多备一份。楚楚愣一愣，明白了，点点头说，这个要和妈商量一下。

国忠说，老魏人想得开，家里的情况其实不大好。他爸退下来两年就得病死了。在这挣的钱，都寄回家还他爸的医药费。家里就他一个，还有个老娘要养。老这样吃饭，也不行。

楚楚回家，就和母亲说了。

云和沉吟一下，说，行，就照你哥说的做。也就添双筷子。

以后中午，楚楚就和国忠老魏两个一起吃饭。

老魏心里感激，却不会表达，只是每次都说好吃。楚楚这才发现，老魏，底里其实带着股子忠厚气的。

这一天吃了饭，老魏坐定，从军挎里拿出一把折扇。说，我给你们表演一段我们家乡的评书，叫《义薄云天》。只见他将个茶缸往地上一顿，“哐”地一声，那就是“惊堂木”。

话说清朝末年，俺们山东济南府况富街住着这么个人，姓洪叫洪福剑，是个练武的。性情直爽，爱说实话，爱打抱不平。他交了个最好的朋友，住济南府南关。这人是个秀才念书的，姓碧，叫碧云天。这两个人好啊……

老魏这一口山东话，孔武有力，加上他一招一式，铿铿锵锵，夸张得有点惹人发笑。可是国忠和楚楚却渐渐听进去了。原来说的是，姓洪的人，性格鲁直，犯下事故，被流放三年。姓碧的朋友，怎么帮他教助妻儿的事。故事其实是有些传奇，经不起逻辑的推敲，但内里却是感人的。这山东话说这古道热肠的故事，有一股子爽劲儿，的确是恰如其分。听的人都有些动容。

老魏一个故事说下，竟然是满头大汗。国忠与楚楚就为他鼓掌。

老魏倒很不好意思，两手一抱拳，说见笑见笑，现在口生了。说他是正经拜过师傅的。有个唱西河大鼓的姓吴的老艺人，流落到他们家乡，从此住下来。隋唐演义、好汉秦琼、程咬金、水浒、响马传无所不说，无所不能。孩子们都很佩服，就要拜他为师。他环顾四周，不言声，最后指着墙根里一个愣头愣脑的黑脸孩子，说，我收下你了。

这孩子就是老魏。

后来，老魏问起师傅，放着那些个精灵的小子不收，为什么单单就看中了他。师傅捻须而笑，说，那天可巧看见他站在河岸上唤鸭子，那震天动地一声吼，中气十足，知道是块好材料。说书讲究三言六式，说到底都是虚的。真正要撑撑场面，还就是那一嗓子。

以后，一吃完饭，搁下碗，老魏就给兄妹俩来上一段，成了固定的节目。老魏似乎也是说得越来越好。这分厂车间里的工人，本来和他们是有些隔膜的，却也三三两两的跑来听。老魏人大方，不论听众多寡，都是声如洪钟。

有人就说，老魏，怎么没有革命的段子，全都是老封建的事情。

老魏就有点为难，过一会儿说，旧社会的阶级斗争内容才多，都在这里头了。

有个阴雨天，楚楚进了厂里，听见老魏的声音，叫她程老师。可是举目四望，却看不见一个人。突然就见靠西面围墙的排水沟里伸出了一个黑乎乎的人头，正是老魏。

楚楚也有些惊异，说，魏师傅，你在那里干什么？

老魏憨憨一笑，伸出手说，你看这是什么。楚楚走进一看，竟是只硕大的龙虾，张牙舞爪的。这龙虾嚣张得很，挥舞了钳子，尾巴一弹，就将一块泥巴弹到了老魏的鼻子上。老魏就扬起袖口擦了擦。龙虾却又挣扎一下，将更多的泥弹到他脸上。

楚楚笑了，拿出自己的手绢递给他。

老魏推让一下，说俺用你的手绢，那不是李逵拿绣花针，作怪。

可这一推让，却已经将手绢弄脏了。老魏就只有接过来。

老魏边擦边说：这沟里的泥，不知道是陈了多久，肥得很，底下都是龙虾。俺挖了些滚地龙，你看，就这一小会儿，钓了这么多。来事吧。

老魏的山东腔，最后却用南京的土话作结，实在滑稽得很。

楚楚看老魏用了一根苇叶子，将大大小小的龙虾，首尾穿成了一串，正匍匐在草丛里，七手八脚。

老魏说，程老师，要麻烦你烧上一锅水，咱们也吃吃野味。

老魏踩着石头，从地沟里上来。一脚没踩稳，眼看要滑下去。楚楚慌得伸出手去拉了他一把。等老魏站稳了，两个人的手却还握在一起。倒是老魏先缩了回来，说，俺咋这没成色，弄脏了你的手。

楚楚嘴里说着没事，脸却红了。

两个人回来，是丰收的景状，有些喜气。国忠见了也大为惊异，说，老魏跟我说沟里有龙虾，我还不信，看来这回是教条主义了。

说着就帮老魏收拾龙虾。老魏说，这小龙虾的肝脑不能吃，上面有个泡子，专都是些脏东西。

花椒大料，甜酱油是没有的。好在有醋和盐，葱也有，因为老魏顿顿离不开。国忠就又跟隔壁车间借了些味精。楚楚洗出了一只锅，就这么伙在里头煮。煮到一半，老魏灵机一动，将大酱也加进去。转了文火煨。

就这么煨到了香气出来。虾也变得红通通了。

趁热剥开尝一尝，味道竟然极好，鲜掉眉毛。国忠说别有风味，这是大酱的功劳。

三个人你一口我一口，都成了小孩子。

吃不了的，楚楚带了回家。云和尝一下，也赞说，这魏师傅，倒真是个会过日子的人。

这一天，厂里沉闷的气象有些喜洋洋的。原来是南京电影制片厂的暑期放映队，要到这里来放电影。放的是个新片子《早春二月》。

楚楚心下一动。她并不是个很爱电影的人，但是这出电影里的演员，孙道临和谢芳，却都是她极爱的。放映的时间有点晚，到了八点半，大概是想要厂里的职工吃了饭消消停停地过来。

国忠说，晚上我不能陪你。总厂那边有个项目会议，要加班讨论，我得过去。大概今晚也回不去了。

楚楚有些失望，她知道，国忠是不放心让她这么远一个人回家的。便说，嗯，那就以后再看吧。

老魏在一旁听到，便说，程老师爱看，就看呗。俺跟她一块儿看。看完了送她回去。

国忠笑笑说，什么大不了的事，一出戏嘛。你陪着她在旁边打瞌睡，也是为难。

老魏就拍他一巴掌，说，你就会小瞧人。俺就不能欣赏欣赏高雅艺术？俺也喜欢谢芳，在《铁道游击队》里头，那叫一个俊。讨不到这样的老婆，能多看两眼也是好的。

楚楚禁不住笑出了声，师傅，那个……是秦怡。

老魏也有些尴尬，说，差不多，都差不多。

三个人都笑了。国忠就用征询的目光看楚楚，楚楚低下头，说，那麻烦魏师傅了。

晚上楚楚提早从家里出来，到了厂里差不多八点钟。可是到了厂区的空地上，发现已经是人头攒动。原来附近城郊的居民知道放电影，都跑过来凑热闹。早起赶了个晚集，楚楚心里有点凉。

这时候，楚楚好像听见有人喊她。可是场上喧腾得跟过节一样，声音一下就给淹没了。她想，是老魏。就在人群里头找。天黑得紧，又不好意思拿手电筒照，挨着一排排找下来，找了半天都没找见。眼看就开演了，心里也发了急。

这时候，电影银幕却突然就亮起来。上面是“北京电影制片厂”几个大字。场上响起些嘘声。只见幕布底下一个黑影，从座位上站了起来，不停地朝楚楚的方向挥手。楚楚仔细一看，正是老魏。老魏魁梧的身形，杵在那里，惹起了众怒。但是他不管，还是不屈不挠地挥下去。

楚楚笑了。老魏竟然占到了第一排的位置，也不知已经来了多久。

走到跟前，楚楚才发现，原来老魏只占上了一个位置。老魏站起来，不由分说就将楚楚让到小马扎上坐下。自己走到一边去了。

这小马扎，已经给老魏焐得滚热。楚楚坐下，脸上也有些发烫。不容她细想，电影已经开始了。

江南水色的背景下，萧涧秋在去往芙蓉镇的船上，脸上踌躇满志。楚楚却看出了他眉目间的意兴阑珊。这神情是她熟悉不过的。

她并不想提醒自己，为什么会喜欢孙道临这个演员。

但是这清俊男人的面庞，却与另一张脸在银幕上重叠。同样梳得过于齐整的头发，宽阔的额角，纯净而略略天真的眼神。甚至在焦虑下曾有过的彷徨与挣扎，都是一样的。只是，那张脸更年轻一些。

然而，经过了这么些年，还会年轻吗？

楚楚感觉有一些热的东西，在眼睛里滚动。但是她克制住，她将眼光从银幕上扫过去。恰迎上另一道目光，是老魏的。老魏并没有在看电影，目光在她这里。老魏埋下头去。楚楚的余光，瞥见老魏举起手里的烟，很使劲地啜了一口，却再也没抬起头来。

这究竟是一个为爱而牺牲又为牺牲而爱的故事。

那些朦胧而洁净的图像，到最后，还是留不住。他走了，她也走了。谢芳娇美的脸上，有一种坚强。她没有慌，但她终于也走了。

楚楚想，为什么她可以走。

电影最终是一个光明的尾巴。

散场了，人们三三两两地走掉了。楚楚站起来，拎着小马扎，在人群里找老魏。

人稀少了。楚楚看见老魏坐在墙角里一个废弃的机床上，头靠着模具架，已经睡着了。这时候，这男人的面相就更憨了一些，孩子一样。

他的脚底下，横七竖八地落着许多烟蒂。手上还夹着一根，也烧了一大半了。没燃尽的烟，明亮地闪了一下，烧到了头，也烧到了老魏的手。老魏受惊一样全身抖动一下，醒了过来，一面仓皇地四处望。

楚楚忍不住笑了。

老魏看见了楚楚，赶紧从机床上跳下来，问：演完了？

楚楚看他茫然的样子，心里忍着笑，点点头。

老魏便说，这戏是好，就是有点长。说话又文绉绉的。

楚楚笑说，你喜欢的是武戏，隋唐演义。

老魏便又问，他后来娶了那个寡妇没有？其实这个寡妇不错，人也俊，会过日子。小娃也懂事。那个女学生，就除了俊，还是个俊。

楚楚答说，他谁也没娶。

老魏有点失望地说，哦。

两个人都往厂车间走，去拿老魏的自行车。

老魏又掏出一支烟。点亮了，也不说话，一口一口紧着吸。

楚楚说，魏师傅，少抽些烟，对身体不好。

老魏抬头看她一眼，又埋下头去，烟抽得更用力了一些。

推了自行车，从厂区出来，老魏说，程老师，我送你回家去。

这时候其实已经夜凉了，外头有点冷。楚楚只穿了一件的确良的连衫裙，风吹过来，禁不住抱一下膀子。

老魏将烟叼在嘴里，把自己的工作服脱下来，抖一抖，抬手就要给楚楚披上。楚楚用手一挡。老魏有些强硬地裹在她身上，楞楞地说：冻着。

楚楚也不言语了，只好这么披着跟他走。

走了几步，老魏用手抹一抹后座，跨上了车子。回头对楚楚说，程老师，上来吧。

楚楚侧着坐稳了，用手抓紧了后座。老魏骑得并不快。楚楚知道是顾她，心里也有些感激。

这时候，头上是一轮上弦月，洒下些清白的光，将两个人的身形，投下了长长的影。楚楚的影子，有些臃肿。那是和缓些的风，将老魏的工作服鼓荡起来了。

这工作服里有些温暖重浊的汗酸气，带着些腥咸。那是种强壮的、雄性动物的气味。在这气味的包裹之下，楚楚有些发晕，于是就使劲深呼吸了一下。清凉的风让她清醒了一些。她想起，若干年前，她坐在另一个人的自行车后座上。她靠在那男人的背上，那男人的气味是好闻的发蜡味道，有薄荷叶的清爽。

楚楚看眼前的这个男人，有宽阔得多的背。用力蹬车的时候，肩胛上就有些肌肉的突起。他只穿了一件白色的汗背心，洗得发灰了，有几处已经稀薄得有些透明。这是个没人打理的男人。

这时候，远处传来蛙鸣。先是一两声，突然就连成了片，激越起来。老魏像受到了声音的鼓舞，蹬得快了一些。

进了城南，街道狭窄了。前面的路不平，突然间磕碰，颠簸了一下。楚楚感觉自己从车后座上跃起来。匆忙间，楚楚抓住了什么，才没有落下来。她舒一口气，却发现正抓在前面那人的腰带上，赶紧将手放下来。前面的人，身体也一抖，嘴里说，坐稳。

终于骑到了武定门。墨蓝的天色，是舒阔的背景。模糊的城垣轮廓下头，两个缄默的人，一架自行车吱吖作响，缘着秦淮河畔。

楚楚终于开口，说，魏师傅，不远了。我自己回去吧。

老魏没有说话，埋下头蹬车。越过白鹭公园的时候，天上下起星星点点的雨。一个炸雷响起，天色倏然变得黑红。老魏抬头望一下，闷声说，小暑一声雷，这雨是小不得了。

话没落音，豆大的雨点就落下来了。劈里啪啦地落在他们的脸上身上。这路上并没有什么遮挡，老魏只管向前，冲锋陷阵一样。雨点混着大风，枪弹似地打过来。

好不容易，看见一个废弃的施工凉篷。他们急急地抛下车子，跑进去。衣服已经湿透了。老魏的工作服紧紧贴在身上，好像冰凉粗砺的皮肤。

楚楚瑟瑟地发着抖，倏然忆起，这正是若干时日前的暴雨天，为他遮雨的男人。

此时，他们都更为地狼狈。老魏低下头，拧着裤脚。楚楚听到他的解放鞋底，在泥地上踩出卜叽卜叽的声音。

老魏转过身去。一道闪电划过，楚楚看见这男人正将汗背心脱下来。黧黑的肌肉虬结着，好像律动的岩石。接连而至的电闪，轰隆间，将小篷照得雪亮。老魏转过头，看见了楚楚。他使劲地拧干了背心，团在一起，在身上抹一抹。他动一动嘴唇，轻轻说，别穿着湿衣服了，要感冒。

楚楚犹豫了一下，反而将衣服的领口裹得更紧了一些。这时候，她看见老魏露出了有些痛苦的表情。

老魏走近了一些，哑着嗓子说，别穿着了。

外面风卷狂沙，模糊成了一片。雨击打着顶篷，将老魏的声音淹没了。楚楚向后退了一步。她说，魏师傅。

老魏的脸色发白。他的手指有些抖动。雨水从他的头发上流淌下来，他也没有擦，只是又逼近了。楚楚听到脚底“哐当”一声，踩到了一块石棉瓦。她向后趔趄了一下。老魏伸出胳膊，扶住了她。然而，在她刚才的动作里，工作服也滑了下来。楚楚的连衫裙被雨淋透，将身体的轮廓勾勒得清楚。

老魏的呼吸重浊了，猛然将她抱在怀里。楚楚的身体僵硬了一下，开始挣扎。然而，老魏铁一样的臂膀箍住了她。她动弹不得。老魏一只手在她身上开始摸索，爬行，嘴里喃喃地说，楚楚，楚楚……

她闻到老魏嘴里灼热的烟味，有些作呕。当这张嘴靠近她的时候，她扭动，猝然向老魏啐了一口。老魏愣了一下，红了眼睛。他更紧地抱住她，腾出一只手伸进她的裙子里。楚楚终于哭了。这哭声混着雨声，变得喑哑无力。她曲起膝盖，对着老魏的下身，狠狠地顶下去。老魏弯下腰，发出一声沉闷的吼叫，那是受伤的兽的。但是很快，他挺起了身体，抓住楚楚的领口，狠狠地给了她一记耳光，将她推翻在了墙角里一堆沙土上。

当事情结束了，雨竟然也停了。楚楚躺在沙土上，看着雨滴次第从凉篷上流下来，在地上击起一道道水纹。

老魏已经穿上了湿透的工作服，楚楚抬起眼睛，看见他埋着头，跪在自己面前。他说，楚楚……程老师……

楚楚重新又将眼睛闭上。在空虚与锐痛间，竟然也有这么一瞬的充实。这男人，在几分钟前，帮她结束了过去的二十八年。

半晌，老魏似乎鼓足了勇气，他说，俺，俺实在是喜欢你。俺知道俺配不上你，可俺想娶你，跟你过日子。你要是送俺下大狱，俺也认。你……你给俺句话。

楚楚轻轻地叹口气。一滴水从顶篷上落下，掉到她脸上。冰凉的，让她全身一凛。她说，你走吧。

老魏依然是跪着，身体却靠近了些。

楚楚将头偏过去，咬住了嘴唇。她说，滚。

很久，她听见老魏站起身，扶起自行车，轻手轻脚。然而，解放鞋在地上踩出迟钝滑腻的声响，缓慢地，渐渐轻远。

楚楚吃力地站起身，听到沙子从裙幅上簌簌落下。

她将已被撕裂的内裤扯下来，扔到了沙堆上。然后走出去。

清冷的风里，有潮气扑面。茫茫然间，她感到下身有些痛。弯下腰，恰看到脚下的一汪积水，在路灯底下闪着光。在这光里，楚楚看见一张煞白的脸，没有神情，女鬼一样。她踏出一脚，将那张脸在水里踩碎了。

终于走到了家门口。

临近院子的时候，她看见一个人影子一闪，不见了。

老魏躲在巷子的这头，又探出脸，看见楚楚走进家门。他放心地叹一口气。他笼起袖子，擦一擦眼睛，可是泪水却不自制地更汹涌地流下来。他在心里骂一声娘。自他长大，就再也没哭过。

楚楚进来的时候，母亲正倚着门往外张望。看见她，云和奔出来，小祖宗，你要吓死我。看看都几点了。

又向她身后扫过一眼，问，魏师傅呢，喊他进来喝口水。

楚楚对她虚弱地笑一下，没答理，径直往门里走。

楚楚拿毛巾擦着头发，听着母亲轻声地抱怨。然而，她看见母亲忽然间盯住了她的脸，笑容慢慢凝结。母亲将她拉到了灯光底下。楚楚意识到，抬起手遮挡一下。淤红的手印，像烙在了泛着青白的脸上。

云和将楚楚的手使劲扯了下来，问，怎么回事？

楚楚不说话，同时将头低下去。云和有些粗暴地摇动她的肩膀，问，怎么回事？

这时候，楚楚又感到了痛。她皱一下眉头，身体也屈了下去。云和看见楚楚紧紧地捏住了裙幅。白色的裙子上，有一道淡红色的印，已经被雨水洇开了。

云和感到自己突然间说不出话来，好像被人掐住了喉咙。她哆嗦着嘴唇，后退了一步。

楚楚缓缓地将裙子掀起来了。

瘦弱的大腿上，紫得发乌的血。有一道稍微新鲜的红，蚯蚓似的，蜿蜒蜒蜒流下来，也已经干了。

云和伸出手去，想扶住桌子。扶了个空，她一下子跌坐在椅子上。

雨又下起来，淅淅沥沥了一夜。

云和守了楚楚一夜。

从医院回来，楚楚倒是很快睡着了。楚楚睡着的样子，总比醒着时甜美些。云和红肿着眼睛，摸了摸她的脸，想她怎么还能够睡得着。

这么想着，自己鼻子先酸了一下，胸口也闷得一阵疼。挂钟

“当”地响了。她看看窗户外头，还是密密地黑成一片，没有要亮起来的意思。

天亮了就好了。天亮了，国忠就回来了。

朦朦胧胧间，云和听见有人敲门。云和这才发觉，自己已经趴在了楚楚的床头，打了一半瞌睡。她急急地站起来应门，想，国忠总算回来了。这么想着，泪水也在眼睛里打了转。

然而，门打开，却是街道上的吴阿姨。

吴阿姨看见她一脸的倦容，也难捉摸。便说，国忠妈，有你的电话。

云和想，自己哪来的电话。又一想楚楚，眼光往屋里瞥，有些犹豫。

吴阿姨便压低了声音，很神秘地说，是你那个大首长亲戚啊。

云和一个激灵，醒了。

她心里过电影似的走一遍，然后说，好，我这就过去。

云和拿起电话。吴阿姨笑一笑，说你打你的，我去下街看看。便知趣地走出去。

云和听到那边一阵响，然后是海纳的声音。

原来海纳从郑州回来，要在南京呆上一天，明天一早就又要去江西。说是要过来看看她和楚楚。

大姐，你怎么不说话，不欢迎？海纳的口气是轻松的。

云和动了动嘴巴，出不了声。她挣了一口气，终于哭出了声音来。

间间断断地，海纳听清楚了。半晌没声音。

我，我要去派出所。云和的声音，结巴起来。

胡涂！电话那边的声音，近乎断喝。

又过了许久，海纳的声音，很冰冷地传过来：在家里等着，我现在就过来。我有话要问国忠。

接着却又是一句，程云和，你对得起谁？

云和拖着步子回到家。

看见门口还挂着大锁，松一口气。屋里黑着，楚楚还没起来。

其实天已经大亮了。隔夜的水气被暑热蒸发开来，热得人心里发躁。

云和洗了一把脸。看见镜子里的，已经是个上年纪的人。这些年，她也觉出自己有些老，又有些钝了，也越来越没主心骨了。

这时候，国忠回来了。云和愣愣地看着儿子。国忠加了一夜班，倒还是一张笑脸。却眼见着母亲踉跄着走过来，扶住自己的臂膀，虚了声音，一面说，你妹妹，她……

国忠不明就里，就要打开楚楚的门。云和阻止他，说，还睡着。

然而国忠已经将门推开了。

床上空无一人，被子迭得整整齐齐。窗子是打开的。

云和嘴唇颤抖着。国忠看见母亲手扒着门框，身体一点一点地滑到了地上。

赵海纳脸上没有一丝表情。

她坐在副驾驶的位置上，一动不动地望着窗外。云和靠在国忠身上，眼神散着，嘴里发出不完整的声音，但还辨得出，是“楚楚"两个字。

吉普车已经在秦淮河畔上兜了两圈。

公安局那里，也已经交代下去。

阳光猛烈起来，路上的人和物都照得发了白。一个卖西瓜的小贩，拖着车子，向着城南的方向。突然后面一辆自行车没刹住，撞了个实。西瓜滚落下来，骑车的黑脸汉子下了车，帮小贩捡西瓜。小贩却拽住了他。

黑脸汉子将头上的草帽取下来。国忠猛然攥紧了拳头。是老魏。

他说，停车，我看见老魏了。

司机减慢了速度，海纳说，不要停。

她顿了一下，突然对司机说，掉头，往火车站。

在火车站的候车室，他们看见了楚楚。

楚楚正随着人流缓缓地向前走。他们喊她的名字，但是，声音很快地淹没在低频的庞杂声浪里。国忠艰难地挤过人群，云和与海纳跟在后面。国忠将楚楚的胳膊抓住了。楚楚回过头，脸上露出惊恐的神情。这时候，广播里在播报进站通知，提醒去哈尔滨的旅客尽快检票上车。楚楚使劲挣扎了一下，这挣扎是很虚弱的。

人们开始窃窃私语。

云和也挤过来了。楚楚几乎是将身体架在了国忠的臂弯里。她说，妈，让我走，求你了，我要去找他。

云和迟疑一下，终于说，你以为你这个样子，男人还会要你么？

这话是从牙齿缝里迸出来的。楚楚愣一愣，头低垂下去，终于扑倒在了母亲的怀里痛哭起来。云和搂着她，抵受着她肩膀的颤栗，心里发着痛。

突然，这颤栗停止了。所有的人，都看着楚楚苍白着一张脸，手臂在空中一划，晕倒在地。

医院里。

医生走出来，告诉他们，楚楚只是因为贫血和紧张过度而昏厥，需要休息。

国忠站在走廊的落地窗前，突然扬起拳头，狠狠地捶在墙上。

海纳拍拍他的肩膀，说，国忠，别激动，说说看，这个老魏是个什么样的人。

国忠尽力平静下来。

海纳听了后，沉吟了一下，点点头，转身对云和说，也未必是件坏事。

云和不解地看着她。

海纳一字一酌：眼下阶级斗争的形势，是越来越严峻了。楚楚应该有个依靠。这人的出身很好，又是工人阶级。况且，一个闺女，遇到这样的事……

三个人都沉默了。

国忠猛然回头，像下了一个决心。他的声音低沉但十分清晰：你们都在担心楚楚没有要吗？没有人要，我要！

云和好像不认识了自己的儿子。她喃喃地说，她，她是你妹妹。

是妹妹，不同爹，不同妈的妹妹。国忠的话像是泄了闸的洪水：为什么楚楚不能跟我过，一起过了这么多年，怎么不能在一起过日子。

云和站起身，一个耳光扇过去，说，你，这种混账话，你是想乱了人伦么？

国忠捂着脸，眼里闪出了泪光。

妈，我搁下一句话。我也是工人阶级。我不信，还会有人比我更疼楚楚。

云和感到身体晃一晃，站稳了，可是手掌，还是震得生疼。

楚楚醒过来，终于回了家。

云和打开门，看见地上一个牛皮纸信封。里面装着一沓钱，整的零的都有。还有一张纸条。上面写着，这是我所有的家当。俺娘说，犯下了错，就该扛。我走了。

楚楚接过来看一眼，撑起身子说，我要见老魏。

云和惊异地看她，手里将纸条撕得粉碎：你倒要见他。我恨他来了我不在，拿这扫帚疙瘩打残了他也不屈。

楚楚说，他去自首了。

他们在双塘派出所找到了老魏。他看见楚楚进来，慌得左右不是。本来人还镇定，这下嘴里结巴起来。

他低下了头，说，同志，她，她是受害人。

楚楚走到他跟前，向他啐一口，丢人丢得还不够吗？快结婚的人了，闹什么闹？你不要脸，我还要脸呢！

她又紧紧握着民警的手，说，同志，你看，按理家丑不外扬。

都说酒壮㞞人胆。他以为这么闹腾一下，就不用跟我结婚了。咱们恋爱了三年了，我肚子里的孩子四个月了，你闹什么闹？你当着丈母娘大舅子的面，说，我逼你了吗，我逼你了吗？

民警是个年轻小伙子，眼见这一出，目瞪口呆。楚楚说完，呜呜地哭了起来。

老魏抬起眼睛，有点躲闪，他抖着嘴唇说，程老师，我……

楚楚一把揪住老魏的领子，拎起来，说，你叫我什么，程老师……我们真够生分的啊。你还想出什么故事，回家去讲。

民警脸上刚才还有些玩味的神情，终于不耐烦了，他合上了卷宗，说，好了，你们。家里怎么不是醋瓶碰酱缸，既然要结婚，就得想着好好过日子，互敬互让。都这么大的人了，还要我教吗？回去吧，以后别到派出所闹了，我们工作也忙。

楚楚嘴里一万个感激，将老魏扯了出来。

走出来一百来米。

国忠眼里喷着火。云和扯住他的袖口。国忠使了把力气要挣开，云和在他肘腕子上狠劲儿掐了一下。

楚楚放开了老魏，兀自一个人往前走。

这时候，已经是黄昏。太阳下去了，光还在，黄澄澄的。街道上的人，都好像镀了层金。楚楚走着走着，却站住，她看见那老城墙上的墙头草，在微风底下齐刷刷地倾倒了一片。

老魏在她身后，“扑通”一声跪下了。

楚楚没有回头，只是语气清冷地说，起来吧，男儿膝下有黄金。

老魏并没有起来。

但是他听见楚楚的声音，好像从很远的地方飘过来。楚楚说，你准备好娶我了吗？

楚楚的婚礼，十分简朴，倒是合了时代的潮流。

最奢侈的家具，大概就是一张棕绷床。云和拿出自己攒下的十七张工业券，不够。国忠又发动了同事，集齐了二十五张，才将床搬了回来。云和说，别的都能将就，床要睡得舒服才行。两个人过日子，得有张好床。

其他的物什，单位说可以租借给他们。看着这些上面镶着铁皮标签的家具，老魏摇头，说，我不给组织添麻烦，自己解决。没看出老魏一个夯实实的人，有一双巧手。他和一班师兄弟去了城东，拉来了些水曲柳的木材。推拉锯刨，打出了立柜、饭桌、凳子。最花心思的，却是一张写字台，精雕细琢。老魏说，楚楚是文化人，这是缺不得的。

原本老魏是和另一个老工人合住着集体宿舍一间房。厂里给他腾了出来，作了婚房。一来二去，布置得也像了样子。云和看了一回，心里不是滋味。楚楚十二岁起，她开始为她绣那床龙凤被，结果前日拿出来，上面竟然被蛀了一个洞，偏偏在凤头上。她又是连着赶了一夜，才勉强补上，可金丝线却对不上色了。

两个人在第二年春天领了结婚证。楚楚听了母亲的话，去烫了一个头。看上去不见成熟相，反而更衬出了小。云和原想说些宽慰的话，看女儿的样貌，心里却越发难过。老魏也理了个发，从同事那里借来一套中山装。穿上，人是精神文气了些。只是太过壮硕，衣服紧绷在了身上，倒有些拘谨。到了派出所，出示了介绍信，顺顺当当地将结婚证领来了。

下午去照结婚相。一前一后走进照相馆。照相师傅看一眼老魏说，陪闺女来吗？

一时间，两个人尴尬得不得了。

师傅自知说错了话，照相的时候就格外尽心，好言好语。两个人就都自然了些。楚楚的西装是毛料的，脸上往外透着汗。老魏从口袋里拿出一块手帕。楚楚接过来，正是自己的手帕，那天给他擦脸上的泥。他洗干净了，留到了现在。

师傅大约是要调节气氛，看他们两个一个中山装，一个穿着西装，就笑说两个人是中西合璧。然而说出来，蓦地意识到其中的政治不正确。赶紧又打了哈哈，说楚楚的衬衫是海燕领，两人要在革命道路上，比翼齐飞。

这笨拙的笑话，其实他们都并没有听进去。两个人头往一处靠一靠，一张照片也就拍好了。

回来，楚楚看见云和一个人躲在里间，抹眼泪。她就拿出结婚证给母亲看。楚楚指着上面的三面红旗和向日葵，说，妈，你看，像不像张奖状。你老说我上了大学就没奖状往家拿，这不是又得了一张。

云和一听，也笑了。点一下楚楚的额头，说都要结婚了，还像个孩子。然后给楚楚看结婚证后面的小图章，说这可比奖状实惠，妈给你去领糖和鸡蛋。

婚礼是在楚楚小学校的食堂里办的。男女两边都来了不少的人。老魏厂里头随份子送了一面镜子。镜子右下角是荷花鸳鸯的图案，上面用红漆写着一副对子：革命伴侣红花并蒂相映美，阶级战友鸳鸯双飞试比高。楚楚那边说是“娘家”送礼要过日子些，就送了个八磅的大暖水壶和一只花瓶。

人齐了，大家就都站起来唱《东方红》与《大海航行靠舵手》。可到了末了，一个憨憨的声音却走了调。众人一看，是新郎老魏。

主婚的是机械厂的团支部书记老邢。老邢性情严肃，但是，因为是个苏州人，说话一口糯糯的吴音，不紧不慢，倒让两个新人放松了不少。只是到了后来，气氛热腾了些。有人就起哄，让两人交代恋爱经过。说是不声不响的，就好到一块了。楚楚便低下了头。就又有人说，这是新郎的地下工作做得好。老魏也支支吾吾，脸憋得通红。

云和在后面，也听见有不明就里的人，私下在议论。无非是说新娘子心气再高，年纪也摆着，最后找了这么个人，是下了气了。

这时候，却见老魏抬起头来，说，俺不是个会说话的，俺说段山东快书，就说说俺媳妇：

打竹板，竹板响，俺表一表忆楚俺新娘。

她，为人善良心宽广；她，工作奋发能力强……

俺，打心底觉得配不上。只想一生一世对她好，想与她，革命路上相互帮。

老魏雄壮的声音，在空荡荡的食堂里头分外地响。不知道为什么，底下议论的人都有些惭愧。这汉子说着说着，声音也越来越大，额上的青筋都暴了出来，到后来，近乎是在吼。

海纳在食堂的后门外，看得清楚。她没有进去。警卫员听见她在暗影子里深深地叹了一口气，然后紧了紧大衣的领子，说，走吧。

夜里，楚楚躺在陌生的床上，环顾这十二平米的房间。想，这就是个家了。

老魏端了盆热水来，说，洗洗脚吧。这一天下来，也乏了。楚楚谢过他，说已经洗过了。

老魏说，那好。就脱掉了袜子自己洗。楚楚见那一双脚板泡在水里，好像两尾大黑鱼。老魏就这么任脚泡在水里，不搓也不洗。眼光直愣愣地盯着墙上的镜子，也不言语。就这么过去了半个钟头。楚楚转过头说，水凉了吧？他才惊醒一般，拿起毛巾慌忙把脚擦了擦，出去倒水去了。

进来了，老魏找件衣服披上，坐在床头。又从抽屉里掏出一支烟，点上，抽了几口。楚楚轻轻咳了一声。他赶忙把烟熄了，然后仍旧这么坐着。

楚楚说，睡吧。不早了，明天还要上班。同时将身体往床里面让了一让。

老魏“哦”了一声，将灯灭了，上了床。人却侧着躺在床沿上，硕大的身形，几乎悬了空。

黑暗里头，两个人呼吸的声音，愈加清晰，堆栈起一个起伏的轮廓。

这时候，楚楚翻过身来，从后面抱住了老魏。

楚楚回门那天，云和早早地就站在了街口等。

却看见有人正在搬家。几个男人张罗着，东西不多，家具也这么几样。可是却有一只梳妆台，让云和多看了几眼。这梳妆台样式厚重，黑色的胡桃木，腿柱粗大。云和便一眼认出这是老货，且是件俄式家具。这因为早年间见的世面，在一个奉系军官的官邸里看到过。

云和在张望的当口，车上走下了一个女人。女人身形高大，以至于显得壮硕。穿着件蓝灰色的人民装，底下是藏青的卡其裤子。然而，却披着条色彩绚烂的披肩，上面绣着颜色艳异的紫红牡丹，虽然已经发了旧，还是让她整个人的轮廓在灰扑扑的背景里骤然突兀起来。女人转过脸，云和看到一张皮肉松弛的异国人脸孔。她用南京话和车夫讨论着什么，似乎关于车资的问题。忽然声音提高了。她的南京话也并不地道，有着娇俏的小舌音，这与她严厉的灰眼睛多少有些不和谐。这时候一个男人走近来，小声说着什么，似乎是在劝说女人。男人也是深目高鼻，长着一张生牛肉色的脸。女人忽而转了他们本族的语言，对男人近乎一声断喝。车夫看着他们俩的争执，终于妥协了。

这时候，云和没留神，楚楚和老魏已站在了身后。楚楚轻声说，妈，在看什么。云和回过神，恰迎着老魏的脸。老魏也跟着喊一声“妈”，两下里都有些别扭。云和并没有应，说，来啦，咱们回家去，给你们预备了多少好吃的。

走在路上，楚楚便说，那外国女人，很眼熟。云和心里一惊，她也有相似的感觉，便问楚楚在哪里见过。楚楚摇摇头。

回到家，云和先让楚楚含上一颗金橘。楚楚说，妈，怎么这么酸。

云和笑道：酸就对了。好好品一品，这酸到最后，就是个“甜”字。这让我们过好日子不要忘了本。

楚楚便也笑，说，妈，又是老家里的规矩吧。

楚楚嚼着嚼着，突然说，我想起来了，是见过的。那年在文化宫的舞会上。

云和便问，你在说什么。

楚楚说，那外国女人，这么多年了。那年和一纬一起见过。只是她胖得多，认不太出来了。

老魏听到一纬，脸上沉一下，被云和看在了眼里。

第十章　东边日出西边雨

这年八月的清晨，暑气还没泛上来。云和听见大院里传来热烈的吵闹声。

事情是因为隔壁的向红。向红举着她爷爷卫仁厚的牌位从屋里跑了出来。她母亲刘玉华跟了撵上去，跟她夺那牌位，说小妮子你发的是什么疯。

向红声音响亮地说，妈你怎么听不懂，这是四旧。全国都在破四旧，立四新，要造旧世界的反。

放屁，什么四旧，这是你爷爷。刘玉华不松手。

向红索性将牌位掷在地上，恨恨地踏上一只脚。毛主席说要打倒一切牛鬼蛇神，四旧你们还死守着不放，将来要被扫进历史的垃圾堆。

她脸上有严肃的天真。这时候的向红，已经是个少女，风华正茂。云和看见她刚刚发育的胸脯剧烈地起伏。而近乎愤怒的表情，却让人有些惧怕。

听到毛主席，刘玉华怯怯地放开了手。向红抄起堂屋门口的一把斧头，几下将牌位斩得粉碎。

楚楚回到家的时候，天已经擦黑了。

老魏正在家里熬稀饭，听到钥匙一阵响，擦了把手，忙不迭地去开门。

楚楚一张木然的脸，眼皮抬一下，看看他。

楚楚的头发，七零八落地支在头上。老魏愣住，问这是怎么了。楚楚不言语，说想喝口水。这时候，听到外头炉子上有稀饭扑出来的声音。

楚楚皱皱眉头，说，怎么又煮稀饭。

老魏叉着两只大手，不知所措，说，俺娘说，吃稀饭调养人。

楚楚说，你娘说，你娘说一万句，不如革命小将这一剪刀。

说完，楚楚的眼睛便红了。老魏知道她在外面受了委屈。

楚楚下了班，在街上经过红卫兵的检查站，说头发不合革命要求，是资产阶级发型。将人拉过来，喀嚓喀嚓就是几剪子。

老魏说，小将还真是火眼金睛。这头发，还是结婚时候烫的，是潜伏已久的资本主义。

楚楚不是头一个。老魏厂里的“吴美人”吴会计，那天过来上班，头发好像被狗啃过。窄脚裤管也给剪开了。女的裤脚要六寸三，她才五寸七。可人家更委屈，人家的头发是自来卷，爹妈给的。小将们不管，照样给革命掉。

楚楚望着镜子里的自己，眼泪终于落下来。

老魏让楚楚坐下来，围条毛巾在她脖子上。然后拿把剪子给她修头发，细细地剪。半个小时过去，说，好了，能见人了。

将镜子搁到楚楚面前，瞅瞅，咋样，小兄弟。

是能见人了。齐颈的短发，很整齐地覆盖在头上，额发碎碎地垂着，是乖巧的样子。楚楚看见镜中一个面相忧郁的男孩子，对着自己叹口气。

老魏说，人家说女人的见识是短在长头发上。我媳妇是头发短见识长了。

楚楚就笑了。

吃饭的时候，却还是一副不安的样子。

老魏劝她说，别当回事，小娃儿胡闹罢了。

听到这句话，楚楚却变了脸色，说，他们不是什么小孩子。

说完，搁下碗不再吃了。

楚楚在灯底下备课。

厂里的子弟中学，已经停课了。学生们都上了街造反。

老魏走到外面的走道里，点起一支烟，缓缓地吐一个烟圈。老实说，他也不知道自己还能干点什么。以前，到了晚上，跟厂里那帮混小子一起喝酒打牌，现在不成了。毕竟是个结了婚的男人，楚楚也不喜欢。他也想过，那种文化人过的高层次的安静的生活。他实在打不起精神来看书，瞌睡。他想，做女人的，起码能打打毛线，也不用费脑筋，时间也就打发过去了。

夜里，睡在床上，楚楚翻了个身。

老魏问她：睡不着?

嗯。

楚楚靠得近了一些。老魏将她揽在怀里，两个人就这么默默地躺着。老魏渐渐觉得有些灼热的东西在体内升腾。他们靠得更近了一些。密密的汗珠在两个人的摩擦间清晰地交融。老魏喘息着，将楚楚抱起来，抚摸，使了一下力气。楚楚突然睁开了眼睛，瞳仁在黑暗里放出光芒。老魏又看见了那双在雨夜中惊恐失措的眼睛，同时感到绷紧的肌肉如同断弦的弓，倏然疲软下去。他从楚楚身上滚落，痛苦地将膝盖蜷起来。结婚一年多，他再也没有成功过。

楚楚穿上衣服，将毛巾被搭在老魏光裸的身体上，说，睡吧。

云和拿出了手帕，擦了擦汗。

阳光很猛烈。

她走在太平南路上。现在这路名改了，叫“反帝路”。连同改了路上店铺的名字，三步一个“红旗”，五步一个“工农兵”。这路还是热闹得很，热火朝天的。其实比以往更热闹了些，红成了一大片。一些年轻的学生喊着口号，是歌颂领袖的。

走到路尽头，云和却停住了。

还是那棵树，参天入云。还是那座钟楼，那天传过来的悠悠的钟声，好像余音未了。自从回到了南京，云和在每个礼拜日，走到圣约瑟堂门口看一看，听一听这钟声。不进去，然后离开，再遥遥地回望一眼。

这是属于她自己的一个秘密。

贝理亚神父和年轻的切尔，都已经不在了。就算在，也有了年纪，和她程云和一样。现在的神父，是个中国人，长着宽阔慈善的脸庞。有一次，云和特意经过他身边，他对云和点头微笑，好像彼此相识。

今天的圣约瑟，却在门口热闹着。有许多围观的人。

还是那些穿着草绿军装的孩子们，正提着油漆桶，在教堂外的水泥墙上写着通红的大字。云和望过去的时候，那孩子正深深地写下最后一笔——战无不胜，攻无不克的毛泽东思想万岁！

这是个面目清秀的男孩子，长着细长入鬓的眉毛，却表情严肃，目光如炬。他整理了一下臂膀上的红袖章，意气风发地对着伙伴们挥了一下手，喊一声，毛主席万岁！

立刻，便有如潮的同样的声响从教堂内外传出来。

云和看见了这位伟人的画像，挂在了礼拜堂的门廊上。伟人笑得温润亲和。而门廊下面则贴了用黑墨写成的一副对联：

棒打旧思想，炮轰黑教堂。

横批是：“摧枯拉朽”。

待他们走远了，云和悄悄地进去。

这是她三十年后重新走进这座教堂。三十年，什么都没变。但现在，教堂的小水池边上，燃着烧到尽头的一团火，火焰里面是圣经与十字架。圣经烧成了脆薄的灰色的纸片，风吹过，便飞起来，好像一些疲倦的蝴蝶。飞了几步，停下来。云和看见，停下的地方，躺着被砸碎的圣母玛丽亚雕像，身首异处。笑容依然端庄凝重。

云和回头，看见几个年轻的修女正望着她。身上的长袍满是烟尘。她们的眼神里还有惊惧，现在已流于木然。云和张了张嘴巴。她们转过身，快步离去，没有一点声音，消失在礼拜堂西面的小屋里。那屋子，云和曾经住过。

云和走进礼拜堂，踩在遍地的金属片上，五彩的玻璃，散发着艳异的光泽。撕坏的书页沙沙作响。前方有一弯阶梯，拾级而上是一个平台，那里原来安放了一架巨大的管风琴。三十年前的平安夜，迈可用它弹奏过圣诞歌。现在它仍然安静地矗立，庞大堂皇，但是，只剩下一个空壳。琴键与簧管散落在地上，悄无声息。

在管风琴的一侧，云和看见神父的背影。神父低着头，只能看见他花白的头发。他跪在那尊不算大的耶稣像前。耶稣骨瘦如柴，立在十字架上。目光里的苦难，从未如此恰如其分。

云和没有打搅他，只是坐在后排的座椅上，直到天色暗淡。

楚楚走出学校门，看见国忠站在校门口，身后是不知何时竖起的巨幅宣传画。

伟大领袖挥动巨手，身后是照亮全球的红太阳。在他身下，是昂首阔步的世界人民。挎着钢枪，一身短打的是反帝最前线的越南人民；白帽高鼻长下巴的是反修前哨的阿尔巴尼亚人民；大襟长裙的女人是反帝不反修的朝鲜人民；斜背白布头，上书“美国佬滚出去”的是日本人民；黑皮肤、白牙齿的非洲人民，红皮肤大胡子的拉丁美洲人民……而中国人民与全世界的阶级弟兄心心相印，白衬衫蓝背带裤手执钢钎的工人老大哥，包头巾大襟褂挎镰刀的贫下中农，绿军装红五星红领章的解放军战士，绿军装红袖章的红卫兵小将，人手一本《毛主席语录》，紧贴胸前。

国忠站在着宣传画底下，身形格外地小。神色沉郁，双手插在裤兜里，与这基调昂扬的背景，有些不衬。见到楚楚，他倒是笑了，说，妈叫你今天回家吃饭。我跟老魏说过了，他晚上加班。

楚楚点点头。楚楚结婚以后，他们兄妹两个，其实是更少见面了。国忠的温和，依然是兄长的，但似乎也不及以往亲热了。

两个人就这么默默地走，经过了厂区的大字报栏。这大字报栏其实很简陋，用竹竿与芦席搭成。最近却成了厂里最重要的革命战场，烟火弥漫。兄妹两个埋着头，走过去。

国忠终于开口，轻声问：你们孟校长还好吧？

楚楚心头一颤。

国忠与她走得近了一些，说，别人怎么揭发，咱们管不了。咱们自己……孟校长是个好人。

楚楚远远望见，红卫兵正在厂外的围墙上刷红油漆，红彤彤的一面墙上写着“誓死捍卫文化大革命”。油漆还没有干，厚厚地从墙上流到地上，血一样地。楚楚一阵晕眩，加快了步子。

这些红卫兵是月初进厂来的。

前阵子批判“三家村”，群情激愤，但毕竟遥远。小将们的到来，才让人们意识到原来身边危机四伏。满以为，“反右”时候已经清清爽爽，原来还潜伏了这么多“牛鬼蛇神”。

楚楚这间子弟小学，还算平静。听说临近的中学，已经如火如荼。在这天的“早请示”之后，突然通知下午要开全校教职员工会议。在这个会议上，将要揪出一个隐藏很深的阶级敌人。

会议在小礼堂进行。四周的墙上已贴满白纸黑字的标语。“坦白从宽，抗拒从严”、“敌人不投降，就叫他灭亡”，笔迹磅礴，气势逼人。

下午两点前，全校所有的教职员工都已坐得整整齐齐。自然没有一个人迟到。会没开始，座位安排已有了楚河汉界，靠边坐的是一群“死老虎”。都是已经查出历史问题的，几个年纪大的老师、英语教师，还有几个教美术的，多半是家庭出身的问题。这些人的问题都交代过了，等候发落。今天要揪出来的，是个未见光的，这会儿还潜伏在教师队伍里，坐在多数人之中。

小将的出现，令会场上骚动了一下，随之鸦雀无声。这些戴着红袖章的，还是些半大的孩子，但是，脸上却挂着些成人凝重的神情。有的老师迅速地认出来，其中有两三个，是这所小学的毕业生。他们以这种方式回到了母校，郑重其事地坐在了主席台上。一个男高音，一个女高音，立即带领全场高呼：

“横扫一切牛鬼蛇神！”

“无产阶级专政万岁！”

闪电般地，坐在后面的几只“死老虎”，被带到了台前。在澎湃激昂的革命口号的起伏声中，小将两人揪一个，反剪双手，将小学里第一批牛鬼蛇神推上批斗台，迅速地戴上了纸糊的高帽，颈挂木牌：老右派，大特务，三反分子，资本家。都是触目惊心的身份。在同事们的注视下，身体被扭成了九十度。口号再次响起，推波助澜一般。

这时候，一个男学生，大约是这伙红卫兵的领袖，走到校长面前，鞠了一躬，微笑说，校长，您还认识我吧。我是六三班的毕业生袁福生。革命形势大好，现在我叫袁卫东了。您也来说几句吧。

孟校长愣一愣，大概在回忆这个学生。他踌躇一下，终于站起身，说，好，我说两句：

“革命的同志们，红卫兵小将们，活生生的事实擦亮了我们的眼睛，深刻地证明，伟大领袖毛主席亲手发动的无产阶级文化大革命，是完全必要的，是非常及时的，是无比正确的！”

“无产阶级文化大革命胜利万岁！”

“战无不胜的毛泽东思想万岁！”

男女高音带领全场插入最合时宜的口号，打断了校长的发言。袁卫东威严地挥了下手，全场寂静。他的声音突然间变得寒冷：

不要以为揪出几个牛鬼蛇神，你们的学校，我的母校，就永远通红了。我们身边还有许许多多潜伏得很深的阶级敌人。他们是活老虎，时机一到，就要跳出来咬人。有问题的人要认清形势，主动交代问题，不要负隅顽抗。主动交代，尚可从宽，如果顽抗到底，只能是死路一条！

他扫视了一下台下，目光如同剑戟，在每个人的身上停留，盘桓。接着说：

现在，我们已经掌握了一个隐藏已久的阶级敌人的材料，现在给他一个坦白从宽，重新做人的机会，希望他自己能够站起来，交代罪行。否则，革命的铁拳必将严惩，后果我就不多说了。给他十分钟的时间。十分钟后，革命群众就不客气了！

这十分钟，如同长夜。每个人都埋着头，在反省，或者在受煎熬。偶尔抬头的，目光撞上红卫兵小将的眼睛，都觉得意味深长，惊惧地又低下去。

大约过了五分钟，站起来一个人，弯腰低着头，嗫嚅着说："我有问题没交代……五七年，我曾经虚报过出身……"大家看过去，是新分来的体育老师，老实巴交，平时说话也会脸红。袁卫东一声断喝，立即冲上去两个红卫兵，将他以坐飞机的姿势押出去了。袁卫东嘴边露出一丝嘲意："虽然我们今天要揪出的对象不是他，他能主动坦白，我们还是将他的问题按坦白从宽处理。"

他看了一下手表，说："现在还有三分钟，这是最后的机会……"在剩下最后一分钟的时间里，又有一位老教师站了起来，同样是弓腰低着头，嗫嚅着……同样迅速地被押了出去。

混在教师队伍中的那个阶级敌人还是没有出现。袁卫东将腰上的皮带解下来，“啪”地一声抽在主席台上，声音近乎愤怒：任何人要蒙混过关都是不可能的，不要心存侥幸，否则，就是死不改悔的反革命……然后，他又看了一眼手表，说，那好，再给五分钟时间。

此时，空气似乎不再流动。这难熬的分秒，几近粘稠，冻结在了人们的心上。然而，五分钟终于又过去，仍然没有人站起来……

年轻的红卫兵们，终于按捺不住。袁卫东呼啦一声从座位上站起来：毛主席教导我们，“扫帚不到，灰尘照例不会自己跑掉。”看来，这个阶级敌人是“不见棺材不落泪”了，好，那就由我来代革命群众宣布。

他使了个眼色。他的同伴迅速走到台下，严阵以待。

所有人的目光，都凝聚在这个年轻男孩子身上，他清清喉咙，坚硬地说：“这个混在革命教师队伍中，隐藏极深的阶级敌人，就是东方机械厂子弟小学现任校长孟书德。”

在众人惊骇的注视中，孟校长缓缓地站起身，迎着袁卫东的眼睛，清晰地说：荒谬！

旁边的女红卫兵立即要冲过来，喊着，闭上你的狗嘴，你敢诬蔑伟大的无产阶级文化大革命，诬蔑毛主席！

袁卫东拦住她，说，让这个反党反社会主义的黑线人物继续发表反动言论，我们引蛇出洞。

孟校长扶了扶眼镜：我孟书德，十六岁参加革命，四十多年的党龄。我是反革命黑帮，那么你，你是革命的？袁福生，我记得你。你并没有毕业，你在期末大考作弊，是我签的处分决定。

袁一时语塞，终于恨恨地从牙缝里迸出话，你，你攻击革命小将……迫害工人阶级接班人。

袁卫东扬起手中的皮带。人们看到皮带在空中划了一道优美的弧线，皮带铜头落在了校长的额头上。人们看到一道血红蚯蚓似地沿着光洁的额头流下来，与小将手中的红宝书交相辉映。

"一切反动派，你不打他就不倒。"

"红卫兵造反精神万岁！"

这群孩子激昂起来。两个红卫兵分两边抓住了校长的胳膊，将他的头按下去，挂上了"资产阶级黑干将"的牌子，押到了操场上去。

外面的太阳正强，白茫茫地发着光。校长努力地扬起头，眼睛却睁不开。他的眼镜已经被小将们扔到地上，用脚碾得粉碎。孩子们将校长驱赶到操场中央的乒乓球台上，铺上一层炉渣，命令校长跪到上面。几个孩子抡起皮带，雨点般地落在校长身上。校长在抽打下尽量让自己挺直一些。这激怒了红卫兵们，他们中有个人将校长从乒乓球台上踹下来，施加拳脚。这个走向老年的男人渐渐意识模糊。

一个孩子说，让他清醒一下，立即就有人拿来浓盐水，向他的伤口泼上去。校长的身体在众目睽睽之下大幅度地抽搐。他的嘴角流着血，在滚动中挣扎了一下，口中发出含糊的一声喊叫。围观的人都听出来，是"毛主席万岁！"

一个男孩大声咆哮：陈雪梅，"革命不是请客吃饭！"你对反动黑帮手下留情，姑息养奸，你就是红卫兵的叛徒。

叫陈雪梅的女孩，正躲在人群后面，用手捂着嘴巴，满脸恐惧。在同伴们的怒目注视下，这个面庞清秀的女孩，怯生生地走过来。她颤抖着，闭起眼睛，将一把图钉，一颗一颗地用力按进了校长的额头。

袁卫东踢了踢脚下奄奄一息的身体，说，装死狗，明天接着斗。

兄妹两个回到家，天已经擦黑了。楚楚见母亲将书桌移到了堂屋正中，一摞红宝书叠得整整齐齐。书上压着毛主席的半身石膏像，后面是领袖的大幅相片。墙上又贴了一个红彤彤的“忠”字。然而，母亲设的宝书台，却与其他人家的不同。这才发现云和在底下摆了一只碗，碗里盛满了米，插了三支香。

国忠说，妈，快把香撤下来。给人家看见，要说你搞“四旧”了。

云和听他这样说，也吃了一惊。忙不迭地说，我只是想表诚心，从心底忠于毛主席。

国忠说，还是拿下来吧，又不是神龛香案。跟人家一样就行了。

云和手里捧着碗，也不知怎么好。香还袅袅地冒着烟。

云和叹一口气，说，我一个老太，能搞什么。我就想请毛主席保佑我全家平平安安。

国忠进去拿了碗筷，云和才说，菜都凉了。你们等等，我把汤热上。

一家人在灯底下默默地吃饭。国忠夹了一刀菜，说，妈，现在还有“美人肝”卖？

云和就笑了说，可不是？在“马祥兴”买的，叫我这好找。

国忠就说，不就在中山路北？

云和将菜翻一翻，淋了些麻油进去：现在不是叫人民路了吗？你妈我现在又胡涂，找不见那块绿底洒金的招牌。转了几转，才看到有个新牌子，“回民饭店”。什么菜都没了，居然还留着这一道，改叫“美味肝”了。

云和见楚楚擎着手不说话，也不动筷子。就问，和老魏还好么？

楚楚点点头。

云和嘴里“哎”地一声，说你们看我这没记性。就站起身，忙颠颠地往厨房走，出来手里捧着一碗汤。

搁在楚楚面前，说，有点儿烫，趁热喝。

楚楚便说，妈，不是煲了一锅了么，这又是什么？

国忠说，还挺香，妈的手艺越来越来事，我也去盛一碗。

云和的眼睛立起来，说，你一个大男人，喝这个作什么？

楚楚将汤匙在这白生生的汤里搅一搅，说，男人怎么就不能喝？

这叫“开郁种玉汤”，里头是白芍，伏苓和当归。都是对女人好的东西。云和说，看你现在，成天没精打采，像个小老太太，要补一补。

楚楚喝一口，将碗推开了，说，太苦了，跟药似的。

云和口气硬了些，说，妈叫你喝，你就要喝。

楚楚一惊，见母亲已经软下来：你和老魏也有快两年了吧，家里也没多一口人。以前的事不提，现在看，老魏人是个厚道人。这孩子是单传，人家不说，咱们不能当没事人。这汤是补阴虚气滞的，你要多喝，兴许今年能怀上。

楚楚低下头去。国忠打岔说，妈，现在说这些干啥，楚楚还小。

云和嘴里就嘟囔，还小，三十的人了。

云和沉默了，她也看出今天晚上，兄妹两个有些异样。原本楚楚的性情不热乎，但总比国忠的话要多些。今天倒是国忠不着四六，没话找话说。

云和终于问，是不是单位里出事了？

国忠想一想，说，楚楚他们学校的孟校长，今天被小将斗了。要他们老师每人都写篇揭发材料。

云和说，孟校长，就是戴眼镜高鼻梁的那个？文气气的，是个好人。

国忠说，谁说不是。年中有人贴楚楚的大字报，提起一纬的事。多亏孟校长给挡过去，说年轻人走弯路不怕，根正苗才红。说咱们出身好，才选择和工人阶级结合的正确道路……要不年纪轻轻，给打进"死老虎"堆里，可怎么好？

云和放下筷子，轻轻地问，每个人都得写吗？

楚楚点点头。

云和又舀上一碗汤，放在楚楚面前。说，该说的，就说两句吧。

兄妹两个听母亲这么讲，都猛然抬起眼睛。云和的脸色有些难看，躲过儿女的目光，半晌，才缓缓开了口：你们都出去看看，街口的大字报栏，还有点儿空吗？向红妈跟我透信儿，居委会的刘老太太，说我不贴大字报，是阶级立场有问题。吓得我赶紧跟着人家贴。水泥厂的大老李，人家都说他作风不好，都贴他。我就也贴一张，贴他一见女人就望呆。

国忠看一眼母亲，也竟不知道说什么好。这大老李，是个鳏夫。十几年的老邻居了，从盐仓桥搬来的。多少年家里的煤饼，都是他帮忙给用板车运过来。

云和听着自己有些苍老的声音，连自个儿都觉得陌生。可是，她还是禁不住说下去。五十七号曹家，昨天下午给红卫兵抄了。曹先生你们都认识，和和气气的一个人，昨天给打得不像个人样子了。

兄妹俩都晓得，这曹先生人缘是不错的。在上海路后面开了间五金厂，解放前没听人蛊惑逃香港，解放后积极向党靠拢，抗美援朝捐款买飞机，三反五反认真坦白；资本主义工商业改造，他又交出经营大半辈子的产业，算是个地道的红色资本家。在邻居的印象里头，这谢了顶的中年男人整天穿着洗发了毛的中山装，见人客气地打招呼，并不起眼的一个人。

云和说，给打得不像个人样子了，站都站不起来。说他里通外国，投机革命，解放前养小老婆。这些有钱人，哪个解放前没几个小老婆。什么都抄出来，金银首饰，光曹师母旗袍抄出来三十多件。也作孽，要那么多旗袍作什么。可是大字报上说，还抄出了发报机和定时炸弹。曹师母给人捏了裤裆，说里头藏了变天账。你们说，一个女人家，给人捏了裤裆，往后还怎么活。这世道，毛主席不是说，人不犯我，我不犯人吗？云和突然站起来，放大了声量，眼里闪闪烁烁地。国忠赶紧哄她，说，妈，小声点儿。

两个人望着云和，心里都不是滋味。他们觉得这些年，母亲是有些胡涂了，可又清醒得很。胡涂是说得出的，年纪大了，以往的精灵劲儿都在消耗着。可是怎么个清醒，却是说不明白。

谁也没心思，这顿饭算囫囵地吃完了。

临了，国忠拿了张报纸将汤渣裹了出去倒。云和却赶紧叫住他，抖开来，眼睛里里外外过一边，才放他出去。国忠知道，她是要查看清楚报纸上头有没印着主席的宝像。

这一晚，楚楚住在娘家，彻夜没能睡着。

第二天清早，她红着眼睛，走进学校里。口袋里，是一封揭发材料。那种常见的印着语录的材料纸，在抬头上写着，“凡是敌人反对的我们就要拥护”。楚楚写，一九六六年的三月份，她去校长的办公室，见到校长正在临摹书法，校长告诉她，临的是《郑文公碑》，是北魏的郑道昭纪念他父亲的。郑道昭是当时的光州刺史，这作品是封建反动官僚文人纪念拜祭封建主义阴魂的，是应该被人们踩在脚下的“封、资、修”毒草。

楚楚经过传达室，见薛大爷遥遥地向操场的方向张望。见是她，便压低声音说，孟校长今天早上死了。

楚楚口袋里的手一颤。

人刚刚抬走了。天蒙蒙亮，红卫兵看他过了一夜，将息过来了，接着斗他。一个女红卫兵摘了他的手表，用手绢包了塞到他嘴里。谁知道他一扬脖子，吞下去了。活活给噎死了。可惨了，脸都给憋青了。

楚楚快步走到暗处，让泪水不止尽地流下来。口袋里那几页纸，已经被手心的汗湿透了。

云和早上起来，见向红妈站在树影里，手里拎着扫帚把。

两个人问了好。

向红妈抬抬头说，今年的桂花，开得晚，现在还一个劲儿往下掉。

云和说，是啊。

这院子里的桂花树，是一株金桂，很老了。开了花，甜腻腻地香，味又浓厚，整条街都闻得到。院子里的两家人，到了这时节，都会铺一张报纸在树下面，接那刚刚谢落的迟桂花。向红妈教会了云和做桂花糖。看那星星点点的花朵渍在糖里，由明黄变成深黄再变成酱褐色，便成了。打开瓶子，满屋子都是醉人的味儿。平日吃藕粉时候搁上一勺，封得好，一直可以吃到过年十五，拌在馅子里包元宵。住了这些年，成了传统，连三年困难的时候，都没停下。可是今年，却都把这茬儿给忘了。

云和捡起一粒桂花，在手指间轻轻地碾碎，问道，这阵儿怎么不见向红？

向红妈便说，串联去了。说要去北京看毛主席。

云和说，这么小的孩子，你放心？

向红妈叹一口气：走了好，轻省。你听不见这些天家里闹的。说她爸是“老保”，阻挡革命前进。爷俩在家里，拍桌子打板凳的。我心里那个怕。

楚楚断续地知道了发生在母校的事情。校长，被斗了。校长是个老革命，六三年南下任职，现在从汉口路的宅邸被赶出去。学校党委要做的第一件事情，是收回他的防卫手枪。校长哈哈一笑：“手枪就在枕头下面，拿去交掉，你们是怕我自杀。放心，我这个人从不绝望！”

大学里两个年轻的教师，各立山头，组织了造反的队伍。声音，在南京城里，如火如荼地响起来。

这时候的南京城已入深秋，面目肃杀。宽阔的马路两边贴满了大小字报，甚至贴到了路边的梧桐树上，贴了又贴，如同补丁上摞上了补丁。一些没有贴牢的，被风吹落了，飞扬起来，啪地一声打在了过往行人的身上。揭下来，定睛一看，这纸上写着一个陌生的名字，被画了一个鲜红的交叉，前面是“资反”、“黑帮”一类的字眼。

但是，也在这马路上，有一些更热烈的东西。这就是忽然间兴起的街头辩论。辩论的地点，往往在马路的安全岛上，自行车道和汽车道中间隔着一条不太宽阔的水泥平台。多半在市中心，比如在新街口的位置。如同一些天然的擂台，从下午到晚间，聚集着一堆又一堆的人群，在昏暗的路灯下辩论着革命的问题。辩论的双方，无外乎一派造反，一般保守。在辩论的初期，是势均力敌。或者一时间谁落了下风，也会有政治见解一致的同伴来支持，形成了此消彼长的亲密关系。也有时候，两个辩论得不亦乐乎的人，忽然间惺惺相惜，便谈论起与革命无关的事情，令人侧目。但无论怎样，天晚了，肚子饿了，便各自散场回家，这是不会变的。

然而，当进入冬季的时候，有一方的声量，却越来越微弱。保守派的名声越来越臭，被人称为“老保”，成了一个贬义词。

对于海纳的到来，云和是缺乏思想准备的。

冬至，云和照例起了早，去市场上买豆腐。这一天的夜顶长。“吃了冬至面，一天长一线”，过了冬至就好了。

老南京人讲究过冬至。“冬至大似年”，是阴极之至，阳气始生。而豆腐呢，是吃它一个“金气”，用来克杀阴气。所谓“青菜豆腐保平安”。往年冬至，云和还要去买些纸钱，依“烧包”的老例，烧给两个人，一个是死鬼陈旅长，一个是楚楚的亲阿妈。今年，却也免了。云和一路在心里念“阿弥陀佛”，请他们两个不要怪罪。说要是今年给人贴了大字报，来年想烧也不成了。

云和就这么一路念叨着，见海纳正等在家门口。

海纳裹在一件军大衣里，弓着背，看见云和，暗中将身体挺挺直。

几个月不见，海纳瘦多了。在灯底下，眼睛虚肿着，竟没了往日英气果敢的神采。说起话来，声音还是宏亮的，可是，却有些沙。海纳从来不是拐弯抹角的人，可这次打坐进了屋里，就只是寒暄。云和终于站起身，说，看你，要来跟我说一声，我多买些菜。今天过冬至呢。

海纳沉默了一下，说，老姐姐，其实我今天来，就想吃一餐你做的饭，想吃你做的松鼠鱼。

云和听见海纳说这个话，本是孩子气的，可脸上却是郑重其事。

海纳对警卫员说了一句什么，云和看见这个年轻人从草编口袋里掏出一尾黄鱼来。这鱼其实有些干瘦，看上去也不怎么新鲜。原本不是上黄鱼的季节，要寻到这样的鱼，也并不容易。

云和将这条鱼拎进厨房，过上清水。然后和上糯米粉，打九层糕。这是“冬至”里的一道甜食，用糯米捏成各种象征吉福禄寿的动物。今年也是化繁为简，不过家里的两头小牛是不可少的。想一想，云和又捏上了一只羊。

云和将糕放在笼屉里蒸上。回身看见海纳坐在堂屋里头，眼睛愣愣地望着写字台上的毛主席像。海纳是个精神不济的样子。头发也白了，也是个半老的人了。云和看在眼里，不知道为什么，心里有些疼。

国忠与楚楚回家来吃饭。老魏也来了。加上海纳与警卫员，这家里的人空前地多起来，却并不是热闹。见了面，彼此都有些拘谨。菜上了桌，大家谦让着，然后是默默地吃。

直到云和将九层糕端上来。国忠与楚楚接过两头牛，都恢复了小孩子的欢喜。云和将那雪白的小羊夹在了海纳碗里，说，你的。海纳愣一下，迅速地意会了。这是她的生肖。她眼里闪了闪，竟是受宠若惊的表情。然后，笑了。这笑是云和没见过的，眼角舒张开，目光松弛，没有了顾虑和矜持。

然而，就在这笑容里，其他人看见女首长的鼻翼翕动着，发出了沉闷的声音。突然间，海纳的肩膀剧烈地抖动，犹如蚊嘤一般，不能自制地哭起来。

她无法停止，身体抖动得更为厉害。云和站起身，走过去，揽过海纳的头，搂在自己怀中。任她的哭声，在棉袄里压抑地变成极细隐的啜泣。

这个人，这么些年，就这样和这个家庭不即不离。大多时候，她指引着这个家庭的航向。云和，其实是用一颗坚硬的心和她相处着。因为初时的戒备，因为她的专断，或者，只是因为她的知情。然而，当她们都老了。云和才发现，这坚硬的，其实是冰一样的东西，已经融化得温软，松脆。一触即破。

云和抬起手，轻轻地碰触了她的头发，然后抚摸下去。这些头发已经有些枯干了。白的、灰的、黑的，缓缓地在云和手中滑过，再滑过。

海纳终于哭够了。她呜咽了一下，扬起脸，却不知道能说什么，唯有正襟危坐。

松鼠黄鱼是最后上来的，酸甜的香气在屋里弥漫。

海纳将一块鱼肉放进嘴里，等待那熟悉的味道在口腔里漫溢开来。海纳满足地闭上了眼睛，云和看见，一行泪又沿着她的脸颊淌下来了。

在这个新年冷冽的清晨。两队人马在反帝南路上的江苏饭店遭遇。

这是一场原始的武斗，刀剑之类的冷兵器都寥寥，却伤者甚众。 武斗的一方是南京工人赤卫队，另一方是南大南工南体那帮对红太阳忠诚无限的大学生。

上海市委的失守，令南京的革命情势山雨欲来。造反派们，以敏锐的革命洞察力，识破了资反路线卫道士们的机心，决定擒贼先擒王。

砖块与消防水龙对抗的战局，终于以负隅顽抗的“老保”失败而告终。

武斗现场被保留了一个星期，用来教育南京人民。

这就是著名的“一三事件”，江苏省委和南京市委痛失街亭。

接下来的“一二六”夺权并无悬念。只是为革命群众组织的兄弟阋墙埋下了伏笔。一个说“夺权好得很”，另一个则反戈一击，说“抢印好个屁”。南京的造反派由此分成了声名卓著的“好派”与“屁派”。

那一天五台山体育场的万人批斗大会，云和去看了。她本不想去，可向红妈说，原先只是刘老太太一直盯着你。现在居委会也被夺了权，造反派的厉害，你可得知道好歹。云和被她说得有些怕，终于还是去了。

到处是招展的红旗与横幅，高挂的伟人像，挤挤挨挨的人头和喧腾的人声。云和有些眼晕，和向红妈胸贴背地往前走。前面是几个小伙子，举着“遵义区齐虹桥革命居民委员会”的牌子，理直气壮地在人群中挤过去。他们在离台前还有一百多米的地方停下了，因为再也无法前进。

台上站着红卫兵和工厂里的造反派，一色鲜红的袖章。面目却有些看不清。场上的高音喇叭一遍遍地播放着“东方红”。人群密集地向台前涌动。看得见一些穿军装的人，荷枪实弹地维持着秩序，是南京军区派来“支左”的解放军战士。

这时候，突然有个雄浑嘹亮的声音在空中响起，“全世界人民团结起来，打败美帝侵略者及一切走狗！全世界人民要有勇气，敢于战斗，不怕困难，前赴后继，那么，全世界就一定是人民的。一切魔鬼通通都会被消灭。”巨大的声浪一波又一波地翻滚，灼烧着场上的气氛。人群情不自禁地抬头，目光凝聚，似乎在捕捉着令人心潮澎湃的声响。场上渐渐沸腾。远远地，一个造反派抬起了胳膊，振臂一呼：“毛主席万岁，伟大的无产阶级文化大革命万岁！”

台下顿时举起了千万条如林般的臂膀，为伟大领袖祝寿的呐喊声响彻云霄。几个女红卫兵，穿梭在台前，翩翩地跳起了“忠字舞”。

当人们稍稍冷静下来，有个凌厉的男声，恰似一声断喝：“把反革命修正主义分子江伟清和资产阶级走狗集团带上来。”云和看见，十几个衣着灰暗的人被反剪着双手，带到了台上来。他们每个人胸前都挂着纸牌。站在最前面的那个，是姓江的省委书记。他身形十分高大，又戴着一尺多长的高帽。站在台上，倒削弱了两旁押送他的红卫兵们的气势。红卫兵迅速意识到这一点，一脚踹在他膝弯上，他便“扑通”一声跪了下来。“江伟清，今天给你机会，对革命群众交代你的罪行。去年冬天你图谋不轨，策动群众斗群众，阻碍伟大无产阶级革命，你有什么话好说？”这声音凛然，跪下的人埋着头，一言不发。在缄默中，气氛紧张起来。说话的人就有些不耐烦，大声喊，“反动派你不打它就不倒！还等什么！”红卫兵们立刻拳脚交加，打在这个姓江的人的头脸上。台下有人高呼：“打倒三反分子江伟清！”人们立即呼应。

然而，突然出现了一个奇异的声响，令场上一片沉默。云和也清清楚楚地听到，这个声音简化了三反分子的名字，喊出的是“打倒江清”。所有人不寒而栗，伟大领袖的亲密战友，家喻户晓。一个瘦小的身影挣扎着被从人丛中揪出来，消失不见。

云和身边有细小的声音说，该打倒，狗日的江伟清，办公室里头一个红木的字纸篓子，要八百多块。旁边有个声音就吃惊地说，乖乖隆地冬，我家老头一个月工资才三十三，两年工资换个字纸篓，了戏！上一个声音就偷笑，你什么命，人家什么命？看那个姓彭的，现在是歇的了。人家原来神气的来，老婆养的猫，一天要哈一条半斤重的鱼，你呢？一个月凭票才二两。两个人边说边义愤起来。云和不知道，前一阵，造反派开放了省办公厅的“书记楼”给群众参观，用“走资派”的穷奢极欲教育群众。她只是觉得，身边这一唱一和，倒是有趣味，于是渐渐走了神，不再管台上发生些什么。

在批斗大会接近尾声的时候，人群里响起了嘈杂的声音。几辆大卡车轰隆隆地开到了主席台前。台上的“走资派”们走下台来，与台下的同类汇合，林立的高帽形成一道奇特的洪流，声势浩大，蔚为壮观。

那十几个刚刚在台上的，被陆续赶上了车厢。走在最前面开道的卡车，驾驶室前支起一幅巨大的毛主席像。后面紧跟着插着红旗架着大喇叭的宣传车，然后是省市委“三反分子”们的游街车，最后才是浩浩荡荡的“走资派”队伍。宣传车上撒出雪片般的传单，号召全市人民行动起来打倒以“刘邓陶”为首的走资本主义道路当权派，将无产阶级文化大革命进行到底……

当游街车缓缓经过人群的时候，云和看到了一张熟悉的脸。是海纳。她的心猛然揪起，是的，是海纳。海纳低着头，散着眼神，无血色的面庞上被用墨汁涂抹了怪异的图案。这时候，卡车颠簸了一下，海纳抬起了头，眼睛竟与人群中的云和撞了个正着。她愣住了，迅速侧过身体，躲闪了几秒，却终于又扬起脸，目光如炬。在她扬起脸的一刹那，身后的造反派使劲摁了一下她的头，却掀翻了她的高帽，露出了丑陋尴尬的阴阳头。她挣扎了一下，又看看云和，笑了。笑得十分惨淡。

车开出了人群，云和紧跟了几步，终于还是看着它远远地走了。

在回家的时候，经过长江路上的南北货商店，墙上贴了一张“特大喜讯”的大字报，上头写着叶剑英元帅最近的一次讲话，他说，我们伟大领袖身体非常健康，医生说，毛主席可以活到一百五十岁。向红妈便悄声对云和说，毛主席不是说万岁吧，怎么又变成一百五十岁了。她顿一下，自知失言，便又说，一百多岁也是长寿了，只有伟大领袖活得到。一面偷眼看云和。却见云和似乎并没听见她的话，只是背过身，用手一下一下地抹眼睛。

楚楚晚上回到家，见门虚掩着，推门进去，见屋里黑漆漆的地一片。窗边映出一个人形，是老魏。

楚楚打开灯，看老魏正木木地站着抽烟。

她皱了皱眉头，问老魏，怎么没做饭？

老魏转过身，将烟头狠狠掷在地上说，俺就只是个烧饭的吗？

这话说的，让楚楚有些吃惊。但是，她还是放下包，平心静气地问，怎么了？

老魏用脚碾了碾地上堆满的烟蒂，语气也缓和下来：今天厂里的杨大头找我谈话，说我的政治立场不明朗。

杨大头是厂里的造反派头头，原先是个不起眼的二级工，不晓得几时就领导起了厂里的革命。楚楚注意到，当老魏谈一些郑重的话题，往往会克制住自己的乡音，说“我”而不说“俺”。她想一想，问道：杨大头怎么说？

老魏似乎踌躇了一下，说，他说从你老婆到大舅子，都是岸上观景的逍遥派。革命洪流一日千里，覆巢之下，岂有完蛋。

楚楚咳嗽了一声，说，是“岂有完卵”。

老魏说，现在厂里也停了工，每天都在闹革命。“老保”也倒台了。原先跟我打篮球的那伙人，都跟了杨大头。这可好，我带的学徒，个个都比我进步。

楚楚没说话，半晌，才问老魏，加入了“造反派”，政治态度就明朗了？

老魏搓一搓手，不置可否地说，我也不知道该加入哪个。

这夫妇两个，当晚没有说更多的话。老魏照样生了炉子，默默地做饭。吃完了饭，楚楚默默地洗了碗，就走出去，将楼道外头晾着的衣服收下来。老魏的白衬衫上，不知被谁贴了一张传单。传单印刷得很粗劣，每个字都毛茸茸的，是墨水洇开了，“反革命”三个字却用密密麻麻的骷髅骨构成，有些触目惊心。

晚上，两个人背靠背睡在黑暗里头。楚楚听见老魏终于轻轻地说：一个大男人，整天没的屁事，就这么擎着。你以为好受？

老魏加入了机械厂的“红总”。

人好像是精神了些。楚楚并不知道他究竟做了些什么，只是偶尔有几次，一伙人戴着红袖章，气昂昂地从楚楚的小学校门口经过。楚楚就看见老魏在其中，一张黑脸膛，很带了几分喜气。

但是，他们的生活，还是小有变化。老魏似乎回来得越来越迟。开始的时候，几次下班到家，楚楚撞见老魏气喘吁吁地跑回来，给她做饭。楚楚便说，你有事去忙吧，我自己弄着吃。

老魏便感激地眨眨眼，说，再忙俺也要给俺老婆做饭吃。

后来，便真的要经常面对清锅冷灶了。楚楚做了几次饭，吃得自己皱眉头。便在学校的食堂吃好再回家，再后来，就回到娘家去吃。云和开始没说什么，但是有一日，却叹口气，说，老这样也不行，总得有个过日子的样儿。

楚楚便小声说，妈，咱们家难得出个革命派，你应该支持。

然而，令楚楚意想不到的事情，其实是发生在了一天夜里。楚楚半梦半醒间，感觉老魏的身体压向自己。老魏喘息着，那动作中的鲁莽与直接，都是很久没有过的了。楚楚有些抗拒，然而老魏将她的脸扳过来，吻她，口腔中烟叶味道让楚楚心惊了一下。头脑里风驰电掣，是两年前的雨夜。但是，这时候，她已经感觉到体内火热地被充盈了。老魏肌肉紧绷，用铁一般的臂膀搂住她，将自己深深地楔入。楚楚在惊惶里，突然感到一阵快意，她不禁颤栗了一下，这是以往没有过的。

老魏变得生龙活虎起来。以后的每一天夜晚，老魏如同牛一样，一头犁地的牛，勤恳，专注。渐渐地，她成了他的地，让他投入地开垦，翻腾。一天完事，沉沉地睡去之前，楚楚听见老魏嘴巴蠕动了一下，喃喃地吐出两个字：儿子。

再后来，听了造反派在外面的所为，楚楚还是有几分担心。不经意流露出来，就有同事劝她，“红总”在南京城里势力很大，又有中央撑撑腰，是造反派的核心力量。另外一个，叫“八二七”的，没夺到权，现在沦为“屁派”，给赶到下关和火车站去了。

楚楚对“江苏红总”没什么了解，只知道首脑是母校里一个年轻教师。倒是"南京八二七"有一回在小礼堂作报告会，给她遇见。她看见"八二七"的首领正在台上，看上去年轻得很，还是个二十六七岁的小伙子。相貌生得不错。听说是姓曾，颇有些家世渊源。讲一口略带南方口音的普通话，口才了得，两个多小时的大会演讲，只用了一张纸的发言提纲。他的发言很有渲染力，中间经常被听众打断，仍也是处变不惊的样子。楚楚记得，他把当时"八二七"的根据地"下关"称为解放区，还引用了"解放区的天是明朗的天"的老歌词。只是这个人听说出身数学专业，讲文采韬略，到底输给了中文系的"红总"首脑。

关于那场武斗，几十年以后的老南京人，仍然记忆犹新。但是说起来，都是津津乐道的口气。其中的惨烈与不幸，已经稀释在了四十年前那个夏天郁躁的空气中了。

一九六七年八月十六日上午九点半，中国自行设计、制造的南京长江大桥正式合龙。这是长江上第一座由我国独立建造的双层双线式铁路、公路两用桥，自一九六零年动工，已逾时七年。三年困难时期，苏联专家撤走，大桥在磨难中修修停停，终于完工。

上午十点，造反组织"八二七"为庆祝长江大桥合龙胜利，在大桥召开庆祝大会，参加大会的共二千多人。

由"八二七"来庆祝这件事，大约在南京的老百姓看来，也可算顺理成章。毕竟，这时候的"八二七"，已处于偏安一隅的地位，但却占据着尚未通车的南京长江大桥，司令部就设在桥上。大桥附近的水域也在其势力范围之内。市面上就有传言："红总"准备攻占南京长江大桥，彻底捣毁"八二七"的司令部。此时"文攻武卫"的口号正渐渐深入人心，各地武斗升级，这传言便没人敢视作空穴来风。所以，就见得到主桥上和引桥旁布满了荷枪实弹的红卫兵。也有些笔直地站在了刚刚落成的工农兵雕塑底下，庄严中就又带了些使命感的意味。总路线、大跃进和人民公社的三面红旗，都成了严阵以待的背景。

上午十一点四十分，庆祝大会结束。"八二七"们沿着中山北路游行返回。

下午一点四十分，当游行队伍经过东方机械厂的时候，却被拦住了。拦截他们的正是老魏所在的"红总" 组织——"一一八"红卫军。老魏站在队伍中，看见杨大头走过去与"八二七" 的头头交涉，要求搜查游行队伍携带的武器。他的神气，未免趾高气扬，指斥"八二七"方面身携武器，明里是游行，其实是为向"红总"示威，勒令他们放下武器才可以通过。

"八二七"的头头并没有多话，只是回过头看了看。他的部下们，将手中的武器握得更紧了些。这个头头就说：大桥合龙是毛泽东思想的伟大胜利，开庆祝大会理所当然。"红总" 如果要挑衅，"八二七"对任何无理取闹一定会不客气。

这时候烈阳当头，人们未免都有些心浮气躁。

僵持间，老魏突然听见天空中传来一声枪响。枪声并不知道是来自哪一方，然而，却在一瞬间点燃了战火。

双方的队伍，迅速地纠结在了一起，没有任何过渡。这是刚才引而不发的结果。

一场冷兵器至上的战斗。棍棒，砍刀，甚至砖块。机械厂这边的武器，多是一种锈黑的长矛，其实是用厂里的建筑角铁磨砺加工而成，做工粗陋。但是，锋利无比。

这斗争中的激烈与凶狠，是老魏很久没见过的局面。他眼前有些恍惚，仿佛回到了少年时男孩们打斗的场景。同样的原始与火热，但是，这是一群成年的男人。

身边一个战友捂住额头，鲜血从指缝间汩汩地流出来。老魏才大叫一声，投入了这场混战。

人们，终于都留意到了这个身形高壮的黑脸汉子。他举着长矛，鲁莽而身手敏捷地东奔西突。他的不要命的架势，一时间让四周围的人，都感到有些惧怕。他所到之处，人们渐渐避让，情愿转而与他人交手。就这样，老魏的骁勇，使得这战争笼罩上了更为浓烈的杀气。

铁器剧烈的碰撞声夹杂着五花八门的吆喝怒骂声不绝于耳，人们渐渐都有些疲惫，他们只是依照着身体的惯性在拼杀。有些人倒下去，艰难地在地上爬动，却绊倒了自己战斗中的战友。于是在战友的诅咒中承受了一砖头的打击，终于昏厥过去。

只有老魏，他是无意识的，他只觉得越战越勇，在全力以赴地实现作为男子汉的事业。在混乱与紧张间，交战双方并未注意到，马路两侧已经聚集了黑压压的围观的人群。时不时会传来叫好的声音。这亵渎的声音，将他们的战斗视为表演，令他们更为愤怒。对彼此的仇恨，也愈加深重。突然，“八二七”的方向，扔过来一颗手榴弹。爆炸声轰然响起，所有的人都趴倒了。火光与烟雾散去之后，人们看见，刚才的黑脸汉子，已经倒在了一片血泊中。

老魏醒来的时候，动弹了一下身体，感觉到了胳膊腿都还在。楚楚坐在他身边，对他微笑了一下，却别过了脸去。老魏捕捉到了她脸上的一丝抽搐。当老魏发现了，他因失血过多而煞白的脸，变成了青灰的颜色。

在他昏迷的十二个的小时，医生给他动了手术，切除了他已被炸得血肉模糊的睾丸。

向红回来的时候，天还蒙蒙亮着。

云和也不知怎么了，睡不踏实，一大早就醒了。索性起了身，洗洗涮涮，拎了马桶去巷口倒。出了院门，看有个人蜷在大门口。这时候的南京是秋老虎，天燥热得很。这人却裹了件脏兮兮的军大衣。云和不是多事的人，这年月的乱劲儿，人如牛马走，多一事不如少一事。可她一转念，想起前些日子传“五湖四海”的那些事，心里直打鼓，就警惕起来，多看了一眼。

这一看却觉出这人的眼熟，禁不住喊出来：向红。

这人给喊得一激灵，也抬起脸。可不就是向红。原本的圆圆脸，瘦成了尖下巴。头发披散在额头上，整个人都灰扑扑的。向红木木怵怵，见是她，艰难地站起身来，就要跑。可脚好像麻了，一趔趄就要倒下去。云和赶紧扶住她。她垂下头，轻轻叫一声：姨。

云和问，什么时候回来的？

向红沉默了一下，说，昨天夜里。

云和就很责备地说，在外头蹲一夜？你这孩子真不懂事。外头多危险，还嫌不够乱。来，姨陪你回家。

向红身体往后撤着，声音带着哭腔，姨，我不想回家。

云和就有些生气，说，还记挂那些陈芝麻烂谷子，天下无不是的父母。你都不知道，你在外头这一年，你爸妈有多心焦。

向红就捂了脸呜呜地哭起来。泪水和泥，脸花成了一团。云和被她哭得有些无措，叹一口气，唉，也好，你这样儿，你爸妈看见还不知多难为。来，先跟姨回去，洗洗换身衣裳，咱干干净净地回家。

进了家门，云和才闻见向红身上一股子汗馊味。她想，这孩子在外头，兴许也吃了不少苦。就打了一盆洗脸水，又到里屋去翻翻找找。一边找，嘴里又问：向红，有没有见着毛主席？向红远远地应，见了。那北京的人多不多？多。这么总算找到了楚楚的一条连衫裙子，云和兴高采烈地出来，说：向红，快换上，看多好看，你楚楚姐的。她这几年打扮得像个小老太太。这么漂亮的裙子，咱向红穿正合适。

云和见这孩子站在原地，一动未动。还捂在军大衣里，扣子扣得严严实实。云和便佯怒道：这孩子缺心眼儿不是，快脱下来，这么热的天，痱子都捂出来了。

说着，就过来给她解扣子。向红的眼里却是惊恐的神色，紧紧后退了几步。这时候天已经大亮了，一缕阳光打在了向红的脸颊上。云和看得真切，向红的脸上长了深深浅浅的斑。

云和心里“格登”一下，她尽量用很轻很清楚的声音说，向红，脱下来给姨看看。

向红还在往后退。

突然间，向红脚下一软，跪在了地上，哭着说，姨，我该怎么办。

在云和的逼视下，向红以极慢的手势，一粒粒解开了大衣的扣子。在里面，只穿了一件男人的汗衫，肮脏地泛着黄。却将她腹部浑圆突兀的轮廓，勾勒得清清楚楚。

云和心里一阵憋闷，堵得心口发疼。

向红，还只有十七岁。

云和努力让自己镇定下来，告诉姨，是谁？

向红不能自制地痛哭了。在这断断续续的哭声里，女孩将她这一年来的欢乐与苦痛如潮水般地倾倒出来。云和没有打断她，只是安静地听，但是在心里最柔软的部分，却不断地被她的话扎一下，又扎一下。

说到最后的时候，向红已经精疲力竭。但是云和还是听清楚了，她用气息微弱的声音说：他是我的阶级战友，我爱他。

这个阶级战友，其实是向红串联时在北京认识的一个西安人，是陕西造反派“工联”的红卫兵头头。两个人私订了终身，后来又去了山西、河北与东北三省。在云南的时候，向红甜蜜地告诉他，他们有了爱情的结晶。这男人在兴奋中，给了她许多的承诺。然而，有一天向红在睡梦里醒过来，发现男人不告而别。留下了一封信给向红，说，因为革命工作，自己要先回到家乡去。让向红等他，他会来南京找她。

听到这里，云和狠狠地扬起手，想打在她身上。但是，终于垂下。云和紧紧地搂住了向红。孩子，你胡涂啊。做女人，要看清楚路再走，不然，会毁了自己一辈子。

这时候，向红感到有一滴温热的水，落到了自己的前额上。她抬起脸，看见云和表情漠然，眼底却已激荡成一片。

向红的爸妈在打击之下，已经无法言语。哥哥向东，远在新疆建设兵团。况且这火爆脾气的小伙儿，知道了事情，后果难料。情势逼迫下，云和竟成了要拿主意的人。

向红到底是个孩子，自己说不清楚，但是云和看肚子的大小，也该有五个多月了。打掉是很难了。在漂泊中，向红从未打算打掉这个孩子。她说，他来找我，孩子没有了，他会恨我。

关于这孩子的父亲，向红除了知道叫“马文革”外，竟然说不出更多来。这名字对于寻找是没有意义的，这年月，全国大概有千万个马文革、李文革与徐文革。大概还知道的就是，他们家附近有一家很出名的羊肉泡馍饭店，他答应要带向红吃上一个够。

向红说着，还在为这微小的憧憬感动。云和叹一口气。她与向红的爸妈使了个眼色，三个大人走出去。

云和说，生下来吧。

刚才还心神不宁的向红妈，听着浑身一颤，说，不行，这孩子生下来，向红下半辈子就算是完了。

云和说，可孩子都怀上这么大了。

向红爸黑着脸，手指深深地插进头发里，突然抬起头，迸出一句：是她自己作孽，这样活着不如死了算。

向红妈却又不愿意了。她哭喊起来，你是孩子的后爹啊？是要孩子的命，还是要这张脸。

云和便知道，这老两口儿已经胡涂得想不清道理了。她便说：看情形，还是要生下来了。可向红还是个闺女。你们在乡下可有亲戚，寄在那里先养。等闺女嫁人了，以后再慢慢说。

向红爸想一想，叹口气说，绍兴老家倒是有的，可是，这年月，谁愿意再多一口子人。

云和也觉得很为难。

这时候，门却突然打开了。

向红半裸着身体，跌跌撞撞地走出来，将隆起的腹部暴露在大人们面前。她用力嚎出来：我自己养，就算要饭，我也要把他养活大！

楚楚回到家，见母亲倚着桌子长吁短叹。问起来，云和想了想，便跟她说了。

云和说，也就三四个月了。这生下来，可怎么弄，没法养啊。

楚楚也就沉默了。过了许久，云和听见她说，妈，你跟隔壁说，我来养。

云和听得一愣，她看见女儿坐在灯影子里面，低着头，手指头却绞在一起。云和是知道楚楚的心思的，便问：老魏又说什么了吗？

楚楚昂起头，脸又虚白了些，却对云和摇一摇头。

这半年多来，这小两口儿过的日子，云和是晓得的。她不知背地里流了多少回眼泪。老魏出了院，谁都觉出不会太平了。楚楚是个硬脾气的孩子，好歹都不往外说。只说老魏现在不怎么说话了，兴许过了这阵儿就好了。直到有一回，回到家里，云和见她嘴角淤紫着，追问起来，才知道老魏喝醉了回家撒酒疯，打了楚楚。醒了酒却又后悔，搂了楚楚哭，扇自己嘴巴子。楚楚知道他心里苦，也就承受着。老魏是退出造反派了。可“红总”却派人来找他，让他现身说法，声讨“八二七” 的罪行。老魏就将他们打了出去，说，你个狗日的杨大头，你断了我魏家的子孙根。老子打你个断子绝孙狗日的！一边喊，一边哭。哭完了就去喝酒，喝醉了回来，又要撒酒疯。国忠忍无可忍，找到家里来，一顿拳头把他打清醒了。他呆呆看着国忠，突然就把头往墙上猛劲儿磕，边磕边喊，她哥，我对不起楚楚啊。我当初要不对楚楚那样，老天爷也不会这么治我，让我老魏家断香火啊。

云和想到这一层，有些恨，却又一阵辛酸。虑一虑，楚楚是个心思缜密的女孩儿，也不是胡乱来的。便坐下来，攥着她的手，说，孩子，这事可得想想好啊，没有回头的箭。

楚楚对着母亲虚弱地微笑了一下，郑重地说，嗯。

开春的时候，向红生下一个男孩。七斤六两。

在郊区的一个小医院生下来，不管向红的哭喊，直接抱去了楚楚那里。

这孩子骨架长大，但是很黑瘦。老魏便说，这么黑，跟块炭似的，像俺。旁人听了，都觉得这话是言不由衷，是要说服自己。可是见老魏，眼里却是真正的欢喜，就都有些松了口气。

云和是真的将自己当外婆了。为了避嫌疑，她便去楚楚那里照料。向红爸妈却是嫌恶这个孩子。看了一回后，便再也没上门。

向红的软禁生活并没有结束，向红爸打了一副镣子，除了吃喝拉撒，不能离开床头一步。头天是想孩子，奶水来了，涨得向红疼得哭闹。向红妈没办法，先是用手挤出来，后来只有抱着女儿一起哭，哭得脑仁儿疼。直到回了奶，也出了月子了。

云和给孩子喂奶糕。这孩子不挑拣，食量又很大，身体渐渐结实起来。满月的时候，就褪去了一层黑皮，长成了一个白胖小子。老魏帮他换尿布，小鸡鸡昂起来，冲着老魏滋了一脸。老魏倒开心得很，抹一把脸，说好小子，牛牛有力道，将来娶了媳妇，要欢喜死她。这话说得有些粗，云和却听出了打心底里的爱。也觉得这孩子与老魏是有缘分的，她与老魏也因此比以往融洽了些。倒是楚楚，回到家里，在中间并不知道干什么。事情都被云和与老魏做完了。她倒是想抱抱孩子，尽尽做母亲的责任，但是抱起来，孩子却震天响地哭。老魏就赶紧接过去，哄着哄着，孩子就安静了。

孩子百日的时候，向红的身子恢复过来。向红知道孩子是给送到乡下亲戚家，却又不知道送到何处。心里想得紧，却也没办法。又将息了几天，老两口儿就敢让她出外了。

向红却在外面遇到了老同学。原来他们早回来了，才复课闹革命没几天，现在中央正号召知识青年上山下乡接受再教育。向红便问都去哪些地方。说是去苏北，皖南。向红又问，有没有更远的？同学就说，多少人都不肯走。你倒要去更远的。向红点点头，说，告诉我去哪里报名，去得越远越好。

向红妈看见女儿拿回家的通知书，说要办理户口跟粮食关系转移手续，大惊失色。说有你哥一个在兵团还不够吗？你又要走。向红说，我是要走。我呆在家里，想孩子要想疯了。我不走也可以，你们把孩子给我抱回来。

向红走那天，她爸狠下心来，没去送。她妈偷偷溜出来，拉着她哭得上气不接下气。云和说，向红，去了就好好接受教育。以前的事情，过去就过去了。向红一把将胸襟上的大红花扯下来，扔到她妈脸上，说，对，都过去了。我不会再回来了，这个你带给老头子，给他做花圈。

接下来的日子，这么着一天天地挪过来，也是不声不响。

云和又把粮食本落在粮店里了。

快到了巷口才发现。赶紧将孩子递给楚楚，让她先回家去，记得把炉子生上火。

孩子还睡着，这下却醒了。刚要闹，云和将脸贴在他的额头上，响亮地亲一下，说，老虎乖，婆婆回头就来，给咱老虎蒸鸡蛋羹。

楚楚抱着孩子，看着母亲有些蹒跚的背影，觉得母亲真是老了。可是，人还兴头头的。

拿了粮本回来，云和又顺道买了条青鱼。

一个浦口的农民在街边偷着卖的，鱼还新鲜得很，只是还不得价。

又走到了巷口，却撞见向红妈。向红妈一步三回头地往巷子里张望。云和跟她打了招呼，向红妈赶紧将她拉到一边去，压低了声音说，哎呀，不得了。前年搬来的那个洋女人，原来是个卖货，“清队”给清出来啦。听说是从上海上来的。解放前就在傅厚岗做，还卖给过日本人，作孽哦。

云和心里一动，遥遥地往巷子里看一眼，说，不是都改造了吗？

向红妈叹口气：谁说不是，听讲以前在文化宫做过清洁工，后来因为是白俄，给当“苏修”赶出来了。看她年纪也不小了，居然又零敲碎打地做起生意来。你说，得多老的男人才能看得上她，现在风声又这么紧。正斗着呢，你过去看看吧。

巷口里已经聚拢了黑压压的一群人。

云和说，也是个可怜人，兴许是没的办法了。

往前走了没几步，就听见人堆里传出来震天响的哭喊。还夹杂着一些笑声。这笑声是很欢乐的。

经过的时候，云和看到一堆棕灰色的蓬乱头发在人丛中摇晃。这时候，几个男人挤了出来，人群便裂开了一条很大的缝隙。云和不禁停下来，看见那洋女人耷拉着脑袋，被捆在胡桃木的梳妆台上。她臃肿的身体，套在一件过于紧窄的桃红色的布拉吉里。颈子挂着一双破旧的解放鞋，旁边的人狠狠地用皮带抽打她一下，她中气十足地号叫，解放鞋便在大胸脯上跳跃起来。她的嘴巴被用唇膏涂成了血盆大口，甚至染到了牙齿上，每叫一声都有着可怖的滑稽。这时候，一个大概是居民革委会的人，用扫帚挑着一条肥大的缀着蕾丝边的内裤，要套到她头上去。她昂起头挣扎起来，脑袋大幅度地晃动着。人们再一次爆发出笑声。

突然间，目光在她散漫失焦的灰色眼睛里，凝聚起来。她突然不动了，云和看见，她的目光穿过人丛，停留在了自己的身上。

云和低下头，侧过身子，准备走掉。

这时候，却听见女人口齿清晰地用南京话说：你不要走，程云和。

这震颤着小舌音的南京话，让所有的人愣了一愣。云和发现，自己被人们的目光包围了。

女人继续大声地说，你们不是来事吗。光晓得整我，为什么不斗她？我算什么，她才是真正的漏网反革命分子，国民党特务！

云和觉得身体过电般地，麻木了一下。但她还是竭力让自己镇定下来，辨认着这个洋女人的面目，问：你是谁？

女人张开血盆大口，在众目睽睽下得意地笑了：我是谁？你当然不记得了。你这个大红牌，怎么会记得我这个小角色。记不得了吧，你忙着给鬼子渡边弹琵琶唱堂会的时候，我就坐在他大腿上。

人们开始窃窃私语，女人受到鼓励一样，继续用昂扬的声音说：我还知道，你给国民党军官做过小老婆，生过狗杂种。你的身价比我高，还不是一样出来卖。你要脸，那几个日本畜生要你脱衣裳，你一句话没有，还不是痛痛快快地脱！你现在倒是想从良了。告诉你，没有门儿，这是命，给男人揉屁股掐奶子的命。谁都躲不过！

女人歇斯底里地大笑起来。突然，她耸动肩膀，摆出一个妖娆的姿势，用俄文唱起一支歌。没有人知道她在唱什么。但都听得出，这是一支旋律动听的歌。她的嗓音很好，温柔淳厚。人们仿佛被施了魔法，竟都动弹不得。旁边的人举起皮带，想打她一下，手却无力地垂下来了。

只有云和，听不见这女人的声音，只看到鲜红肥满的唇在眼前一开一阖。她只听见了三十多年前的平安夜钟声，“当”地响了一下，然后在她的头脑里轰鸣，回转，萦绕不去。

云和的手指渐渐地软了，青鱼滑落到了地上。这条鱼在灰土里扑打翻滚了一会儿，沾了满身泥，终于不动了，奄奄一息。

云和艰难地弯下腰，想把鱼捡起来。她抬起头来的时候，看到了楚楚的眼睛。

为云和的事情，街道上成立了项目组。

抄家那天，自然是聚了不少人。

但是结果究竟让人失望。

这是个再普通不过的家，到处是踏踏实实过日子的痕迹。或者说，是一个女人数十年苦心经营起的一个家。家底也是一点一滴，一坛一罐，口挪肚攒起来的。并没有传说中的发报机，更没有变天账、地契，没有细软。唯有几件旗袍，看得出是几十年前的老货，样式规矩，也已经陈旧得暗淡下去。一个经过事的说，和当年清理曹师母收藏的盛况，实在不可同日而语。有个抄家的人撇撇嘴，小声地对同伴讲：这么没场面，好像在抄自己的家。另一个喝止了他的反动言论，却也有些疑心。

终于，有人在箱底里，找到了半瓶香水。蓝色的玻璃瓶，有着圆润的女人般的曲线。在午后的阳光底下，呈现出瑰奇的色彩。他们轮流把玩了，诡异地笑，然后由一个人将这瓶子在地上掷碎了。香水的味道，阴阴地如同一缕棉线缠绕着流淌出来。忽而浓烈了，凶猛地袭击了每个人的鼻腔，猝不及防。在短暂的陶醉之后，人们立即被这味道激怒了。他们实在地体会到了什么叫做糖衣炮弹，也再一次清晰地感受到了阶级敌人的欺骗性。

他们决定掘地三尺。

然而，仍旧一无所获。一个年轻人在衣橱里发现了一些破旧的布料，粗略地团成了一团。在他猎狗般的鼻息之下，只散发出霉变的味道。他一扬手扔到了地上，又顺手捡起来，擦了擦鞋底因为下雨沾上的泥泞。他没有看到，在其中一块碎布上，有一些模糊发黑的血迹，写着一个女人的名字。

“军管会”、“革委会”、“专案组”，犹如三堂会审。地点恰设在昔日的圣约瑟公会教堂，哥特式的尖顶上，插着红旗，曾被造反派征用过，现在叫做“南京市遵义区革命委员会办公室”。

午后的阳光徘徊了一下，被彩色的珐琅窗滤过，有些畏缩地在房间的一角投下些许光影。云和一动不动地坐在这光影里。光只照得见她半边脸，但是，依然可以清晰看到她浮肿下垂的眼袋，蜿蜒在嘴角的皱纹，还有她在轻轻颤抖的手，布着粗糙的茧子。审问者对视了一下，将目光再次投向这个面目胆怯的、衰老的妇人。他们在她脸上努力寻找着世故的痕迹。但即便有，也是一个平常的，关乎柴米的妇人的世故，里面装载着懵懂与未经世面。他们说服着自己，这真是一个狡猾的阶级敌人。

革委会主任姓蔡，长着茂密的连腮胡，有双鹰隼一样的眼睛。在这双眼睛的逼视下，多少反革命分子现了原形。他注意到了云和的一个动作，将衣袖上的一点极细的灰尘掸去。他冷笑了一下，想这女人剥除了世俗的画皮，风度仍不同于市井。在熟虑之后，他终于问起了她曾经的职业，这是一个突破口。

云和眯起眼睛。他们几乎饶有兴味地等待，等待着看她如何狡辩。

云和开始说，用很慢很清楚的声音，回忆她的皮肉生涯。他们非常惊异地体会到了她的认真，她说得无分巨细。每一个细节，细到年月日，有关她的客人，她的交游，这些人的职衔。她遭受的委屈，姊妹间的争风吃醋，甚至她作为一个女孩第一次的痛楚。她突然说到了她曾经的风光无限，在十里秦淮无出其右的虚荣，在权贵男人中的左右逢源。中间，她有些许的沉默。面对他的人，胸有成竹地揣测，她一定是要隐瞒什么。然而，当她再次开口的时候，他们几乎瞠目。因为，刚才的沉默竟是为了将她的个人奋斗史补充得更为饱满。他们看见这个皮松肉垮的老妇人，突然抬起头来，眉毛一扬，向他们飘过一个眼风。

“够了。”蔡主任终于忍无可忍，猝然打断了她。他咳嗽了几声，说，这些，你倒是都记得很清楚。

云和惊吓得低下了头去，诚恳地说：旧社会遭受的剥削和压迫，我怎么能忘记。是新社会，是共产党把我们这些人，从鬼变成了人。我一辈子都要感恩戴德。

蔡主任干笑了一下，说，把你变成鬼的，还有日本人。

另外两个人，也在心里笑了。他们想，判决的时候就快要到了。

云和愣一愣神，突然发出了极细弱的哭声。她竭力压抑着，可是，仍旧听得出其中的撕心裂肺。

在这哭声里，男人们辨别出她在说：杀千刀的东洋畜生，他们逼我，拿我的孩子逼我。那个死鬼老陈，屁都没给我留，就给我留下这个孽种。不是为了这个孽种，我死都不跟他们睡。

云和抬起手，猛然将自己的衣襟撕开，迅速将里面一件破旧的汗衫撩起来。

两只下垂的，松弛的乳房赫然跳进了男人们的眼睛。男人们来不及作任何反应，已经看清楚，经年的累累伤痕，张扬地爬在这衰颓的乳房上，犹如干枯的树叶上的茎脉。其中一颗乳头，已经没有了，留下了一个丑陋的凹陷。

云和说，这帮畜生，我只恨不能杀了他们。同志，可那时候，没人给我做主啊。

在这乳房的击打之下，三个男人都有些发懵。蔡主任回过神来，说，程云和，把衣服放下来，你有廉耻没有？

云和放下衣服，手却已不知往哪里摆，是个六神无主的样子。

蔡主任的声音竟缓和了些，他问：你和陈介南，生过几个孩子？

云和表情悲愤起来，大声地说，那个死鬼，他并没有娶我。我是个姘头，连个名分都没有。

一个男人不耐烦地喝道：叫你正面回答问题！

我只生过一个孩子，就是陈国忠，是跟那个国民党死鬼生的。他虽然是个狗崽子，可是长在红旗下，现在是工人阶级，我请求政府能对他网开一面。程忆楚是三七年跟一个逃难的老乡买的。因为陈国忠身体不好，要个女孩冲喜。那老乡是芜湖的三代贫农，活不下去了，才卖给了我。

她突然恨恨地咬一下牙：这个程忆楚，是个没良心的。我白养活了她那么大，我想让她嫁给个归国华侨，好歹能跟着享几天福。可惜我失了算，那人是个右派分子。我让她等，过几年怎么没个更好的。她倒好，跟我寻死觅活，非要嫁给个机械厂的大老粗。真是气死我了。

程云和，你竟然又在攻击工人阶级，反动死性不改。

云和眼里满是惊惧的光：同志，首长，我不是反动派啊。我有罪，我知罪，可做女人的，任谁不往高处走啊。

蔡主任合上卷宗，挥一挥手说，押下去。

蔡主任点起一支烟，目光沉峻地向窗外凝视了一会儿。他回过头来，对另外两个人说，说到底，她就是个婊子。

楚楚最后一次见到云和，已经秋凉了。

云和见是楚楚，回过头去，在暗影子整理了一下头发，才走过来坐下。

楚楚说，妈……

云和沉着脸看她一眼，将头偏到一边去，冷笑说，这会儿来了，是来和我划清界限的吧。

老魏在旁边说，妈，事情我们都知道了，可您还是咱的妈。立秋了，我们给您送件衣裳。

云和轻笑，翘起兰花指，将那衣服抖开，说：好嘛，一点棉花气儿都没有，这会儿寒碜我来了。我就是冻死，也不穿你们送来的破烂货。

云和一抬手，将衣服扫到地上，“呸”地一声吐了口水在上面。“程云和，老实点儿。”后面是“群专指挥部”的人，用钢棍捅了她腰眼一下。

云和轻轻呻吟了一声，她再次抬起眼睛，挑衅地看着楚楚。楚楚心里一凛，却看清了她眼角上新鲜的伤口。

妈……楚楚觉察出了什么。

云和眼皮跳动了一下，打断她：妈？谁是你的妈，我这辈子都在骗你，你心里正恨得牙痒痒吧。现在知道叫我妈了。你嫁给这个混账男人的时候，是怎么叫我的。嫁给他有什么好，日子过得水打飘。可惜了结婚缝的那床被子，也没拆开洗洗。不如扔了好，你就是个穷命，什么都攒着，该扔的就扔。想当年你妈我什么好的没见过……

云和扭动起身子，嘴里哼起一支曲调靡猥的小调，旁若无人。

楚楚“呼啦”一声站起来，她指着程云和，生冷地说，没错，我忍了你三十年，看你反动了三十年。我早想和你划清界限，终于等到了这一天。

云和的眼睛深处有光亮抖动了一下。她也缓缓地站起身，嘴里一个过门儿，带着哭腔悠悠唱道：送薛郎送至在三岔路口……

“装神弄鬼！”后面又抽过来一皮带。云和被打得弯下了腰去，半晌，她却猛然直起了身板，念过一句响亮的京白：喂呀，我的夫啊！

老魏暗暗捏紧了拳头。楚楚就这样木然地站着，看着云和在皮带抽打下，一步步地走入、消失在了黑暗里。

在这黑暗的尽头，云和站定，无声地微笑了。

当周遭安静下来的时候，她取下头上的卡子，从衣襟夹层里掏出一粒用蜡封实的小药丸，剥开。三十年前了，陈旅长放在她手心里，说：再难，先咬咬牙。真遇到坎儿，过不去了。自己吃一颗，喂孩子一颗。

她心说：死鬼，说得轻省，以后可没人给你烧纸了。

第十一章　依旧烟笼十里堤

程云和死于一九六八年。终年五十九岁。

她是死有余辜，自绝于党和人民。

楚楚来到的时候，云和身上盖着一片旧草袋。一只脚露在草袋外面，脚趾已经溃烂，泛着青紫色。

几只苍蝇在脚边飞飞停停。人走近来，便打了几个旋，飞开去。

楚楚竭力让自己的心冷一些，再冷一些。

眼泪终于夺眶而出，她迅疾地握住了老魏的手。老魏感到楚楚的指甲，深深地嵌入了自己的掌心，钻心地疼。

两个人回到家，从橱里找出结婚时候盖的被子。多时不盖了，绸缎颜色还是鲜亮得很。云和亲手绣上的游龙戏凤，一团和气，喜洋洋地洒着金。楚楚找出刀片，刃断线，将被子拆开来。两个人手顺着棉胎深深地摸进去，不一会儿便摸到了东西。外头包着几层蜡纸，打开来，是一张毛了边儿的短笺。楚楚打开看了，咬了咬嘴唇，对老魏说，把写字台左边最底下的抽屉抽出来。老魏照做了，一边向楚楚看一眼，手伸到抽屉的隔板里面，够出一只小盒子。两个人对着这黑漆包铜的小木盒，发了楞。老魏问，是什么？

楚楚摇摇头，终于下去手，打开来。

盒子里头，齐匝匝地搁满了金条。一数，有二十根。金条底下，有一张纸条。蝇头小楷，清秀非常，却不是云和的字迹。

字条上写着：治世留，安己；乱世弃，全身。

晚饭后，天擦黑了，楚楚才去找了国忠。食堂已经没什么人。国忠在后厨里，使劲地刷一只锅。看到楚楚，却低下头去，将锅刷得更用力些。

楚楚在他跟前蹲下来，喊他：哥。

国忠仍然没有抬头，楚楚便守着他。半晌，国忠手停下来，深深叹一口气，说，以后，不要再叫我哥了。你和妈划清了界线，也就和我划清了界线。你现在来，又是何苦？

国忠如今是“反属”身份，从车间调出来了。分配到了工厂的食堂，算作发配，做起了白案师傅。

老魏一直没言声，这时却使劲拍了国忠一记，说，你不要胡涂，就算你不是楚楚的哥，我们一场兄弟你总要认的。你记得那出《义薄云天》，将来，做不成老虎的亲娘舅，孩子大了，总躲不过要听他喊你一声“叔”。

老魏将云和最后的话都讲给了国忠听。楚楚也听着，听到后来，却有些支撑不住，靠在灶台边上，苍白了脸。眼睛虚着神，却大张着，像要将四周围的东西都吸纳进去。

国忠渐渐直起腰，看着楚楚。兄妹两个就这么愣愣地对视。突然，楚楚一头扎进国忠怀里，痛哭起来。国忠颤抖一下，抬起手，轻轻抚摸她的头。见她后颈窝里，多了一丛白头发，心头猛然一酸。先前噙着眼泪，也止不住汹涌地流下来。

老魏赶紧站起来，望一望外头，看看并没有人。便走到一边，也就由着他们去哭了。云和死后，两个人其实都没有好好地哭过。老魏站在外面，点起烟，使劲吸了一口。他隔着食堂的玻璃窗，见这对兄妹，像两个婴孩抱成一团，哭得没有个尽头了。

等他们终于哭够了，楚楚将口袋里的字条拿出来，给国忠看。国忠沉吟了一下，说，妈的意思，是让咱们交上去。

他看着楚楚，动动嘴唇，好像是要说什么，但终究没说出来。

楚楚将金条交给了蔡主任。旁边几个人便纷纷冷笑，说，这才对了。这么反动的女人，没几个家底，有谁信。程忆楚，你做得好，足见你和反动家庭彻底决裂的决心。

往后的几年，就这么不清不楚地过去了。

楚楚的心，好像落了雨水的尘土。再大的风吹过来，顺着地皮滚几转，也就停下来了。不是因为老虎，她是决计不会动气的。

老魏和她两口子，现在，也就这只小老虎了。家里刚出事的时候，向红爸妈来过。说为孩子将来好，想一想，还是想将老虎接回去。老魏那次火气大得差点儿掀翻了房顶，说，老虎是我魏胜利的儿子，俺是响当当的工人阶级，三代贫农。谁敢屈待老虎，就是和工人阶级过不去！

以后，这孩子的成长，算是十分的茁壮。一岁都就可以敦敦实实地满地走了。说话稍晚些，别的孩子都是先学会叫妈妈，待他开口了，先叫出的却是“爸爸”。老魏便更将他当成了心头肉。家里的大小事，老魏本就不太让楚楚插手。楚楚不是不想管孩子，而是老魏将事情揽得太干净。后来，孩子大些了。楚楚便想，这教育的事情，自己总应该说得上话，便和老魏商量。这才觉出，苗头不大对了。

老虎也有些意外，对于妈妈，他谈不上亲，还有些怕。虽然年纪很小，但是，其实已经学会审时度势。妈妈出现的时候，他就乖一些。而妈妈不快的时候，他竟还能作出楚楚可怜的样子，惹人疼。然而，当这个妈妈终于提出要接手管自己了，到底是个小孩子，于是禁不住爆发出来。楚楚便突然发现，以往的相安无事是假象，这孩子内心的戾气，其实远超乎自己所料。以往在家里摔摔打打，当他是年幼冥顽。这时候却出现了对抗。并非是孩子气的，与父母针锋相对，这对抗是消极的，近乎一个成人的狡黠。比如楚楚教他写汉字或者做几道算术题。他从来都是安静地答应下来，从没有一丝抗拒与执拗。然而如果楚楚不在身边，他立即偷偷跑出去玩。在楚楚检查之前，他会适时地从老魏那里寻得庇护。

于是，楚楚还未言声，老魏便近乎苦口婆心地劝她：只是个孩子，不想玩儿那还叫孩子，你又干嘛逼他。

楚楚未免有被暗算的感觉，但仍说，你就惯他吧。将来养出个不学无术的，后悔的不是我。

老魏便打起了哈哈：学不进就学不进，大不了将来接我的班。

到了该上学的年纪，才给他起了个大名，叫魏建设。

叫了魏建设的老虎，性情上却有了改变。不知怎么了，在外头见的人多了，反倒变得寡言起来。以往的生猛劲儿竟也不见了。

开春的时候，老魏带他去放风筝。老虎走了几步，就坐下来，呆呆地望天。倒是剩下老魏一个人牵着纸鹞子在操场上疯跑。父亲大汗淋漓地走过来，老虎抬起头，眼神空洞，脸上挂着事不关己的漠然表情。看着儿子安安静静的，做父亲的，却有些担心。老魏说："七八岁，狗也嫌。"正是该皮的时候，怎么像个姑娘似的。

楚楚倒很欣慰，说，看来我们家老虎内里还是懂事的孩子。

唯一让楚楚挂心的，是老虎的学习成绩。中不溜溜，不上不下。这本来在年幼的男孩子中间是十分普遍的，因为有太多让他们分心的东西。但是，楚楚以多年教导小学生的经验，却看出了奇异之处。这孩子的成绩，中等得太精确。每一次在班上的排名，都几乎在人数正中的几位。她找到了同事，也就是老虎的任课老师，问起老虎的表现。也说这孩子不错，不特别好，但绝不差，是属于乖的类型。老师们都觉得这"乖"却又不是发自内心的积极。他脸上心不在焉的神情，在同龄孩子中是罕有的，似乎是被家教压抑的结果。楚楚便说，其实我并不怎么管他。总之，老师和楚楚交流一下眼神，觉得这实在是个无可厚非的孩子。

楚楚逐渐发现了老虎的物欲淡薄。作为一个七岁的男孩，在这方面的旺盛是天然的，因为好奇或者因为想占有。老虎从未向父母提出任何要求。当然，以往不需要他提，老魏已经根据自己的揣测，急不可耐地满足他。对于这些，他其实没有过非常的欣喜。而表达的感激，也是为了让大人高兴。这孩子与人交往方面并不热络，极少见他谈起自己的同学和朋友。而与父母，如今竟然保持一种相敬如宾的关系。未见他撒过娇，耍过赖。无论老魏粗放的风格，还是楚楚的一板一眼，对他似乎都未造成过影响。然而，令人意外地，他对一个人形成了依赖，这就是国忠。

从他记事开始，这个人便经常在家中出现。父亲让老虎喊他忠叔。老虎却渐渐看出，这个男人，与父母都有着不平常的亲密。

父亲对这人，十分的恭敬。而母亲有些冷漠的性情，则在见到他的时候，会稍稍温暖起来。终于有一天，进入了一个油烟缭绕的厨房。老虎看到，叫忠叔的男人，围着雪白的围裙，在案板上揉一个面团。他看到老虎，温和地笑一笑，并没有停下手上的工作。老虎看他将面团发好，调馅儿，手势娴熟地包包子，然后放进笼屉里蒸。当热气腾腾的包子饱满地出现在眼前，老虎几乎产生了崇拜的情绪。他捧着一只包子，轻轻咬开。同时想，这个安静而能干的男人，值得成为心目中的英雄。对于父亲，老虎则有些轻看。因为他的多话，或者是他无法经常保持干净的脸，或者，只是因为他对自己的曲意逢迎。

总之，老虎开始越来越多地到食堂的厨房去。他六岁的人生由此变得充实。国忠起先以为这是一个馋嘴的孩子。后来发现并非如此，他只是享受于观察忠叔劳作的过程。他安静地站在厨房的一角，踮起脚望着在案板上动作的手。脸上是庄严肃穆的神气，好像在对劳动的人进行着监督。老虎对食物并不怎么感兴趣，往往草草地吃几口国忠的作品，就投入了下一轮的观察。

楚楚在洗衣服的时候，发现了老虎口袋里的模具。她一眼认出，这只喇叭形的黄铜模具是国忠的。国忠年轻时候制的，用来打梅花糕。这是他很珍惜的，每次用完了，就用水洗洗干净。隔一阵儿还要拿细砂纸就着麻油擦一擦。所以用了很多年，还是铮亮的。楚楚心里一动，叫来老虎。

老虎低下头，看到桌子上的模具，没吱声。楚楚见他左脚搭在右脚上来回地蹭，不禁口气生硬地呵斥他：给我站站好。老虎不动了，但并没有站站好，而是将一对脚拱成一座桥的形状。楚楚尽量平心静气地问：从忠叔那里拿的？

老虎并没有回答，而是径直走过来，将模具紧紧地攥在手里。楚楚听见六岁的老虎用很清晰的童音坚定地说：这是我的。

楚楚找到了国忠，脸色有些发黑。国忠看见了模具，已经明白了一半，便说，我当什么了不起的。是我送给老虎的。

楚楚认真地辨认国忠的表情：真的？你不要护着他。

国忠说，好了。你这个当妈的，管得也太严了。干脆，以后别让老虎来了。一个男孩子，老往厨房里跑，会有什么出息。

这一年元旦过后，总理去世了。

三月，悼念的队伍，抬着花圈与总理的遗像，沿着中山路默默地行进。他们的终点，是汉府街上的梅园新村。

楚楚站在已经暖起来的春风里头，面无表情，注视着这支安静的游行队伍。当队伍远去的时候，她弯下腰，从地上捡起一朵白玉兰。那是刚刚从花圈上落下的。花瓣在手指间，渗着一丝凉意。楚楚心里想，又一个不该走的人走了。

当她抬起头来的时候，身边停着一辆轿车。车窗缓缓地摇下来。她看见一张苍老的女人的脸。

楚楚……

楚楚愣一愣，下意识地别过身去，躲过这张令她百感交集的脸。

车往前跟了几步，楚楚听见女人的声音：上车吧，我送你回家。

海纳又老了许多了。

她缄默地坐着，面对着楚楚。两人之间隔着一张饭桌，形成了遥远的距离。海纳小口地啜着杯子里的雨花茶，不知不觉喝完了。楚楚站起来，给她续水。海纳一把抓住了楚楚的胳膊。

海纳说，我知道，你在怪我。我救不了你妈妈。是，这么多年，我和她都瞒着你。可你要明白，我们都是为了你好。

楚楚的胳膊在她手中抖动了一下。楚楚重新坐下来，看着海纳。

海纳将两只手交叠在一起，放在膝头，握了一握，似乎下了一个决心。

她，从楚楚的名字讲起。

在她讲述的一个小时里，楚楚没有打断过她。偶尔她停下来，或者是因为回忆，或者，是用征询的眼光看着楚楚。她小心翼翼，字斟句酌。她在担心着自己不完善的表达，再次对楚楚形成打击。

然而，楚楚只是安静地听，像在听一则无关自己的家常。

当海纳说完了，两个人之间又是大片的沉默。楚楚的平静对海纳造成了震动。她终于有些不甘心地问：你不恨我？

楚楚垂下眼睛，摇一摇头，然后站起身，给她续茶。

海纳说：我从干校回来，去了齐虹桥，那里已经住了别人。这才知道家里出了事。

这时候门打开了。海纳看见一个很小的男孩子走进来，一路走一路扯着脖子上的红领巾。男孩看见这个陌生人，似乎并不意外，只是站定了，很认真地打量她。海纳被打量得有些不自在，她在男孩直勾勾的目光里头，看不到一丝怯意。相反，却有一种世故，是与他的年幼不相称的。

海纳于是看着楚楚，求救一般。

楚楚说，这是我儿子。老虎，叫奶奶。

男孩并不叫她。却仍与她对视，目光角力一样。

海纳作出恍然的神情：你的儿子，这么大了。快让奶奶看看，是像妈妈还是像爸爸。海纳伸出臂膀，想将男孩揽在怀里，同时脸上作出亲热的微笑。她大概已不习惯于这种微笑。脸上的皱纹，生硬地堆砌在了一起，很难看。

老虎看着她，猛力地挣脱开，跑到外面去了。

海纳张着手，没着落的样子。

楚楚低下了头。

海纳沉默了一下，站起身来，说，我该走了。

临走前，她对楚楚说，我复职了。你心里，要还有我这个姨，有了事就来找我。

这一年的夏天，不太平，事情一桩连着一桩。放了暑假没多久，唐山那边，就传来了大地震的消息。

南京城里，上上下下，都恐慌起来。

谣言，甚嚣尘上。到了夜里，老百姓都不敢在家里待了。一时间，街头巷尾到处都摆满单人床、双人床，甚至还有用门板拼起的简易床。大伙儿开头儿都怕得很，提着耳朵等警报响。后来，就渐渐松下了心来。有七八年了，人人自危。街坊邻居，难得能这么坐在一块儿，乘凉聊天了。嘈嘈切切的声音里，偶尔有个男人语气粗重地说，你当年写我的大字报。不是今天没的办法，我这辈子都不想见到你。被他谴责的熟人一边擦凉床，一边轻声慢语，好了好了，快躺下吧，天热气燥。改天我拎瓶“洋河”上门给你赔不是。

到了第二天，人们开始搭防震棚，有塑料布卖的商店门口排起了长队。市里的塑料布和帆布库存都被抢购一空。竹竿木头也紧俏起来。机械厂里将包装袋发给了职工。一天之内，厂区的操场上，搭满了临时的屋棚。只是这棚子不透气得很。热得受不了了，就有胆子大的，又回到屋子里去睡觉。睡到一半儿，还是被区武装部来巡查的民兵，好言好语地劝出来。

这样小心翼翼地有半个多月，人心才安定下来。市防震办却没有掉以轻心，培训没断过，教给市民如何根据警报频率长短判断地震级别。家家都是严阵以待。老魏索性将手电筒、军用水壶、安全帽、面条之类的应急物品打成个包，挂在自行车龙头上。

这么着，终于在八月中的一天夜里，警报来了。尖锐的声音冷不丁地响了。老魏一个激灵坐起来，叫醒楚楚，抱着睡得迷迷乎乎的老虎，推了自行车就往外奔。虽然心里都作足了准备，外面还是乱成了一锅粥。到处是衣冠不整的男女，有的裹着床单就跑出来了。叫喊声此起彼落，竟然还夹了嘻笑的声音，那是孩子的。就这么七手八脚，老魏算摸到了自家的防震棚。

警报响了一个多小时，停了。人们的睡意却也没了。有人在防震棚里点起蜡烛，火焰被蓝色的塑料布滤过，像一些巨大的灯笼，发着清冷的光。楚楚和老魏偎在一块儿。他们抬着头，看靛蓝的天空里，有无数的星星，忽闪着眼。有些手电筒的光柱笔直地射出去，想要击打这些眼睛，却被夜色稀释了。半途而废。此时在静穆中，两个人都突然觉得，彼此间，其实是很亲密的。这种感觉，应该很久了。他们将手放在对方的手心里，紧紧地攥住。身旁的老虎，又已经睡着了，嘴角流着口涎。这是他们的儿子。他们的孩子。

天蒙蒙亮的时候，民兵连通知大家，警报解除，可以各回各家了。人们这才拖了疲惫的步子从防震棚里出来，呵欠连天。小孩子们心地简单，没有像大人们提心吊胆了一夜，这时候睡足了，最活泼的就是他们，在露天里打打闹闹的。老魏骑了自行车，先将东西捎回家去了。楚楚慢慢地在路上走，看见了一个同事，是老虎的班主任罗老师。罗老师眼睛里布满了血丝，也是个精神不济的样子。两个人有一搭没一搭地聊着闲话。忽然，一个小男孩儿火车一样地飞奔过来，狠狠地撞到了他们身上，自己趔趄了一下，又像火车一样呼啸而去。罗老师皱起眉头，揉一揉被撞疼的胳膊肘，带气地骂一句：真没教养。说完，眼睛落在前面的老虎身上，说，你们家的孩子，还真是不一样。楚楚说，嗯，不那么皮罢了。才八岁，像个小老头似的。这时候，两个人都注意到前面的老虎停下来，弯下腰去，做了一个动作。老虎捡起了一只凉鞋。这是一只艳丽的桃红色的凉鞋，大概是有人在昨晚的忙乱间跑丢的。老虎拿在手里看了看，然后夹在腋窝里。走出几步，又弯下腰，捡起一只男式的深蓝色的拖鞋。楚楚目不转睛地看着老虎，听到旁边的罗老师轻轻地说，你们家魏建设，好像挺喜欢搜集东西。停一停又说，有件事，不知当讲不当讲，上学期，班上有个小姑娘，丢了个自动卷笔刀，结果在你儿子的课桌抽屉里找到了。楚楚心里一抖，转过脸，戒备地看着罗老师：你是什么意思？罗老师被她严厉的神色一惊，嘴里也结巴了：没……没什么，小孩子嘛，都喜欢新鲜玩意儿。

过了几天开了学。楚楚找旧年的教案，将陈年的箱子从床底下拖出来，结果发现了一只鞋盒子。打开来，里头竟是一堆杂碎。男孩玩的洋画儿，烟壳，各种各样的橡皮，钢笔，玻璃丝编成的金鱼，下面坠着把生了锈的钥匙。另外还有一只铜壳的怀表，揭开盖，还在滴答滴答地走。这些东西，她与老魏从未见到过。

楚楚手指颤动着，只觉得头脑嗡嗡作响。然后在心里一点一点冰冷下去。

这时候老魏回来了，嘴里骂骂咧咧的，说狗日的，那天响的是个假警报。把人折腾的，昨天还传是阶级敌人捣的乱。今天又说，打雷把灵敏继电器给击穿了，警报器自鸣……

老魏见楚楚坐在床头，捧着个鞋盒子，一言不发。

楚楚将东西从盒子里“扑拉拉”都倒在地上，说，看看，你儿子干的好事。

老魏看过后，一时间也手足无措。他点起一根烟，挨着楚楚坐在床头，嘴里喃喃地说，这，这是咋弄的。

楚楚终于抽泣起来：老魏，我们两个再怎么过不到一块儿，还都是本本分分的人。这孩子，到底不是自己亲生的。

老魏先前拧着眉头，默不作声。听到这话，却蹦起来，将烟头使劲掷在地上，说，程忆楚，你说点儿啥不好。孩子有错，打骂都由你。你跟俺提这个算干啥！

这时候，老虎回来了。

父亲少有地黑着脸，母亲还挂着泪。地上乱七八糟的一堆。他也就明白了。

老虎蹲下来，将东西逐样捡进鞋盒子。然后，捧在怀里。老魏说，你要干什么？

老虎往后退一步，抬起头。他舔了舔嘴唇，将盒子捧得更紧了些，说，我的。

楚楚肩头耸动了一下，看着这孩子的眼睛，很慢地说，好，你的，我倒要看看，你还有些什么？

楚楚不顾老魏的阻挡，狠狠扯下老虎的书包，将里面的东西倒出来。

课本，练习簿，铅笔盒，还有几张发了黄的新闻纸。大概是沾过了污水，洇了进去，已经有些脏了。

楚楚将新闻纸打开，眼睛立刻直了。又立即打开另一张。

这是一些大字报。其中一张上，用毛笔写着，“警惕赫鲁晓夫式的人物篡夺党和国家的领导权！”笔划粗重，后面是触目惊心的黑色的惊叹号。

而另外几张上写着：“《文汇报》的反党文章是篡党夺权的信号弹！”“打倒大野心家、大阴谋家——张春桥！”

楚楚将这些纸匆促地折叠起来。她扶住了老魏的胳膊，用很虚弱的声音问：哪里来的?

老虎没有说话。

楚楚说：你知不知道，这几张纸，会要了我们全家的命。

老虎仍然一言不发，咬住嘴唇，用左脚蹭起自己的右脚。

老魏说，孩子还小，不要说这样的过天话，我们一家都是安分守己的人……

楚楚听到这里，猛然转过头。

安分守己？她锐利地看了老魏一眼，说，好！你说安分守己。妈这一辈子都安分守己，可结果呢。

忽然间，楚楚将这些纸团起来，几下撕得粉碎。撕完了，手指还在神经质地抖动。她竭力让自己镇静下来，找来一只盆，将纸丢进去。

老虎，你记住，这些不是该在咱家出现的东西。楚楚擦亮了火柴。

蔚蓝色的火焰顺着纸的边缘缓慢爬行，突然升腾起来。

老虎愣一愣，扑上来，要从火里抢出那些纸。楚楚使劲地挡了他一把。

老虎跌坐在地上。他慢慢地站起来，突然一转身，跑出去了。

两个小时后，老虎还没有回来。

天色已经暗下去了。老魏站起来，说，不知这孩子到哪里去了。我出去看看。

楚楚没有应他。眼睛失着神，看着盆里的灰烬。

老魏骑着自行车，兜了老虎平时会去的地方。

这样兜了几圈，没找见人。

老魏心里终于有点儿发急，想一个八岁的孩子，能跑到哪里去。

他有些疲惫了，跨下车子，就这么沿着长乐路慢慢地走。一边心里想，兴许孩子已经回到家去了。

这时候，天突然下起毛毛的细雨，薄薄地落到脸上、身上。原本已浓重的夜色又阴暗了些。天上竟然还有一轮月亮，在乌云里头躲躲藏藏。这一天是十四，月亮已经很肥满了，沉甸甸地悬挂着，发出晕晕的光。老魏想，过了今天就是中秋，该去"冠生园"买月饼的。

快走到了武定桥，天发了红，雨势忽然间大了起来。老魏紧走了几步。这时候看见桥栏杆上坐着一个人，在雨里面一动不动。

老魏揉揉眼睛，看清楚了是个小孩子。是老虎。

老虎脸冲着秦淮河，坐在桥中间的栏杆上，脚底下是污得发腻的河水。

老魏丢下车子，大喊一声，老虎！

老虎听见了，慢慢地转过头来，看见是老魏，就用很轻的声音叫他：爸爸。

这时候，老虎提了提肩膀，屁股往前移动了一下，手一松，滑下桥去了。

老魏奔过去。桥底下被雨击打起的千万朵涟漪中，有一个小小的人头浮动了一下，不见了。

老魏大叫一声“老虎”，跳了下去。

在腥臭的河水里，老魏什么也看不见。他双脚本能地扑腾着，同时两只手在水流中摸来摸去。

终于摸到了一只小小的胳膊，他使劲将这胳膊揽了过来。这时候，他感到另一只胳膊挣扎着箍住了自己的颈子。老魏滑动双腿，抵挡着水流。将头吃力地昂出水面，在一瞬间看清楚了岸的方向。他抱紧了怀中的小身体，拼足了力气，向岸的方向划去。不知道过了多久，他的手指，触到了砖石上黏腻的青苔。老魏又昂起了头，吸一口气，不顾污水从嘴里猛烈地灌进去。他将小身体使劲地举起来，扔到了河岸上。

雨又大了些，雨水劈里啪拉地打在河面上。夜色里，没有人看到刚才河水中的挣扎。水湍急起来。老魏渐渐没有了力气，他大睁着眼睛，不由己地在水流中游荡，沉没下去。在意识清醒的最后一刻，他突然记起，自己，是不会水的。

老魏在第三天中午被人发现，在秦淮河下游的地方。

楚楚揭开尸布，看见老魏原本黧黑的脸，被泡得肿胀起来，成了半透明的青白色。楚楚伸出手，抚摸这张脸，企图在五官上寻找着不熟悉的痕迹。当她的手指触动到冰凉的皮肤，柔软的头发，她越发坚定地想，这是一个陌生人。然而，终于，她摸到了左耳垂上的小瘊子。老魏对她说，漫山猴儿跑，时时捡到宝。

楚楚张了张嘴巴，却发不出任何声音。她只感到自己的身体，一点一点地僵硬。猛然间，又被人抽去了筋骨一般，瘫软下去。

楚楚走出殡仪馆，已经是黄昏。夕阳收敛了光，只有个依稀的轮廓。大门口有些人在啜泣，震动了她的耳鼓。她想，又是些家中不幸的人，他们，还可以哭得出来。她抬起眼，却看见哭的人里头，有一两个是刚才接待她的工作人员。一些人，靠在了彼此的肩头，哭得捶胸顿足。楚楚麻木地看着他们，终于有些不解。外面的街道上，人们神色凝重，低头疾行。

这时候，殡仪馆的无线电广播响起来。一个低沉的声音缓缓地说："我们伟大的导师、伟大的领袖、伟大的统帅、伟大的舵手，中国共产党中央委员会主席、中央军委主席、中华人民共和国和中国人民解放军的缔造者毛泽东同志因病医治无效，于一九七六年九月九日零时十分在北京逝世，享年八十三岁。"

哀乐低回间，人群中爆发出了更猛烈的哭声。一个小姑娘无法自制地号啕，突然间倒在了楚楚的身上。楚楚没有闪躲，伸出双臂，抱住了她。她抱得更紧了一些，身子随着小姑娘的哭泣颤抖起来。同时发现自己干涸的眼睛被滚热地冲击了一下，泪水决堤而出。

老魏两周年的时候，楚楚去普觉寺看他。

远远地，看见一个人站在老魏的墓前。是国忠。

国忠静静地站着，背影有些臃肿。这两年，国忠老了些，人却胖起来了。他自己说，是给厨房里的油烟熏的。伙夫命。

国忠拿出些酒菜摆上，从包里掏出只小香炉。点上了三支香烟，插在那香炉里，又点上一根，含在自己嘴里。楚楚看那香烟壳子，知道是“雨花”，是老魏最喜欢的。国忠原本不沾烟酒，这几年突然也抽上了。国忠盘着腿坐下来，对着老魏的墓碑。愣愣地，偶尔抽一口烟，然后接着坐下去，纹丝不动地。人还是愣愣的。

楚楚走近了，叫他，哥。国忠一恍惚，见是她，赶紧站起来，说，来了？

楚楚看到，他的目光是直的，影影绰绰闪着水光。国忠就背过身子，使劲用袖口擦眼睛。

两个人从山上下来。国忠突然停下脚步，站定了，遥遥地望着远处。

楚楚就听见他轻轻地说：刚才，我问了老魏一句话。

楚楚抬起眼睛看他。国忠却从口袋里掏出一根烟，在烟壳上弹一弹。擦起火柴，手有些颤，怎么都点不着。

国忠终于将烟收回去，似乎下了决心。他迎着楚楚的眼睛，很慢地说：我刚才，问老魏。我说，老魏，楚楚的下半辈子，我来照顾，你肯不肯。

阳光忽然间有些眩目。楚楚低下头，用手绢擦了擦额上的汗。这两年的点点滴滴，历历在目。没有国忠，她与老虎是过不来的。

头上的松枝簌簌地响。一只松鼠从树上跳下来，好像是失了足，在地上滚动了一下，落到他们脚边。松鼠昂起头，用晶亮的黑眼睛看他们，然后摇动尾巴，飞快地跃到最近的枝桠上去了。

楚楚也用很慢的声音说：哥，你得有自己的生活。

国忠苦笑了一下：楚楚，这么多年，你是知道的。我对你，就是一个等。

两个人，都没再说话。

国忠静默着，又掏出一根烟含在嘴里，擦火柴。这时候山风飒飒地吹过来，依旧是点不着。楚楚走过去，用手护住火，那火焰一点一点亮起来，终于点着了。

两个人就把婚期排到了春节。新年，到底是个开始。

国忠就说，家里的东西都用久了，该换的就换换吧，我去买。楚楚应了一声。两个人就在房间里拾掇。楚楚停下手，盯着床对面的那面镜子。上面的“喜”字已经有些斑驳，两只鸳鸯交着颈子，只觉得触目。便说，这个不要了。国忠看一看，也有些失神，说，还是留着吧，好歹是个念想。你不要了，我就拿到食堂里去。

快到年末的几天，天突然下起雪来，纷纷扬扬的。老人们说，南京好多年都没下过这样大的雪了。

雪积了半尺厚，没过小孩子的膝盖。

这一天，天终于放了晴。外面是白茫茫的一片。楚楚坐在办公室里，隔了玻璃窗望出去。满眼的雪，望不到边际。操场上，树上，房顶上，都皑皑地反着银白的光。一时间，只觉得整个世界，过了一夜就变干净了。突然，有几个小学生冲出来，在雪地里疯跑，又打下几个滚。雪上便是一辄深深浅浅的黑印子。楚楚觉得很煞风景，叹了一口气。

下了课回来，经过办公室的走廊，楚楚听到有人轻轻叫她。叫的是她的名字“程忆楚”。她便回了头，看见几步外，一个瘦高的男人正望着她。男人袖着手，是个外地人的打扮，裹着军大衣，头上是北方人常戴的毛耳朵的棉帽子。帽子戴得太低，遮住了眼眉。楚楚犹犹豫豫地走过去。他就又叫了一声“程忆楚”，这回声音很清晰。楚楚也看清楚了他的脸。楚楚手指一松，粉笔盒“啪”地一声落到了地上。

两人都没有再往前走。几步的距离，成了漫长的路程。

楚楚看清楚了，对面的人，是陆一纬。

在马台街一家新开的火锅店里。

两个人面前，是一锅沸腾的汤。烧得咕嘟咕嘟的，没有人下筷子。

四周围热闹得很，是笑声，是吆五喝六的人。这一年，人们的心情似乎都好了很多。

楚楚看着跟前的男人，心想，他没怎么变。只是黑瘦了些，额上有了几道皱纹，头发半白了。鼻梁上多了副黑框的眼镜，眼镜腿断过，用胶布一层层地黏起来了。没怎么变，还是那个陆一纬。

这时候，楚楚听见男人说：你没怎么变。

楚楚愣一愣，轻轻笑了一声，说，能不变么？都二十年了。

两个人就又沉默了。

一纬扶了扶眼镜，终于说，组织上摘了我的“右派”帽子，调回来了。教育局那边给安排了工作，今天去“六中”报了到。

楚楚说，哦，是教书么？

一纬说，嗯，教物理。隔了这么多年，都忘记得差不多了。

这时候，服务员端上来个冷盘。是一盘“盐水鸭”。

一纬眼里亮了，说，这么多年，就想着南京的盐水鸭，想得夜里流口水。你妈妈寄了很多年。我们农场的人，都跟我沾了光。他们给我起了个外号，叫“陆盐水”。

楚楚嘴角牵动一下，轻轻说：还是“牛虻”好听些。

一纬头低了低，说，这店里还挺热的。就脱下了大衣。里面是件玄色的中式棉袄，看成色也穿了很多年。一纬把棉袄上的暗扣打开两个，露出了里头的毛衣领子。海蓝的毛衣领子，脱了一圈线。一根线头长长地耷拉下来。楚楚想，以前的一纬，中山装上，是一粒灰尘都不能有的。

一纬再抬起眼睛，恰撞上楚楚的目光，便又惶然地低了下去。他问：你妈妈还好么？

楚楚说，她不在了。

楚楚看见，一纬放在桌子上的手颤动了一下。她继续说，十年前就不在了。所以，没有人给你寄鸭子了。

一纬将手缓缓地放到桌下去，人变得局促起来。楚楚说，陆一纬，你看着我。这么多年，你一封信都没有回。是么？

一纬没有说话。

楚楚干涩地笑了：就是因为，我妈不让你写。你倒是很老实。

一纬猛抬起头。这一回，看着楚楚的眼睛，声音却是低的，他说，我们都是为了你好。

楚楚撩开额前的一绺头发，回望过去：那么，你仔细看看，我现在好么？

一纬迟钝了几秒，侧过身，打开随身的军挎，拿出捆扎整齐的一厚叠信纸。他说，你的每封信，我都回了。都在这里。你要想看，就拿去。

楚楚没有接这些信。她听到一纬的声音变得很冷：我不是陆一纬了，我现在叫秦国豪。

楚楚见这男人站起身来，从棉袄的夹层里笨拙地掏了半天，掏出一些零散的纸币。然后大声地喊，服务员，结账。他喊得太用力，破了音。旁边的人笑起来。一纬脸色一红，对着那人狠狠挥动一下拳头。笑的人愣一愣，轻蔑地看着这个戴眼镜的中年男人，继续宽容地笑下去。

一纬裹上大衣，戴上了帽子，昂然地走了出去。

楚楚坐定了。将面前的一盘羊肉片，呼啦啦地倒进了火锅里。汤又滚开了，楚楚看见羊肉片变成了灰色的卷儿，慢腾腾地浮上来。她愣一愣，伸出筷子夹起它们，大口地吃下去。吃着吃着，眼睛模糊起来。有些水流到了嘴角里，羊肉片有些咸了。

楚楚走出门去，外头冷得彻骨。

不远处，昏黄的路灯光底下，站着一个人。一纬笼着手，站在那里。大概因为冷，身形有些瑟索。

一纬也看见她了。

两个人就这么站着，对峙一样。来来往往的行人，将街道上的雪践踏成了肮脏的颜色，泥泞成了一片。

楚楚将手插进了衣服口袋，缓缓转过身，走过马路去。

她心无旁骛，大踏步地向前走。

当走进一条小街，身后传来沉重紧密的脚步声。踩在融化过又重新冻结的积雪上，咯吱咯吱地响。后面的声音，在叫她的名字“程忆楚”，楚楚并没有停下。那声音犹豫了一下，喊道：“楚楚。”

楚楚猛然回过头，看见一纬也停住脚步。两个人终于站得近了些。他们看着对方，清清楚楚地。楚楚的目光有些烈了。一纬这回没有躲闪，却是个欲言又止的表情。不知谁家二楼的灯亮了。灯光斜斜地打在他们身上，将他们的影子长长地折叠起来，投到了对面的青砖墙上去。两只影子动了动，突然撞到了一处。

楚楚的头，重重地撞击在陆一纬的胸膛上。一纬被撞得后退了一下，却又挺直了身体，承受着楚楚更猛烈的捶打。楚楚终于不管不顾起来，她像一头凶狠的小兽，攻击着一纬。这么多年的种种，洪水一样涌泄，将一纬的心冲得七零八落，伤痕累累。

楚楚累了。她揪住一纬的大衣领子，身体却止不住向下滑落，嘴里发出游丝一般的哽咽。一纬也蹲下来，两个人就这样半跪在了雪地上。一纬张了张胳膊，终于紧紧地拥住了面前这具单薄的身体。嘴里喃喃地叫着“楚楚，楚楚”。

偶尔走过的行人，看着这对中年男女，有些惊奇。但也只看了一眼，又更快地走过去。

回到家的时候，国忠还在。

老虎已经睡着了。国忠坐在床边上，打着盹。这会儿醒了，就顺手给老虎掖了掖被角。

楚楚倒了一杯水，喝下去。看国忠正在看她。楚楚说，大学一个同学，调回来了。聚了一下。

国忠说，厂里有事，耽误了，我八点多来的，老虎还没有吃饭。孩子小，以后早点回来。

楚楚手中的杯子在空中停一停。

国忠说，不早了，我回去了。

他走到楚楚身边，轻轻触碰了一下楚楚的手。楚楚手一闪，将杯子搁下来，帮他拿起衣服，说，我送你。

星期天的中午，楚楚按照地址找到了一纬的住处。

在鼓楼附近，保泰街上，三层的红砖楼房。

“六中”的宿舍楼，给单身的老师住。一纬这间，原本是一个年轻的男体育老师住的，一直住到了娶妻生子。又过了几年，学校这才又分了房子，搬了出去。

所以这房间里，还可以见得到小家庭的痕迹。靠墙角的地方，有一块熏得昏黄的油烟印子，那里大概是摆过一只小小的煤油炉。门上挂着半块布门帘子，将这小屋里的生计和外面阻隔，是女主人的用心。这门帘是白的，因为陈旧而暗淡成了灰色。风吹过来，将帘子撩到了午后的阳光里去。在这光的照射下，布上印着一颗颗硕大的草莓，便又恢复了通透的红色。在写字台上方的墙上，楚楚发现了一幅铅笔画，是这家里小孩子的作品。楚楚抚摸了一下这画上稚拙的线条，想象着他爬上写字台，半跪着涂鸦的情形，禁不住微笑了。

一纬拎着一只桶，走进来说，刚搬进来，乱得很。

说着就将拖把在桶里浸一浸，拖起地来。楚楚便笑说，你这会儿拖地，是要逐客的。一纬便有些不好意思，说，马上好，马上好。实在太脏了。你先坐。

楚楚环顾一下，其实并没什么地方可以坐。就后退几步，浅浅地坐在床沿上。床上铺着浅蓝条子的床单，也是洗过很多水了。上面写着“红星农场”的字样。

一纬拖完了地，人靠在写字台上。两个人又不知道说什么了。大约是天气晴好，几只麻雀在外头叽叽喳喳地叫，聒噪得很。显得房间里格外地空和静。外面有一棵银杏，叶子还没落净，风里摇摇晃晃的，在一纬的脸上投下些稀疏的扇形的影，荡过来，荡过去。

过了一会儿，地上也干了。楚楚站起来，开了口，我来帮你收拾东西。

一纬搔搔头说，也没什么好收拾的，就是些书。

就从床底下抽出只纸箱子。打开来，真的是一摞一摞的书。楚楚就蹲下来，帮他把这些书码到书架上去。

楚楚渐渐发现，这些书里，不少正是一纬当年带去北大荒的。还都在，只是更旧了一些。接近箱底的地方，楚楚看到一本用牛皮纸包起来的书。翻开来，这书的页子已经泛黄了。似乎曾经散开过，被人用针线在书脊的地方密密地缝合上了。封面上用自来水笔写着两个清秀的字——“牛虻”。

楚楚呆呆地捧着书，感觉不到泪水落在了封面上。“牛虻”两个字洇开来。她连忙用手指去擦，胳膊却被捆缚住。是一纬从后面抱住了她。一纬抱得那样紧，像一个婴儿，抓住他不想失去的东西，本能般地。楚楚觉得胸口被勒得有些闷和疼，挣扎了一下。

一纬温热的气息击打着她的耳涡。她渐渐无力起来。只觉出身后被柔润滚烫的唇碰触着，这唇所到之处，她便融化。头发，耳垂，颈子。在这清寒安静的小屋里，一点一点地融化下去。

突然，她转过身来，捉住这唇。两个人的牙齿轻叩了一下，有些犹豫。唇的温度游动，倏然打开缺口。没过渡地，舌便交缠在了一起。两个人都有些意外，却已经没有退路。

融汇在一起的，还有泪水。一纬的眼睛模糊了，他面前的楚楚，是二十年前的。流着泪的少女，将头埋在他胸前。

楚楚颤动了双手，解着一纬衬衫的扣子。手指不听了使唤。一纬使了一把力气，自己拉开。两粒钮扣迸落下来，掉到了暗处的角落里。楚楚停住了手。男人颈子上，一条被汗水浸得褪色的红线绳。底下坠着的，是那只金朱雀。鸟形的小兽，颜色已有些暗淡，安静地停靠在男人惨白的胸膛上。楚楚在这胸膛上吻下去。那吻深深地，在彼此的身体里点燃了引信。

如同岩浆。上浮，积聚，涌动。

楚楚在最迷醉的时候，看见了朱雀在脸孔上方飞舞。在她与一纬之间，穿越。充实的一瞬间，她听到自己身体的最深处，膨胀了一下。她哭喊出了声音。朱雀猛烈地跃动，落到在了她的胸前。翅膀尖锐地插入柔软的缝隙里，一阵阵地凉。

一纬背对着她，开始穿衣服，动作缓慢。两个人没有话。楚楚看着他的身影，松弛下去的肌肉，微凸的腹部，和光线里星星点点的白头发。她蓦然间有些羞愧，仿佛面对着一个陌生的中年男人。

这是刚才交媾的同盟，与岁月昂然宣战。硝烟过后，战局维止。

或许，仅是债偿，为彼此二十年前的亏欠。

一纬没再动作，只穿着一件亚麻色的棉毛衫。棉毛衫上有几个小洞，也是岁月蚀的。

他轻轻地哼起一支歌。一纬的男中音还是很好听，却也钝了些，糙了些。

冰雪遮盖着伏尔加河，
河上跑着三套马车，
有人唱着忧郁的歌，
唱歌的是那赶车的人；
小伙子你为什么忧愁，
为什么低下你的头，
是谁叫你这样伤心，
问他的是那乘车的人。

楚楚轻轻地和上去。同时坐起身子，将臂膀从后面插在一纬的腋窝里。

这对男女的声音交融着，将这孤寂冷寞的房间，渐渐充满。

他们紧紧依偎，看天色昏沉，再无止尽地暗淡下去了。

楚楚像个主妇，为一纬的房间添置。

除了日常用品，她又买了只小暖炉，烧木炭的。燃起来，不一会儿屋子里就暖了。又因为房间小，渐渐就热得发窒。

楚楚带来些红枣和山药、一袋糯米，在这炉子上煮粥。一个周末的下午，就这样看着钢精锅在炉上咕嘟作响。因为是慢火，粥熬得很黏，很香。两个人围着炉子，一碗接着一碗地盛出来吃。脸上都是红通通的，透着薄汗。

楚楚笑一笑，说，我们也算做了回柴米夫妻。

一纬将碗放下来，心疼地看她。却不知该说什么。

每每相聚的终点，还是做爱。

他们闭起眼睛，让对方的身体，靠得紧一点，再紧一点。仿佛取暖。直到压迫的痛楚渐渐麻木，才确信不分彼此。

有一天黄昏，他们躺在床上，都想起那个舞蹈的夜晚。

种种，历历在目。一切细节，两个人的记忆重叠，竟不差毫厘。他们重温那些曲目，嘴里哼着旋律，眼睛渐渐发亮。一纬突然提议，在这小屋里重现当年的盛况。看一看楚楚，自己先黯然下去，说，我真是“老夫聊发少年狂”。楚楚却起身，向一纬伸出手去。一纬也站起来，躬一躬身，作了个邀请的姿势，接过楚楚的手。两个人就这么拥着，站在小房间里，踏出了第一步。开始动作都有些僵硬。就闭了眼睛，想象着四周围是华光溢彩。自己是自己的乐队，声色俱备。慢慢便自如起来，一时间，彼此都觉得风光无限。只有间歇忘情了，撞到桌椅上，才暂且回到了现实。在现实出现的一瞬，楚楚望着一纬，心里突然又有了二十年前的甜蜜感觉。

门响起来的时候，楚楚正迈出一个狐步。敲门声开始是试探的，突然大起来。两个人仓皇地对视一下，敛声屏息。门突然打开了。外面是个穿着棉猴的男孩子。他张大了一下眼睛，然后露出鄙弃的神情。他看见衣着单薄的母亲，靠在一个同样衣着单薄的男人怀里，手握在一起。这时候因为定格，成了滑稽别扭的姿态。

男孩的目光划过母亲，停留在一纬脸上。一纬没曾想过，一个小孩子的眼光，含义如此丰富，像极钝的刀子，在他的脸上切割。他有些无措，结结巴巴问那孩子：你是谁?

孩子并未回答他。与他对视一下，迅速地转身跑开了，带着门狠狠地撞击了一下。

这时候，一纬听见楚楚有气无力的声音，是我儿子。

老虎躲在国忠身后。

国忠看着楚楚，半晌，终于开了口：你说的大学同学，是陆一纬。

楚楚环顾这个家。经过了这几个月，经了这男人的手，已经变得清洁，整饬，饱满。处处是要往好日子过的。

忧伤从她心底蔓延上来，在与国忠的对视中，凝聚成了悲壮。

她说，哥，我欠一纬的，他也欠我的。我们要用一辈子来还。我们欠你的，要等来世了。

楚楚从医院里出来，头脑里有些发空。

也许是因为欣喜还未褪去。

梦境一样。人们看见这个娇小的中年女人，步履轻盈，脸上挂着天真的微笑。他们在心里思忖，这样的年纪，还有这么幸福的女人。

她并没有听进去医生更多的话。有关她的年龄，有关危险与代价。她只明白了一件事，她将会有一个孩子，属于她和一纬。

楚楚想，我自己的孩子。

他们走在玄武湖的堤岸上。岸上的柳树，新抽了枝条，嫩嫩地舒展着，轻烟似的。一路上，在楚楚的眼里，都是道不尽的新意。

她只是在捉摸，如何让一纬有个恰如其分的分享。

她没留意到旁边男人忧心忡忡的表情。

不觉间，他们走到了动物园门口。楚楚说，好多年没来了。

就买了票，两个人走进去。因为是初春的时候，园里还有些萧条。他们没着没落地转悠。路上所见的动物，模样都还有些颓唐颟顸，很怕人似的。猴山上，几只猴子，目光躲闪，在山上山下，步态龙钟。后来转到“河马馆”外面，围墙上，还刷着血红的标语，“要斗私批修”。

这样走到了天鹅池，总算觉得有些赏心悦目。几只大鸟，安静地在水里游动，偶尔扬一下长长的颈，叫一声。声音虽喑哑，姿态却是曼妙的。这时候，一黑一白的两只，贴着身体游过来。

楚楚攥住了一纬的手。在她要开口的时候，一纬说，楚楚，我有事要跟你说。

楚楚微笑了一下，说，我也有事和你说。

一纬说，楚楚，对不起……

楚楚目向远方，说：都是以往的事情了，现在又提它作什么。

一纬脸色慢慢沉下去，他说，我没讲过，我在东北，结过婚。

楚楚的手没动，僵在一纬的手心里。

一纬说，她救过我。她是我们那的农场管理员。那年春天，我得了破伤风，眼看着不行了。是她背着我，走了五里地，一直走到了场部医院。知道我要回来，她说那就离。她什么都不要，只要把儿子留给她。前天，场部来了人，跟我说，她有慢性病，多少年了，瞒着我。

楚楚问，你要回去，是么？

一纬的声音几乎听不清楚：不，我想让她来南京。到底是省城，医疗什么的，条件都好些。

楚楚“哦”了一声，眼神已经散了。

她缓缓地抽出手，望着一纬说：你跟我说这些，是为什么？

一纬犹豫了一下，说，她是农村户口，办过来恐怕很难。你那个赵阿姨，现在不是管着劳动厅么，兴许能说上话。

楚楚应了一声，点点头。

一纬眼睛亮了些，他用手抱住楚楚的肩膀，使了使力，说，咱们以后，还能在一块儿，只要你愿意。

楚楚轻轻推开他，笑了。

一纬有点尴尬，搓了搓手，问她，你刚才讲，有事跟我说？

楚楚说，没什么。她转过头，目光落到池水里。她说，对了，你说，这些天鹅，怎么不飞走呢？

一纬想一想，说，以前听人讲过，捉它们进来的时候，翅膀里的筋都给抽掉了，飞不起来了。

楚楚凝神地看着一只白天鹅，扑扇了一下翅膀，姿态仍然优雅。这优雅的底下，却是有个破败的底了。

六月的时候，楚楚见到了一纬的妻儿。

女人是本分的样子，蜡黄脸，体态却是粗壮的。她嘴里说着感恩戴德的话，句句得体，听得出在心里背过了许多遍。

儿子有些怕生，躲在母亲身后。七八岁的样子，长得十分清秀。楚楚在他的五官里，看出了一纬的轮廓。心头微微一震。

她穿得很薄，让一纬看清楚她微凸的腹部。

一纬始终沉默着，没说多余的话。他握住自己妻子的手，没有松开过。

过了几天，楚楚收到一只包裹。打开来，是那只金朱雀。擦拭得很干净，发着灿灿的光。摸上去冰凉的，没有温度。

年底的时候，楚楚生下了一个女婴。

用去整整一晚，因为难产。

当力气耗尽的时候，她却来了。没有一丝勉强。

迷离间，楚楚见她瘦弱的样子，啼哭却分外有力。

母亲也就觉得安慰，在疲倦里流下泪水，又昏睡过去。

这时东方既白。电报大楼的钟声远远响起。这城市便也渐渐苏醒。

朝朝暮暮，往复不已。

第十二章　母亲与一个丧礼

魏建设从看守所出来那天，没人通知家属。

她与他，在清晨的时候回到西市。看到古董店的大门洞开，哥哥坐在柜台后面，苍白着脸，像个鬼影子。

两下僵持了一下，她才迈进门坎去。哥哥指了指柜台上一个白信封，说，从门缝塞进来的。

她接过来，打开，看见里面是崭新的一沓美金，数数，有五千块。

另外附有一张纸条，用自来水笔写着："君子周急"。落款是一个巨大的"Y"，飒爽无比，大约借鉴了佐罗的签名。

她笑一笑，对他说，是雅可。

雅可出没于她和他的平淡生活中，与他们不即不离。

雅可如何谋生，是个谜。雅可的妈妈每月汇钱过来，存在一个固定的户头。雅可分毫未动，自己赚钱，养活自己，包括买粉的钱。

他们知道的，是每个星期四，雅可在"猫空"茶吧做驻唱，唱刘文正的《雨中即景》和《却上心头》。这男孩唱歌的时候，头发扎成一个马尾，没什么主张的样子，左顾右盼。眼睛没有焦点，声音却专注。

雅可仍会即兴地做些艺术品，或贵或贱地卖掉，视乎对象。

他们在一间新开的健身会所找到雅可。在瑜伽馆外，他们看见一群人的最前面躺着雅可。雅可将自己折叠在一起，是一个很难受的姿势。颈子从一条腿的缝隙里穿过。后面学习的人都停下了七手八脚，很自觉地，脸上带着叹为观止的神情。

雅可从腿的缝隙里看到他们两个，站起来拍拍手说，休息一下。

她问，怎么又做上这个了？

雅可眨一下眼睛，说，生命不息，运动不止。

她叹口气说，别韶了。这个赚得好么？

雅可说，还行。帮一哥们儿代班，做不长的。

她说，真不知道你还会这个，你倒是不会什么？学了多久了？

雅可说，一个星期。

她笑了，也亏了你。几天就敢出来骗钱，比做陶扣子那会儿又长进了。

雅可说，你也报名吧。我给你打个折，在我这性价比乱高的。

看一眼他又说，大个儿也报名吧，你们来个夫妻双修。

这时候有个声音喊雅可。雅可抱一抱拳，说，后会有期。

她叫住雅可，将信封塞过去。

雅可打开瞅一眼，说，妥了？

她说，嗯，妥了。

日子平淡如水。他与这城市间，渐形成信念的维系。并非理想，而是淡漠的必须。这大概表现为他开始意识不到这城市的所在。而城市，亦将他的突兀淹没。

她不在身边，他仍然热衷于走街串巷。这是他身上保留的为数不多的观光客的痕迹。也许，他已不需要引领。他不再是乐于探索的人。他走的，多半是老路，温故而知新。或者，在一间铺头前面，他驻足，发现店员已经换成了一个人。这便是故去而新来了。

在已秋凉的时候，他穿着颜色俗艳的沙滩裤，趿着塑料拖鞋走在城南巷陌的石板路上。如同这城市中的任何一个小伙子，脸上挂着欢喜的颜色，眼神内里却有些发愣和茫然。

踩到了松弛的石板上，是“扑哧”一声响。隔夜的雨水混了泥泞，溅到了他的小腿上。这也是他熟悉的。

在巴士车上，他接到了她的电话。当时，身边的人正在争吵。一个年老臃肿的女人，因为拥挤的人群无法下车，坐过了站。女人与售票员的争执，渐渐膨胀为了义愤。人们用方言里最精粹的部分，谴责这城市的公交系统的恶劣。如果在以往，他是会产生欣赏与学习的兴味的。然而这时候，车厢里黏腻的人味与声响，却让他烦躁起来。当他终于听清楚了她的话，他沉默了一下，说，哦，我来。

这是他参加的第一个中国的丧礼。

在逼狭的灵堂里，人们看着陌生的青年，奇异地穿着笔挺的西装，默默地流汗。

他看着这装在相框里的脸，却不是那个留在他印象里的人。那个人给人的印象似乎就是没有任何印象，而这张脸，却生动地让人生疑，在眼底蓦然张扬起来，几乎有些愤俗嫉世。而嘴角，却松弛地垂挂着，看得出有些不耐烦，却还有些诚惶诚恐。这是一张敷衍的嘴。这张嘴为这个男人的一生作了总结。他这么敷衍了下去，敷衍自己，也敷衍别人，一直敷衍到了死。

人们安静地垂首。面对他们的，是一个戴着黑框眼镜的长者。长者在花圈的簇拥下，用沉顿缓慢的声音念着悼词。这是男人单位的领导，大概是个北方人，说话带了浓重的鼻音。他有许多听不明白的地方，只是觉得这声音很苦楚。突然间，响起了婴儿嘹亮的哭喊声。这哭声将人们的耐心打开了缺口，纷纷回过头。领导被打断，严厉的目光投射过去，撞上了抱孩子的母亲抱歉的眼睛，也只有叹一口气，说，小张，先带孩子回去吧。

门就在这时候打开了。一辆轮椅被推进来。他先看到了推轮椅的人，他很惊讶的，这个人是她的哥哥。哥哥脸上是一些无可奈何的表情，还有些怯惧。轮椅上坐着一个女人。是个有些老的女人了，脸色异乎寻常地白，白到了泛起透明的青色。这是不健康的颜色。不健康的还有女人的神情，半张嘴抽搐着，带动了一侧的脸部肌肉亢奋起来。那另外半张脸却纹丝不动，平静到了漠然的地步。

他从这个女人脸上看到些似曾相识的东西。一刹那间，他有了一种直觉。他侧过眼睛看了她。她很安静，这安静却是极强烈的自制的结果。她的手，紧紧抓紧了他。

是的，这是她的母亲。

他对于这个女人，曾有过种种的猜测。可结果到底让他出其不意了。他觉得这个母亲，只是终日藏在岁月褶皱里的一个人。因为生活的无望，她应该是邋遢的。她的脸上，应该雕刻着人生的种种不如意。她的经历，在她的脸上应该留下一抹腐朽的魅惑。

而眼前的人，好像个为人师表的退休教师。这是个庄重与洁净的人。一丝不苟，连同她可以控制的那半张脸的神情。他感觉得到，这个矮小的老妇人，有种先声夺人的气势，靠的是身体里的一股坚定的力量在支撑着。

在场的人，有些认出她来了，终于克制不住，开始窃窃私语。女人自己把轮椅停住，示意儿子扶她起身。她努力了一下，终于没能站起来。

失败的举动并没有影响到她的风度。女人安然坐下来，自己推动了轮椅，一直到了灵台跟前。她打开了放在膝盖上的一只纸盒子，从里面掏出了一叠叠发旧的纸。

这是一种他没见过的货币。

秦国豪。女人开口了。她的声音并不苍老，甚至有一种和她的语气不相称的娇美。

秦国豪。她说，你还记得这些全国粮票吗？我一直留着。我没有用，也没打算要用。我知道是要用一次，有派用场的一天，用在你死的一天，烧给你，送你上路。我一直攒着，也盼着这一天快点来。我还是没想到，这一天来得这么快。

女人把头低下来，过了一会，轻轻地说，囡，你过来。

他感到她的手在他手里又紧了一下，松开了。她走了过去。

女人把她拉到身边，几乎是推到了灵台前。女人声音有些抖动了，秦国豪，你从来没认过这个女儿。可是女儿死心塌地地认你。你赚了。

他看到她转过头来，看自己的母亲，眼睛里有了一种很炽烈的怨恨的光。女人说，程囡，你不是一直想叫他一声“爸”么。你现在可以叫了。

她拧过身体，母亲却紧紧拉住她，很低沉地说，你叫，爸。

她动了动唇，终于没有叫。

他看出来，她有些虚脱了。

母亲说，囡，你听好。是你自己不要叫他“爸”。那你就把这些粮票烧了，当着他的面。这么多年，我们娘俩没靠他活过。每年你生日，他给一百斤粮票，给到你十岁。这些东西只要留着，你就永远只值这一千斤的全国粮票。你还给他，让他知道，他没有你这个女儿。他到死都是女人眼里的窝囊废。

母亲把手伸向自己的儿子，那个做哥哥的正发着愣。母亲狠狠地拍打了一下轮椅的扶手。哥哥终于从口袋里，掏出一只打火机。

她从母亲手里接过打火机，抽开了捆绑着粮票的细绳，点燃了那叠花花绿绿的纸。火光一闪，粮票痛苦地曲卷着，成了灰烬，剩下了丑陋暗淡的颜色。

她的脸，和母亲一样白了。她的嘴角突然间也抽搐起来，和母亲一样。

母亲对儿子说，回吧。

轮椅调转了身，走了。后面突然传来一声号啕，是逝者秦国豪的合法妻子。

轮椅没有停，坚定地发出了吱吱呀呀的声响，消失在人们的目光里。

她呆呆地立在灵台前。他走上前，牵了她的手，逃离了这个地方。

他们终于累了。在靠近明瓦廊的一处小街，找了一个小吃摊，坐下来。

他们坐定了。他小心翼翼地看她，在她眼睛里寻找。

她却侧过脸，也定定地看他。她长舒了一口气，对他笑了。她的笑令他恐惧。她终于笑够了，对他说，今天我们一家三口总算凑齐了，蛮好拍一张“全家福”。

在黑暗里头，他听见她说，是回不去了。

升州路上，车马冷落。在路的尽头，有一间酒吧，叫做“落日东升”。酒吧的招牌在夜色里斑斓地闪，变幻出两具交缠的人体。而人体的轮廓，放射着招摇不定的光芒。

这光芒打到她的脸上，她的脸色也绚烂斑驳起来。她扬起脸看一看，说，装修过了。

他们走进去，穿过幽暗的甬道。偶尔有一星半点的火光，那是抽烟的人。渐渐有了音乐的声音，不十分大，却很清晰。清冷缠绵的“布鲁斯”。

这是一间不大的酒吧。两层，上面有阁楼，踩在楼梯上，发出吱呀沉钝的声响。原木的桌椅，刷着清漆，有经年的烟熏味道。从楼上望下去，酒吧氤氲在紫色的光线里头。有一些年轻的舞动的身影。因为光线的晃动，这些身形的轮廓便不再肯定。The thrill is gone. BB.King的声音在空气中滑动，回旋往复。所有的速度都慢了半拍。

年轻的侍者走过来，送上酒水单。她点了“伏特加”，没有问他，自作主张叫了“杰克丹尼”。两个人都不说话。她脸上有疲惫的表情，与楼梯拐角的杜拉斯画像遥相呼应。另外墙上有许多放大的照片。他能认出的是戴高乐，卡斯特罗与巴顿。还有一张大一些的，彩色的。是一些金发碧眼的人，举着红宝书。底下用花体写着“某年某月于巴黎”。

她以汹涌的姿态喝酒。他想劝阻，但是开不了口。他看见一个穿黑色短裙的女人，走过来。脚步很轻，猫一样。女人走到她身后，拍了一下她的肩膀。她惊觉，回过头，眼神迷离地仰起脸。女人上着银灰色的蝶妆，黑色的唇。手里夹着一支摩尔烟，姿势妖娆。这是倨傲与另类的表象，却因为瞬间绽开的笑容一触而破。

在这笑容里，他辨认出，这其实是个年纪很轻的女孩子。因为不设防，脸上的世故便被打碎。她将肩上的手紧紧一握，也笑了，说，叶娜。

叫叶娜的女孩说，你好久没有来了。

又看见他，便低下对她耳语。声音却恰好让他听见：我要有这么一个，也洗尽铅华上岸去。

她嘴角一动，说，只怕你舍不得这里的灯红酒绿。

叶娜便朗声大笑，说，知己。

然后看看他们桌上，便又说，好不容易来一趟，怎么闷不作声地喝素酒。不要把人家帅哥斋坏了。

说完，便打了一个响指，召来侍者交代了一句。说，来一打鸭子头，我请你们。

她便佯作惊奇，你们的招牌小吃，居然没绝迹。

叶娜扭动腰肢，做了个广告POSE，一本正经地说，老字号，老传统——“落日”鸭子头。“鸭子头”三个字被她用南京话念出来，效果出其不意的滑稽。

三个人便都笑起来。这时候，叶娜遥遥看一眼，却突然收住笑容，说，有老客来了，不招呼你们了。改天一起吃饭。

他们便看见有个光头男人，熟门熟路地走进来。却被袅袅的叶娜拦住，挽了胳膊，消失在酒吧的侧门里面。

一打鸭子头，端上来竟有一大盘，整整齐齐地叠在一起。她说，吃吧，下酒的好菜。

他见她捡起一只鸭头，有些凶狠地咬下去。他也捡起一只，这鸭头硕大，白惨惨的，是南京传统的盐水卤制的做法。然而，鸭子的嘴角，竟让他看出笑意。在暗淡的光线里，这鸭头便无端地恐怖起来。她喝一口酒，一面嚼着，问他，你怎么不吃。他便轻轻地咬一口。她却不乐意，说，吃这粗制东西，要用水浒吃法，要豪放。他便又硬了头皮咬下去。这一口，却吃出了十分的鲜美来。不知是放了什么佐料。这鸭头鲜嫩的肉质，散发出的咸香，竟让人欲罢不能。

她看出他吃上了瘾。便说，这间PUB，最有名的两样，一是独门秘方的鸭头，另一个是鸡头。

他听得一愣，手停下来，问，鸡头是什么？

她的眼光向远处闪了闪，就是叶娜。叶娜手底下的小姐之多，档次之高，人脉之广，在城南是数一数二的。

他终于问，你是怎么认识她的。

她说，我们是大学室友。

盘子里剩下的鸭子头，盯着他的眼睛，一如既往地微笑。不识愁滋味。

这时候，响起了鼓点。是他熟悉的前奏，*Field of Gold*。

有清凛的男声缓缓地从旋律中浮现。金色麦田。看西风如爱人而动，金色麦田，金色麦田。

不及Sting的声音清澈，有些沙，有慵懒的尾音。副歌部分唱得飘摇不定，如喁喁细语，重复一遍又一遍。

他有些好奇地看那歌手，却看见熟悉的长头发。

在紫色的光线里，雅可埋着头，拨动电吉它，唱歌给自己听。

雅可的嘴唇离麦克风很近，像是要亲吻上去。所以，你甚至听得见呼吸声，听得见在唱高音时忽然力有不逮的喘息。他只见过另一个歌手与麦如此亲密，是Elton John.

无处不在的雅可。

音乐轻快起来。雅可唱起《雨中即景》，字正腔圆。这是首让人心情好的歌。几对男女和了歌声，跳起了“小拉”。

一个滑音。雅可抬起头，环顾四周，与DJ对视了一下，又埋下去。

她将杯底的酒喝干净，对他说，走吧。

他们走出门，听见雅可正在唱，无奈何望着天，叹叹气把头摇。

这时候已经是凌晨三点。他们都累了。她喝了烈酒，脚下有些晃。而他则觉得喉头发干，郁燥得很。

他并不知道，所谓鸭子头的独门秘方，其实是罂粟壳。

走到临街的一处门面房，里面亮着灯光。她停下步子。小小的门口，却闪了巨大的霓虹灯，上面写着，“香君客栈”。四个字，倒有好几处的笔划残了，露出了败落相。

她却没有犹豫，走进去。

坐柜台的是个很瘦的中年女人，长着一张男人脸，看上去有些凶。问他们是不是要过夜。

她说是。女人便问他们要几间房。她说，一间就好。

女人说，标准间没有了。都是一张床的，要不要？

她说要。

女人抬眼看他们一眼，并未说什么，拿出一串钥匙，说，过了十二点，热水停了。洗澡要到三楼的公共卫生间。喝水走廊里有茶水炉子。她接过钥匙，交了押金，一边在登记簿上签字。女人却回过头，从抽屉里拿出一只安全套。问他，要吗？两块钱。

他一时语塞。女人便语重心长地说，年轻人，要放得开。来都来了。

她听了，将手里的圆珠笔重重地按在柜台上，说，不是放不开，是不放心。你这个质量信不过。就你这样的，外头售卖机才卖一块钱。

女人眼睛竖起来，说，你这么讲是什么意思，不买就算了，不能说我的货不好。

说完将包装“哧拉”一声撕开了，将那黏乎乎的塑料套子展开来，卯足了劲，拉成了长长的一条。你们看看清，这个质量还叫不好？好不好男娃说得算。国产的怎么了，国产货便宜，不等于质量不来事。

这一招让他有些瞠目。她看女人一眼，掏出十块钱，说，好，那我支持国货，给我五个。

女人拿了四个给他们，说，刚才那个，也得算进去。

房间里湿热，沿着墙根有浅浅的水迹。打开空调，大概是用得旧了，呼哧作响，像是年迈老人的胸腔。房间正中是一张大床，铺着蓝白条的床单，摸上去也潮叽叽的。两人在床沿上坐了一会儿，感觉一波波的凉气终于在房间里荡漾开来。他被西装裹了一天，身上黏滞，说要去楼上冲一冲。找了半天，没找到一次性的拖鞋，索性穿了袜子走上去。

回来的时候，看她和衣靠在被子上，在吹刚刚买的安全套。安全套被气流鼓胀成了一个汽球。然后她一松手，汽球便迅速地飞走。她看着他，神情像个恶作剧的男孩子。然后她又打开一个，如法炮制。这一个飞出去，却打在他胸前。他捂住胸口，作被击中状，倒在了床上。他仰起脸看她，看她又吹起了另一个。脸色肃穆，仿佛在进行神圣的事业。他就对她伸出手去，说，安全第一。她没有理他，却松了口。那套子便也泄了气，黏黏地垂挂下来。

他顺手摸到遥控器，打开电视。胡乱地转了几个台。这个小旅馆，竟然收得到Discovery。

是个异域风情的专题片。伊斯法罕。萨非王朝，古波斯帝国的都城，曾被称为half world。如今还看得见阔大堂皇的皇家广场。镜头一转，却是荒芜的颜色，穷街陋巷。穆斯林的女人们将自己用黑布从头到脚裹得严实。主人公出场，十岁的伊朗男孩，有一双晶亮的眼睛，眉目间是与年龄不衬的忧郁相。他的身份是擦鞋童。

拉苏尔的梦想是做瓷瓦，终有一天可以在清真寺里工作。父亲年事已高，劳力不济。他只有擦鞋帮补家计。擦鞋童是没有前途的工作。男孩的家里不会反对他学瓷瓦，但是当瓷瓦学徒的初期没有酬劳，缺了维生的微薄收入，拉苏尔家负担不起。所以纵然有位瓷瓦大师愿意收他为徒，他仍未能实践这个梦想。纪录片叫做《一步一生》，是“寻城记”系列中的一部。最后一幕，拉苏尔站在广场上，寻找着顾客。间或回过头，近距离的特写。脸上的神情漠然安宁，是认命后的平静。眼角处有一道疤痕，徐徐地蔓延到鼻翼近旁。拉苏尔紧了紧头巾，转身走开。中东风味的音乐豁然响起，背景拉到无限远。

他关上电视。她已在身旁睡着。面向他，身体微蜷，如壳中的鸟。他记得在一本心理学书上看过，这是婴儿睡姿，缺乏安全感。

他也面对她躺下来，关上灯。听得见她的呼吸，在黑暗中辨认她面庞的轮廓。他轻轻吻了她。唇触在她的额上，是一阵凉。他将胳膊环起来，将她的身体包围。却没有碰她，只是让她在他的怀抱中了。

醒来的时候，天色大亮。阳光从窗帘间狭窄的缝隙钻进来，落在床单上，如同光的剑戟。电视打开着，她端坐在床沿，目不转睛。电视在播放新闻，是云南某地的公审大会，关于某贩毒团伙的一网打尽。

穿着灰白囚服的男女，灰白着脸孔站成一排。垂首低眉，形容惨淡。他要换台，被她按住了手，说，别动。

镜头转过的一霎，他也看到了一双眼睛。

一双很清澈的眼。是个生得很好的青年人，眉宇开阔，带了股子忠厚气。垂挂的眼角，却有笑意，让人不明就里。

案犯卫小东，判处死刑，缓期两年执行。

她颤栗着嘴唇，终于直直地站起来，沉默了很久，朝洗手间走过去。忽然，她回转了身。他看到她满眼都是泪。她终于在他怀里哭泣，声音哑然。

那陌生的年轻人，在电视里，抬起了头，是个忧心忡忡的表情。这双眼睛，好像在看着她，看着他们。

晚上，他们走到旅馆的天台上，将那张照片点燃。她对他说，她不认为有所谓巧合，这世上与她有亲缘的男人，在数天之间仓皇而逝。她的脸色，被火光映得有些暖意，并不见许多的悲伤。是的，他想着这些天的过往，其实有点荒唐。但是，又井然有序，简洁明了。是为了陆续将种种埋葬，让她死心。她教过他一句话，哀莫大于心死。她再说这句话时，是玩笑的口吻。这下我死了心，要过自己的生活了。

她说，五年前她母亲中风，再也站不起来。这年老的人，连同性情与残剩的耐心，一同坍塌了。她说，当她在家里翻出那本相簿，看见她的母校若干年前的某张集体照，已经发了黄。上面已经没有一个叫做“程忆楚”的女学生，而是一处被香烟烫得焦黑的人形。她不明白，母亲为什么还留着这张相片。母亲对她说，有些事情要用自己的余生了结。而现在，了结得如此彻底与迅速，是因为天命。这是让人不甘心的地方。

她说，我已经死了心，我没法和一个不甘心的人在一起。我现在无处可去。

她的电话响起，是雅可。

雅可说，你的事情并没有妥。

她说，不要多管闲事。

雅可说，你每次来“落日”，都不是因为闲事。

她沉默了。

雅可说，来我这里住吧。

雅可的房子在二十七楼。下面看得见玄武湖，水静风停。

这是南京最早期的豪宅群落。是雅可名下莫名的产业。他们走进园区的时候，看到一头“哈士奇”向他们款款走来，趾高气扬地将耳朵竖起，蓝眼睛戒备地一瞥而过。

雅可空落落的大房子，陈设却精简到极。大厅中间摆着一只床垫。雅可说，我就在这张床垫上吸粉，睡觉，练瑜珈，打坐，打飞机。

雅可说这些话时，翘着腿坐在飘窗上，似笑非笑。

有隐隐的臭味，在空气中弥散。当他们意识到这一点，气味愈加浓烈。同时，他们也终于看见雅可宽绰的亚麻衬衫上，有梅花形的肮脏脚印。

这时候，走出一只暹罗猫。脸上带着羞怯的神情，让它的黑色脸颊有些阴郁。这是一只缺乏世故的猫，觉察到有生人，眼神张徨了很久，才有些犹豫地走出来。看见了雅可，快速走到他脚边，娴熟地跳上肩膀。然后盘到他的脖子上，如同贵妇冬天里炫耀雍容的狐狸围颈。其实，它已经很大了。雅可有些不堪重荷，将它扯下来，说，惯坏了，从小就这样。

这猫叫韶韶。“韶”在南京话里是饶舌的意思。这猫却安静无比，甚至被人踩了尾巴，也只是仓皇地翻腾一下，一声不吭。它似乎没有发出声音的勇气。

她说，改个名字吧。这名字不大着调。

雅可说，改了你叫它就不理了。

韶韶缺乏智慧。不会控制自己的大小二便。但它又的确知道是错的，所以每次拉错了地方，都会内疚地躲藏起来。然后在主人的宽容中出现，周而复始。但是雅可很溺爱。雅可说，我就喜欢它缺心眼儿，这么漂亮又缺心眼儿的猫，上哪找去。

在以下的几个小时，韶韶放松了对他们的戒备，开始舒展了身体，步态优雅地在房子里漫步。但当它走到一处房间门口，企图用爪子将门扒开，雅可突然一声断喝。它便惊慌失措地跑去，站定后，远远地看雅可，却是不甘心的样子。

雅可脸上作出一个恐怖的表情，算是对它进一步的警告。然后转过头对他们说，它最大的缺点就是好奇。那不是它应该去的地方。

雅可引他们去那房间。

是一间书房。

让人不解的是，在这作风极简的室内，有一个装修整齐的书房。三面墙的胡桃木通天书架，充盈地矗立。地上是中东风味的地毯，几个颜色斑斓的蒲团。

雅可拍了拍其中一只，坐下来。

雅可说，我是个书蠹。

她浏览雅可的藏书，发现不一而足，气象万千。

一个架上摆着全套的《幽游白书》、《乱马1/2》与《七龙珠》以及其他说不出名的日本卡通。雅可翻开一本《名侦探柯南》，指着扉页上的缭乱字迹说，在东京神田淘到。青山刚昌的签名本，物超所值。

另一架以推理为主题。摆着铁伊、克里斯蒂与艾勒里·昆恩，当然也少不了横沟正史与松本清张。兼容并蓄的作风，足见主人品味的庞杂。

不意外地看到《采花贼的地图》。这个香港作者，随风潜入夜，进入到少许内地青年人的生活。他的文字，永远披着欢娱的外衣。挥霍青春的好手，让人爱且怕。

然而，当她看到《S/Z》、《第三次浪潮》与《知识考古学》，仍然有些愕然。她警惕地问雅可，这些书，你当真会看?

雅可坐在他们对面，似笑非笑，随手抽出一本《规训与惩罚》，翻到一页，对她说，报给我页码。

雅可闭上眼睛，开始大段地背诵。坚硬晦涩的文字，如流水，化身交迭的符码，抑扬顿挫地流泻出来。

在一切规训系统的核心都有一个小的刑罚机制。它享有某种司法特权，有自己的法律，自己规定的罪行，特殊的审判形式。纪律确立了一种“内部刑罚”，它规定和压抑着重大惩罚制度不那么关心因而抬手放过的许多行为。并且，规训惩罚所特有的惩罚理由是不规范，即不符合准则，偏离准则：整个边际模糊的不规范领域都应该受到惩罚。这种惩罚可以是一种“人为”的命令——由法律、纲领、条例所规定的，也可是一种准则——学徒期限、期限、能力水平。此外规训惩罚具有缩小差距的功能：它是矫正性的，“惩罚即是操练”。另外，规训机构以等级顺序这种无休止的分殊化，对行为进行精确的评估，如此纪律就能“实事求是”地裁决每个人。而这种等级惩罚具有两种效果：一是根据能力与表现来编排学生；二是对学生施加经常性的压力，使之符合同一模式。

她想，这男孩必定享受。这无关世俗与生计的言语，让他沉醉其中，只是因为享受。而愿与她分享，其实出于份外。这是让她些微感动的地方。

雅可的博闻强记，终于让人无所适从。列维·斯特劳斯，《忧郁的热带》，将最无序的视觉所在，拆解殆尽。雅可依然可整理头绪，如同家常，娓娓道来。

这一晚，他们做着问与答的游戏。无关心智，因为有口无心。

最疲倦的时候，她的眼睛停留在书架最高处，二十四史精华本。她倏然想起，曾经另一个男人，也有这套书作为风雅的点缀。这时，雅可戛然而止。

雅可打开一扇门，对她说，你就在这里睡。

这房间里是和式陈设，天花低垂，半透明的樟子纸，中规中矩的格与线。朴素与留白，不着痕迹。却有一扇图案艳异的屏风，绿得欲滴的荷叶上，立着比例夸张、羽色斑斓的水鸟。另有两列行书：头盔压顶虫嘶鸣，与女一家荻和月。她问雅可，这是什么意思。雅可说，是俳句，一个叫松尾芭蕉的人写的。

雅可拨开拉门，抱出一床墨蓝色的床褥，铺在床上。展开，却有松香的味道。雅可说，好久不用了。将就睡一晚，明天买新的去。

她一个人躺在床上。顶灯熄了，满目是纸木黯淡的颜色。羊皮风灯光线温暖，却有些发污，因为灯罩上已经积了浅浅的灰。她却直觉，这房间里有草率的整饬。因为床头上分明摆着一本书，书脊朝上，写着《里见八犬》。这样展开着，像是不经心间停止了阅读，留待第二天继续。然而封面上，也竟有灰尘了。

她终于站起来，将那屏风拉开。在暗影子里头，挂着一套男人的条纹和服，居家式样，尺码阔绰。

晚上，他睡客厅的沙发。

雅可躺在地板正中的床垫上，呼吸匀静。月光从落地窗流淌进来，将雅可的脸色映成瓷白。肃穆严正。

他心下一片空白，同时隐隐不安。

信马由缰的表面，他们也都知道，这孩子有他的生活轨迹。

雅可的生活，看似格格不入，其实并不凌乱，有内在的规律。甚至在某些细节，这男孩有着令人惊叹的自律。比如，每天必须的两个小时以上的阅读。又比如，一日必有一餐吃配方复杂滋味难耐的土豆泥。

有一些朋友，不同于他们，是雅可的同道中人，站在世界的边角上。

雅可的大房子，是他们聚会的场所。雅可是慷慨无度的主人，堪比孟尝。

这些朋友，走马灯似地到来，并没有给她带来不适，尽管雅可对此表示抱歉。并非因为寄人篱下，而是，她习惯冷眼看待不熟识的东西。这让她与他们之间，产生了相敬如宾的和谐。

他们的聚会缺乏主题，并不是高尚的所谓沙龙。她渐渐体会到他们的肤浅。甚至于，她看出了雅可，实际对这些伙伴流露出的忍让与嫌恶。他们谈艺术，只是就城中的一两个展览为起点，但是很快就走了题，成了关乎八卦的新闻发布会。他们并不觉得是堕落，兴致勃勃。他们以内行人的口吻要她相信，艺术本身，实在是反动又无关宏旨的东西。而八卦是人性的，是真正有生气的所在。他们会定期地看一些前卫电影，然后实践其中的皮毛，探讨主人公的作爱方式，研究哪一种体位更艺术，更为接近美学的要求。他们看一个叫做《罗曼司》的影片，公认他们中的一个清瘦女孩，具有女主角的气质：压抑，并渴望被每一个男人粗暴占有。这女孩抬起眼睛，用方言骂了一句非常粗鄙的话。意思是要将在场的男孩们集体阉割。男孩便笑作一团，仿佛得了至高的荣誉。

他们也有安静的时候，因为玩一种叫做“杀人”的游戏。他们将窗帘拉严实，为了营造诡秘阴晦的气氛。他们中有些处变不惊的老手，然而，更多逻辑松懈的推断与苍白的辩解，却让状况无可奈何地滑稽起来。一个圆圆脸的女孩，总在抽到“杀手”的时候，身体瑟瑟发抖，同时脸憋得通红，像一只丰硕的苹果。多次被自己出卖，女孩有不堪其辱的感觉，退出游戏。

女孩走到厨房里，靠在墙上，饶有兴味地看着她。她正在切一只柠檬。

在他们眼中，她的出现，成为他们无规则聚会中一个有规则的补充。

她做着主妇分内的事情，似乎乐此不疲。她为他们准备各种甜点，中饭晚饭，用各种水果打成奶昔，决不重样。她甚至细心地改良着雅可的土豆泥，加入迷迭香与可可粉。不是为了柔和，是要特立独行的味道变得更锋利些，以毒攻毒。

在长时间的沉默过后，女孩用手指捻一捻脸颊上的一颗粉刺，高频率地眨巴眼睛，问：你是她什么人？

朋友。

是吗？朋友。女孩将“朋友”两个字深深地强调了，然后更用力地看着她说：雅可从没有和“朋友”同居过。

柠檬从中间断开。汁液飞溅出来，落在烤成焦黄色的鳗鱼片上。她端起盘子，对女孩说，麻烦你端出去。

这时候，雅可走进来，将盘子接过来。同时执起她的手，轻轻吻了一下，用凝重的口气说，谢谢你。

夜深的时候，她躺在床上。

终于觉得心悸，就打电话给他。让他来。

他来了，两个人躺在床上，不说话。她突然想吻他。两个人就在床上草草地亲吻和欢爱。听得见外面有些轻盈的笑声，他们的“杀人“游戏还在继续。两个人就让声音小一点，再小一点。身体在麻布床单上摩擦，发出蚕食桑的声音。然而，终究还是不安，觉得在一双眼睛的注视下。后来，发现了这目光的来源。韶韶安静地趴在床边上，执着地盯着他们。

当夜再深一点的时候，外面的声音没有了，黑成了一片。他们也很疲惫，却睡不着。她起身，想出去洗个澡。在黑暗中，脚碰触到横在地上的身体。那身体颤动了一下，又沉沉睡去。洗手间的门打开，有一线光射出，她只看到一个青白色的背影。赤裸着。是男人的，青白色的脊梁与臀。那人回过头，仍然辨不出样貌，却似乎对她笑了一下。

当她再走进洗手间，打开灯，看见水箱上，触目地摆着针头与一截皮管。她没怎么犹豫，将它们扔进马桶，冲掉了。

第十三章　龙一郎的图画夹

生活如常，浅白如水。

后来，她回忆这段日子，虽则短暂，其中的冷暖，却历久不已。

龙一郎的出现，是生活给她的提醒。

那时已经是九八年的冬天。南京天气干冷。雅可减少了外出的频率，更多的时间待在家，和她在一起。

晚上，他也会来。他总在十二点之前离开，无论彼此间多么缠绵。

吃饭的时候，并没有很多的话说。她的厨艺精进，使得三个人的沉默都有了借口。但是，其实都感觉到了在这寡言里，有一种相濡以沫的情绪悄然浓重。雅可有时候在饭后开一瓶清酒，三个人默默地喝。喝到微醺的时候，雅可会站起身，到洗手间里去。长久之后出来，脸上是介于失落与欢愉间的表情。她是明白的，他并不明白。他只看到雅可站起身，用手指在布满水汽的落地窗上，画出一只悠然飞翔的鸟。他也许觉得这鸟太孤单，也站起身，在鸟的周围画上了几朵云彩。雅可看了他一眼，在云下面画出一连串的水滴。这样，云就变成雨云了。

这天清晨，雅可走进她的房间，说，有重要的客人要来。希望她搬到另一间房住。

雅可打开另一间房，里面只有一张钢丝床。到了中午，家具公司的工人已将房间布置得充盈温暖。

她看见雅可站在和式房间里，反复审视。最后，将那件宽大的和服从屏风背后拿出来，抖一抖，又挂回去了。

下午的时候，她听到门铃响。打开门，雅可拎着一只手提箱，后面站着高大的中年男人。他们走进来，雅可声音很轻地对那男人说了什么。她听出来，说的是日语。

男人郑重地站在她面前，深深地鞠躬，对她说，芥川龙一郎，请多指教。

用的是极其标准的普通话。

龙一郎头发花白，身量高大，并没有很多中年男人臃肿的形状。相反，在这个年纪，他其实是极其清瘦的。他过于整齐的衣着和严厉的眼睛，使得他的形象更近似某个株式会社的社长。但其实，他的身份是东都大学艺术系的教授。

龙一郎端坐在沙发上。她去厨房，在水龙下洗咖啡机。雅可却拦住她，从柜子里拿出一盒明前龙井。

他们出来的时候，看见韶韶正蹭着教授的裤脚，甚至有些谄媚的意思。这男人仍然正襟危坐。

吃饭的时候，气氛凝重。龙一郎与雅可用日文交谈。准确些，是雅可在说，龙一郎只是倾听，偶尔吐出个别的单字。雅可的情绪有些激动。她毋须装聋作哑，此时无知得顺理成章。

她唯一感兴趣的是龙一太郎吃米饭的方式，用筷子将米极细致地夹进嘴里，仿佛在对每颗米作检验。

教授注意到了她的注视，漠然地看一眼，仅此而已。

当晚，下了雨。水迹沿着窗户安静地流淌。忽而雨大了些，在微弱的光线下，犹如越发粘稠的液体，沉甸甸地下坠。

早晨，雨还未停。她看见穿和服的男人驻窗而立。不是屏风后的那一件，这和服丝绸质地，赤褐色，上面密布抽象的松针图案。龙一郎转过身。宽绰的和服让他的轮廓柔和了一些，神情也似乎较昨夜松弛。他们走近，互相问了好。

在她侧身离开的一霎，听见这男人清晰的普通话：你睡过我的床。

她一愣，没有停下步子。男人的声音却追过来，房间里都是你的气味。

她看见这男人面容依然肃穆，没有暧昧，是探讨大是大非的神情。

她不知所措，不自觉地轻轻说，对不起。

龙一郎皱一下眉头，继而朗声大笑。

这笑声缺乏上下文，却足够开门见山。

她便也勇敢了些：你说，你的床？

龙一郎肯定地点一点头。

男人在沙发上坐下来，从茶几的小抽屉里拿出一只密纹纸的包裹。里面是一只紫檀木的匣子，十分精致。男人打开匣子，抽出一支雪茄，点上。

阖上眼睛，呷了一口。

还好。男人满意地笑一笑，南京的梅雨天真是毁东西，如果不热，倒很适宜养雪茄。

再看她时，男人用了某种欣赏的眼神。这眼神包含了鼓励和放任，是一个想要交流的暗示。

龙一郎说，你的蛋炒饭做得很好。

她也笑了，话题的开端，多半关于饮食男女。

她在地毯上坐下来，说，嗯，炒得好吃有秘诀，一定要用隔夜饭。

男人重新闭上了眼睛。

她想，这也许是个机会，尽管唐突。于是她问，你是雅可的什么人。

男人睁开眼睛，目光柔和：我是他的导师。

她梳理雅可与日本间的线索，除了那些原版漫画和推理小说，别无所获。她问，你教他些什么？

龙一郎抽了一口雪茄，缓慢地说，艺术之外，我还教他很多东西。他的大部分教育来自于我，包括情感教育。

她望着面前的中年男人。房间里这时候充盈了雪茄的味道，类似某种焦糖的气息，强烈而缠绵。她觉得自己的好奇被突然间折断，打算起身离开。龙一郎说，你知道，我当时为什么收他作学生？

这是个问题，但是不期待从她那里得到答案。

她还是问，为什么？

他在入学申请资料里夹了一枚陶扣子，上面刻了根鱼骨头。

她不由己地笑了：他有很多这样的陶扣子。

龙一郎说，对，好东西是经得起复制的。它们需要复制，需要依赖复制繁衍强大。这是个艺术原则，本雅明那套是鬼话而已。如果没有贝聿铭复制的纪念碑，多少人会记得日本还有“尺八”这种古老乐器。

她将睡裙下摆上的褶皱抻抻平，裹住膝头，轻轻问道：那房间里的屏风，也是复制的？

那是我找人订做的。龙一郎将雪茄放在烟灰缸旁，任它静静燃尽，熄灭。在缭绕的烟雾里，她听到男人问她，看到上面的俳句了？

她点点头，听雅可说起过。松尾芭蕉，是个稀奇的名字。

他说，读过《狱门岛》么？横沟正史引过这两句，暗示两种杀人的方式。

龙一郎生活的规律，体现于他对音乐的布置与偏好。早上，是拉赫曼尼诺夫。《第二钢琴协奏曲》，成为这房子里所有人的起床号。晚上，却是来自东瀛的传统。雅乐的交响之后，是能管与篠笛的应和。阴霭下的音符，三板声，清冷到黯然惊心的节奏和鼓点，隐约间渐行渐远。

他们在屋檐下相安无事，各行其是。雅可在客厅中央的床垫上打坐。她在厨房里拌色拉，看见龙一郎站在朝阳的轮廓里打太极，是个清晰的剪影。

十二月十三日，龙一郎西装整齐，打了青黛色的领巾。

她笑一笑，教授的金边眼镜让她想起了斯特拉文斯基中年时的肖像。

龙一郎很郑重地和雅可说了句什么。雅可在阳台上，声音低沉地应了一声，没有抬头。这男孩正将一支镀金的箭穿进一只黑陶制成的骷髅里。

龙一郎说，好，那么，我可以邀请程小姐同行么？

她惊诧地转过脸，看到教授的神情。她问，去哪里？

龙一郎掸了掸肩头不存在的灰尘，说：一个仪式，为我的父亲。

江东门，南京大屠杀遇难同胞纪念馆。

这里她是熟悉的，不仅因为是这城市的爱国主义教育基地，并且，曾经有几个澳洲人希望将一段历史搬上银幕，她为他们做过将近半个月的资料译员。

她很清楚，在这里，所有敏感与痛心处，其实无所回避。“哭墙”上镌着上万个罹难者的姓名，倒映在如镜水中，是加倍的触目惊心。

她很庆幸叫上了他一起来，因为此时她与这个年长的日本男人无以言语。他们三人在铺满了灰白色鹅卵石的园地上缓缓地走。她听见龙一郎用英语对他说，这些鹅卵石的用意，是死难者的累累白骨。他的脚步迟钝了一下，更轻缓地落下，只听得见非常细碎的石头之间的摩擦声。她终于问龙一郎，你以前来过？

龙一郎说，是，几乎一年一次。从建馆开始。

她听见他以学生的口吻，向这教授问了一个关乎民族大义的问题，天真而尖锐。龙一郎迎上他的目光，说，年轻人，我不是个单纯的追悼者。

三点钟的时候，广场上集中了一些人，站在世纪钟下。

穿黑色套裙的年老妇人，在簇拥间而来。龙一郎走过去，向女人问候。对她介绍说，这是我的姐姐，芥川鹤子。

这姐姐的身量也算高大，眼神霍朗。鹤子向她躬身垂首，举止中有谦恭的高贵。这与龙一郎有些阴晦的气质，略有分歧。虽然姐弟两个在眉目上，极其地相像，却是一明一暗两个截然的轮廓。

鹤子说，欢迎你的到来。

这是一个基金会的奠基仪式，为在三七年遭受战暴致残的中国妇女。

鹤子，是基金会的主席。这个老年的日本女人，步伐稳健地走到台前，环顾四周。妆容精致的面庞出现在了身后的大屏幕中，所有人看见了她眼中闪着一些晶莹的东西。她说，为了这一天，我们都等了很久。这是我父亲未竟的心愿，他在前年过世，没有等到。幸运的是，我们等到了。我们需要学会忏悔，虽然永远无以补偿。

鹤子的面容保持温婉，说着铿锵的普通话，微微带了北方的口音。龙一郎告诉她，姐姐生在抚顺，六岁时离开中国。童年在迁徙与战乱中度过。鹤子对家人有不变的保护欲。他们姐弟两个，性格鲜有交集，互相却很爱。因为爱，尽管政治见解差异，做弟弟的每年都会陪同来华，帮助姐姐的事业。

鹤子说，除了上逸财团。我感谢我的先生和弟弟。父亲过世以后，他们是我生命中最重要的两个男人。

鹤子深深地鞠躬，令人动容。

龙一郎问她，知道我们为什么选择南京举行仪式吗？

她转过头，看见教授眼神笃定，内里却有天真的憧憬：

我父亲深爱过一个南京的女人。

他们对视了一眼，彼此之间，似乎都不太意外。

雅可将更多的时间用在装置艺术展的准备上，在家的时间少了，甚至开始夜不归宿。这一周，索性搬去了工作室。

好在她与龙一郎已经相处得自然。

龙一郎在饮食上是随和的人。讲究与将就是一线之隔，全看心情。

多数时候，一碗牛肉饭外加面豉汤，甚至一客乌冬，就可以打发一天。

这阵子，教授开始时不时拿出一个画夹子，废寝忘食地画素描，这多少是关乎本职的事情。几天下来，炭笔在家里丢得到处都是。然而，漫不经心之下，却未有一张遗漏的纸页。

画夹子通常被他搁在假壁炉上方，类似陈列架，是整间房子里做作的角落。挂着颜色浓烈的羊毛挂毯，内容是卡拉瓦乔的《酒神巴库斯》。这是雅可的朋友从土耳其带来的纪念品。微醺的少年脸色红润，斜睨间的眼神有些浪荡。然而，却不知是否因为织工的粗糙，让他的瞳仁略略偏移，成了一个斗鸡眼。这名画的仿制品便无可救药地被毁了。

当然，壁炉上方，还放着其他的友谊见证。画夹子就插在他们中间，突兀而醒目。

这一天清晨，她看着它。不由想，这真是对好奇心的诱惑。

她将画夹拿下来，打开。纸黏连了一下，轻轻剥离。教授用的是一种泛灰的速写纸，质地粗糙，有隐隐的卵石斑点。前头几张都是韶韶，笔法简洁。撒欢，弓身，茫然，信手间全是动静。她虽不懂得画，却看得出其中的功夫，心里暗暗赞叹。再下来一张，是一双眼睛。孤零零地，没有其他四官，辨别不出出处。连眸都是浅浅的，眼梢却加重了笔力，锋利起来。接着是一张嘴，上唇是薄的，下唇则很饱满。四周仍是缈缈的空白，好像是画纸上一道微细触目的伤口。

看到雅可的肖像，她毫无意外，觉得出现得自然而然。男孩在画纸上沉睡。瘦削的肩胛紧绷，蹙着眉头，好像正沉溺于梦魇。这画也许是在凌晨完成，东方微白，在画纸的一侧，打着沉沉的暗影。另一张的雅可是醒着的，倚着窗，姿态松垮，脸上是似是而非的笑。手中却拿着一支长矛，中世纪的样式，柄上有尖细精致的纹路。以整幅画的写意风格，这道具像是后加上去的。

初时探秘式的紧张感已被兴味稀释。她想，教授是一个有趣的人。

几张“雅可”画风散漫，有种因熟识造成的懈怠。逐渐地，让人隐隐失望。然而，她突然看到一张背影。半长的头发，细长的颈。身体很瘦，但决不是雅可。因为，雅可从未站得如此笔直。

下一张，看清了面目。她认出，是自己。

前面的眼睛与嘴唇，也有了答案。

教授画她，用的是工笔的方式，细致入微。是一个初学者的作风。不遗纤毫的写实，一瞬间手指的绞缠，甚至领口的褶皱。她从未这样好好审视自己。她想，这个人，是在什么时候完成这样令人不安的观察，然后复制在纸上。她使劲地回忆，这张侧像，手不自然地悬空，或许是正在厨房做饭。而这一张，是在看书，不对，是在收拾雅可信手摆放的杂志。

还有钢笔画。她有些刚硬的线条在教授的笔下变得优柔，逐渐写意而繁复。是比亚兹莱，或者莫迪里亚尼画中那些有着美丽长颈而无眼核的女人。不，教授保留了她眼锋的锐利，即使倦怠，仍生动可观。

她的手终于颤抖。她看见自己的身体，如此坦白横亘于画纸。姿势烂漫，无所用心，有着本人不及的舒展与淡定。而耻处却开出巨大莲花，饱满茂盛，在黑白中仍见艳色，接天入云。

画得还像么？

她猛然回头，看见教授已在身后，含笑看她。教授口中的雪茄只剩下半支，不知站了多久。

教授的头发湿漉漉。身上穿的正是挂在屏风后的浴袍，藏青底，墨色浓重。缀着银灰的象形的鸟与兽，交颈接尾，亲密无间。衣服浆洗过，有古龙水的味道。

她愣愣地望着教授。她的打量，其实是不知所措的表示。龙一郎说，你从未好好地看过我。

龙一郎抬起她的手，导引她，伸进自己的浴袍。教授的胸膛结实温暖，并不似他面庞消瘦。她的手指触动，不即不离，有如初学音律的人对琴弦的畏惧。然而，男人的手，却将她的手牢牢捉住，按压下去。她摸到了心跳的声音，沉着稳定。

龙一郎除去腰带，内里不着一缕。教授的身体并未衰颓，可称得壮硕。浅浅的胸毛纠结，看上去竟有些鲁莽。在他的左胸前，纹了一尾血红的鲤鱼，笔工细腻，跃然如生。

男人将她的身体扳过来，紧紧贴住自己。而后将浴袍掀起，裹住她。她动弹不得，皮肤被男人的炽热与织物的冰冷包围。浴袍好像一只茧，华美轻薄的壳，却将两个人，紧紧捆缚住，无法摆脱。

她的耳际传来男人粗重的呼吸，温热的气息袭上她的颈。她想回过头，却在挣扎中觉出教授身体的变化。男人的坚硬因她而起。教授温文的表皮下，有着强与霸权。浴袍里渐渐有了温度，是两个人体温的混合。这让她突然间充盈莫名。

这时候，她感到男人紧紧地顶了自己一下。她听见龙一郎轻轻说，这是好奇的代价。

龙一郎将手伸进了她的睡衣，握住了她的乳。她感到一阵窒息，身体浓重地疲惫下去。在意识软弱的一刹那，她转过头，问，你说过，你父亲爱过一个南京的女人？

男人的舌犁一样，舔舐她的颈，说，对。看来我也在劫难逃。

她努力地直起身体，她叫什么名字。

男人将嘴唇靠近她的耳朵，轻轻咬了一下她的耳垂，说出了一个名字。

她抖动了一下。

在这抖动中，她听见了一声响。是门轻轻关上的声音。同时有冷冽的风流淌进来，吹得她一个激灵。

她使劲地推开男人，打开门，看见雅可正向电梯的方向走过去。雅可戴了一顶鲜红的贝雷帽，没有回头。

她回到家，是正月初五。

搬去雅可家的时候是净身一个人，回来也是。

她拿出钥匙，最后还是敲一敲门。

门很快打开了，这让她意外。更意外的是来开门的人。

是小康。

小康看见她，眼睛亮一亮，随即就黯淡下去。转过了身，让她进来。

这家里，未见有过这么多人。母亲，哥哥，小康和他媳妇。媳妇怀里抱着个半大的婴孩。婴儿转头转脑的，好奇地打量这个家。这背阴破败的房间里，并没有太多值得看的东西。孩子被天窗射进的一线光柱吸引住了，直勾勾地盯着。

母亲突然咳嗽了一声。孩子听到，有些惊惧地转过眼睛，将头拱到小康媳妇胸前，不肯再抬起来。

母亲看了她一眼，没有言语。敲一敲轮椅的扶手，说，建设，我乏了。哥哥赶紧走过来，推了轮椅进里屋。不忘回头对小康抱歉地望一望。

这堂屋里便只剩下她和小康一家子。小康一家胳膊上都戴着黑纱，婴孩也戴着。

都沉默了一会儿。小康说，囡囡，爸爸去世了。

她早已经明白，可听见这话，心里还是猛然空了一下。痛，是一点一点漾上来。

什么时候的事？

年二十八。昨天是头七。都指望能过了年，到底捱不过。

小康低下头，又啜泣起来。这汉子，比上次见到又老了许多。

他媳妇体贴地将椅子挪了挪，靠近过来，将丈夫的手攥在自己手里。

忠叔，走得还好吗？她的声音变得很干涩。

还好，爸你知道的，是遇事咬紧牙的人。就是临走时候，惦着你，跟我们说想见你。可我找不到你。建设说你好久没回家了，你上次给我的手机号，也关了机。

她抬起脸，眼神空洞地看着小康。小康并没有责怪她的意思。可是，眼睛里的苦意，却由内到外，一点一点地噬咬着她。

她想，忠叔见了她，会再对她说些什么呢。她会继续成为这些秘密的继承人。包括那些母亲都不知道的事实。对那些遥远而切肤的记忆，理应举重若轻。一旦触碰，却疼痛不已。她倏然又闪过龙一郎提到的名字。这名字让她悬崖勒马。

在最后一次见面的时候，忠叔告诉她，这个叶姓女人的名字曾是一切的源头。

小康看她愣愣的样子，有些慌张。走过去，说，囡囡，哥不怪你。我都听建设说了，你们家最近遇到的事。爸爸没别的念想，就是想你好，想你将来能有个靠。

她听到这里，再也忍不住，拉住小康的衣襟，任眼泪流下来。

直到小康走，母亲也没有出来。

她对哥哥说，妈是不想见我。我走了吧。

哥哥说，你能上哪去，除了家，哪里也不是个长远地方。

她低了头，说，这算是我的家吗？

建设搔搔头，说，要不，你先到店里住着吧。后头的储藏室，收拾收拾也能住人。摆得下一张床。店租我交到了六月份，这么也是荒着，拾掇一下开张吧。你也想想，随便卖点什么也好。

她点点头，突然问，哥，你这阵儿都在干什么？可不能好了伤疤忘了痛。

做哥哥的，脸上出现了软弱的神色，说，你这丫头，我还能干什么，顶多是那些小生意，乱纪不违法。

停一停，又压低了声音说，你拾掇店里，挂着瞧瞧，那个小铜鸟还在不在。那不是我从家里顺出来的吗，这一阵儿老太翻箱倒柜地找，没准是个真玩意儿，别是个古董。

见她眼里冷淡，哥哥便有些不安，敷衍起自己：其实也难说，破家值万贯。咱们家，还能有什么好东西。

她就在店里住下来。

他也来帮忙收拾。荒了这么长时间，这么一收拾，倒有些久别重逢的意思。两个人都不说话，到开了口，却都谈起相识的那一天。她自然说起他的懵懂。他回她说，要是他精明些，他们就不会有下文了。

两个人心里都有些感慨。他将胸前的朱雀掏出来，细细地把玩。她心里一动，伸过手摸一摸，还带着他的体温。她笑一笑，对他正色道：放放好，这可是件真玩意儿。

他自然当是句玩笑话，说，嗯，那可真是定情物了。

店要开张，却不知道卖什么。所谓古董，是不要再卖了，她将店里充门面的博古架，都送给了对门的同行。当时注册，申报的是工艺品。他们两个，便绕着这个想。终于想起，再过几天就是元宵节。夫子庙在元宵节里，是看灯赏灯的去处，索性进一批灯笼，看看卖不卖得动。

元宵节前一天，店里挂了大大小小的灯笼。门口是两只缀了中国结的大宫灯，是万象更新的意头。因为花了心思，种类不少，电芯的，声控的，还有打开来就响起音乐的。来往的人是有的。不过是看的多，买的少。她和他对视了一下，是想要安慰。他说，别急，不来则罢，一来就是大生意。

不一会儿，真的潮涌一样来了一群人，都是些老外。她仔细一看，打头的竟是他的室友马汀。马汀笑嘻嘻地说，许廷迈说你们开夫妻店，打广告拉生意，我们不敢不来。哥们儿，都动起来。

这些留学生便一人挑了一顶灯笼，还都是拣贵的买。买了也不久留，说不妨碍他们的生意，又潮涌一样离开去。

她便有些感动，心说，这些洋鬼子们，还真是蛮讲义气的。

这么一来，生意还真给带得好起来。也许是天晚了，夜色初降，看灯的人多起来了。父母给小孩买的，男孩给女孩买的。渐渐货也走得快了。

他便说，你看，我可不呆，商业手段还是要的。你跟我说，卖东西要有“托儿”。马汀他们就是我找来的“灯托儿”。

她笑着骂他，“好的不学”。心里却是暖的。

快打烊的时候，来了个客人，指着门楣上的虎头灯笼让她拿下来。她走过来，却听那人说：嘿，是你？

她望着这个圆圆脸的女孩子，穿着花哨的羽绒服，也觉眼熟。想一想，原来正是常在雅可家里聚会的朋友。“杀人”游戏玩得最糟糕的一个。

女孩打量她一下，轻轻地问：搬出来了？

她愣一愣，然后点点头。

女孩似乎有些掩饰不住的高兴，啃了一口手里的糖葫芦，说，我就说嘛，雅可那里，是留不住女人的。

她笑一笑，不置可否。

女孩四面张望了一下，说，你就做这个生意么？可是，过了节怎么办？

这是她发过愁，却顾不上的事情，便摇头说，先做着吧，没想这么长远。

女孩就皱了眉头，说，那怎么行，做生意就得有个准确的定位。说完眯起眼睛，用手揉揉胖乎乎的脸，索性靠着柜台坐下来。坐了一会儿，突然说，有了，不如开一间画廊。这里是夫子庙，市面好，老外多，他们好这口儿，做这个生意最合适了。

她和他对视一眼，女孩的热情多少让他们不知所措，她说，开画廊，画从哪里来。

女孩打了个响指，说，这个没问题，我来帮你们。

女孩说，还没自我介绍，我是雅可的学妹，不过我是学油画的。我们学院里，不知有多少怀才不遇的未来大师。个个是艺堪比梵高，才不下宾虹。有个国画专业的师兄临“八大山人”，比真迹还像。我自己是仿康定斯基的一把好手。记住了，我叫郑童童，如假包换。

他们两个都笑了，想这个郑童童，真是个有意思的人。

他就问，那，我们做什么呢？

郑童童就说，卖我们画啊。我们那除了准备拿去参赛的作品，在画室里堆得到处都是。你们拿过来，装裱一下，就是好东西。我们寄售，你们分成。合作愉快了，弄得好，你以后还可以做我们的经纪人。那就是大生意了。

开业那天，是有些人来捧场的。

童童的一班朋友，将不大的地方，布置得颇像样，称得上是有品味了。这女孩说话虽不着调，却是实干家，令人刮目相看。

一面墙上是卷轴，一面墙上是油画，再一面打了个可自由升降的展示架，搁着小型的雕塑和珐琅器。满目琳琅，却杂而不乱。

画廊定名为“陌上”。创意原是童童的，叫做“莫尚”，取“莫奈”与“塞尚”名字里各一个字，是大师联袂，强强连手的意思。就有人说，这太牵强，依此类推，如果是“马奈”与“塞尚”，岂不就叫了“马上”。她便说，“莫尚”其实不错的，不如就取一个谐音，叫“陌上”。到底是在中国，这个名字，是有些古意的。

画廊的生意，初时是清淡的。好在她沉得住气，没有奢望。每天细细洒扫店堂，看来往的人走进观摩。有兴味的就攀谈上几句。在这随遇而安里，她渐渐觉得生活的好处了。

童童他们又在网上做了广告，来的人就多起来。慕名而来的有不少外国人，真的对画有了兴趣，加上标价并不很贵，所以交易得也很爽快。但是他们的问题也多，她关于艺术的专业知识就显得捉襟见肘，让客人们觉得意犹未尽。

他从学校的图书馆为她借了一些书，《西方现代美术史》什么的。闲下来，她便倚着柜台，慢慢地看。她很喜欢的，是童童送的一本，马尔罗的《无墙的博物馆》。这书浅白平易，没有高屋建瓴的说教面目，却是汇通古今。

这一天下午，一个中年人走进来，和她打招呼。这人叫得出她的名字。她抬起头来看，也不禁惊喜。原来是以前小剧场的负责人，下海的教授，被他们称作“教父”的。一年未见，竟也是故人了。“教父”还是精神抖擞的样子，似乎比以往还要年轻些。他在店堂里环顾一下，说，真不错，这才像你该做的事情。

两个人只是寒暄，但也是浮光掠影。偶尔稍稍深入彼此，听的与说的人便都醒觉，将话题荡开去。及至最后，“教父”却挑了很多画走。“教父”说自己新开了一家公司，刚刚装修好，就缺些东西装点门面。

书看的多了，又因为童童的指点，再遇到客人，她也渐渐说得出子丑寅卯。这一天，童童给她带来了一个纸包，说从雅可那里来。雅可拜托转交。“是那个日本人给你的，他走了。”童童加了一句。

晚上，在灯光底下，她将纸包打开。看见里面是那幅画，已经用绢托裱好。还是她的身体，却着了彩。温润透彻的粉红，是初生婴孩的颜色。私处盎然升起的莲花，这一回，是真正的娇艳欲滴了。而脸上，却加上了一只蝶形的黑色面具。坦荡的目光，就变成了窥视。

她想，这样也好。

她将画用纸包起来。想一想，又找了个角落，挂上了。

一起送来的，是雅可的一张请柬。

阴天的莫愁湖。胜棋楼前的空地。她想起，在报纸上看到，这是个行为艺术集会。她和他到的时候，已经围拢了一圈人。他们挤进去，正看到一个满身血污的男人，从被缝合的牛尸里破腹而出。

牛身横亘，洒满花瓣。这男人也是，手里执了一刃刀。这作品叫做《涅槃》。

又有人将一只小猫放在巨大的冰块上。冰在空气中消融，小猫颤栗，无助哀叫。终于有人在底下抗议不人道。有嗤笑的声音。他叹了口气。

他们看见身着紧身衣的助手抬过来一只玻璃箱。这玻璃箱似乎正是一个人的高度。

雅可出现了。

雅可没有看见他们。雅可穿了白色的长袍，头上戴了柳条编成的叶冠，表情严肃。他想，这时候的雅可，很美，像个忧心忡忡的希腊人。他看到了雅可手中的黑色纸袋，他知道，这会是这场表演的关键。

雅可打开了玻璃箱，走进去。助手用一把形状夸张的铁锁，锁住了箱子。

雅可扯下了金黄色的腰带，长袍翩然落了下来。

雅可全裸地站在了箱子里，人群中发出惊呼。雅可的脸上仍然是凛然的表情，周身皮肤焕发着青白的光。他和她，都是第一次看到这个瘦弱坦白的雅可。他们看到雅可的胸膛上纹了一把拉紧了弦的满弓。

雅可垂下了眼睛，几秒钟，又抬起了头，目光在人群里寻找。她抬起了手，说，雅可，我在这里。雅可的眼睛仍然在游移，有些无措了。他猛然地将她拦腰抱住，举了起来。她高高地从人群中浮现出来，她大声地喊，雅可，我在这里。

雅可笑了。

雅可拿出一只玻璃瓶，打开了盖子。将食指伸进瓶子，蘸了里面的液体，放在嘴边尝了尝。雅可开始大把地蘸了那焦黄色的粘稠的液体，在身上涂抹起来。雅可涂得很认真，动作轻柔，无分巨细。腋下，甚至私处，面面俱到。他问，雅可想要干什么。他看了看她，她的表情茫然焦灼。

这时候，助手突然举起了一个牌子，上面写着很大的字，中英文互见——蜂蜜。

她突然警觉了。他听见她喊，雅可，住手。

来不及了，蜂将雅可胁裹了。

雅可醒来的时候，是三天之后。大面积的蜇伤。医生将他裹成了一具木乃伊。

蜂毒造成呼吸系统麻痹，命悬一线。

雅可向她眨了眨眼睛。

突然，雅可的眼神紧张起来。身体有些颤抖，然后是大幅度地抽搐。

雅可出院，直接被送进了戒毒所。

第十四章 错落的五月八日

雅可再次出现在了他们的生活里。

雅可的头发被剃净了，倒是清爽。这是一个新的雅可。旧的，是厌倦的神气。

雅可的表情在落实她的不安。

雅可说，我戒了毒。 我想和你们一起住。

她愣一愣，然后不顾一切地吻了雅可。雅可脸上的淡漠渐渐消退，雅可哭了。

戒毒所的医生打来电话，告知他们戒毒者自然复吸率是90%。雅可的瘾很大，入院时已发现伤及肝脏，不可大意。

这个戒毒所因收容过一个年轻的摇滚女歌星而闻名。女歌星成为了戒毒日宣传大使。第二年去了德国，立刻流连于“动物园”火车站，那里是柏林最大的毒品交易区。

她和他轮流看守雅可。

雅可坐在飘窗上，背着光，剩下一个剪影。他将自己禁锢在时间里头，每日如此。雅可沉默不语，不停进食，各种坚果，在口中发出“咯巴咯巴”的声响，好像一只松鼠。这孩子，用嚼食的频率来杀死毒瘾。

此时的雅可，自制力已变得十分低下。

她说，雅可，我带你去画廊。雅可木然抬起头来，眼神呆滞。

她心里痛了一下。她说，雅可，你是在惩罚我。

天还有凉意。雅可穿了浅蓝色的套头卫衣，跟着她走进“陌上”。

雅可静静地环视四面，最后目光落在角落的画上。巨大的莲花，在招摇中有了颓意。玻璃框上贴着小小的标签，上面写着“非卖品”。

她在心里诅咒自己的疏忽。但是，雅可并无任何表情，而是坐在柜台后面的凳子上，不发一言。

雅可从背包里掏出一本书，摊开来，趴在柜台上安静地读。雅可读的是《洛尔加诗抄》。

她站在门口，将半盆水泼在地上，然后拿扫帚使劲地扫。扫帚在青石板上刮出沉闷清晰的声响。她希望引起雅可的注意。她回过身，看见雅可并没有抬起头，而是埋得更低了一些。雅可长时间的安静，让她警惕。因为她分明地看到，这男孩的眼光一点一点地散开，开始打呵欠。是不好的迹象。她倒了一杯开水，从包里拿出一颗“纳曲酮”，让雅可吃下去。这是防止复吸的药物。

雅可又打了一个呵欠，然后从眼角慢慢地流淌出一滴泪。她看着雅可混沌的眼睛，想，应该和这孩子说说话。

她问，雅可，你是在读吗？

雅可点点头。

她又问，你真的在看吗？

雅可便闭上眼睛。开始大段地背诵书中的诗句：

风带走棉花。/在下午五点钟。/氧化物散播结晶和镍/在下午五点钟。/现在是鸽与豹搏斗/在下午五点钟。/大腿与悲凉的角/在下午五点钟。/低音弦响起/在下午五点钟。/砒素的钟与烟/在下午五点钟/角落里沉默的人群/在下午五点钟。/只有那牛警醒！/在下午五点钟。/当雪出汗/在下午五点钟。/斗牛场满是碘酒/在下午五点钟。/死亡在伤口生卵/在下午五点钟。/在下午五点钟。/正好在下午五点钟。

雅可语气严肃，却在用南京话背诵这首诗。悲凉就变成了滑稽。

雅可睁开眼睛，看着她。海洛因侵蚀了雅可的肝脏、神经系统，却没有染指他的好记性。

她说，这诗，绕口令一样。

后面便有个声音说，绕口令能绕出花来，也不简单。能这样写诗的，是个人物。

她回过头，看到说话的是"教父"。

"教父"说，你知道吗，这个洛尔加，可是个吃不得亏的人。他与博尔赫斯见过一面，可惜老头子不喜欢他。他就跟老头有样学样，一本正经地说美国的"悲剧"体现在一个人物身上。博尔赫斯问是谁，你猜他怎么说。

米老鼠。

雅可头没有抬，嘴里动了一下，米老鼠。

"教父"抬起手，掸了掸西装上的灰，轻轻说，是的。

上善若水。

“教父”说，知道吗，没有人会比你更合适。

她翻着手里的企划书。蓝色封面，缠绵无尽头的一湾水，两岸是星星点点的灯火。

“教父”现在是一家广告公司的文化顾问。所谓“上善若水”是他的作品，其实是一个新起的高尚楼盘，毗邻秦淮。因为河景，又因为要打文化牌，便作了这么个风雅的命名。他们要拍一辑硬照，又要一个短片，便寻找一个本地的女孩做代言人。找是找了许多了，拍板却还要看房地产开发商。老总是南京人，没有别的意见，只是说这些个个都美，却没有南京的味道。问他什么是南京的味道，却又说不出所以然。直到“教父”偶然拿出以往小剧场的录像，看到她在《小丑之见》里出现，老总站出来，说，就是她。这是南京的味道。

她听了十分愕然，觉得这老总有生意人少有的矫情，轻轻婉拒说，我是真的走不开，我要看着雅可。

“教父”说，一天，只要拍一天，现在只有你能帮我。

她和“教父”约在了仓库见面。剧团已经解散了半年，还保留着小剧场的轮廓。甚至丝绒的幕布还没有卸去，蒙了厚厚的灰，紫色便成了不干净的绛色。天花卸下了，所有的管道暴露出来，是丑陋的真实。雅可跟在后面，仍然不说话，眼光却没有停过。打开了灯，光线下，这男孩头顶上的短短的发茬泛出青蓝的光。

在剧场的另一侧，是一些华服男女，脸上戴着面具。女人身着鲸骨裙撑的礼服，手里拿着轻盈斑斓的羽扇。男人穿着紧腿裤，大氅上镶着金色的玫瑰图案的胸饰。他们或坐或站，或肃穆，或轻佻。他们并不是在排戏，而是在拍照。同样，是“教父”的创意，在剧场已趋破败的暗淡背景之下，重现十九世纪浮靡生姿的名利场。一个时尚杂志的宣传平面照，叫做“盛宴”。黑暗中缓缓生起的物欲，与这城市浮华的底，是相合的。在这好年代，卷土重来了。

停！她远远地听见“教父”一声断喝，招一招手。一个女人走过来，揭下面具。

女人有些不耐烦地将高耸的发型甩动一下，说，又怎么了？

“教父”说，你就不能矜持一点。忘了你自己。

女人说，你要强人所难，婊子作节妇。早就该有个心理准备。

“教父”有些动气，但是终于虚弱地摆摆手。

女人扭动腰肢，趾高气扬地走了。

“教父”说，她十六岁跟了我。那时候我没什么钱，她是死心塌地。现在我老了，潘驴邓小闲，剩下了后三样。她却不买我的账了。等一等，拍完这一条，我们走。

拍外景选在“文德桥”附近。

她坐在椅子上，四围是一些人在忙碌。她一动不动，作这忙碌的对象。头上是一双翻飞的手，脸颊也经受着丝织物轻柔的摩挲，有些痒。她禁不住打了个喷嚏。

这时候他也赶来了，就站在她对面，静静地看她。看她一点一点地蜕变。他对着她微笑。但她觉得他的眼神里头，有些焦虑的东西。

她终于站到落地镜前了。镜子里是个穿了中式服装的芭比。苍白，虚弱，半透明，不动声色。本来她脸上那些浅浅的斑，其实是给她的表情带来些生气的，这时被粉掩盖掉了。上了烟熏的妆，她细长的眼睛无端地大了一轮，竟给她带来些惊讶的神气。美还是美的，但这是浮光掠影的美丽，不砥实的。

他有些遗憾地说，不太像你了。

“教父”皱了皱眉头，也很意外。端详了几分钟，和造型师争论起来。造型师是个自负的人，觉得自己毫无错处，用手指重重地在图纸上戳戳点点。

她站起身走回化妆间去了。

半个小时后，她再走出来，后面跟着怯生生的造型助理。她又是她自己了，在众人带些惊异的目光里头，她知道其实又不是。她将妆卸尽了，只刷了浅浅的腮红，戴了一顶齐耳短发。发梢是微微弯曲的，脸庞就圆润了些。

上身是鱼白色的斜襟衫子，宽宽的袖。她扬起手，拢一拢头发，露出了一截手臂，也是有分寸的。他张大眼睛，心里说，她其实是生错了时代的人。想到这里，他便有些许惆怅。湖蓝的百褶裙随她的走路有了波折。本是俗艳的颜色，到了她，却说不尽地恰如其分。她站在湖畔的波光前，就是若干年前的邻家女儿。时时可见，处处可见。然而到了现世，却成了一个唯一。

“教父”的眼神有些发愣，愣过了，情不自禁地拍起手来。

她坐在游船上，身后是雕花的窗。阳光从窗棂间渗过来，打在她的衣襟上。那投影的花纹，令朴素的衣服瞬间绚烂了几分。她微笑，抱了一把古旧的琵琶，琵琶是新的。身后是写着民国纪年的美人月历，月历是新的。手旁的锈迹斑斑的煤油灯，浅浅虚虚放着稀薄的光芒。这灯其实也是新的。而她，却好像是旧的。将这身侧的新，都镀上了一层旧。

她尽着镁光灯猛烈地闪。闪过了，心里一阵空，好像被摄了魂。

她并不知道，多日后，一个垂暮的老妇人，在电视里看到了她站在船头的样子。身旁的小保姆，惊奇地望着面目庄严的老首长，为一则楼盘广告眼泪纵横。这广告上的女孩子，穿着半世纪前的衣服，人笼在夕阳的影子里头，表情不知是欣喜还是哀愁。船远去了，女孩趴在小窗前，缓缓回过头。河上的波影投在她脸上，轻轻抖动，在抖动间凝聚成了四个字：上善若水。

“上善若水”的成功，大概在很多人的意料之外，也包括她。这楼盘一时间街知巷闻。她的脸，出现在市中心巨型的平面招贴上，大到站在近前，笑容竟看不完全。大家都记住了这个脸上有浅浅雀斑的女孩。有人觉得她不够美，不够亮眼。可任谁说起来，都觉得她的样子可人心意，是好看的。这样，就有了好事者，打听到了她，专到“陌上”来看她。她也就心平气和地敷衍。初见觉得她并无特别，但聊了几句，便渐渐为她的态度所吸引。听她说这画廊，讲解这些画的意境，又或者说这西市的渊源，都觉得她是很随和的人。临走，便捎带买了一两幅画走。

“教父”是很感激她的。虽则她是何足挂齿的样子，教父却坚持要给她报酬。她坚持说不要。再催问她，她便对“教父”说，若是真有诚意，就送给她一间大些的画廊。她是玩笑的，“教父”沉吟了一下，却说，好。就送你一间画廊。那个仓库的位置很好，我暂时也用不着，装修成一间画廊，是再合适不过了。

她瞠目下，自然是推辞，“教父”正色道，我是一言九鼎的人。我决定的事情，谁都拗不过。

吃饭的时候，她看着雅可，心里有些安慰。她看出了这男孩的努力。雅可依然沉默，在沉默地克制。

雅可的情况，并未有好转。她悄悄地在减少“阿米替林”的剂量。那是一种抗抑郁药，效果显著。雅可一度拒绝进食，是这种药挽救了他的食欲。但是，他们也都看见，雅可拿着筷子的手在微微颤抖。这是副作用，与药效同样明显，还有对肝的损害。

雅可小心地夹起一条莴笋，手忽地一抖，掉了下来。她见了，夹起一条，搁进雅可碗里。停一停，却又夹起来，让雅可张开嘴巴，放进去。

这时候，她看见他看了她一眼，低下头。

韶韶走过来，卷起尾巴，爬到他腿上。他抬起手，将它掸到一边去，站起来离开了。

除此之外，雅可的睡眠时间越来越长。

睡着的时候，雅可的安静便没有这么突兀，呼吸均匀，是让人放心的安静。

她对他说，“教父”来了很多次电话，让她去谈画廊装修的案子，看来是真的上了心。以后玩笑是开不得了，这回成了盛情难却。

他点点头，说，“教父”骨子里是个实在人，懂情分，再推辞也不好。现在的店面，是太小了。

她望一望熟睡中的雅可。

他知道她有嘱托的意思。

雅可在下午三点的时候醒过来。

他看见这男孩坐起身，转了转惺忪的眼睛。他知道是在找她，就说，她出去了。

他看她钉在冰箱上的日程表，三点半钟，吃两颗“纳曲酮”。

他问：雅可，药在哪里？

雅可并没有理他，站起来，径直走进洗手间。

半个小时过去，雅可没出来，没有水声，没有走动声。他突然警觉，大声地喊雅可。没有回应。

门推不开，从里面被插上了。他使劲地捶门。一分钟后，门打开了。雅可走出来，头发湿漉漉的，还沾着水珠。依然不看他，走过去，步子有些虚。

他问：雅可，药在哪里？

雅可在房间翻东西，翻得震天响。他打她的电话，熟悉的声响从沙发坐垫底下传出来。她忘记了带电话。

雅可再走出来，手里拿着一只游戏机，上面蒙了一层灰。擦了擦，露出了红白的底色。他认出来，是“任天堂”出的PF机。

雅可将游戏机接在电视上，半天没有反应。用手敲一敲，游戏机发出“扑”的一声响。

雅可将机器丢在一边，开始穿衣服。他问：你要去哪里？

雅可在睡衣外面套上浅蓝色的卫衣，走了出去。

他跟着雅可。雅可走出小区，兜了一个圈，并没有走远，停在一幢平房跟前。平房门口挂着透明的塑料帘子，门楣上挂着牌子，上面用红漆写着：“快闪游戏中心”。

雅可走进去。门口是个蜡黄脸的干瘦男人。雅可掏出钱，跟男人说了什么。男人就掏出一把银亮的代币。

雅可接过来，径直走到一台游戏机，投进两枚硬币。机器上出现了Street Fighter2的标志图像。雅可坐下来，选了香港的功夫小子“飞龙”。 等他。他想一想，选了“春丽”。春丽的模样，让他想起她来。

“Round 1 Fight！”话音刚落。雅可的手在手柄和按键上翻飞。他却木在那里。春丽被几个波动拳打得连连后退。雅可侧过脸，看他一眼。他这才想着招架。然而，第一局回天无术。

他动作十分谨慎，试探着用旋风腿。倒下，爬起来，再出拳，还是输了。

第三局，他小心翼翼，下手柄，拳。击打。连续击打，飞龙被打翻在地。他赢了。

三局两胜，他仍负于雅可。

下一回，雅可选了RYU，他仍是春丽。有人围观。日本大块头RYU和不屈不挠的春丽。他们都看出了雅可的凌厉中的浮躁。而他是沉稳的。

他赢了，有人叫好。雅可的眼睛却亮起来。雅可苍白的脸色，有了一些红润，但同时也有些气喘。他说，不早了，我们回去吧。

硬币投进孔里，遥远地“当”的一声响。雅可盯着屏幕，他看着雅可，手机械地动作。他输了，雅可擂了一下机器，爆了句粗口，说，不要让我。

人渐渐多了。有些小学生，大概是刚放了学的，围在他们身边。

雅可又要投币，被他挡住。雅可的手背是冰凉的。这手抖动了一下，使劲拨开他的手，将代币塞到一个小孩手里。慢慢走出去。

他跟着雅可。雅可没有进电梯，从边门上了楼梯。雅可一层一层地往上爬。到了十楼的时候，雅可回过头，一屁股坐在楼梯上，摸了摸脑袋，对他说，听着，我不是个囚犯。

雅可想站起来，却又虚弱地趔趄了一下。

他扶住雅可。雅可说，不，我不坐电梯。

雅可以散漫的姿势，半躺在沙发上。他站在落地窗前，看着西天的晚霞拥挤地飘过，好像游弋的火。

当他转过头，发现雅可正看着他。

雅可动了动嘴唇，说，喂，我们很少说话。你不愿意和我说话么？

他不置可否。

雅可说，说点儿什么吧。

他说，你该像个男人一样。

雅可笑了：我不是男人，我是穿裤子的云。

马雅可夫斯基的诗句，仿若轻佻的口头禅。

雅可笑着，将裤子上的皮带抽下来。

雅可笑着，打了一个悠长沉顿的呵欠。瞬间，脸变了死灰一样的颜色。扭曲的雅可的脸庞，如一张被揉皱的纸。汗与泪水从这张纸的褶皱间密实地流渗出来。他明白了，突然间有些厌恶，同时不知所措。

他将一条湿毛巾覆在雅可的额头上。雅可将毛巾塞进嘴里，死死地咬紧。

忽然，他听到雅可口齿不清的声音，帮我一个忙。英汉词典……词典里，红的。

他让自己稳定下来，回转过头去，说，忍一忍，你该像个男人一样。

雅可的嘴巴抽动了一下，挣扎着站起来，打开了飘窗。雅可坐在窗台上，声音有些发虚，帮我一个忙。

他看见雅可的身体在向外慢慢挪动。

他想制止，雅可就让自己挪动得更快了一些。

他走到书架前，取下《英汉大词典》。红色的，牛津出版。打开，在377页找到了雅可说的塑料袋，已经压成了扁扁的一片。

他看着雅可，看雅可将白色的粉均匀地涂在锡纸上，翻出一只ZIPPER打火机。火焰隔着锡纸静静地燃烧，粉熔化了，泛起了欢快的泡沫。他看了看雅可，雅可的神情也是欢快的，那样单纯的因为欲望灼红了的脸庞。

雅可的手抖动着，针管已经插进了静脉。他看见静脉扩张了，像一条游动的蚯蚓。雅可的手突然痉挛了一下，无力地垂下去。他一惊，伸出了手，要将针管拔出来。雅可却抓了他的手，按住了他的掌心。他看到自己的手，将针管以极快的速度推了下去。

雅可躺在他怀里，沉沉地睡过去。过了很久，他听到钥匙转动的声音。他的眼皮颤动了一下。

她走进来，看见他们安静地坐在黑暗里。身旁有一枚针头晶莹地反射着微光。她手中的纸袋落到了地上，一个西红柿滚了出来，她疯了一样狠狠地踩了下去。西红柿溅出了一滩血。

她说，我知道。

他没有申辩，他将手里的毯子紧了紧，雅可的鼻子翕动了一下，更沉地睡过去。

他们三个人一道坐在黑暗里。她小声地抽泣，他无语，雅可没有醒。

他离开的时候，是凌晨一点。

她听见雅可的呼吸变得急促。这男孩的额头微微发热，上面渗着薄汗。她拿出血压仪为雅可量血压。对于这些，她已十分娴熟，有如本能。她将听诊器缚在雅可的肘动脉上，挤压气囊，看水银柱涨落，面无表情。她的心理承受能力在磨砺间日益进步，雅可曾有过几次短暂的休克，有惊无险。

雅可没有醒。眉头纠结。嘴角动一动，好像说了什么。

这时候，她听见房里有悉悉苏苏的声音。她走过去，看到韶韶。韶韶在沙发背后的暗影里，瑟瑟发抖。她蹲下身，韶韶扬起脸，嘴角流着口涎。蓝色的瞳仁放大，是惊恐的眼神。韶韶轻轻地，向她靠近了一步。她伸出手去。它软软地叫了一声，却退后回去，同时尾巴卷曲，颤抖得更加厉害。她突然间明白，韶韶的猫食盆里，那些白色的粉末是什么。韶韶的性格，原来与此相关，雅可一直有一个陪伴。她心里一疼，还是向韶韶伸出了手，想要把它揽过来。当她触到韶韶的一刹那，韶韶一抖，少有地尖叫了一声，闪电般地抬起爪子，在她手上抓下去。抓得很猛，很凶。血，红色的蛇一样，蜿蜒着从她的手背上，流淌下来了。

韶韶的蓝眼睛放大了一下，犹豫地在喉管里“咕噜”了一声，钻到沙发下面去了。

血更多地流下来。她举着手掌，迅速地往洗手间走。在水龙下冲，洗手池里很快洇红成一片。血没有止住的迹象，水池里的颜色不断地深下去。有腥味漾起来，让她有些晕眩。她用另一只手打开顶橱，翻出绷带。咬紧牙，一层层地缠上去。

这时候，她听见声音，是极短促的惨叫声。然后静寂下去。她停住手，辨认了一下，回过头去。她看见，雅可从房里走出来，摇摇晃晃地，手里绵软地拎着一把水果刀。刀刃上是鲜亮的紫红色。

她缓缓走进房里。看见韶韶斜躺在地上，喉管被割开，汩汩地往外流着血。血粘稠地在地板上流淌，扩散。身体还在一动、再一动地抽搐。

雅可喘息着，声音从她身后传过来。雅可说，谁也不能伤害你。

她窒息了一下，胸腔里发出了嗡嘤声。她返过身，给了雅可一记耳光。

晚上，她增加了“阿米替林”的剂量，想一想，又添了两颗镇定药。雅可也许需要睡得多些。明天，明天就带雅可去医院。

凌晨时候，她躺在床上，疲惫不堪。窗户外面是枚下弦月，饱满丰盈。这一天是阴历二十三。她觉出了不平常，蓦然想起，读小学的时候，有个年轻音乐老师教过他们一首歌。《二十三夜待》，名字大致如此，说这一天等待夜半过后，就可以实现愿望。她想，那就等吧。

她的眼睛，在月亮闪闪绒绒的光里头，朦胧过去。

那些声响出现的时候，她的身体已放弃了等待。昏昏沉沉间，却还有愿望在挣扎，将意识拉扯得支离破碎。

然而，这声音，让她骤然醒了。

是哭声。

是竭力被压制的哭声。断裂的，渐渐清晰地浮现上来。她猛然坐起来。砰，有重物撞击在木制家具上。然后是玻璃杯掉落在地上。还有翻滚的声音，艰难的，无法克制的翻滚。

她打开灯，看见雅可用手环住榉木饭桌的桌腿，艰难地起身。然而好像被击打了一下，用手捂住眼睛。这是因为畏光。她赶忙关上了灯，走近了。雅可说，不要过来。

她又靠近了一些。

月光洒进来，将雅可笼住。月过中天，光线已细碎薄弱。雅可的身体动了动，让自己尽量地后退到暗影里去。雅可看着她，目光，与韶韶并无分别。她想到韶韶此时正装在塑料袋里，躺在厨房后的水池下面，一声不响地，和它生前无异。想到这里，她打了一个寒战。雅可突然剧烈地颤抖，在颤抖间，更紧地将桌子腿抱住。终于，这男孩无助地叹一口气，将头猛烈地撞上去。一下，又一下。

她噙住泪，想要制止。但是，脚却迈不开步子，好像被一张网牢牢罩住。雅可打了个喷嚏，脖子神经质地拧动了一下，准备更重地撞上去。她不顾一切地使劲将桌子蹬开，抱住雅可。雅可大张着眼睛，想要看她，却找不到焦点。她抚摸这男孩额角的淤紫。雅可粗重地呼吸，对她说，求求你。

雅可挣脱她，爬动了一下，跪坐在墙角。雅可说，给我。

她咬咬牙，没有说话。

雅可脸色灰白，犹如蒙尘的雪。这男孩的眼睛里有虚弱的焦灼，目光游离，落在壁挂的图腾上。图腾是南美的产物，乌桕木制成，横眉立目，面相威厉，却有一只宽厚的鼻子。她走过去，将图腾翻转，同时手中颤抖一下。她缓缓将锡纸包拿出，打开。她说，雅可，这是你要的。

雅可的嘴唇动一动。她撮起一点粉末，放进嘴里，慢慢咀嚼。雅可的脸颊痛苦地抽动了。她将更多的粉放进嘴里。雅可绝望地看着她，看着她表情笃定地咀嚼，吞咽。

自鸣钟“当”地敲响。她停住手，惊醒一样。锡纸包缓缓落在地上，有锐利的金属色，被雅可的目光捉住。

雅可缓缓爬过去，捧起锡纸，迅速而细密地舔。眼光仓皇警戒，像夜行的小兽在舔食腐肉。

她踉跄了一下，同时间泪流满面。她蹲下身，将雅可揽在怀里。腥咸的泪流下来，掠过嘴角，几星白色的粉漾起泡沫。雅可漠然的眼睛，跳动了一下。突然用嘴捉住了她的唇。她麻木的心，一声响。雅可的舌，如滑腻的蛇在她口腔中游动，搅缠。她知道雅可要的是什么，任由他。在这莽撞的交缠间，却有一线温暖悄然生出。雅可头上有痛苦细密的汗。她感受到怀里身体的抖动与张弛渐渐舒缓。她捧住雅可的头，凶狠地吻下去。

她导引雅可，用手与唇。雅可的脸贴近了，腮上有浅浅的胡碴，刺痛了她。刺痛她的还有肋骨，历历可数。很瘦了。他们肌肤迭在一起，紧紧地。男孩的身体有热度，像一张临近燃点的稀薄的纸。她轻轻抚摸雅可的脊梁，承受着颤栗。这脊梁上已起了细密的疹，滑腻地粗糙。她将手伸过去，企图安抚。雅可的私处，渐渐膨胀。究竟是雄性，暗沉中也会昂扬。她慢慢躺下来，裹住雅可。雅可的身体突然一震，楔进了她。慢慢地、机械一样地动作，突然猛烈，撞击，同时颤抖，如同一只马达。她看着这张年轻苍白的脸，闭了眼睛，有一滴泪，静静地从眼角流出，落在她的肩膀上。她也就阖上眼睛，跟随摆动。她做这男孩子的船。她太过单薄，如同一只舢板，只想在惊涛骇浪里，将雅可载过去。

雅可突然静止，喉头中发出低吼。她被一股浅浅的热流鞭打一下，也松弛了。男孩趴在她身上，青白的脊背在月光底下，发出艳异的光。她累极了，但没忘将这身体，抱得更紧一些。

再次醒来的时候，已见曙光。她于是欣慰地想，总算熬了过去。

雅可安静地睡在身边，赤裸着。她这才猛然间感到羞惭。然而，她看到这男孩清秀的眉目，少有的松弛，嘴巴微张，似乎有笑意。心里不禁萌出一些暖。她拿起近旁的毯子，盖上去。碰到了雅可的手。她弹开，被电击一样，却又更实在地摸上去。

她握紧了这只手，是冰凉的。

她睁大眼睛，迟钝了几秒，终于小心翼翼地将手探过去。手指骤然垂下。男孩，已经没有了呼吸。

她嚎叫了一声，开始摇撼雅可，开始用手猛烈捶打男孩的胸口。这身体纹丝未动，僵硬地回应她。

他先于120与警方来到。他推开门，看见她坐在大厅正中的床垫上。她看见他，抬起头来，头发散乱，目光警戒。赤裸着，怀里紧抱着同样赤裸的雅可。像一头表情无助的母兽。

天色大亮。

室内昏沉，阳光如水，穿过百叶窗，将她的身体分割开来。她的脸上，颈上还有小小的乳都烙上了深深浅浅的条纹，渗进了她半透明的皮肤中去。

她动一动干涸的嘴唇，没有再说话。

冯雅可，二十岁，死于长期戒断后的吸毒过量。

身边人的忙碌，询问，好奇的人出现，被警方驱赶。这空旷的大房子，突然间犹如嘉年华。

他静静地离开，没有乘电梯，呆呆地一层一层走下楼去。他一直走，走到了喧闹的街市上，眩目的阳光迷离了他的眼。他终于哭了，哭得像个孩子。在这个平凡的早晨，有一些路人，是赶着上班的。他们看这个高大的黑发青年，哭得这么伤心。然而，也只是瞥了一眼，就匆匆地走开了。

他的声音，淹没在一片车水马龙里了。

他在游荡中度过这个白天。经过广州路，恰看见一个年轻男人将一只啤酒瓶掷向“麦当劳”的玻璃橱窗。玻璃瞬间破碎，当男人拎起另一只瓶子，准备投掷出去，被一些穿制服的人扭住了手。男人不忘挣脱，振臂高呼：打倒美帝国主义！在惊异中，他并未意识到发生了什么。

这一天，是五月八日。

五月八日。北京时间五时四十五分，中国驻南联盟大使馆遭北约轰炸。三人罹难，二十余人受伤。

消息，在下午的时候传来。高校学生们立即组织了游行。下午的烈阳如火。他看见如潮的游行队伍涌来，还在不知所措。这座温和的城市，几曾有过这样炽烈的队伍。学生们戴着头巾，举着横幅，用昂扬的声音高喊口号。他听不清他们在喊些什么，只是愣愣地站着，像一支电线杆，杵在路旁。这时候，他似乎听见有人在喊他的名字，终于，他循着声音的来源，看到了马汀。马汀穿了白色的T恤，上面用红色颜料写着醒目的字：抗议NATO暴行！马汀拉着一个中国女孩的手，扬起胳膊。他的身后，还有其他的留学生。因为国际友人的声援，学生们更为激愤。声音也愈发响亮起来。

他仍然站着，不知所措。

当游行的队伍远去，已经是黄昏。夕阳的光茫冷白地铺下来，路上一时间陷入寂寥。行人踩在满地的传单上，也轻手轻脚。

这时走来一个小孩子，穿着破旧衣服，拎着一只硕大的麻袋，拖在地上，有些吃力。孩子抬起头，恰与他的目光相遇。这孩子有双晶亮的眼睛。他想。

孩子走近了，是七八岁的模样，手里拿着自制的竹夹子，脸上表情漠然。风起了，地上的传单漂浮起来，孩子就用那夹子敏捷地一夹，戳起来扔到麻袋里。偶然有纸张大些的，孩子就很仔细地对折，叠一道，再叠一道。这时候，风更猛烈地吹过来，天桥上落下一张很大的纸。天蓝色，其实是数张纸用胶带拼接起来的，纸上写着庞大而规整的字体。是一种古典的字体，他并不全认得。但是那笔划中的激动，他是认得出的。似乎蘸饱了墨水，在纸上挂不住，疏落地流下来。

孩子看见了，发现宝一样，向那纸奔跑过去。那张纸也在路上奔跑起来。孩子在后面追，纸在前面跑。他也跟着跑起来。他终于追上那张纸，捡起来递给了孩子。这次孩子并没有叠，而是向手心“扑”地吐了口唾沫，刷地将那纸从中间撕开了。孩子将纸摞在一起，再撕，太厚了，撕不动。他对孩子伸出了手，孩子戒备地看他一眼，将纸给了他。他一使劲，纸张破开的声音十分响亮，如同裂帛。他突然觉得有些痛，却不知道痛在哪里。在他愣神的时候，孩子从他手中抢走了纸，丢在麻袋里，远远地跑掉了。

两天之后，他们在殡仪馆见到了雅可的母亲。

这一天是五月十日。

他们最后一次见到了雅可。他与她对视一眼，目光停留在雅可的面庞上。他们告诉雅可的妈妈，雅可走得很平静。这时的雅可，很瘦，但是笑容体面。这一天天气晴好，他和她并不是很悲伤。他们觉得雅可的离去，只是一个时远时近的终点。他们在陪着跑一场马拉松，现在跑到了头。他们无休止地练习冷漠，直至这一天终于到来。

雅可的妈妈是个庄重的中年女人。这女人身旁是一个面目扁平的韩国人，看着雅可，像看着一件物体。

女人流着泪，取出一本揉皱了边的诗集，朗读了一段。

一周内，留学生部发生了一些震动。部分来自北约国家的同学，在这事件中感觉到危机。这和他们国家对事件的态度相关。这危机的力量大于校方的亲善与两年以来同学间的相濡以沫。他们决定放弃这里的学业，返回各自的家乡。虽然不是生离死别，彼此还是伤感。留学生部提前出现毕业前的情景，不论关于友情与爱情，都在经受考验。当然，也是催化。文静的冰岛小姑娘杰西卡在“答案” 吧里劲歌劲舞，对她的英国男友唱道：“今夜将我拿去，宝贝儿。”而在之前，她被男同学们私下传说为部里唯一的处女。

他就在这个时候向部主任提出离开。

主任从眼镜后面投射出的目光有不解与失望。这男人看着这个来自苏格兰的华裔青年，语重心长地说，许廷迈，你知道学校对你的看重。在这样的事件中，你应该有自己的立场。

他从上衣口袋里掏出一张结婚请柬，我姐姐下个星期举行婚礼，我唯一的姐姐。

第十五章　洛将军守卫墓园

温哥华。

座落在北美西岸的城市以温和湿润的面目迎接了他。走进机场，海关大厅矗立了原木的原住民雕塑，也是温存宽厚的脸。这陌生的地方，让他心里安定，令他自己也有些出其不意。

远远地，姐姐安杰拉向他招着手。姐姐紧紧地拥抱他，勾下他的脖子，使劲地吻。然后说，小伙子，我们回家去。

姐姐未来的家，在伯那比的罗布尔街上，近邻中央公园。一路过去，道路两旁都是参天的水杉和桧木，郁郁葱葱。准姐夫开着车，对他说，这里的环境不知比伦敦好多少倍。

他听出来，姐夫心里多少还有些耿耿于怀。

姐夫洛亚伦是姐姐在帝国理工医学院的同学，毕业抱得美人归，回到加拿大，开了一间私人诊所。姐姐的感情生活并非一帆风顺，父亲对她要嫁到这么远的地方去，曾经大为光火说，我们是中国人，中国人讲究安土重迁。父母在，不远游，你这样就是忘了本。在这件事上，姐姐一改贤淑的本色，言语掷地有声，既然安土重迁，爷爷当年为什么又离开中国。姐姐毅然决然，终于走了。可这话，噎得老头子吃不下饭，发誓不去参加女儿的婚礼。

在他看来，这个姐夫其实是不错的。虽无特别的出色，但是为人很可靠。他的中产阶级生活观，也让人放心，对一切抱有审慎宽容的态度：温和地反战，反对堕胎，有分寸地支持同性恋。在这个西方城市传承实践着中庸之道。

他见到了姐夫的父母，都是谦和有礼的老人，脸上也挂着吃苦耐劳的痕迹。他们还都没有退休，家里经营着两间旅行社和一个伐木场，生意很不坏。这些都是这座西海岸城市的支柱性产业，旱涝保收的。他们的富足，可以从居住窥得一斑。这所木质结构的大房子，比他在格拉斯哥的家，大上一倍也不止。而温哥华的房价之高，在北美是很有声名的。

姐夫一家对他的态度，可以用礼遇来形容。大约因为他是女方出席婚礼的唯一代表，专门收拾出家里最大的一间朝阳卧房给他。这家里的装修简洁自然，并没有很多华裔家庭的繁文缛节。姐夫带他上上下下地参观。走到背阴处的一间房，却停住，转头走掉了。

晚上洗完了澡，他才发现，因为来得匆忙，竟然连睡衣都没有带。姐夫就拿了自己的给他穿。然后说，明天跟我去裁缝店，婚礼上一套体面礼服总是要的。换衣服的时候，姐夫瞅见他胸前的小雀，就笑着问，杰罗米，你是不是在恋爱？他愣一愣，苦笑道，何以见得？姐夫就将目光凑近了些，语气确信了：因为，这很像件中国女孩的定情物。

夜里，他躺在床上。也许因为太安静，他头脑中又浮现出那个清晨，和她的脸。心里倏然疼起来。他就背转身趴下，头深深地埋进松软的枕头里，想将潮涌来的情绪压抑住。就在这时候，他听到了声音，若有若无的。清晰了些，是音乐声。是一种他不熟识的乐器，叮叮咚咚地传过来，清冷婉转，泉水一样。他终于坐起身，那声音却又淡下去，没有了。

接下来的几天，都在准备婚礼的事情。拍婚纱照那天，是温哥华少有的暑热天。有一个景，却取在了高斯山上。高斯山顶上有个阔大整饬的伐木表演区。在这里拍婚纱，新郎的父亲看来，多少有些家业传承的意味。其实表演是作秀的性质。几个伐木工手拿利斧互相较着劲，做出各种惊险的姿态，表达的是艰辛中见乐观的意思。艳阳之下，姐姐长裙曳地，坐在一个矮木桩上。脸上的粉，快乐地随着汗水流淌下来了。

婚礼在圣公会主教堂举行。姐姐与姐夫都是基督徒。这是温哥华最古老的教堂，一百多年的历史给了它轩昂的气势。内部梁柱选用道格拉斯冷杉。尖拱形的彩绘窗户，多在英国建造，记录着新旧约圣经故事。这里是诸多王室造访之地，来行礼的人，多少也觉得与有荣焉。

婚礼在有序祥和的气氛中进行。大治而有小乱。西装笔挺的小花童在婚礼进行曲的节奏里，突然间得意忘形，手舞足蹈中在地毯上跌了个大马趴，然后不合时宜地号啕起来。姐姐非但没有愠色，还蹲下来哄这孩子。底下的人就说，亚伦有福气，新娘真是个识大体的人。他坐在新郎的一众亲友间，看姐姐幸福地说“I do”，倒也并不觉得孤独。只是前排的一个老先生引起了他的注意。这老先生应该是没有见过的，须发皆白，并不像其他的亲友穿着礼服，而是一套深绿色的军装。

婚礼尾声的时候，新郎新娘过来接受亲友们的道贺，亲吻。到了老先生跟前，新郎却退后一步，站得笔直，闪电般地扬起右手，行了一个标准的军礼。老先生面相庄重，迅速地回了一个礼。然后用力拍拍他的肩膀，没有说话。

他看到这一幕多少是惊诧的，但在其他亲友那里却似乎习以为常。大家照样说说笑笑。老人正襟危坐，看上去有些孤寂。

夜里的时候，他又听见了乐曲的声音。断续着，听起来冷清得很。他起了身，打开门。那声响便大了些，仍然是游丝似的。他辨别了一下，便循了声音的方向走去。周折间，找到了声音的源头。是靠近后门的一个房间，正是亚伦带他参观时，没有进去的。

他在门口站着，听着，觉得这暗夜因为这声音更寂寥了。没容他多想，乐曲突然间中断。他一惊，转身想离开。

这时候，门开了。开门的正是婚礼上见到的老人。

老人看着他，目光锐利，鹰隼一样。身上披的正是那件松枝绿色的军装，金色的领章。军服胸口上竟然别着许多的勋章，吸引了他的注意，让他忘记了恐惧。

老人的声音低沉冰冷：你是什么人。

他说：安杰拉的弟弟。

老人的头抬了一下：你的中国话说得不错。比亚伦好多了。

他停一停，看老人背后昏黄的灯影，“扑”地闪亮，又微弱下去。这一瞬，他看清楚，老人的确是很老了，脸上有纵横的沟壑。

他说，我从中国来。

老人动动嘴角，声音温柔了些：哦，听说了，让我猜猜，南方来的？

他点了点头，说，南京。

老人眼睛一闪，脸上的表情仿佛突然凝固，说，跟我来。

他犹豫了一下，跟老人走了进去。这才发现，这里的布局与这房子的格格不入。

粗略看去，这里更像一个军事机要室。

老人指着一把木头椅子，让他坐下来。这椅子冷和硬，与这房间里的其他家具一样是暗淡的赤褐色。他正面对着厚实的黑丝绒窗帘，将房间里唯一见得光的地方阻挡住了。与整齐敞亮的外面相对，这里的气氛多少显得森暗迫人。

唯一醒目的颜色，在他左手的墙上，是青天白日满地红的一面旗。这红大概因为年月久了，有些发暗。旗底下则挂了把短刀，刀柄上的铜黄，却还是锃亮的。右手墙上，就是一张中国地图，上面用各种颜色打满了圆圈与箭头。老人见他眼睛盯着地图，便举起手边的煤油灯，指着东边靠海的一个红圈说，六十二年前，我也在南京。整一个师的弟兄，都没了，到渡江的时候，剩下了五百多个。

我这条命，是捡回来的。老人回过头，看一看他，眼神在光晕里暗淡了下去。

老人轻轻地说，是个女人捡回来的。

他还愣着神，却听见刚才的乐曲声又响起来。在房间的角落里，唱针在黑胶木唱片上慢慢地划着弧。

老人坐在椅子上，袖着手，闭上了眼睛。神色满足而寞然，好像他并不存在。

在这寂寞和缓的音乐里，他也闭上了眼睛。狭窄的房间里，灯色如豆，有一种冷暖交融的气息，静静地流淌。

《春江花月夜》。

他听见了苍老的声音，像从遥远的地方飘过来，他睁开了眼睛，问，什么？

老人说，这首琵琶曲，叫做《春江花月夜》。

他离开的时候，老人已经睡着，靠着椅背，头却微微低着。脸色松弛了些，唇角下垂，不再有严厉的样子。如果没有一身的军装，便是平凡的邻家阿伯了。

他站起身，走过去，将唱针拨开。音乐戛然而止，房间里陡然地空旷。

他出去，没忘记将门轻轻带上。一线光慢慢合拢，消失。他站在黑暗里头了。

第二天，早饭时间。如往常一样，这是个清新祥和的早晨。一家人围坐在一起，亲密而自制，基本上是沉默的，偶尔讲几句冷热得宜的笑话。他便也跟着笑。

突然间，他看见对面的人，笑得有些僵硬。

他回过头，看到穿军装的老人站在他身后。老人披了一件卡其色的大衣，而腰上，竟别了一把短剑，正是昨天挂在墙上的。

亚伦的父亲“呼啦”一声站起身，轻轻地说，您来了。

他听出来，这声音是带着怯意的。

一家人的动作都定格在刚才的一瞬。

老人咳嗽了一声，眼睛飘移了一下，落在他身上，说，吃完饭来找我，我带你去个地方。

说完，人们都听到手杖在地板上重重地点了一下。老人离开了，在背影消失在那扇小门里的时候，亚伦长舒了一口气，开了口，天，你对我祖父做了什么。

他将嘴里的面包使劲咽了下去：你说，你的祖父？

亚伦的目光还在远处，是，我的意思是……洛将军，很久没在早餐时出现了。其实，我们很少能见到他。

他并没想到，老人会走得这样快。

他紧紧地跟着，发现这高大的身形，还很挺拔，没有一些老态。只是雪白的头发里，缺失了一块，看得见后脑勺上暗红色的头皮。

这时候是早上九点钟，路上人并不多。对于温哥华闲适的生活来说，这时只是一天的开始。有些晨运跑步的人，戴着耳机，与他擦身而过。一个金发小伙子，穿着轮滑鞋，远远地过来，步伐称得上优美。在靠近他们的时候，突然忙不迭地停住，站定，举起右手，向老人行了一个军礼，用蹩脚的中文响亮地说，将军！

老人回了礼，有些匆促，仍然往前走过去。

小伙子回头看了一眼，转过身，目光恰和他撞上。刚才严肃的表情突然滑稽起来，向他做了个鬼脸，轻声说，喂，伙计，你是他的士兵吗？

他们几乎走到了罗布尔街的尽头，老人才慢下来。

这似乎是一个公园，有阔大的草地，错落地种着整饬的修剪成三角形的松树。他走在干净的石子路上，感觉得到周围的静寂，只能偶尔听见鸟叫的声音。渐渐地，他看见了路的两旁出现了一些墓碑。向里继续走，墓碑又多了一些。这时候太阳亮了，这些墓碑便白得耀眼起来。

他明白了，这里是一个墓园。

老人似乎有些累了，走上几步，便歇一歇。再迈开步子，却走得更快了些。他想上前扶一扶，伸出手去，却被老人避开了。

他们终于停下来，在一个墓碑前。

这墓碑的材质，和刚才那些不同，是黑色的大理石，上面有游云一样的纹路。

老人走过去，拱一拱手，从怀里掏出一只金属的酒瓶，拧开瓶盖，洒了些酒在墓前。

老周，老家来人了。

老人说完这一句，就在墓旁坐下，长久没有说话。

他看见，墓碑上镶嵌着一张照片，上面是个眉目英挺的年轻男人。

底下镌着生卒年月，1914.5.3—1949.9.20。

他终于问，这是什么人?

老人抬起头，看他一眼，轻轻说，亚伦的爷爷。

他心里动了一下，但还是使劲抑制住疑惑，肃穆地站直了身体，鞠了一个躬。

老人看着墓碑，慢慢地说，又过去五十年了，他要活到现在，也是个八十多的老头子了。

老人叹一口气，把酒瓶打开，呷上一口：我们都是六合人，同年入的伍。那时候，我在城南的“裕昌泰”珠宝行里当学徒，刚刚出了师。他投的军，我是被拉了壮丁。三七年，我们命大，没死在日本人手里。一路打下来。那么多的仗，大仗小仗，胜仗败仗。弟兄们都快死光了，我们没死，一路打下来。他运气没我好，四九年，还只是个旅长。我熬到了肩章上的一颗星，得了这把“军人魂”。

老人从腰间取下短剑，摩挲一下，声音轻得像说给自己听：

我是个不要命的，他是个惜命的人，他有老婆孩子啊。可是，他到底死在了我前头。这么多仗没死，四九年离开大陆，得伤寒死掉了。老婆正大着肚子，难产，也跟着死了。就留下了一个儿子，托给了我。对，就是亚伦的爸爸。那年，我也没去得成台湾。和一帮弟兄到了香港，就留了下来。

他看着老人。阳光烈了一些，老人的头发泛起些银色。有轻微的风吹过来，远处有一株红衫，将巨大的树影投在了草地上。树影间的缝隙便碎碎地抖动。老人的目光正在那树影子里，几乎称得上温柔。

他小心地问，那么您，自己没有成家？

老人摇摇头。

他轻轻地“哦”了一声，老人似乎听出了惋惜的意思，说，我这辈子，遇见这么一个好女人，也知足了。

他动了动嘴唇，犹豫了一下，没有开口。

老人说，现在记得的，就是她弹琵琶的样子。真美。可惜，再也看不到了。

他惆怅地看着老人。老人对他微笑了，微笑中竟还带着一些羞涩。这羞涩，是一个恋爱中的青年人的。

他说，为什么呢。

老人看他一眼，说，年轻人，这大概就是命。日本人走了以后，我去找过她，很多次。教堂里的人说，她走了，没有人知道去了哪儿，还带走了一个孩子。

老人抬起头，眼睛眯起来，目光转向远处。

他问，那么，您后来有没有回过家呢？

老人说，没有，南京家里已经没人了，死的死，逃的逃。五几年的时候，我倒是想过要回去。可是，看回去的人，都遭了罪，就不敢了。在香港一过就是四十年，到九几年的时候，听说中国要收回香港，亚伦爸爸就要移民加拿大来。我实在是气不过，现在的人，一代比一代没血性。我就说，我怕共产党，是因为我跟共产党干过仗，你们倒是怕些什么。可他们怎么会听我的呢，我现在，也就是个“老而不”了。

他们又坐了一会儿。老人说，回吧。

老人站起来的时候，有点艰难，手杖颤抖了一下。他伸出手，老人看一眼，扶住了。

他说，我应该，怎么称呼您呢。

老人的表情，突然间又威严起来，轻声而干脆地说，洛将军。

晚饭后，亚伦突然提出来，约他下棋。

开局的时候，亚伦小心地问他：我爷爷，没有让你不开心吧。

他说，没有，你爷爷是很好的人。

亚伦捏着“皇后”停在手里，好像在思考，说，这真是个奇迹了。

他说，也许他需要别人的理解。

亚伦说，是的，但是很难。事实上，我们很难和他交谈，他甚至连饭都不和我们一起吃。来到加拿大后，他好像变了一个人。我父亲算是个孝子，可是，他却不给我们机会。你知道，他不允许我叫他爷爷。我想，他带你去墓园了吧。

他点点头。

亚伦说，我很难对一个见都没见过的人表达爱。我认为他才是我的爷爷，可是，他要我叫他“洛将军”。他要所有的人这样称呼他。

亚伦心不在焉地放下一枚棋子，注定了败局。他看一看，说，将军！

洛将军，的确极少在家里出现。常打交道的人，是保姆和家庭医生。与他们，这个老军官似乎也达成了默契，基本上不需要言语。

最近，家里人意外地对洛将军熟悉起来。这多半和他有关。老人会提出要他陪同外出，并不是用商议的口气，而是，命令。

亚伦全家对这一点感到十分不满，同时对他抱歉，因为，他毕竟是一个客人。他便一再声明，这并没有什么，说自己很乐意接受洛将军的邀请。

洛将军每天都会去的地方，是墓园。到了地方，这一老一少，并没有更多的话要说。洛将军也只是坐着，会坐很久。有时将下巴支在手杖上，凝神地看着墓碑，像是墓旁的一尊雕塑。将军服总是熨烫得很平整，甚至生硬。些微的褶皱才让这雕塑生动起来。

他有些感动，他并不知道洛将军在这守卫中会得到些什么。他只是有些感动。

事实上，洛将军的生活并没有家里人想象得那样寂寞，甚至并非一成不变。他渐渐发现，这个老先生对这一带实际非常的熟稔。他带着他，在“中央公园”的树林里穿梭，然后从另一个出口出来，他才发现，已到达了本区的另一个地方，一切豁然开朗。原来这是一条捷径。他有些惊喜地回头看过去，将军咳嗽了一声，掩饰一下得意的微笑。

他们坐在湖边上，看麻色的大雁与塘鹅在身旁走来走去。有时，它们发出难听的叫声，将军就会用斥责的腔调，批评这些外国的鸟长得如何的大而丑，并且缺乏规矩。这时候，走来另一个老人，穿着花哨的格子衬衫和牛仔裤。老人拎着一只很大的双卡录音机，经过他们，向将军脱下礼帽致意。将军并没有要理会的意思，脸上的神情庄严而不耐。但当这老头走开了，将军却侧过身体，脸色促狭地对他说，听着，这老家伙，等下一定会唱《莉莉玛莲》。

五分钟后，他听见了录音机传出了小提琴的伴奏声。果然有个浑厚的男声，唱起了《莉莉玛莲》。这首二战时风靡一时的歌曲，现在宏亮清晰地响起来，与公园里空旷祥和的气氛，奇异地交融成了一体。

将军的鼻子哼了一下。他问将军，是不是不喜欢这个老先生。

将军用手杖戳起了地上的一片枯叶，闷声说，老史蒂夫么，我和这个德国佬，永远说不到一块儿去。

他心里有些纳闷，正在想这两个老人会怎样交流，老史蒂夫或许是个中国通。

正在这时，走过来一个体态臃肿的棕发老太太，推着一辆婴儿车。看到将军，老太太立刻现出雀跃的神情，用半生不熟的中文大声地向将军问候。将军的嘴角咧了一下，他便看出他们之间的友好。

接下来，他听到将军以十分流利的英语与老太太聊起了家常。老太太忧心忡忡地谈起她的宠物，是一只三岁的喜马拉雅猫，最近做了结扎手术。她担心这只猫因此患上了抑郁症。将军以铿锵的语调安慰她，并且用了一句很露骨的英文谚语，将他们的讨论言简意赅地作了总结。这句谚语用得十分地道，是关于男女之间的情事。老太太脸色羞红了一下，同时用瞋怨的目光瞟了将军一眼。在这目光里，洛将军响亮地哈哈大笑起来。

有时候，他们会走得远一些。坐上巴士，去附近的一个巧克力厂。这间巧克力厂，每周二是例行的参观和免费品尝日。这一天的十点钟，厂门口便排起一条人的长龙。这队伍中，多半是小孩子，游客，家庭主妇，或者是嚼着口香糖、百无聊赖的年轻人。穿着军装的洛将军威风凛凛地站在队伍里，不免会有人侧目。但是，因为将军严正的面目，没有人敢造次。他们同情地看他一眼，想这青年人，必定是这个老头儿无奈的孙子。他们这样排上一个小时，也不过能领到两块没有包装的黑巧克力。将军立即将巧克力放进嘴里嚼起来，但是，这些巧克力融化得很快，往往就黏在了假牙上。将军忍受不了，就把假牙从嘴里取出来，放在水龙下冲洗。这时候，他的嘴巴就瘪了下去，人也跟着颓唐下去了。

夜里，他们照例坐在洛将军的机要室里。灯光是无限的暗。他听着《春江花月夜》，心里有些伤感。对于洛将军，这乐曲就是一个人。这人与老人日日陪伴，不离不弃。而他自己呢，是因为放弃而逃离，还是因为，被放弃。

她的身影，这时候，出其不意地浮现。他闭上眼睛。乐曲这时候，倏然大了起来，几乎以汹涌的气势，灌进了他的耳膜。

他的离去，她并不很意外。

尽管即将而来的夏天，让她想起了两年前的那个午后。因为失散，他的额头渗出了薄薄的汗。好奇的张望，让他的不镇静，变为了天真。

这时候，她坐在同样的位置上，想起这些。柜台上的阳光星星点点，似曾相识。再过些日子，她就要离开这里了。

仓库里的装修，十分顺利。“教父”兑现了诺言，说要送给她一间画廊，就是一间画廊。她每天去，都会是新的模样。

以前作小剧场的时候，因为隐蔽与低调，这仓库未改过一分。现在，教授的手笔，称得上是大鸣大放。外墙打掉了一半，装上两英寸厚的透光磨砂玻璃代替。仓库有着高阔的顶，就用金属与玻璃的材料，在半腰里做成了复式结构。上面布置成了工作室，地面同样用玻璃材质，人走上去，如同履冰。又设计了一个鱼池，从底下放眼仰望，那鱼便如同游弋在空中了。楼下又在中间隔开，做成了“中厅”与“西厅”。“西厅”四面都是镜，射灯与桶灯流光环绕，面积无端又扩大了一倍。而“中厅”的四壁，却以劈开了湘妃竹的竹片拼砌，仿佛巨幅的竹简，施施然铺展开来，要等人挥洒丹青的。壁上迎面贴了一幅“洛神赋”。顾恺之的传世作，做成了剪纸，人与物，便又空灵了些。又因为是红色的，朴素中也见了热烈。

童童站在升降梯上，正在画一幅壁画。

她看着这幅高大的壁画，想起，这里曾经是剧场简易的看台，由粗木的集装箱搭建而成。座位之间的间隔很小。他和她坐在那里，他不得不佝偻着高大的身体。他将她的手紧紧地攥在手中，攥出了薄薄的汗。想到这里，她感到自己一阵软弱。

她没有留意到，童童已从梯子上下来，站在她身后，看着壁画，很由衷地说：真美。

夜半的时候，她忽然醒来。

她胸口发着堵，感到前所未有的疲惫。

她坐起来，深深吸一口气，掀开窗帘，恰看见外面的月亮。是半透明的，如同昏黄的纸。

这是她第一次看见西市的月亮，很大很薄，升起在黢黑的屋瓦上。前面遮着厚厚的霾，在亮处投射了灰暗的剪影。一切都不真实，像是舞台上的道具。

这时候，她干呕了一下。

出其不意地，又一下，呕得有些心悸。蓦然间，她意识到，这些天，对自己身体的疏忽。

医生说，是的。

外面的阳光，在百叶窗的罅隙间氤开。有风，那蓝色的线条在她眼前轻软地颤动起来。

医生说，如果你打算要这个孩子，定期过来做检查。目前的情况不错。

她坐在冰冷的金属凳上，没有动。医生问，结婚了吗？

她摇摇头。

医生说，既然怀上了，就要为结果负起责任。这是老调重弹，不止是男方，你也一样。

她说，如果，男方死了呢？

她从门诊大楼走出来，穿过医院的大草坪。

时当正午，走在草坪中央的石子小径上，两旁是阔大的闯眼的绿。

她停住。

理疗中心门口，新建成的康复区。她看见了一个女人。这女人拄着拐杖，在护士的搀扶下向前走。走得很慢、很艰难，腿有些微微地发抖。突然趔趄了一下，整个人便重重地倒在了护士身上。女人抬起头，对护士很抱歉地微笑。在这抬起头的一瞬，她发现，女人很美，长着明亮的眼睛与光洁的额。这美不是少女的美，也无关成熟，而是经过岁月历练后的纯真，有一种天然的开阔。

女人的身旁，还有一个男人，亦步亦趋地跟着。这是个形容沧桑的中年男人。男人是好看过的，生就了可以传情的眉目。此时，这眉目与和平安静的神情交叠，波澜不兴。眼前的景象让她有些感动。男人轻轻扶住女人的腰，这个姿势略微地别扭。有风吹过，将女人的另一只袖子吹起来。她才注意到，这只袖子里是空荡荡的了。

她想，就这样吧。

这一回，她没有再下决心。决心无论是否，都势必走向艰辛。

她没有再去回忆那个凌晨。雅可在最痛苦而脆弱的一瞬，还是用雄性原始的力打击了她。而这击打，竟然有了结果。

她想到了“咎由自取”这个词。想到这里，她笑了一下。

一切顺利成章地发生，发展。

她竟有了期盼。这期盼与幸福无涉。但是，她告诉自己，有了一个命运的同盟。

她站在柜台后面，心里充盈，觉得生活也日益饱满。这是错觉。旁人只感到她是因为事业，而有了盼头和希望。

偶然地，她想起他，还是有一丝恐惧。不知这恐惧多少与爱相关，在她却如针芒。对于未来，她是掩耳的盗铃者，有一份欣欣然的自欺。然而，这针芒所向，柔软温和，却尖利，不觉间将她的画皮刺得千疮百孔。他，只是一个轮廓了。这轮廓却清晰无比，线条无分巨细，历历在目。

一切，皆因有了开始。

她是咎由自取。

她不会想到，这个与她相濡以沫的人，会是童童。

童童在灯光底下看化验单。

童童对她说，这种东西，还是应该藏得好一些。

大大咧咧的童童，目光变得锋利。

她说，藏给谁看？

童童说，不是那个外国人的？

她望着童童，像望着一件摆设。童童将她的肩膀扳过来，说，不是他的。你不会为他留下来。是雅可的。

你到底还是做成了。童童虚弱地抬起手，将化验单从中间撕开来，开始哭泣。她不知道该怎么说安慰的话。

这时候，她胃里突然排山倒海。她随手拿起一只塑料袋，歇斯底里地呕。

童童止住哭泣，黯然地看她。然后靠近她，伸出了胳膊。

她们拥抱在一起，她觉出温暖从这个略显肥胖的女孩身体里慢慢流泻出来，将单薄如纸的她包容。她抚摸童童的头，头发有些油腻，有些代谢强盛的头油味。这女孩还年轻。她嗅了嗅，并不难闻。她四周稀薄的空气就显得厚重了一些，砥实了一些。

童童说，我们，把孩子生下来。

地下室。这是童童的住处。两年前童童从苏北来到这座城市，就没有搬过。打开灯，仍然只有微渺的光。她看见依墙凌乱地摆着一些油画。有些只完成了一半。最大的一幅，是天幕下一个金发的裸女，长着浑然巨大的乳房。童童看见她在打量，便随手从床上捡起一只文胸，罩在裸女的乳房上，仅能遮住一半。童童便嘻嘻地笑，说这就是“艺术源于现实，又大于现实”。墙上有经年的浅浅的水印。空缺处是窗户，有半个窗高于地面，可以看见过往行人的脚。一只松狮犬走过来，透过玻璃好奇地看她。她与这条狗对视。狗转过身去，在窗户上尿了一泡。童童将一只拖鞋扔了过去。童童看她一眼，叹一口气，说，是个鬼地方，将就一下，总好过你一个人。

她抬起头来，不经意地，眼神还是流露出了感激。童童低声说，不是为了你，是为了雅可。

她不再去装修中的库房。她的妊娠反应比想象的严重，细微的油漆味会引起长时间的呕吐，直至虚脱。

再迟一些的时候，她便甘心地被童童藏匿在地下室里。在这没有阳光的地方，童童像在保护一粒种子。童童是个天真的人，认为任何舆论都可能成为动摇土壤的元凶。她用了很多的时间躺在黑暗里。这里或许对她是安全些的地方，大约因为黑成了一片，便都辨识不清。她原本是个太清晰的人。无挂碍故，无有恐怖。

入秋的时候，她偶尔会去西市的店里。拿一把鸡毛掸子，打扫蒙尘的画。她安静地坐着，看外面的景象，从五颜六色、热热闹闹的，一直看到阳光泄下去，人丁冷落。路上的人，也会看她。这时候，她的腹部已微微隆起。皮肤白得透明，这是许久不见阳光的缘故。人们看见一个年轻的孕妇，坐在店堂内，有着这个年纪稀有的安详面容。一些外国人，看见了，竟然走进来，要求给她拍照。她就任他们拍，却也不说话。

在童童的敦促下，她去做了一次超声检查。

她看见了那个孩子。

电子探头在她光裸的腹部冰冷地滑动。当显示器上出现了小小的身体，她还是有些惊讶。这身体蜷着，却已有了口鼻、手脚与脏器，是具体而微的一个人。她单薄的身体，已经装下了一个人，如今，这人在她的体内生长，呼吸，吞咽，律动，与她休戚与共。但是，这个人身上，流着另一人的血。而这个人已经死去。

童童坐在一旁，脸上泛着兴奋的红光。童童说，你真伟大。

地下室里响着THE DOORS的音乐。漫长，阴沉，淡漠，内里是温柔的暴烈。她记得这支旋律，因为中途无节制的嘶鸣。*The End*，曾被科波拉用于《现代启示录》，主题却是关于父恋母。她笑一笑，问童童，听这样的歌，你不怕我得孕妇抑郁症?

童童回过头，严肃地看她，说，这是雅可喜欢的，孩子有权利知道父亲的生活。

童童爬到她身旁，趴在她肚子上。这时候她的肚子又动了一下，童童认真地听了一会儿，也笑了。童童说，这孩子知道疼人，跟我说妈妈晚上想吃水晶肘花。好，我这就出去买。

夜里，睡意朦胧间，她感觉到一滴温暖的水滴到了脸上。她张开眼睛，看见童童正坐在床边，全神贯注地看着自己。童童偏过头，使劲擦了擦眼角，要站起身走开。她捉住了童童的手。童童的手，在她手里抖了一下，停住了。终于，童童俯下身，轻轻地在她额头上吻了一下。这一瞬间，她闭上了眼睛。让那唇湿润的余温，在皮肤上停留得久一些。在这瞬间，她想的是，如果身边的是他，该有多好。

她在微寒的初冬，见到了母亲。这一天，她坐在店堂里，看对面铺子的房顶上，已经蒙了清晨的霜。外面有轮椅的吱呀，在西市的青石板路上颠簸的声音。

母亲出现在门口，有点艰难地将轮椅停住。母亲又有些见老了，神情却没变。她站起身，心紧一紧，下意识地挡住腹部。母亲的神情有些闪躲，嘴唇动了动，没有开口。

她们进入圣约瑟堂的时候，是午后三点。阳光青白，正投照在高耸的哥特式尖顶上。

和外面的西式风格不同，礼拜堂内里，是传统的木石构造。阔大的椽支撑着穹顶。四壁是用旧城墙的墙砖砌筑，她抚摸上去，有沁入手指的凉。拱门的泥红色，虽然老旧，也是悦目的。这座天主教堂，东西合璧，有一颗中国的心。

人并不多。她与母亲在后排坐下。她抬起头，看远处通明的灯火里，镌刻着巨大的白色十字架，旁边围绕着飞翔的天使。光线在拱窗与廊柱之间徘徊，被暗影稀释成了蓝色的晕。那里坐落着一尊圣像。有个人，虔诚地跪在圣像前面，很久。一个穿着长袍的神职人员，从她们身旁走过，却又回转过身，走回来，递给她一张纸。是礼拜堂的布道时间表。

母亲微微地阖着眼睛，始终没有说话。手却一直放在她的膝头上。

她们离开的时候，恰听到教堂的钟声响起。这声音远远地散播开来，袅袅地消失在不知名的地方。她便也望向远方。晚凉的风吹过来，她低下身去，将母亲胸前的围巾裹紧了些。

第二天的早晨，她接到了一个电话。当时她正艰难地弯下腰，想捡起掉到地上的一枚织针。她在研究一本叫做《针织技巧速成》的书，是童童买来的。一起买来的，是一些颜色斑斓的绒线。童童说，她应该来得及在孩子出生前，织上一身绒线衣裤。电话就是这个时候响起来的。这时她的手指离织针不及一寸。她犹豫了一下，终于还是直起腰，去接了电话。

电话里是个冰冷的声音，问她是不是冯雅可的亲友。她愣了一下，说，是。那边就说，戒毒所提供了你的电话号码。我们这是省疾病控制中心，半年前送交了冯雅可的血样，检验发现HIV抗体呈阳性。我们得知冯雅可已经过世，死者有长期的吸毒史，你回忆一下，如果和冯雅可共享过注射针头，或者有过性接触。建议你尽快安排时间，来我们中心检查。

电话落到了地上。金属的织针就在她脚边，闪着尖利的光。她慢慢挪到床边，坐下来。这时候，她眼前恍惚出现了一张脸，是他的。

他收到她发来的电邮。

温哥华的冬天，雨水突然多了。天色灰暗。雾也很大，有时连续很多天。这城市一时之间，成了伦敦的复制。从十月底起，太阳已很少露面，即使看见，也仅是淡淡余晖。白天趋短，地又偏北，所以太阳的起落都变得柔弱。每天在东南方迟迟升起，不到一个半天，又从西南方坠下去。他不禁想起了南京的冬日。那样寒冷干燥的天气，冷得很爽利，没有拖泥带水。在摄氏零下的天气里，屋瓦上滴下的水，转眼间便结成了冰凌。他记得她曾经趁他不备，将一块冰塞到他的脖子里。想到这里，他不禁一个激灵。

她的电邮上，什么都没有写。只有一幅照片。他看到，是他的背影，头上是一具藏羚羊骨。

背影前方，是西市的阳光。刺眼地一闪，几乎令其他的景物失了焦。

他决定离开的时候，已经接近岁末。在姐姐的挽留之下。亚伦说，你起码应该和我们一起过新年。

他摇一摇头。

临行的前一个晚上，他与洛将军坐在机要室里。这一晚，将军没有打开电唱机。

将军定定地看他，然后弓下身去。老人在抽屉里翻找了一会儿，拿出一枚勋章。他走过去，将军很仔细地，将勋章别在他的右胸上，然后站直了身体，郑重地对他行了军礼。

将军说，说说看，你为什么走。

他犹豫了一下，手伸进衣服里，从胸口将那条红丝线掏出来。

小小的鸟形兽，被他捧在手里，还带着体温。长久被他的汗水浸渍，颜色似乎又暗淡了些。但形态，却还是生动依然。

将军走近了，嘴唇抖动了一下，用很慢的声音说，朱雀。

将军向他伸出了手。

在他不解的目光里，将军轻轻摩挲这只小雀，然后戴上老花镜，反复端详。老人的视线浑浊起来。

给它镀上这层铜的，是个有心人。

将军说完，打开一只精致的工具箱，取出一把锉刀，在小雀的头部缓缓地锉。动作轻柔，仿佛对一个婴孩。

铜屑剥落，一对血红色的眼睛见了天日，放射着璀灿的光。

将军长舒了一口气，说，这对红玛瑙，是我满师那天，亲手镶上去的。

第十六章 归去未见朱雀航

画廊在千禧年到来的前一天，开了张。

“教父”是交游很广的人。这天便来了很多客，媒体，社会名流，甚至有一两个省市领导。

客人们环顾四周，恭维着画廊的阔大与品味。

人们看见年轻的女主人，迎来送往。颔首间，不忘轻轻用手护住隆起的腹部。她的神情柔和朴素，已是为人母的模样。认识与不认识的人，看过去，就都有些感怀。

开张有一个揭幕仪式，为了迎门的巨型壁画。就在紫红色的丝绒将落下的时候，人们欢呼声潮涌，她的电话响起，被湮没。

她挂了电话，努力挽留住脸上的笑容，回转身去。恰看见壁画上横亘的女体，姿态烂漫，眉清目楚。而私处盎然生长出了巨大莲花，饱满欲滴，血色入云。

这时候，他刚刚走进夫子庙。

难得有冬日的好阳光，将四周的人和景，都洗得清澈了一些。

广场上有了节庆的氛围，到处是醒目可喜的红，穿梭在热烈的空气里。“魁光阁”重又翻新，门脸儿上挂着巨大的“中国结”。

在西市门口，他默然站定，觉出脚底有凉意袭上来。

一群鸽子，“扑拉拉”地飞过。他扬起脸，发现自己置身于天井的光影之间。头上辽阔的天空，已被屋梁与飞檐裁切开，看得见一角无限透明的蓝。

放眼过去，唯一的景物是孔庙近旁的古钟楼。这建筑面目陈旧，庄严肃穆。灰红的墙体业已斑驳，布满了经年的爬山虎，也随了季节衰落。在爬山虎的交缠下，钟楼孑然立着，如同入世的隐士。身处市井，外面还听得见车马喧嚣的声音。他和这楼面对面，却觉得心底安静，身体也缓慢地冷却下去了。

（戊子秋完稿，己丑春修订，香港）

后记：

我们的城池

葛亮

今年夏天，我走进了长江路上叫做“1912”的地方。这地方，有着相当朴素的面目。外观上，是一个青灰与砖红色相间的建筑群落。低层的楼房，多是烟色的墙，勾勒了泥白的砖缝，再没有多余的修饰，十分平实整饬。然而，在它的西面，毗邻着总统府，又与中央饭店遥遥相对。会让人不自觉地揣测它的渊源与来历。这里，其实是南京新兴的城市地标，也是渐成规模的消费小区。“昔日总统府邸，今朝城市客厅”，商业口号不免降尊纡贵，内里却是亲和恳切的姿态。民国风味的新旧建筑，错落在你面前，进驻了“瀚德逊河”、“星巴克”与“粤鸿和”。

1912，是民国元年，也曾是这城市鼎盛过的时日。境迁至今，四个鲜亮夺目的阿拉伯数字，坐落在叫做“博爱”的广场上，成为时尚的标记。通明的灯火里头，仍有寂寥默然的矗立。或许这矗立本身已经意兴斓珊，却是言简意赅的附会。这附会的名义，是“历史”二字。

许久前，在一篇关于南京的文章里，我曾经这样写过：

这个城市，从来不缺历史，有的是湿漉漉的砖石碑刻供你凭吊。十朝风雨，这该是个沉重的地方，有繁盛的细节需要承载。然而她与生俱来的脾性，总有些漫不经心。你看得到的是一个剪影，闲闲地背转身去，踱出你的视线。你再见到她时在落暮时分，“乌衣巷口夕阳斜”，温暖而萧瑟。《儒林外史》里头，写了两个平民，收拾了活计，“就到永宁泉茶社吃一壶水，然后回到雨花台来看落日。”

如今，回头再看这段文字，却令自己汗颜。这文字言语间虽则诚实，却不太能经得起推敲，是多少带着浪漫主义色彩的浮光掠影。事实上，“历史”于这城市间唇齿一样的关联，并非如此温情脉脉。在规整的时代长卷之下，隐埋着许多断裂与缝隙，或明或暗，若即若离。

当年，诸葛亮铿然一句，“钟山龙蟠，石头虎踞，此帝王宅也。”言犹在耳，李商隐便在《咏史》里唱起了对台戏：“三百年间同晓梦，钟山何处有龙盘？”一语问到了伤处，因为关乎的便是这断裂。三百年的蹉跎岁月，历史自是繁盛。然而，孙吴至陈，时局变动之快，兴衰之频，却令人扼腕。

说到底，这是座被数次忽略又重被提起的城市。历史走到这里不愿绕行，总是有些犹豫和不舍，于是停下脚步。世转时移，还未站稳脚跟，却又被一起事件，甚至一个人拉扯出去了。关于这其中的更迭，有许多传说，最盛的自然事关风水。峥嵘的王气，是招人妒的。楚威王在幕府山下埋了一双金人，秦始皇开挖秦淮、掘山断陇，都是为打击这“气”而来。政治肥皂剧甫一落幕，这气便也“黯然收”了。“玉树歌残王气终”，你所看到的沉淀，其实也都是一些光影的片段，因为薄和短促。只是这光影累积起来，也竟就丰厚得很。

想一想，南京与历史间的相濡以沫，其实有些不由衷。就因为这不由衷，倒让这城市没了“较真”的兴致，无可无不可，成就了豁朗的性情。所以，你细细地看，会发觉这城市的气质，并非一脉相承，内里是颇无规矩的。担了数代旧都的声名，这城市自然风云际会，时日荏苒，却是不拘一格。往远里说，是王谢乌衣斜阳里，更是盛产六朝士人的风雅处，民国以降，几十载过去，在喧腾的红色年代竟也诞生了作派汹涌的“好派”与“屁派”，豪犷迫人起来。其中的矛盾与落差，看似荒诞，却大致标示了这城市的气性。

给这气性的下一则定义，并非易事。但用一个词来概括，却也可算是恰如其分。这个词，就是“萝卜”。一方水土一方人。这词原来是外地人用来褒贬南京人的。萝卜作为果蔬，固然不是南京的特产。然而对萝卜产生地方认同感的，却唯有南京人。龚乃保《冶城蔬谱》云：“萝卜”吾乡产者，皮色鲜红。冬初，硕大坚实，一颗重七八两，质粉而味甜，远胜薯蓣。窖至来春，磕碎拌以糖醋，秋梨无其爽脆也。这则描述的关键词，在于“大”与“实”两个字。外地人便引申出来，形容南京人的“木讷，无城府和缺世故”。南京人自己倒不以为意，将之理解为“敦重质厚”。这是不错的心态。的确，南京人是不大会投机的，说好听些，是以不变应万变。南京人对于时局的态度，多半是顺势而为。大势所趋或是大势已去，并非他们考虑的范畴。因为没什么心眼儿和计算，与世少争，所以又渐渐有了冲淡平和的作风。“菜佣酒保，都有六朝烟水气”，由是观，“萝卜”又是荤素咸宜的意思，说的是人，也是说这城市的开放与包容。有关于此，前辈作家叶兆言，曾引过一则掌故，说的是抗战后南京征选市花，名流们各执己见，梅花海棠莫衷一是。终于有人急了，打岔说代表南京的不是什么花，而是大萝卜。这段子引得令人击节，忍俊不止处，却也发人省思。

以上种种，于这城市性情中的丰饶，其实不及其一。作为一个生长于斯的人，若非为要写这部小说，也不太会着意地深入了解与体会。这大概也是一种带着“萝卜气”的习以为常。

虽然在外多年，每次回到南京，从未有过近乡情怯之感。但还会生出一丝踌躇。因为，南京也在变迁，只是步子和缓些。新街口的市中心，有了林立的高楼与喧腾的商圈。因为城市建设的缘故，中山东路上法国梧桐蔽日的浓荫，也日渐有些稀薄。关乎记忆的，还有和年少时老友的约见，谈起一间叫做“乱世佳人”的酒吧。这酒吧座落在湖北路上极偏僻的地方，在年轻人中却有着不变的声名。依稀记得仄仄弯转的木楼梯，闪烁于其间的，是蓝紫色的光影。如今，却也在“1912”开了分店。分店有着阔大的店面，几乎可以用堂皇来形容。口碑依旧，因此却有了“大小乱”的说法。“先大乱，后小乱”是近年流传于南京青年人口中的经典，出处是本地的一个说唱乐队的作品。这句话一定要用南京话来念，才口味地道。千变万变，南京话的鲁直是不会变的。

这城市的“常”与“变”，犹如年月的潮汐，或者更似暗涌。当有一天我倏然发觉，自己写的小说，正在这暗涌下悄然行进的时候，已过去了许多时日。在此之前，我时常敬畏于这城市背景中的丰盛与厚重。以致于，开始怀疑文字微薄的承载力。极偶然地，外地的朋友，指着一种牌子叫做“南京”的香烟，向我询问烟壳上动物的图案。那是一头“辟邪”，之于南京，是类似图腾的神兽。朋友被它敦厚而凌厉的神态吸引，兴奋地刨根问底。问答之下，我意识到，他的很多问题，是我从未设想过的。是因为惯常于此，出于一个本地人的笃定。我突然醒悟，所谓的熟悉，让我们失去了追问的借口，变得矜持与迟钝。而一个外来者，百无禁忌，却可以突围而入。于是，有了后来的寻找与走访，以一个异乡人的身份。在原本以为熟识的地方，收获出其不意，因为偏离了预期的轨道。一些郑重的话题，在我的同乡与前辈们唇间，竟是十分轻盈与不着痛痒。他们带着玩笑与世故的口吻，臧否着发生于这城市的大事件与人物。偶然也会动情，却是因一些极小的事。这些事是无关于时代与变革的，隐然其中的，是人之常情。

这大约才是城市的底里，看似与历史纠缠，欲走还留，却其实并不那么当回事，有些信马由缰。在靠近幕府街的旧宅子，一个老先生给我看了张照片。那照片用云锦包裹着，肃然间，打开了，暗沉的房间里头忽然就有了生气。上面是一对年轻人，在泛黄的背景上紧紧依偎。男的头发留着规矩的中分，身穿戴着毛领子的皮夹克，是老派的时髦，表情却明明是稚气的。女孩子更年轻，紧紧执着男子的手，疏淡的眉目将笑意包裹，终于又忍不住似的。

他们的脸让我如释重负。

这是有关《朱雀》的一些记录与感念。

这部小说，写了五年。如今完成，人已届而立。这五年间，于我之前单纯的人生，有了变故，也经历了苦痛。我并不确定我是否真的会因此而成长。而这小说，却是一个忠诚的时间见证。

始终需要心存感恩的，是这城市的赋予，在我尘埃落定的三十岁。

（戊子年于香港）

图书在版编目（CIP）数据

朱雀/葛亮著.-北京：作家出版社，2010.9
ISBN 978-7-5063-5554-4

Ⅰ.①朱… Ⅱ.①葛… Ⅲ.①长篇小说-中国-当代 Ⅳ.①I247.5

中国版本图书馆CIP数据核字（2010）第182263号

朱雀

作　　者：葛　亮
责任编辑：冯京丽
特约编辑：苗　洪
装帧设计：永真急制
出版发行：作家出版社
社　　址：北京农展馆南里10号　　**邮码**：100125
电话传真：86-10-65930756（出版发行部）
86-10-65004079（总编室）
86-10-65015116（邮购部）
E-mial:zuojia@zuojia.net.cn
http://www.zuojia.net.cn
印　　刷：小森印刷（北京）有限责任公司
成品尺寸：148×210
字　　数：340千
印　　张：14.75
版　　次：2010年9月第1版
印　　次：2010年9月第1次印刷
ISBN 978-7-5063-5554-4
定　　价：35.00元